古典文學研究輯刊

十一編

曾永義 主編

第12冊

李夢陽研究

郭平安 著

國家圖書館出版品預行編目資料

李夢陽研究／郭平安 著 -- 初版 -- 新北市：花木蘭文化出版社，2015〔民104〕

目 4+258 面；19×26 公分

（古典文學研究輯刊 十一編；第12冊）

ISBN 978-986-404-118-3（精裝）

1.（明）李夢陽 2. 明代文學 3. 文學評論

820.8　　103027547

古典文學研究輯刊

十一編　第十二冊　　ISBN：978-986-404-118-3

李夢陽研究

作　　者　郭平安

主　　編　曾永義

總 編 輯　杜潔祥

副總編輯　楊嘉樂

編　　輯　許郁翎

出　　版　花木蘭文化出版社

社　　長　高小娟

聯絡地址　235 新北市中和區中安街七二號十三樓

電話：02-2923-1455／傳真：02-2923-1452

網　　址　http://www.huamulan.tw 信箱 hml 810518@gmail.com

印　　刷　普羅文化出版廣告事業

初　　版　2015年3月

定　　價　十一編29冊（精裝）台幣52,000元

李夢陽研究

郭平安　著

作者簡介

郭平安，男，1956 年，陝西省周至縣人，中國古代文學博士，西安翻譯學院人文藝術學院教授，主要研究方向元明清文學。先後發表論文三十餘篇，主要有《美麗的使者，時代的歌手》、《也談香菱學詩》、《〈文賦〉論文的積極意義及缺憾》、《天籟之音永遠迷人——讀〈元雜劇的文化精神闡說〉》、《李夢陽文學復古的時代意義》、《論明代前七子李何之爭》。專著有《李夢陽文藝思想研究》、《編輯批評學概論》。

提　　要

本書為二大部分，第一部分對李夢陽的家世、生平、個性、志向以及仕途經歷等進行考察。李夢陽生性正直剛強，不畏權貴，曾五次被害入獄，五次頑強地堅持鬥爭毫不妥協，這充分表現了李夢陽憤世嫉俗的詩人品格。李夢陽在明代弘治時期與在京的前七子同僚交往密切，於弘治十一年至十八年之間，寫下了大量的詩歌、序文和書信等，在文學復古運動中發揮了重要作用。第二部分為本書重點，探討李夢陽的學術思想、美學思想、文藝思想以及在明代前七子復古運動中的影響；分析李夢陽詩歌創作實踐及成就；對歷史上的「李何之爭」進行是非評判。結論指出，李夢陽是個天才詩人，儘管他的創作成就平平。歷史上認為李夢陽是個主張模擬的人，事實上他和我們每一個人一樣，不願意做一個步履蹣跚的人，相反，他是一個反對模擬的勇者。李夢陽崇尚和諧美，認為詩歌應主要表現和諧美，李夢陽還崇尚民歌，認為民歌是表現自然美的真正詩歌。李夢陽文學復古及美學思想的重要意義在於，它改變了中國古代文學批評以言情、載道為中心的傳統文學本體論批評模式，使明清文人把文學批評的注意力重點投向了文學審美方面，自前七子文學復古運動以後，中國文學批評進入了新時期。

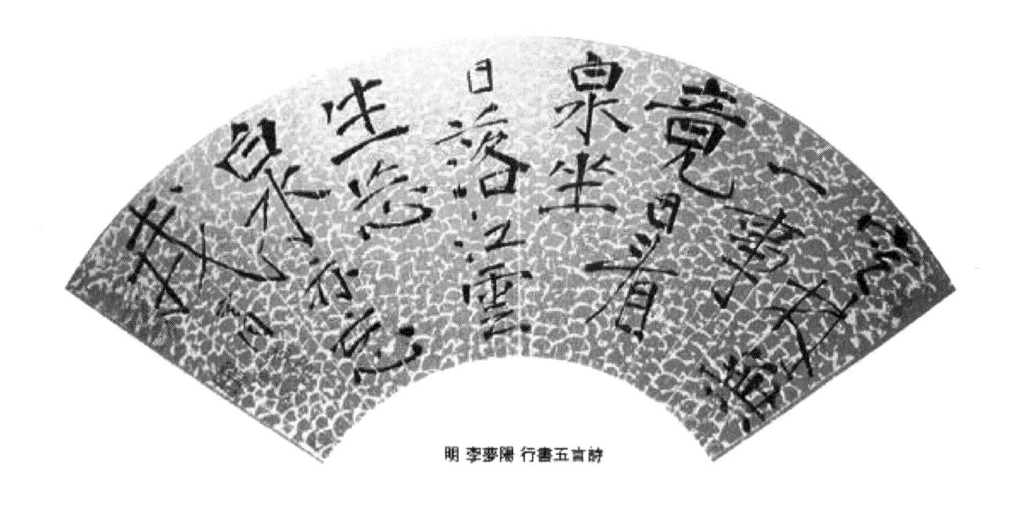

明 李夢陽 行書五言詩

空　林

李夢陽

空林無一事，竟日看泉坐。

日落江雲生，忘泉亦忘我。

目次

緒　論

一、李夢陽研究的學術史回顧

李夢陽是中國文學史上一位非常有影響的人物。

明中葉弘治正德時期，李夢陽在京城北京戶部爲官。其間，主要是明孝宗弘治時期，他與何景明等「七子」倡言復興古學、復興古典詩文，這在當時的文化思想界掀起了一場聲勢浩大的復古思潮。據《明史・文苑傳序》記載：「弘正之間，李東陽出入宋元。溯流唐代，擅聲館閣。而李夢陽、何景明倡言復古，文自西京，詩自中唐而下，一切吐棄。操觚談藝之士，翕然宗之。明之詩文於斯一變。」李夢陽後來自己在回憶這段歷史時也曾說：「詩倡和莫盛於弘治。蓋其時古學漸興，士彬彬乎，盛矣，此一運會也。」(《崆峒集・朝正倡和詩跋》）由此可見，當時的復古運動，確實是一場使人耳目一新、聲勢浩大的文學復古思潮。

李夢陽，何景明倡導的文學復古運動，不僅僅在當時新人耳目、聲勢浩大，而且在後來影響廣泛。明世宗嘉靖年間，又有李攀龍、王世貞等「後七子」繼「前七子」之餘韻，掀起了又一場聲勢更爲浩大的文學復古運動。此後，文學復古思潮，或漲或落，一直延續到明王朝的覆滅。

自明中葉李夢陽引領前七子倡言復古以來，人們關於李夢陽的議論就源源不斷。幾乎明清時代著名文人都對他做有議論，如後七子的王世貞、唐宋派的歸有光、公安三袁、清初詩人錢謙益、格調派詩人沈德潛、神韻派詩人王士禎、性靈派詩人袁枚等，都對李夢陽的文學創作及文學思想做過各種各樣的評說。人們的評說多種多樣：如評說其復古運動得失的，評說其詩品高低的，評說其文藝思想發展的，評說其爲人處事的，等等。這其中最有影響的即是對李夢陽文藝思想的批評。人們批評他在文學創作方面主張以模擬爲創作方法。明清不少文人認爲李夢陽在文學創作方面是主張模擬爲創作方法的。近年來，又有許多學者論述李夢陽的文學思想問題，其中主要是對李夢陽文學模擬思想的重新研究辨析，也有涉及李夢陽人格、詩學、作品及歷史影響的。甘肅省社科院王公望先生對《空同集》頗有研究，其發表關於李夢陽的論文十多篇，涉及李夢陽的方方面面並多有新意；鄭州大學盛敏發表論文《李夢陽詩歌研究》，對李夢陽的詩歌創作做了全面分析，對李夢陽的詩歌創作給予了高度評價；臺灣國立東華大學學者侯雅文發表論文《論李夢陽以和爲中心的詩學體系》，對李夢陽的美學思想進行了深入研究，得出結論李夢陽的文藝思想並非模擬。另外，近年來關於李夢陽的文章越來越多，由中國知網查閱可知其數量七百餘篇。

綜觀古人、今人對李夢陽的研究，其研究所涉及問題多、意見分歧大，特別是關於李夢陽的文學思想，直至今天還沒有明確的、系統的結論。因此，對李夢陽諸問題的深入研究仍顯得很有必要。

就目前而言，李夢陽研究中有如下幾個方面尚待深入開展：(1)李夢陽的學術思想；(2)李夢陽的文藝觀；(3)李夢陽的美學觀；(4)李何之爭公案。

二、當今推動李夢陽研究的意義

當今，我們深入開展對李夢陽的研究，至少在兩個方面具有非常重要的意義：一是對於我們研究明清文學發展史有重要意義；二是對於我們認識文學本質有重要意義。

（一）研究明清文學發展史方面的意義

明代自李夢陽之後，中國文學史的發展變化巨大。

(1)明代以後，中國文學史的特色之一是流派林立

明代的文學論爭，自李何之爭開頭，在文學論爭過程中，產生了一些文學集團，如前七子、後七子、公安三袁、唐宋派等，作家在分門立戶、交相否定的過程中，促進了文學的變通和發展。例如，針對前七子師法秦漢古文之弊，「唐宋派」王愼中、唐順之等提倡學習唐宋散文，強調「學爲文章，直

攄胸臆，信手寫出」，自由地表達作者獨立的主體精神。（唐順之《荊川先生文集》卷七《答茅鹿門知縣二》）唐宋派畢竟打破了「文必秦漢」的學古模式，不是歷史的簡單重複，這爲後來公安派的崛起奠定了思想基礎。公安派認爲「出自性靈者爲眞詩」，而「性之所安，殆不可強，率性所行，是謂眞人。」（袁宏道《識張幼於箴銘後》）進而強調做詩家文非從自己胸臆中流出，則不下筆。因此他們主張「眞者精誠之至。不精不誠，不能動人」，應當「言人之所欲言，言人之所不能言，言人之所不敢言。」（雷思霈《瀟碧堂集序》）這些觀點簡直和李夢陽的民歌眞詩說如出一轍。明代後七子、唐宋派、公安派等文學流派的出現都是在李夢陽影響下產生的。此後，這樣的文學流派紛呈、爭論不息的態勢一直演入清代，以致清代也產生了王士禎的神韻說、沈德潛的格調說、袁枚的性靈說、翁方綱的肌理說等四大文學流派。

（2）明代以後，中國文學批評的主體模式由本體批評轉向到了審美批評

縱觀中國的文學批評史，可以看出一個特殊現象，這就是中國文學批評的歷史以明代爲界限，明代以前的文學批評主要有「詩言志」和「文載道」之說，這是對文學本體論的探討；其後的文學批評則主要有「神韻說」、「性靈說」、「格調說」等，這是對文學審美論的探討。

「詩言志」是我國古代文論家對詩的本質特徵的認識。早在《詩經》時代，或者更早的歷史時期，就有「詩言志」這種觀念的萌芽。《尚書・堯典》中記舜語云，「詩言志，歌永言，聲依永，律和聲。」這是最早的「詩言志」說。作爲一個理論術語提出來，最早大約是《左傳・襄公二十七年》中記述趙文子對叔向所說的「詩以言志」。後來「詩言志」的說法就更爲普遍。《莊子・天下篇》說，「詩以道志。」《荀子・儒效》篇云，「《詩》言，是其志也。」到了漢代，人們對「詩言志」這個詩歌本質特徵的認識更加趨於明確。《毛詩序》說，「詩者，志之所之也，在心爲志，發言爲詩，情動於中而形於言。」《毛詩序》將情志並提，比較全面地認識了詩歌的本體特徵。應該說，對「詩言志」的這種理解比較符合詩的本質特徵和實際作用，因而爲古代中國文化所普遍接受。

「文載道」說晚於「詩言志」說，「文以載道」的思想，最早見於戰國時《荀子》之中。荀子在《解蔽》、《儒效》、《正名》等篇中，提出「文以明道」的文章目的論。三國時期的曹丕在《典論・論文》中有意識地論文並提出「文以載道」的文學理論，其在中國文學批評發展史上最爲有影響。其後，中國古代封建文人士大夫，向來是講「文以載道」的。劉勰在《文心雕龍》中說：「道沿聖以垂文，聖因文而明道。」(《原道》篇）其對中國文學理論也產生了很大影響。後來唐代文學家韓愈又提出的「文以貫道」說，他的門人李漢在《昌黎先生序》中說：「文者，貫道之器也。」古文運動倡導者之一柳宗元也說：「始吾幼且少，爲文章以辭爲工。及長，乃知文者以明道。」(《答韋中立論師道書》) 此後宋代歐陽修、蘇軾等人也都主張「文以載道」的文學理論。北宋周敦頤在《通書・文辭》裏明確提出「文所以載道也」的說法。古人的「文以明道」「文以貫道」，即就是「文以載道」的意義。韓愈的古文成就最高，韓愈說：「愈之志在古道，又甚好其言辭。」(《答陳生書》) 在中國文學史上，韓愈是「文以載道」說的集大成者。

「文載道」說和「詩言志」說一樣，都是對文學本體的認識。

明代的文學批評發生了變化，明代的文學批評者主要有前七子、後七子、公安派、唐宋派等，他們把文學批評的視線轉移到了美學方面。前七子李夢陽的論詩崇尚和諧美，強調文學要表現美悅內容的格、調。後七子在學古過程中對格調的講究更趨於強化和具體化。在論詩之格調這一方面，後七子復古理論的集大成者王世貞曾提出「思即才之用，調即思之境，格即調之界。」(《藝苑卮言・一》) 在這裡，王世貞進一步結合才思來談格調，其是後七子論詩尚美的代表。顯然，這是繼承了李夢陽的尚美思想。

唐宋派重視在散文中抒發作者的思想感情。他們批評復古派一味崇尚古典，主張文章要直寫胸臆、具有自己的本色面目。唐宋派與復古派是對立的，然而，在尚美方面唐宋派多多少少地繼承了李夢陽的一些思想。例如，唐宋派在論文時也談格調。唐順之是唐宋派的代表人物，他認爲「文字工拙在心源」，說作者只要「心地超然」，就是「千古隻眼人」，「即使未嘗操紙筆，呻吟學爲文章，但直攄胸臆，信手寫來，如寫家書，雖或疏鹵，然絕無煙火酸餡習氣，便是宇宙一樣絕好文字」；否則，「文雖工而不免爲下格」(《答茅鹿門知縣書二》)。「文雖工而不免爲下格」這些言論明顯地提出文章要講「格」，可見唐順之思想中也有一個「格」的美學概念。這一概念可說是李夢陽尚美概念的延伸。

公安派的「性靈說」融合了鮮明的時代內容，它和李贄的「童心說」一脈相通。性靈說不僅明確肯定人的生命欲望，還特別強調表現個性，表現了晚明人的個性解放思想。公安派反對前七子和後七子的擬古風氣，主張「獨抒性靈，不拘格套」，發前人之所未發。所謂「性靈」就是作家的個性表現和眞情發露，接近於李贄的「童心說」。他們認爲「出自性靈者爲眞詩」，而「性之所安，殆不可強，率性所行，是謂眞人」（袁宏道《識張幼於箴銘後》），進而強調非從自己胸臆中流出，則不下筆。因此他們主張「眞者精誠之至。不精不誠，不能動人」，應當「言人之所欲言，言人之所不能言，言人之所不敢言」，（雷思霈《瀟碧堂集序》）這其中包含著對儒家傳統溫柔敦厚詩教的反撥，這些都是與載道說對立的，是崇尚審美的文學觀。

清代的文學批評主要有「性靈說」、「神韻說」、「格調說」等，這些都包含有對文學審美論的探討。

一般把「性靈說」作爲清代詩人袁枚的詩論，實際上它是對明代以公安派爲代表的「獨抒性靈，不拘格套」（袁宏道《序小修詩》）詩歌理論的繼承和發展。性靈說的核心是強調詩歌創作要直接抒發詩人的心靈，表現眞情實感，認爲詩歌的本質即是表達感情的，是人的感情的自然流露。袁枚所說的「性靈」，在絕大多數地方，乃是「性情」的同義語。袁枚又說「詩難其眞也，有性情而後眞」（《隨園詩話》）。可以看出，求詩歌具有眞實美是性靈說的主題，這是對詩歌審美的探討。

「格調說」由清康乾年間的沈德潛所倡導。「格調」源於嚴羽，主張文學思想感情的表達應該具有格調美。「格調說」主張創作應有益於溫柔敦厚的「詩教」，有補於世道人心的「中正和平」，故而文學創作要表現以唐音爲準的「格調」。沈德潛的創作多爲歌詠昇平、應制唱和之類，但是他在理論上提倡「蘊蓄」、「理趣」等具有審美理論價值的有益觀點。格調是一個美學名詞，主張格調說這也是對詩歌審美的探討。

神韻說爲清初王士禛所倡導。在清代前期統治詩壇幾達百年之久。明清時期，「神韻」一詞在各種意義上被普遍使用。胡應麟的《詩藪》有二十處左右談到「神韻」，如評陳師道詩說，「神韻遂無毫釐。」評盛唐詩說，「盛唐氣象混成，神韻軒舉。」王夫之也多次談到「神韻」，如《明詩評選》評貝瓊《秋懷》說，「一泓萬頃，神韻奔赴。」（《古詩評選》）。神韻說的文學批評的性質，當然是對文學的審美批評了。

中國文學批評的歷史在明代以前注重對文學本體的認識，其後則注重對文學審美目的的追求。中國文學批評史在明代發生了重大變化。

（3）明代以後，民間通俗文學走向全面繁榮

通俗文學在明代大踏步地登上文學殿堂，這是文學在文學史上的一個巨大的、歷史性的轉折。在這樣的歷史性轉折中，明代的中下層文人發揮了重要作用。

在理論上較早明確肯定通俗文學價值的始作俑者是李夢陽、何景明等人。李夢陽、何景明、王世貞等崇尚民歌是婦孺皆知的事了。嘉靖年間，文學家徐渭第一次將《西廂記》與《離騷》並列。（徐渭《曲序》）此後，王愼中、唐順之等一批名士又將《水滸》與《史記》並稱。（李開先《詞謔》）李贄、袁宏道、湯顯祖和馮夢龍等人進一步爲俗文學大聲疾呼，這對於提高小說、戲曲的地位，打破傳統偏見起了十分重要的作用。李贄認爲，一代有一代的文章，《西廂記》、《水滸傳》就是「古今至文」，（《焚書》卷三《童心說》）他將《水滸傳》與《史記》、杜詩等並列爲宇宙內「五大部文章」。（周暉《金陵瑣事》）袁宏道繼之而將詞、曲、小說與《莊》、《騷》、《史》、《漢》並提，稱《水滸傳》、《金瓶梅》爲「逸典」。（《觴政》）上述明代文人的這些言行，在當時具有震聾發聵的意義，這自然地促進了民歌、小說、戲曲和各類通俗文學創作和傳播的繁榮。

明代李夢陽之後的中國文學史發展發生了上述三項巨大變化。這三項巨大變化都與李夢陽的文學實踐活動有著關聯。豪無疑問，認識李夢陽才能更清楚地認識明清文學史，研究李夢陽的文學實踐活動對於我們研究明清文學發展史有重要意義。

（二）認識文學本質方面的意義

何爲文學？文學的本質是什麼？古今中外有關文學的定義已很多很多，有專門的文學理論論著對文學概念進行研究探討。但這麼多對文學概念的定義仍不能說服廣大讀者，標準化的詞語字典的解釋也不能令人滿意。1996 年新版的《現代漢語詞典》中對「文學」做出了這樣的解釋：「以語言文字爲工具形象地反映客觀現實的藝術，包括戲劇、詩歌、小說、散文等。」這一解釋把文學釋爲藝術。文學是藝術，這樣解釋應該說是可以的，但是這樣的解釋並不能說明人們對文學已經認識清楚了。因爲，這解釋又把文學藝術定義爲是「形象地反映客觀現實的藝術」。文學本質，藝術乎？反映乎？由我們的經驗可知「形象地反映客觀現實的」不是文學藝術的唯一目的，「客觀現實的」

也不是文學藝術所反映的要點，所以，《現代漢語詞典》中對文學概念的概括未免過於寬泛，同時使人迷惑。

目前沒有一種對文學的認識是完全科學的，這一結論倒是人們一致公認的事實。

由陶東風主編、北京大學出版社出版的《文學理論基本問題》一書中這樣認爲：「……『什麼是文學』是文學理論的起點性問題，也是文學理論作爲一個獨立學科而存在的總問題。文學理論的基本性質和體系構成，都取決於對這一問題的思考和回答。在文學理論已經充分發展的今天，文學研究中也存在著文學品性的喪失和概念過度闡釋的問題，文學理論重新面臨著自我審視……文學概念面對著重新詮釋的需求。」人們對文學的認識中仍「存在著文學品性的喪失和概念過度闡釋的問題」，這就是今天對文學的認識程度，這認識程度是極其至低的了。在百思不解、百般無奈的情況下，人們只有痛苦地容忍這個現實。由周憲主編、南京大學出版社出版的《文學理論研究導引》一書中考察了國內外近代以來的多種形態的文學理論，並把它們總結爲四種模式：（1）意識形態本性論的文學理論；（2）形式主義的文學理論；（3）以文學活動中的「基本問題」爲中心的文學理論；（4）文化論的文學理論。其在《文學理論研究導引》書中還指出：「我們認爲，文學理論研究的模式、形態、觀念與技術應當多樣化，無論是上述四種體系化的文學理論及其各種結合體或變體，還是各種個性化的文學理論研究，完全可以並存，都應當在文學理論研究中有一席之地。」四種文學理論可以各有其存在的理由、各分一席之地，這表明人們對理論爭鳴的氣力也沒有了，文學理論的建立的確是個難題。

文學難道是經驗的和天才的嗎？也未必盡然！

李夢陽在李何之爭中提出了創作方法的議題，李夢陽還提出了不少的詩歌理論，並創作了2500餘首詩歌。然而，他的詩歌大部分是平庸之作，李夢陽的文學復古理想破滅了。

認識文學本質無疑是我們的目的。以李夢陽的文學實踐爲個案，研究分析李夢陽對文學的思考，探尋其文學實踐不成功的原因，這必然對於我們認識文學現象、建立科學的文學理論有重要意義。

三、研究之途徑

1883年3月14日，恩格斯在馬克思的墓前講話中說：「（馬克思）一生中能有這樣兩個發現，該是很夠了，甚至只要能做出一個這樣的發現，也已經是幸福的了。」恩格斯在這裡說的馬克思的兩個發現，前一個是社會存在前提原理，後一個發現是指剩餘價值原理。恩格斯在講話中對馬克思主義的兩個原理繼續做了簡要介紹：「正像達爾文發現有機界的發展規律一樣，馬克思發現了人類歷史的發展規律，即歷來為繁茂蕪雜的意識形態所掩蓋著的一個簡單事實：人們首先必須吃、喝、住、穿，然後才能從事政治、科學、藝術、宗教等等。所以，直接的物質的生活資料的生產，因而一個民族或一個時代的一定的經濟發展階段，便構成為基礎；人們的國家制度、法的觀點，藝術以至宗教觀念，就是從這個基礎上發展起來的。因而，也必須由這個基礎來解釋，而不是像過去那樣做得相反。」

在馬克思、恩格斯的著作中，重點地申述「社會存在前提」原理共有三次。第一次重點申述是在《德意志意識形態》一文中，原文是：「由此可見，這種歷史觀就在於：從直接生活的物質生產出發闡述現實的生產過程，把同這種生產方式相聯繫的、它所產生的交往形式即各個不同階段上的市民社會理解為整個歷史的基礎，從市民社會作為國家的活動描述市民社會，同時從市民社會出發闡明意識的所有各種不同理論的產物和形式，如宗教、哲學、道德等等，而且追溯它們產生的過程。」

第二次重點申述是在馬克思的《政治經濟學批判序言》一文中，原文是：「我所得到的、並且一經得到就用於指導我的研究工作的總的結果，可以簡要地表述如下：人們在自己生活的社會生產中發生一定的、必然的、不以他們的意志為轉移的關係，即同他們的物質生產力的一定發展階段相適合的生產關係。這些生產關係的總和構成社會的經濟結構，即有法律的和政治的上層建築豎立其上並有一定的社會意識形式與之相適應的現實基礎。物質生活的生產方式制約著整個社會生活、政治生活和精神生活的過程。不是人們的意識決定人們的存在，相反，是人們的社會存在決定人們的意識。」

第三次重點申述就是上述恩格斯的《在馬克思墓前的講話》一文中的那段話。

在社會存在前提原理下，馬克思、恩格斯對意識形態問題發表了許多科學見解。這些科學見解雖不是文學概念，但是，它對我們認識文學現象有極大啓示。有一個關於意識形態的論述值得我們重視，這個論述就是「精神交往是社會實踐的產物」。

馬克思、恩格斯在《德意志意識形態》一文中說，「思想、觀念、意識的生產最初是直接與人們的物質活動，與人們的物質交往，與現實生活的語言交織在一起的。人們的想像、思維、精神交往在這裡還是人們物質行動的直接產物。」馬克思、恩格斯在這段話中以人們的物質實踐爲出發點，科學地總結出了精神交往的特點，認爲人們的精神交往是與人們的物質活動、物質交往及現實生活中的語言是統一（交織）在一起的。這一論述可表述爲「精神交往是社會實踐的產物」。

人類社會的文學現象不正是人類社會物質實踐的「精神交往」現象嗎？

對於李夢陽的文學實踐的理解亦當如此，只要我們堅持馬克思主義原理，把文學當作感性活動、當作物質實踐活動去理解，李夢陽研究中的諸多問題就一定能夠得到合理解釋。

我是馬克思主義的堅定信仰者，馬克思主義的社會存在前提理論是歷史唯物主義的方法論，以這種歷史唯物主義的方法論爲指導，這就是我們研究李夢陽之途徑。

第一章　李夢陽的家世、生平及憤世情懷

李夢陽的家世和生平主要見於其《空同集》〔註 1〕中，本章即據此加以梳理，並考察其憤世情懷。

第一節　家世與生平考

一、家世考

據李夢陽《空同集・族譜・譜序》〔註 2〕中記載：「按氏族李氏肇自帝顓頊，顓頊有曾孫曰咎繇，爲理官，因姓理氏。咎繇裔孫有曰理利貞者，逃難伊侯之墟。食木子，於是更姓李氏。其後枝葉布散遍中國。至周則有藏室吏曰李伯陽。至漢則有隴西趙城之李最顯著，諸李莫敢稱並。隴西之後生唐高祖，是後枝葉愈繁，布遍天下，然無專著姓如隴西趙城者。乃後不知何自有貞義公，貞義公有曾孫曰夢陽」貞義公名恩，是李夢陽曾祖父。李夢陽在《空同集・族譜・大傳》中曰：「傳曰號貞義公者不知何里人也，而贅於扶溝人王聚。」李夢陽坦言，不知曾祖父里籍，只知其入贅扶溝，娶王聚之女。王聚洪武三年（1370 年）隸蒲州軍籍，後從蒲州徙家甘肅慶陽，李恩隨至慶陽，此爲慶陽李氏。李夢陽《族譜》以李恩始。《族譜・例義》曰：「夫李氏四世有三宗焉，我曾即我始，我祖繼之。」建文元年（1399 年）七月，靖難之變

〔註 1〕李夢陽，《空同集》，吉林出版集團有限責任公司出版，2005 年。
〔註 2〕李夢陽，《空同集》卷三十八，吉林出版集團有限責任公司出版，2005 年，頁 350。

起，李恩作爲慶陽衛屬軍，抵抗朱棣南下，死於白溝之役。據《族譜・大傳》：「貞義公沒時，處士公蓋八歲云。」處士公即李恩長子李忠，是李夢陽的祖父。《族譜・家傳》稱忠生於洪武二十八年（1395 年），由此知貞義公死於建文四年（1402 年）。貞義公死後，王氏改適。

李恩有二子，長子忠，次子敬。以父入贅王氏故，二人皆冒王氏，是稱王忠、王敬。

王忠是李夢陽的祖父，號處士公。《族譜・大傳》曰：「往先君謂夢陽曰：貞義公沒時，處士公蓋八歲云。是時母氏改爲代他氏室，而公乃因不之他氏食，零零儜儜，往來邠、寧間學賈。爲小賈能自活，乃後十餘歲而至中賈云。」由於父死母嫁，王忠早歲經商，往來於邠、寧之間，家漸富裕，有中賈之貲。《族譜・大傳》記曰：「聞之長老曰：處士公任俠有氣人也，即少時而好解推衣食衣食人，於是閭里人皆多處士公。處士公顧愈謹，治生日用品厚，富有貲。郡中人用貲，無問識不識皆與貲，於是郡中人亦無不多處士公。處士公載鹽過閭里，與閭里門斗鹽，及載菜，即又與閭里菜。卒歲散鹽菜數十車，於是，閭里率歲不復購鹽菜。」很顯然，由於王忠小時生活艱難，從小學做生意，是依靠販鹽和蔬菜而獲利的商人。他性情謹愼，善治生。且雖爲商人，卻任俠尚氣，有俠風，樂善好施，重義輕財。《族譜・大傳》中說王忠又信佛，因號佛王忠。此時李氏、王氏與田氏並爲一記。王忠之死，是當田氏之人被其仇家所殺時，他出而代爲訴理，仇家勾結官府，致使王忠死於獄中，年五十三歲，時在正統十二年（1447 年）八月二十九日。

王忠所娶李氏，生三男二女。李氏名綿，即後稱李夫人者。《族譜・大傳》載：「寧州有李媪者，竊瞯公，異之，乃因妻以女，而公即不知爲同姓。」《族譜・外傳》又曰：「李夫人訥訥寡言，好顧喜坐竟日，請飲食則飲食。」李夫人生於洪武三十三年（1400 年）二月二十六日，卒於成化十五年（1479 年）十一月十三日，享年八十一歲。王忠死後，李夫人守節三十三年。

王敬是李夢陽的叔祖父，號軍漢公，性好游俠。《族譜・大傳》曰：「軍漢公性嗜酒，不治生，好擊鞠走馬試劍，即大仇，醉之酒輒解，顧反厚。年八十餘，竟無疾卒。」王敬娶鄢氏、范氏，生二子一女。長子璡，次子瑄。璡，善機詐，一日大寒，以啖冷肉，飲冷酒，臥地致疾，卒年二十九歲。璡娶馮氏，生一子釗。瑄，爲散官，娶范氏，無嗣。瑄有一女名智，適張某。

王忠有三子，長子剛，次子慶，三子正。

王剛字克剛，爲「衛主文」，「主文」是駐軍中的文書。生於洪熙元年（1368年）十二月十三日。父王忠雖善治生，卻不善積蓄，再加上他突然死亡，放出的債券不能收回，家境日益貧困，且遭到鄰里嘲笑。《族譜・大傳》曰：「處處士公不喜厚富蓄，會暴卒，出谷錢家又多不還，以故日浸貧至家徒四壁立，於是人竊笑李氏。主文公於是痛哭往來里門，罵且笑李氏者曰：『若眞以李氏無人耶？』罵且行，卒無應者而止。則撫二弟背曰：『若即一不樹立，我不能爲若兄。』」這樣，王剛毅然承擔起家庭重擔，立志讓二位弟弟出人頭地。李氏家族的家訓就是從這位伯父開始創立的。《族譜・大傳》記述了這樣的事實，其曰：「主文公嘗以事至京師，有羨貲，乃盡買學士家言並歷數家歸，訓其二弟，二弟卒各擅其業。」《族譜・大傳》又說，成化四年（1468年）六月，主文公夜出龍泉，路見一巨人長數丈，未幾病卒，年四十二歲。其說顯得荒誕。王剛娶王氏，生一子麟。

王慶，精地理陰陽，號王陰陽。王氏屬軍籍，戍花馬池營，陰陽公代往戍，以其善術數，將大悅，尊爲上客，使其盡監軍中馬。陰陽公則日弄酒狎諸吏士，諸吏士不堪，於是盛惡陰陽公於將，將後亦頗疏之。王慶又謾罵將官，把持其短，終於被逐還鄉。已又遨遊郡中，爲相埋。數奇中，於是遭到其他陰陽家的嫉恨，被擊殺，投川窟中而死。至此，李氏冒王氏姓已三代。王慶娶劉氏，成化六年（1470年）生一子孟春。

王正，王忠第三子，字惟中，號吏隱公，是爲李夢陽生父。李氏冒王氏三代之後，至李正始複姓李。李正生於正統四年（1439年）十二月二十二日，九歲喪父，依於長兄王剛，正是由於王剛的努力，李正才得以接受「學士家言」的教育而成爲儒生。《族譜・大傳》曰：「吏隱公少貧賤，徒肫肫有至性，重厚寡事辭。」在他十八、九歲時長兄王剛帶他去見善於占卜的邵道人，道人測其將有官運，兄喜，遂有意使其走儒生之路。吏隱公年二十充郡學生。李東陽曾說：「試有司久弗售，循次應貢，以親老授學職，爲阜平縣訓導。」〔註3〕據明朱安涎《李空同先生年表》〔註4〕，成化十七年（1481年），李夢陽十一歲，李正補任封丘溫和王教授。李正方面鬚髯，腹便便垂然，爲人德

〔註3〕李東陽，《懷麓堂集》卷七十六，（明周府封丘王教授贈承德郎户部主事李君墓表）。

〔註4〕朱安涎，《李空同先生年表》，見附錄二。

厚鮮矜伐，雖爲溫和王教授十三年，卻始終「微而貧。」〔註 5〕其貧有以下事例。正德五年（1510 年），李夢陽婦翁儀賓左夢麟遷葬，李夢陽爲作墓誌銘云：「時王孫貧者出或不能具驢車，矧如儀賓。」時隔數年，李夢陽於正德十二年（1517 年）爲其妻左氏所作墓誌中還辛酸地回憶起自己的婚姻：「奉直君爲封丘溫和王教授，居汴而挈其子夢陽來。初，李子妁婚，妁咸不之婚也。曰：教授微而貧。及妁左氏，儀賓則顧獨喜，入白其母並郡君氏，母、郡君亦咸不之婚也。曰：夫非李教授兒邪？微而貧，儀賓曰：『李氏才子。』竟婚李氏。」〔註 6〕可見李正是非常貧困的，甚至使其子李夢陽的婚姻一度受挫。然而，李正是儒生，正是這位貧而賤的儒生，挈其子夢陽來溫和王府，使李夢陽較早地接受了儒學的薰染，打下了堅實的儒學基礎。

李正娶高氏。高氏，赤城高家人。弘治六年（1493 年），李夢陽迎母親養於京城。八月二十九日，高夫人以疾終，李夢陽扶柩歸，葬於開封城北寺中。李夢陽遂讀禮寺中，朝夕哭奠上食，旬日一至官省父。弘治八年（1495 年），遵遺命歸葬母於慶陽高家坪。父李正請假偕行，道得疾，抵慶陽六日而卒。七月，合葬父母於高家坪。明制凡藩府官員不得爲內朝卿士，惟身沒而子貴者則得封。弘治十二年（1499 年），明朝，贈李夢陽父承德郎戶部山東司主事，贈母太安夫人。正德元年（1506 年），又贈父奉直大夫戶部貴州司員外郎，贈母太宜人。

李正有三子三女。長子孟和，次子夢陽，三子孟章。

孟和，字子育，爲散官。初名茂，生於天順五年，（1461 年）十二月十日，卒於嘉靖十四年（1535 年），享年七十五。孟和與夢陽性情相似，均事儒學，慷慨尚氣節。高叔嗣爲孟和作墓誌銘曰：「公乃稱曰：士而貴蓄道德，若庶人則惟居積不多之患，於是習猗頓、陶公之術，遂以財雄第宅。」〔註 7〕這就是說，孟和爲儒無所成就而以庶人自居，習商賈業。正德初，李夢陽罹劉瑾之難，卒賴其兄以脫。

孟章，字汝含，成化十七年（1481 年）十月十三日生，弘治十二年（1499 年）一月二十日卒，年十九歲。從李夢陽《空同集・族譜》中可知，孟章小

〔註 5〕李夢陽，《空同集》卷四十五，〈明故朝列大夫宗人府儀賓左公遷葬誌銘〉，頁 414。

〔註 6〕李夢陽，《空同集》卷四十五，〈封宜人亡妻左墓誌銘〉，頁 417。

〔註 7〕高叔嗣，《蘇門集》卷八，〈大明北野李公墓表〉。

字周章，生十三歲喪母，十五歲喪父。孟章巨口高顴，有氣力，矯捷善戲，善打球、綴幡、騎竹馬，又好黏竿撲蟬、蜻蜓，放風鳶。父母沒後，折節誦書史。夢陽在慶陽守制其間，孟章即從之受學。孟章一度喜與黃冠人遊，迷戀黃老之術。後認識到神仙之術摒棄人倫人情十分荒謬，於是幡然改悟，潛心儒學。可惜年歲不永，十九歲即病故。

李夢陽有三姊，長姊名香，次姊名眞，三姊名三姐。

李夢陽家世大致如是。

二、生平簡明年表

1473 年 1 月 5 日，明憲宗成化十四年十二月七日，李夢陽出生於陝西慶陽府安化縣（即今甘肅省慶陽縣）慶陽里舍。

李夢陽出生時，其母高氏夢見一輪紅日墮落懷中，所以其父給他起名夢陽，字天賜。李夢陽青少年時期，曾隨父母在河南省封丘、阜平、開封等地區生活過一段時間，時李夢陽父親李正爲封丘溫和王府教授。

1490 年，明弘治三年，李夢陽 19 歲，時李夢陽風華正茂，是年，李夢陽與河南省封丘縣左氏女結婚，左氏之母親是廣武郡君，是河南省鎮平縣恭敬王孫女，係明王室後裔。

1492 年，明弘治五年，李夢陽陝西鄉試第一。

1493 年，明弘治六年，李夢陽考中進士。不幸的是當年其母高慧去世，兩年後其父又去世，所以弘治六年之後的五年時間，李夢陽一直丁憂在慶陽老家。

1498 年，明弘治十一年，李夢陽二十七歲，被明王朝啓用爲官，出任戶部主事，從此李夢陽開始了他的政治生涯。

1501 年，弘治十四年，李夢陽受命監稅三關山，忠於職守，嚴格執法，第一次遭誣告下獄，不久得於開釋。

1505 年，弘治十八年，李夢陽應詔上書，陳「二病」、「三害」、「六漸」，極論時政得失。貴戚張鶴齡一夥對此驚恐萬分，進行瘋狂反撲，他們給李夢陽羅織了「十大罪狀」，指責他「譏訕母后爲張氏，罪當斬」。此時正値張皇后深得寵幸，孝宗皇帝雖然深知李夢陽忠直爲國，卻因各方面的壓力不得不命錦衣衛將李夢陽逮捕下獄。張鶴齡一夥與皇后之母金氏一起，仍上告不休，欲置李夢陽於死地，終因孝宗主持公道而未能得逞。事後一日，李夢陽路途中遇到張鶴齡便高聲怒罵，並揚鞭打落其牙齒兩顆，張鶴齡不敢聲張，狼狽逃走，「十大罪狀」事畢。

1506 年，正德元年，明武宗繼位以後，李夢陽升任戶部郎中。大學士劉健、謝遷，戶部尙書韓文等大臣聯名上疏彈劾以劉瑾爲首的「宦官八虎」，試圖除掉他們。李夢陽參與其中，並代草疏文。因消息泄露，劉瑾先發制人，韓文等均被劉瑾殘酷迫害。韓文被趕出朝廷，李夢陽被強令辭官。正德三年（1508 年）五月，劉瑾又矯旨將夢陽下獄，並捏造罪名，必欲殺之而後快，幸虧康海等人竭力營救，李夢陽才幸免於死。

1510 年，正德五年，劉瑾被誅，李夢陽官復原職。不久，任江西提學副使。到任後，李夢陽竭力抵制官場的腐敗風氣，遭總督陳金、巡按御史江萬實的彈劾。中央委派大理寺卿燕忠前往調查，燕忠是非不分，竟將夢陽投入廣信獄中。終以「陵轢同列，挾制上官」之罪而被罷官閒置。

嘉靖初年，寧王朱宸濠謀反被誅，李夢陽因曾在江西任上爲其撰寫過《舊春書院記》一文而受到株連，又一次被捕入獄。經刑部尙書林俊、大學士楊連和等人出面營救，幸免一死，但從此被革職削籍，李夢陽結束了充滿荊棘的仕途生涯。

此後的十年，是李夢陽一生最爲沉寂的時段，但是，李夢陽仍然狂氣十足。據明末清初史學家查繼佐《罪惟錄・列傳》卷十三上《李夢陽傳》〔註 8〕記載稱：「自後交遊斷絕。大梁賈客求文，齎金爲壽而已。夢陽得金，復集賓客，治供帳園林，爲富貴容，殊驕奢。」

1530 年，嘉靖九年，李夢陽在郁郁寡歡中病逝，終年五十八歲。

李夢陽妻左氏，繼室宋氏，側室王氏，有四子三女。左氏父爲儀賓左夢麟，廬陵人。母廣武君，鎭平恭靖王孫。左氏於弘治三年適夢陽，正德十一年五月卒，年四十二歲。正德十二年，繼娶宋氏。

李夢陽去世時，除長子枝已娶妻生子外，其餘兒女尙年幼，次子十二歲，最小的女兒只有六歲。李夢陽一生遭遇坎坷，給世人留下了諸多遺憾。

明人朱安涊爲李夢陽作有《李空同先生年表》，其內容較詳細。觀其年表，可裨知李夢陽之生平。附錄論文後，以備參照。

〔註 8〕 查繼左，《罪惟錄》卷十三，北京：北京圖書館出版社，2007 年。

三、書香門風

由李夢陽家世考可知，李夢陽原係貧寒之家，後父爲開封溫和王府教授，再後來李夢陽爲明弘治進士。李夢陽家族由貧寒之家一躍而爲詩書門第。是什麼機遇改變了李氏家族的門風。《空同集．族譜．大傳》〔註 9〕曰：「主文公嘗以事至京師，有羨貲，乃盡買學士家言並歷數家歸，訓其二弟，二弟卒各擅其業。」這裡記載得很清楚，是伯父王剛用家資買回了大量書籍，以供給他的兩位弟弟學習之用。不僅供給書籍，還嚴加管教兩個弟弟，最後這兩個弟弟均有出息，一個做了陰陽先生，一個做了教授。這其間其王剛起了極關鍵的作用，李氏家族的詩書傳家就是從這位主文公伯父開始的。

李夢陽先輩們刻苦學習的意志對李夢陽的成長無疑起了很大的潛移默化作用。李夢陽把這些事例一一記在心中，並在《空同集》中有所反映，《空同集．族譜．大傳》中曰：「吏隱公年九歲喪父，而依於伯氏，伯氏教之則嚴也。十二三歲時，伯氏傭書造里籍。乃伯氏不自書，顧令吏隱公書，吏隱公即善造書，伯氏乃大喜奇之。顧反嚴，吏隱公訛一字，伯氏一樸其掌。久之掌墳赤，公涕泣。里父老見之爲蘇蘇隕涕，曰：『夫紙易得耳，奈何至此？』伯氏乃竊仰歎曰：『嗟乎！吾寧爲紙惜邪？』乃後故稱善書者咸出吏隱公下。」王剛有意讓李正有個寫字的機會，還對李正嚴格要求，寫錯一個字就狠打其掌，以致李正手掌「墳赤」。

李正數次應舉未果，但是，他的學業達到了一個標準的中國封建儒士。《空同集．族譜．大傳》描寫了這位儒士的形象，其文曰：「公在王門十三年，沉晦於酒，然時人莫識也。公酒酣嘗擊缶曰：『人欲爲貪吏，貪吏殃及子孫；人欲爲廉吏，廉吏窮餓不得行。我今既不爲貪吏，又何可稱廉吏。王門之下可以全身避世。』於是乃自稱吏隱公云。」〔註 10〕李正做溫和王教授十三年默默無聞，寧願做一個貧窮的教書匠也不願去做一個有害於人民的污吏，所以自稱「吏隱公」。這就是李正的思想品格和人生抱負。

李正的思想品格也影響了李夢陽，李夢陽對於他父親的艱難生活和刻苦精神記憶猶新，《空同集．族譜．大傳》中曰：「然余又聞公至向學，往貧窶

〔註 9〕李夢陽，《空同集》卷三十八，吉林出版集團有限責任公司出版，2005 年，頁 342。

〔註 10〕李夢陽，《空同集》卷三十八，吉林出版集團有限責任公司出版，2005 年，頁 346。

時，受詩於合水韓公，嘗大雪，公單衣曳破履行，嘗夜行歸，雪甚，廬蕭然無煙也。禮曰：傷哉！貧也。今子孫豐衣足食，日鞭笞不務學，豈復念先世哉？」李正當年學詩於韓公，那時大雪天無衣無食，李正仍然堅持不懈，其精神可佳，大概貧寒子弟都是如此吧。父親的言傳身教，使李夢陽銘記在心，李夢陽說「傷哉！貧也」，讀之令人心酸；李夢陽說「豈復念先世哉？」讀之令人戰慄。李夢陽後來的剛正不屈的優秀品格，也都是因其家庭教育形成的。

李正在做溫和王教授時，於成化十七年（1481）帶十一歲的李夢陽來開封，在做教授的同時對李夢陽傳授知識。李正鑽研儒學，最大的受益者是李夢陽。李夢陽有一首抒懷詩《思童日》。〔註11〕記載了他當時受學的情景。其詩如下。

《思童日》

乙丑逢先大夫誕辰，是歲適蒙恩詔加贈，製字四十，用寫哀痛。

老大思童日，詩庭嚴昔趨。

羈孤萬里外，優渥死生俱。

寂寞臨花誥，幽冥列大夫。

西雲白蒼莽，灑血望松梧。

該詩寫得言簡意賅，「老大思童日，詩庭嚴昔趨」一句是回憶，表示了無限的傷思；「西雲白蒼莽，灑血望松梧」一句是思念，表達了無限的崇敬。這就是李夢陽的書香門風，李夢陽就是在這樣的家庭環境中成長的。

第二節　五次入獄飽經憂患

李夢陽一生五次入獄，有三次影響極大，這三次是劾壽寧侯、劾宦官劉瑾和訟江西總督陳金。《四庫全書提要》說：「臣等謹案《空同集》六十六卷明李夢陽撰。夢陽字獻吉，慶陽人，弘治癸丑進士，官至江西提學副使。事跡具《明史・文苑傳》。夢陽爲戶部郎中時，挫壽寧侯張鶴齡，又助韓文草疏劾劉瑾遘禍幾危，氣節本振動一世。」《提要》說「氣節本振動一世」，這是符合歷史實際的。李夢陽在明代，乃至清代都有廣泛影響，一個重要原因是李夢陽有多次入獄的人生經歷。

〔註11〕李夢陽，《空同集》卷二十八，吉林出版集團有限責任公司出版，2005年，頁236。

一、第一次入獄

李夢陽第一次入獄，時在弘治十四年（1501 年）。李夢陽入仕的第三年，在榆河（在今北京市附近，離居庸關不遠）監稅三關時，就因觸犯權貴而下獄。朱安涎《李空同先生年表》〔註 12〕曰：「十四年辛酉，公年三十歲。奉命監三關招商。公見邊儲日匱，奸蠹歲滋，戚里宦寺豪横無忌，包攬者賂通當道，上下相蒙，是以利歸權要，士有饑色。前監臨者皆依違其間，或充私囊，公至持法嚴峻，請託不行，嬖佞不便，媒孽誣奏，致下招獄。公毅然就理，指陳利病，辭氣不撓，事遂得白。釋復職。」這就是說李夢陽執法至嚴，給一些豪權勢要帶來不便，因而遭受誣陷，被逮入獄。又據明嘉靖人崔銑《江西按察司副使空同李君墓誌銘》中云：（李夢陽）「嘗監三關招商，用法嚴，格勢人之求，被構下獄，尋得釋。」〔註 13〕又有同時代人徐縉的《明江西按察司副使空同李公墓表》記載：「公初稅三關也，立法嚴整，請謁不行。動璫誣之，逮獄，尋釋。」〔註 14〕當時夢陽時年方三十，正當「而立」之年，就經歷了宦海浮沉的第一道波瀾。後來李夢陽在五言律詩《下吏》中記載有他的回憶感慨：

《下吏》

弘治辛酉年坐榆河驛倉糧，己醜年坐劾壽寧侯，正德戊辰年坐劉瑾等封事。

十年三下吏，此度更沾衣。

梁獄〔註 15〕書難上，秦庭哭〔註 16〕未歸。

圍牆花自發，鎖館燕還飛。

況屬炎蒸積，憂來不可揮！

李夢陽的這首詩寫於正德三年五月北京獄中，同時的詩作還有五言《獄夜雷電暴》、《獄夜》等。《下吏》描寫了監獄的自然情景：「圍牆花自發，鎖館燕

〔註 12〕朱安涎，《李空同先生年表》，見附錄二。

〔註 13〕崔銑，《洹詞》卷六，（江西按察司副使空同李君墓誌銘）。

〔註 14〕徐縉，《明文海》卷 432，（明江西按察司副使空同李公墓表）。

〔註 15〕梁獄，漢鄒陽受誣陷繫獄，自獄中上書梁孝王辯白，終獲釋。事見《史記·魯仲連鄒陽列傳》。後因之以「梁獄」代指冤獄。

〔註 16〕秦庭哭，《左傳・定公四年》：「初，伍員與申包胥友。其亡也，謂申包胥曰：我必復楚國。申包胥曰：勉之。子能復之，我必能興之。」後申包胥如秦乞師，「依於庭牆而哭，日夜不絕聲，勺飲不入口七日。秦哀公爲之賦《無衣》，九頓首而坐。秦師乃出。」後以「秦庭哭」指爲國解難。

還飛。況屬炎蒸積，」也描寫了李夢陽在獄中的聯想：「十年三下吏」。然而，通過對情景和聯想的描寫，這首詩則主要地抒發了李夢陽的悲痛心情：「此度更沾衣」、「憂來不可揮！」由此看來，李夢陽的第一次與權豪勢要硬碰直頂，應該是理直氣壯的，其榆河驛倉糧之獄，是一樁冤案。

二、第二次入獄

第二次入獄，時在弘治十八年（1505年）。弘治十八年，孝宗皇帝下詔曰：「朕方圖新政，樂聞讜言，事關軍民利病切於治體可行的，著各衙門大小官員悉心開具，明白來說。」〔註17〕李夢陽於是感激思奮，應詔上疏孝宗皇帝，陳二病、三害、六漸，凡五千餘言。所謂二病，即元氣之病和心腹之病，元氣之病講社會風氣問題，心腹之病講宦官專政問題。三害，即兵害、民害和莊場畿民之害，兵害講軍隊衰弱問題，民害講賦稅過重問題，莊場畿民之害講土地兼併問題。六漸，即財政、盜賊、禮儀、紀律、方術、貴戚六方面不良現象的滋蔓問題。這些問題，都是關係國家政治根本的大問題，李夢陽所言，意在治國，切中要害，如果皇上能力行所言，則強國利民。相反，這些舉措必然傷害那些權豪勢要，引起他們的不滿。李夢陽在陳述六漸之一「貴戚驕恣之漸」時，毫不猶豫地直接硬碰國舅爺壽寧侯，上疏中說：

> 六曰貴戚驕恣之漸，夫貴戚驕恣之漸者，臣以爲其防決也。夫水防唯土，國防唯禮，水決則潰，禮決則陵。昔者高皇帝制皇親，令曰：皇親之家不得與政。臣嘗伏讀，歎息以爲聖王不易之論。及退而考，夫頒祿列爵，則又使大貴而極富，已又考其器度田奴之等，則又不使踰也。臣於是又歎曰，此所謂禮之防也。夫皇親與國至戚也，不宜有間，今顧制禮以防之者，臣以爲此固保全而使之安也，今陛下至親莫如壽寧侯，乃顧不嚴禮以爲之防，臣恐其潰且有日矣！夫下替則上陵，今壽寧侯招納無賴，罔得而賊民，白奪人田土，擅拆人房屋，強虜人子女，開張店房，要截商貨而又占種鹽課，橫行江河，張打黃旗，勢如翼虎，此謂之不替可乎？替則陵，陵則逼，大逼則法行，且今側目而視，切齒而談，孰非飲恨於壽寧侯者也！夫川潰則傷必眾，萬一法行，陛下雖欲保全而使之安得乎？臣竊以爲，宜及今慎其禮防，則

〔註17〕李夢陽，《空同集》卷三十九，吉林出版集團有限責任公司出版，2005年，頁352。

所以厚張氏者至矣！亦杜漸剪萌之道也！〔註18〕

壽寧侯即張鶴齡，孝宗張皇后之弟，時封壽寧侯。這位國舅爺招納無賴、罔利害民。李夢陽向皇帝剛直進言，揭露了他的惡行，其言詞激烈，憤憤不平，這當然觸犯了壽寧侯的權勢利益。壽寧侯見公疏大怒，匆匆反撲，抓住夢陽奏疏中最後一句「厚張氏者至矣」幾個字，採取斷章取義、移花接木的手法，硬將揭露張國舅之「張氏」說成是訕罵張皇后之「張氏」。即奏公有斬罪十，當時「皇后有寵，后母金夫人愬不已。帝不得已，下詔繫夢陽錦衣獄，尋宥出，奪俸。金夫人訴不已，帝弗聽，召鶴齡閒處，切責之，鶴齡免冠叩頭乃已。左右知帝護夢陽，請毋重罪，而予杖以泄金夫人憤。帝又弗許，謂尚書劉大夏曰：『若輩欲以杖斃夢陽耳，吾寧殺直臣快左右心乎！』」（《明史・李夢陽傳》）幸虧孝宗還算明白，很快就將夢陽放了，並召張鶴齡進宮訓斥了一頓。但李夢陽受此屈辱，怒氣不平，「他日，夢陽途遇壽寧侯，詈之，擊以馬箠，墮二齒。壽寧侯不敢校也。」（《明史・李夢陽傳》）

此事全過程，李夢陽在《上孝宗皇帝書稿》所附之《秘錄》中述之甚詳：「於是密撰此奏，蓋體統利害事。草具，袖而過邊博士（貢）。會王主事守仁來，王遽目予袖而曰：『有物乎？必諫草耳。』予爲此，即妻子未之知，不知王何從而疑之也。乃出其草示二子，王曰：『疏入，必重禍。』……及疏入，不報也，以爲竟不報也。一日，忽有旨拿夢陽，送詔獄，乃於是知張氏有本辯矣。張氏論我斬罪十，然大意主訕母后，謂疏末張氏斥后也。……奉聖旨：『李夢陽妄言大臣，姑從輕，罰俸三個月。』此十八年四月十六日也。」在這一次與權豪勢要的鬥爭中，李夢陽冒著殺頭的危險，直言上疏劾奏國戚，甚至於事後還怒打皇親。雖然也曾被抓入獄，且損失了三個月的俸祿，但在朝野上下卻贏得了剛直正義的好名聲。這一年李夢陽34歲。

三、第三次入獄

第三次入獄，時在正德三年（1508年）。正德初年，宦官劉瑾把持朝政。1505年5月，孝宗皇帝駕崩，武宗皇帝即位。夢陽官升一級，進戶部員外郎，從五品。第二年，改元正德，夢陽又進郎中，正五品。明武宗是一個昏君。當時，武宗信任宦官，重用原在東宮的一幫舊閹。宦官當權，干擾朝政，橫

〔註18〕李夢陽，《空同集》卷三十九，吉林出版集團有限責任公司出版，2005年，頁359。

行霸道，武宗對以劉瑾爲首的「八虎」太監最爲信任，靠他們辦事，架空了內閣，朝中正直官員多所不滿。尚書韓文與其他大臣每說到這件事就哭泣不止，向諸大臣訴苦。李夢陽問道：您們都是些朝廷掌權的大臣，是國家的棟梁，怎麼婆婆媽媽地要哭呢？哭有什麼用呢？」韓文說：「遇上這種情況又有什麼辦法呢？」李夢陽說：「這好辦！叫專管進言納諫的御史們上書揭發這些太監的罪狀，並將諫章呈上內閣大臣。內閣大臣們是先皇的顧命大臣，內閣大臣們拿上這些奏章極力勸說皇帝，您再率領全體大臣在宮廷裏爲之爭辯，其他官員必然積極響應，如此這般，眾怒難犯，把這些太監趕出宮廷不是件很容易的事嗎？」韓文聽罷，甚爲欣賞，連忙說：「此計很好，此計很好！我要爲此事幹到底，我已經老了，我不怕死，不死不足以報國！」「翌日早朝，韓公密叩三老，三老許之，而倡諸大臣，又無不踴躍喜者。韓公乃大喜，退而召夢陽，令具草。」（《空同集・代劾宦官狀稿・秘錄》）〔註 19〕「令具草」即是叫李夢陽寫奏章。李夢陽立馬提筆就寫，洋洋灑灑，一揮而就，一篇近千字的聲討太監的檄文寫好了。此疏九月上呈，十月，韓文率廷臣力爭。誰知武宗卻在這個月讓劉瑾入司禮監（主持日常工作），彈劾宦官的事被劉瑾提前知道了，劉瑾便「罷戶部尙書韓文，勒少師劉健、少傅謝遷致仕。」（鄭曉《今言》）〔註 20〕劉瑾「勒罷公卿臺諫數十人，又指內外忠賢爲奸黨，矯旨榜朝堂。」（鄭曉《今言》）以「五十三人黨比，宣戒群臣。」（《明史・武宗紀》）李夢陽自然在五十三人之列，但由於當時劉瑾並不知劾章出夢陽之手，僅將其於正德二年（1507）春二月放歸田里。第二年（正德三年）五月，劉瑾得知劾章乃夢陽代草，又矯旨將夢陽從開封抓到北京下獄，必欲殺之而後快，幸「康海爲說，乃免」（《明史・李夢陽傳》）。直到當年八月，夢陽才被赦出。

這次與宦官劉瑾的鬥爭，由韓文出面領頭，實際上卻是由李夢陽主動策劃的。鬥爭雖以失敗而告終，但是，這件在當時震驚朝野的大事，無疑進一步提高了夢陽的威信。李夢陽寫的那篇《代劾宦官狀稿》也因此揚名。

《代劾宦官狀稿》不足千字，主要申訴劉瑾等宦官的胡作非爲，其行文言簡意賅，展筆生華。現錄之末尾一段如下：

> ……竊觀前古，閹宦誤國，其禍尤烈。漢十常侍、唐甘露之變，

〔註 19〕李夢陽，《空同集》卷四十，吉林出版集團有限責任公司出版，2005 年，頁 346。

〔註 20〕鄭曉，《今言》，北京：中華書局，1984 年。

> 是其明驗。今照馬永成等，罪惡既著，若縱而不治，無所忌彈，爲患非細！伏望陛下，奮剛斷，割私愛，上告兩宮，下諭百僚，將馬永成等，拿送司法，明正典刑，以迴天地之變，以泄神人之憤，潛消禍亂之階，永保靈長之業。則皇上爲守成之令主，臣等亦得爲太平之具臣矣！事關安危，情出迫切，不勝戰慄，俟命之至！〔註21〕

「事關安危，情出迫切」，李夢陽對劉瑾就是如此憤恨至極！

四、第四次入獄

第四次入獄，時在李夢陽任江西提學副使之時。明正德五年（1510年）八月，劉瑾伏誅。第二年四月，武宗皇帝下詔起復李夢陽，遷江西按察司副使（專管文化、教育和舉人考試的官員），正四品。當年五月赴官，六月到任。這一年是正德六年，李夢陽剛好四十歲，雖然仕途已經幾經挫折，但他剛介耿直的個性並未改變。到江西後，李夢陽不願依附於地方權豪勢要，仍一如既往，堅持正義，我行我素。道不同，不相與謀。李夢陽首先沒搞好與總督陳金的關係。提學副使歸一省的總督管理，但李夢陽從心裏看不起作爲政客的江西總督陳金，常與總督相對抗，總督陳金也因此對李夢陽不懷好意。監察御史衙門（御史爲江萬實）決定五日會同各官迎接巡按御史，李夢陽既不去迎接，又通知生員們也不要去晉見上官，如果非得去，就只作揖而不要跪拜。御史官江萬實知道此事後對李夢陽很不滿。這樣，李夢陽又與巡按御史江萬實鬧翻了。淮王府的軍校與生員相爭，李夢陽認爲有辱斯文，令手下人用鞭懲打軍校，淮王知道後大怒，向朝廷上奏此事，武宗皇帝命令御史調查處理。這樣，夢陽又得罪了淮王祐棨。李夢陽擔心御史江萬實幫助淮王，便先發制人，上書指責江萬實也有問題。武宗皇帝下詔書，叫總督陳金調查核對這些事實。陳金會同布政使鄭岳一塊調查核對。李夢陽「僞撰」了江萬實向皇帝揭發陳金的奏章，以挑起陳金與江萬實之間的矛盾，激怒陳金，並且說鄭岳的兒子鄭沄有接受賄賂的事實。寧王宸濠仰慕李夢陽的文才，又不喜歡鄭岳，因此幫助李夢陽揭發了鄭岳的罪行。在這前後，夢陽還與參政吳廷舉有矛盾。李夢陽去江西以後，江西政局熱鬧了起來，其剛直耿介的性格也表現出了顯明的具有缺點的一面。當時，江西地方上層人物之間劍拔弩張，

〔註21〕李夢陽，《空同集》卷四十，吉林出版集團有限責任公司出版，2005年，頁362。

相互為仇，一片混亂。其事實如《明史・文苑・李夢陽》所記載：

> 瑾誅，起故官，遷江西提學副使。令甲，副使屬總督，夢陽與相抗，總督陳金惡之。監司五日會揖巡按御史，夢陽又不往揖，且敕諸生毋謁上官，即謁，長揖毋跪。御史江萬實亦惡夢陽。淮王府校與諸生爭，夢陽笞校。王怒，奏之，下御史按治。夢陽恐萬實右王，訐萬實。詔下總督金行勘，金檄布政使鄭岳勘之。夢陽僞撰萬實劾金疏以激怒金，並搆岳子沄通賄事。寧王宸濠者浮慕夢陽，嘗請撰《陽春書院記》，又惡岳，乃助夢陽劾岳。萬實復奏夢陽短，及僞爲奏章事。參政吳廷舉亦與夢陽有隙，上疏論其侵官，不俟命徑去。

正是李夢陽剛介耿直、不願同流合污的性格，致使同僚怨恨，因此，陳金、江萬實、淮王祐棨等紛紛搜集材料，打擊李夢陽，正如夢陽自己所言：「僕此一言一動，悉爲仇者所搜羅。江御史搜羅者二，吳廷舉者二，淮人者三。」(《空同集・與何子書二首・其一》) 矛盾加劇後，以致「巡撫任漢顧慮不能決」(《明史・鄭岳傳》)，只好請朝廷派人來解決這場大糾紛。「正德八年秋八月，給事中王爌有章言此事。」(李夢陽《廣信獄後記》)「帝遣大理寺卿燕忠會給事中黎奭按問。」(《明史・鄭岳傳》) 燕忠到江西後，於廣信（今上饒）勘問此事。李夢陽《廣信獄後記》云：「十二月，燕卿至廣信府。明年正月二十八日，至廣信就獄。是年三月事完。」這是正德九年（1514 年）的事，李夢陽《亡妻左氏墓誌銘》中云：「甲戌，李子以與江御史構，從理官於上饒。」在當年四月八日的《與何子書二首》其二中，夢陽又說：「勘事一、二日畢矣，而淹至三月二十五日始發回省城候命。」李夢陽在這次勘審過程中，孤立無援，處境可憐，況又是「臥病待罪」(李夢陽《廣信獄後記》)。勘審結果，雖然沒有查出李夢陽有什麼違法亂紀的事實，對方所訴皆虛，但是，大理寺卿燕忠還是各打五十大板，「劾夢陽陵轢同列，挾制上官，遂以冠帶閒住去。亦褫岳職，謫戍湮，奪廷舉俸。」(《明史・文苑・李夢陽》) 燕忠並沒有寬宥李夢陽，罷免了李夢陽的官職。誠如他自己所言：「臣以居官無狀，得蒙寬譴，罷歸。」(《宣歸賦》自注) 李夢陽徹底失敗了，在仕途上翻了最後一個大跟斗。

五、第五次入獄

第五次入獄，時在嘉靖初年。嘉靖初，寧王朱宸濠謀反被誅，李夢陽因曾在江西任上爲其撰寫過《舊春書院記》一文而受到株連，以逆黨罪名又一次被捕入獄。經刑部尚書林俊、大學士楊連和等人出面營救，幸免一死，但從此被革職削籍，結束了充滿荊棘的仕途生涯。

這一次罹難與李夢陽的性格沒有直接的因果關係了。

前此四次與權豪勢要的鬥爭，自有其狂狷使氣的一面，是李夢陽的性格所致，但就本質而言，他並沒有錯。無論是監稅三關，還是劾壽寧侯，或者是劾宦官、訟同僚，這一切都是基於李夢陽自己的理想。李夢陽所衝擊、所毀壞的，無非是達官貴人們的權勢與利益。從這個意義上講，空同子自有其獨立的人格、耿介的氣骨、可貴的精神。

有一句名言：性格即命運。李夢陽耿介剛直的性格，決定了李夢陽的命運是多災多難的。

李夢陽對自己的性格特點也是有非常清楚的認識的，他認爲自己的性格是難以改變的，同時，也是與社會生活矛盾的。他接二連三地對權貴勢要硬碰直頂，給自己帶來了諸多傷害。在作品中，他多次表述了自己性格的特徵，並表示不悔改。

《空同集》中有一篇書信《與李道夫書》。李夢陽在書信中說：「僕婞直之性，孤危之行，皎然難白之心，自諉世無知己久矣！」

他在《述征賦》中說：

述征賦，正德四年夏五月北行作

仲夏赫炎兮，草木畢揭。（揭，高舉）

羈縲赴徵兮，夜發梁國。

抑情順志兮，強食自解。

亂流渡河兮，忽焉而寐。

所以懭悢揮霍兮，中情苑而內傷。

明星散而交加兮，翩冥冥吾以行。

……

亂曰：

已矣哉，鳳鳥之不時與燕雀類兮。

橫海之鯨固不爲螻蟻制兮。

誠解三面之網，吾寧溘死於道路而不悔兮！〔註22〕

「誠解三面之網，吾寧溘死於道路而不悔兮！」這是多麼倔強的性格！

〔註22〕李夢陽，《空同集》卷一，吉林出版集團有限責任公司出版，2005年，頁9。

在《乞休致疏》中，他說：「臣伏自思，秉性直憨，罔諧時俗，擯斥丘豁，臣實宜之。」

據《李空同先生年表》所記，李夢陽於 1530 年 1 月底臨終前作自贊曰：「剛而寡謀，自信靡疑」。這就是李夢陽自己對自己人生性格的總結。

李夢陽剛烈耿直的性格在當時，在其後乃至清代，都產生了廣泛的影響。

第三節　憤世情懷

李夢陽在官場幾起幾落的人生軌跡一方面表現出他剛烈的性格，另一方面則彰顯出他憤世嫉俗的情懷。

一、憤懣世風日下

有名的《上孝宗皇帝疏》突出地表現了李夢陽的憤世情懷。李夢陽在《上孝宗皇帝疏》〔註 23〕中明確地揭露了世風敗壞的方方面面，他把這些總結爲「二病、三害、六漸」。「二病、三害、六漸」，全面地體現了李夢陽對現實社會狀況的批評觀點。

所謂「二病」，是指「元氣之病」和「腹心之病」。李夢陽把國家比作一個人，一個人患了這兩種病生命是非常危險的。「元氣之病」指官宦們的思想作風。李夢陽說，思想作風是一個社會的生命，它無形，但它有機，是其他社會問題的發生點。現今官宦們的思想作風已敗壞到了極點。其揭露如下：

> 孔子曰：邦有道，危言危行。今人不喜人言，見人張拱深揖，口吶吶不吐詞，則目爲老成。又不喜人直，遇事圓巧而委曲，則以爲善處。是以轉相則效，翕然風靡。爲仕者口無公是非，後進承訛踵弊，不復知有言行之實矣！如此尚得謂之不病乎？

人們相互討好，委曲求全，這是一個不講眞話、口是心非的社會。大概任何一個腐敗的社會都是如此。李夢陽認爲，「且大臣者，庶官之表而民之望也」，今大臣則先不喜人言，又惡人直，這是一個嚴重危害社會的問題。

「腹心之病」是指宦官干政之危害。歷朝歷代宦官對朝政的危害是屢見不鮮的，明代亦如此。宦官是朝廷的要官，對國家的政治、社會風氣有重要

〔註 23〕李夢陽，《空同集》卷三十九，吉林出版集團有限責任公司出版，2005 年，頁 352。

影響。宦官胡作非爲，極大地敗壞了當時的社會風氣，是社會腐敗的一個重要方面。李夢陽對宦官專政極爲不滿，他在《上孝宗皇帝疏》中說：

> 夫內官者，陰性而狼貪，其一逼眞近，以朋比難剪，故臣以爲腹心之病。夫倉廠場庫錢穀之要也，今皆內官主之，陛下以此輩爲忠實可用邪？擬例不可廢也。誠例不可廢，處置一二輩足矣。今少者五六輩，多者二三十輩，何邪？且夫一虎十羊，勢無全羊，況十虎而一羊哉！

這一次上疏招來的是外戚之禍，不知道當時有無宦官看到這樣的控告。如果有，可以想像李夢陽的日子是不好過的。無論有與沒有，李夢陽對宦官如此憤恨，矛盾與災難是遲早要暴發的。

所謂「三害」，是指「兵害、民害、莊場饑民之害」。「害」者，弊病也，此指國家政治局面之弊病。其「三害」具體所論如下：

「兵害」，指軍隊建設怠懈。李夢陽在《上孝宗皇帝疏》指出：

> 兵害者何也，臣以爲冗食而無補，空名而鮮實也。夫強本者，所以弱枝也。今在京之兵，以衛計之七十有餘，分爲三營，一曰神機，二曰三千，三曰五軍。蓋帶甲控弦者，數十萬焉，意固欲以強本也。然至正統己巳，才數十年耳，拔之乃僅得十二萬焉，亦寡矣！於是有十二團營之名。團營至今才又數十年耳，日者遣將北伐，拔之不滿三萬焉。然其腰鞬弓刀不全也，騎士則牽露骨馬，又旋置鞍轡等。夫兵數不減於前，食之者增也，一旦而狼狽若此，何也？官不恤其軍，豪勢多占，使遠者逃，近者潛，職者不以報，糧籍不開除，又壯丁各營其家，老弱出而應點，宜其食之者增而用之者寡也！

明朝開國到弘治已一百多年了，軍隊怠懈已是長期存在的問題。像李夢陽描寫的那樣的事實，在當時已是多見不怪的事實。李夢陽對此前正統時期的土木之變，記憶猶新。正統十四年（1449 年），瓦剌首領也先於七月南下攻明，太監王振即挾英宗領兵五十萬親征。然而大軍離京後，兵士紀律渙散，且乏糧勞頓，八月初大軍才至大同。當時王振得報前線各路潰敗，懼不敢戰，又令返回。回師至土木堡時，被瓦剌軍追上，兵士死傷過半，隨從王公大臣或死難或被俘，王振被護衛將軍樊忠打死，而英宗突圍不成也被俘虜。此役明朝軍隊所戰皆狼狽不堪，已明顯暴露了明朝軍隊的問題，但是，誰也扭轉不了這樣的頹勢。「萌芽不伐，將折斧柯；熸熸不撲，燎原奈何？」李夢陽認爲軍隊建設怠懈是朝廷的一個大問題，是關係國家命運前途的關鍵，如不提前整治，將會大火燒身。他建議皇帝「銷患於未行」。

「民害」，是指施加於人民的賦稅太重。《上孝宗皇帝疏》評擊當時的具體情況是這樣的：

> 夫民害者，臣以爲斂重而民貧。又貪墨〔註24〕在位，恩不下流也。臣聞惟智者而後起家，夫人未有無所賴而生者也。今百姓賢智者不一二，愚蠢者常七八，然又苦無賴而有司者不之恤也，斂之不問貧富也，役之不問勝否也。曰此爾職焉矣！是故富者剝削，貧者稱貸，貸之不足，必鬻子，鬻子而不足，則必逋竄，一旦棄父母捐親戚，背鄉離井，愁怨之聲，上干天和，則必有水旱風雹之災，逋者不還，居者縲絏而牽連則必有無辜暴露之屍，故臣曰：民害者，重斂使之也。夫內府供應有常數也，宜有常簿焉，今油蠟皮張諸料等，較之弘治初年，費且十倍於前，此何也？蓋下者效上者也，取贏者未有不羡者也。今既十倍於前，則戶工二部，科派必又倍矣，下之州縣必又倍矣，百姓輸納，又有稱頭等必又倍矣。於乎，民日貧而斂日績，當道不苦言以聞，有司乘機肥其家。如此而猶望其治，此眞卻步以求前耳。陛下前固嘗降詔旨存問矣。然簿數不減也，科派不省，稱頭如故，賄賂公行無憚，此所謂空名而實禍也，臣故曰貪墨在位，恩不下流者此也。

表面上看，「民害」講的是賦稅過重的問題，其實講的是官吏貪污腐敗的問題。首先，官吏對於民生疾苦熟視無睹，強迫貧困之民交租納稅，更可惡的是，當朝廷對災民賑濟之時，他們還剋扣賑資，使朝廷之「恩不下流也」。其次，朝廷如有賦稅，由中央到地方便層層加碼，以致賦稅成倍地翻番，收交賦稅便成了貪官污吏們發財致富的機會。皇帝對賦稅如有所減免，實際上也難以實施。另外，由於暴征橫斂，財富聚集，以致物價上漲，「較之弘治初年，費且十倍於前」。「貪墨在位」，民無寧日！由於貪官污吏肆無忌憚地禍國殃民，下層人民群眾不堪承受其壓迫，便稱貸、鬻子，進一步，更是棄父母、捐親戚，背井離鄉。於是，舉國上下，怨聲載道。李夢陽作爲封建社會中一位有文化層次的耿介正直之士，還是有政治眼光的。他能清楚地認識到，「民害者，重斂使之也」，「故曰貪墨在位，恩不下流者此也」。前所述二病及兵害與此也是相關的，

〔註24〕貪墨：貪，指貪污，墨，指賄賂。此處貪墨指代貪官污吏。

都要可劃歸爲官吏問題。一句話，貪官污吏是社會腐敗現象的根源。

「莊場畿民之害」談的是土地兼併問題：

> 三曰莊場畿民之害。臣伏覩洪武某年詔曰：直隸抛荒田地，聽民開墾，永不起科。夫民既自開墾之矣，不可謂非其田矣。而今皇親之家，聽無賴光棍投獻，主使謂非其田也。請之朝廷，朝廷亦謂非其田也。率即賜皇親家，皇親家既奉天子命爲己有，乃輒遂白奪其田土，夷其墳墓，毀其房屋，斬伐其樹木，於是百年土著之民，蕩產失業，抛棄父母妻子。千里之內，（舉）騷然不寧矣！

土地是農民的根本，土地也是巨大的財富。正因爲如此，皇親貴族便千方百計地巧奪強掠人民群眾的土地。本來是農民自己開墾的土地，應該歸屬農民自己，但是，僅皇親貴族一個「投獻」，又請之皇上一句話，土地便化爲烏有。土地還可以通過買賣、賠償等手段來掠奪，李夢陽疏中所述事實應該是萬惡之一。人民沒有了土地，便蕩產失業，背井離鄉，於是，「盜賊」滋生，騷亂不已。「莊場畿民之害」也是社會腐敗的大問題。

「二病」、「三害」問題，是社會腐敗的主要方面。在《上孝宗皇帝疏》的後半部分，李夢陽還繼續揭露了世風敗壞的其他方方面面，這就是所謂的「六漸」。漸，弊端漸滋也，弊病之端也。較之「二病」、「三害」來說，「六漸」之病是相對要輕一點兒，但是，其仍然是不可容忍、不可放縱的。其具體內容如下：

一曰匱之漸，此指國家財政困難之弊端。李夢陽指出，當時國家財政收入連年遞減，且官吏浪費嚴重，財政開支日益增長。另外，諸如造寺奉佛、設醮求仙等耗費鉅資。李夢陽認爲，如果一旦匈奴入侵，戰事爆發，舉天下之力則難以應付。

二曰盜之漸。此指民貧滋盜、民眾暴亂、外族入侵的危險性。李夢陽認爲：盜賊之漸，原於民窮；民窮滋盜，此非要害；民貧不恤，大患將至。「夫安不忘危，霸者之略，有備無患，聖王之政，」所以，應「趁此之急選良有司恤饑賑寒，以安民心」。

三曰壞名器之漸。此指獎賞制度之弊端。獎賞是爲了激勵後進之士，警戒妄爲之徒，使天下人知道勸免之意義。但是，今天皇上獎賞失制，要官的則給官，要爵的則給爵。這樣，以致「高其爵不足以勵，糜其賞不足以諷，夤緣鑽刺之風既行，而廉恥名節之士遂寡。」「夫薰蕕同器，不知有薰，廉污並賞，孰肯爲廉？」獎賞制度的敗壞，也是世風敗壞的重要方面。

四曰弛法令之漸。此指刑法鬆弛之弊端。刑法是國家要法，必須嚴格執行。但是，當今皇上以個人意志赦免了不少罪犯，這是在玩弄國法。「有罪而赦之，是縱罪也，縱罪則奸長，奸長則政舛，政舛則民玩，民玩則令慢，令慢則法弛，此古之所大忌而今之所其忽也。」「刑，天討也，公，天道也，王者不私其天，故謂罰一人而千萬人懼。」皇上應該立馬改正錯誤。

五曰方術眩惑之漸。此指佛道蔓延之弊端。李夢陽認爲，佛道本質上是騙人的，是迷信，它既不能醫治疾病，更不能解決人們的吃飯穿衣。「夫自古帝王享國長久者，畏天而憂民也，非以奉佛也！」然而，當今，奉佛信道之風盛行，全國上下，寺觀林立，僧道遍地，他們散佈謠言，眩惑人心。皇上也受其影響，尊僧道爲眞人法王，與僧道往來親密，這是誤國誤民，陛下應該及早醒悟過來。

六曰貴戚驕恣之漸。此指貴戚干政、作風驕横之弊端。貴戚干政是封建社會中的常見問題。李夢陽認爲，依照高皇帝的規訓，貴戚不能干政，今貴戚驕横天下，無法無天，應該嚴懲重罰。例如，「今壽寧侯招納無賴，罔利而賊民，白奪人田土，擅拆人房屋，強虜人子女，開張店房，要截商貨，而又占種鹽課，横行江河，張打黃旗，勢如翼虎！」應將壽寧侯移送有司，繩之以法。有此訟，李夢陽便招來一次獄難。

讀《空同集》可以看出，李夢陽描寫社會黑暗、道德敗壞的文章隨處可見。在《空同集・外篇・事勢篇第七》〔註 25〕中，李夢陽說：

> 人有未學而仕者矣，有初仕者而壞者矣；女有未笄而歸者矣，有未歸而穴窺者矣；瓜果未熟而市鬻之矣，五穀未充而採之食焉矣；始秋而萑葦箔矣，十歲而冠者有矣；布帛日短矣，斗升日巨矣；工日粗矣，商日僞矣；農日惰矣，士日嬉矣；官日營矣，其代速矣；消長起落促促矣。悲哉！嗟嗟！王制，用器不中度，布帛精粗不中數，幅廣狹不中量，五穀不時，果食未熟，木不中伐，禽獸魚鼈不中殺，皆不鬻於市，而今不之見矣！悲哉！嗟嗟！

這段文字簡潔明瞭，是對當時社會不良現象的描寫。沒有學歷而能當官，一當官人就變壞了，女有小小年齡就結婚的，有沒有結婚就同居的，等等，社

〔註 25〕李夢陽，《空同集》卷六十六，吉林出版集團有限責任公司出版，2005 年，頁 617。

會之道德敗壞不可盡言。「悲哉！嗟嗟！」詩人不悲憤行嗎？

作爲一個耿介正直之士，李夢陽認爲，他所處的時代是一個世道黑暗、世風日下、世俗敗壞的天下。今天，我們不能完全認爲李夢陽的世界觀就是絕對正確的，但是，李夢陽就是這樣認識他那個時代的。

二、堅持與世抗爭

面對世道黑暗、人心不古、世風日下、世俗敗壞的現實世界，李夢陽選擇的是與世抗爭。那怕是多次入獄，幾番沉浮，也始終初心不改。不僅如此，他還「篤述作以強志」，通過創作強烈地表達自己堅持正義、不與世俗同流合污的決心。

正德九年，即公元 1514 年，江西廣信獄之後不久，李夢陽寫了一篇長賦，題爲《宣歸賦》，表達他的決心。全篇如下：

《宣歸賦》

（序）正德九年，是歲甲戌，厥月辛未，臣以居官無狀，得蒙寬譴罷歸（三月罷官），乃作《宣歸賦》，其詞曰：

昭浮清以覆育兮，北斗平均而酌時；
蟪蛄微細而先秋兮，水知寒而流澌；
疾餘生之蠢持兮，性重剛而習坎；
吾既婞直獲斯厲兮，孰復訟心於顣頷；
悲群志之詭異兮，恒忌勝而營己；
與己好則曰好兮，忍懵蛾眉而攻毀；
緊聖人無小大兮，吾聞大道以天下爲公；
彼黨同以掩飾兮，緊非儔而謂忠；
惟古人之醜僞兮，迸四夷而投北；
胡今士之婪穢兮，廉之則云伐德；
帝板板以遼寥兮，九天立而雲征；
淆汶汶以須夢兮，豈察詳而悉情；
滂澄清厥躬殆兮，原靡豫而遭放；
美余焉獲茲嘉閒兮，詔冠帶以流浪；
晨靈雨以揚楫兮，遡江漢之浮浮；
背朱明之遊飂兮，面長庚而北道；

瞥九江余曶倏兮，超大別而逾迅；
介夢澤以洋淫兮，風沔郢以遵順；
宵認參昂兮，晝諦波濤；
痛定思痛兮，憂前車而內怮；
眾乖滑以善憎兮，噂沓嗒而背呲；
謟嫵嫵以朋附兮，瑣刺齪陽紿；
艴余惡以披離兮，矯九仞之翽翽；
趫溷悶以孤僾兮，巢雲柯之蔽芾；
彼眾噪以側睟兮，含沙射而伺予；
夥千百而致一兮，摽寤言而誰語；
陋嘎咿之僑態兮，儔傴僂唯唯赽趄；
生捩直俾之曲兮，民炎門斫而肉魚；
睃血膏以日富兮，佯減儉以豪素；
哀窶人之填寡兮，彼醲鮮袒而號呼；
心與跡既我逆兮，焉飲食之遑寧；
憤粉飾之亂姣兮，疇知余結駟而濍膺；
時鑠金之冰須兮，吏抱牒而相勿；
汗簌簌以零案兮，風薄肌之瑟瑟；
怲潰澮以煩捼兮，念偃仰之不可得；
報束帶以例趨兮，衷眩戰而狐惑；
徒文繡之外彪兮，內棘戟其誰知；
思玩慢以鏊遷兮，則又懼素餐而神災；
吾寧轟烈劣撇與世愕兮，良不忍骫疲齷齪與草木而塵埃；
惟代謝之飄忽兮，慨顏跖逝而黃丘；
究萬變以定命兮，孰長存而竟留；
懲夙昔以質行兮，吾幸夫前路之尚修；
余指日月之顯隅兮，回崖阿而盤考；
徙桑若以敷蔭兮，移嵩華而分島；
仰峰崿之嶔崟兮，俯泉瀨之磕磕；
穆窅�以潛處兮，探理窟之英邃；
合性命而諗一之兮，周覽陰陽之轉圜；

橫宇宙以長觀兮，驗妙門之玄玄；

混沌及而天地覆兮，堯桀泯而誰分；

篤述作以強志兮，吾豈願來者之盡聞。〔註26〕

《宣歸賦》是李夢陽創作中的一篇佳作，其主題意旨明瞭，且悲憤濃鬱感人。

《宣歸賦》首先表達了李夢陽對世俗的憤慨。他一再地批判世俗那些不講眞話、毀忠諂佞、趨炎附勢的醜惡現象。首句「昭浮清以覆育兮，北斗平均而酌時。」起興以渲染意境，美麗的大自然哺育萬物，寒來暑往，春去秋來。然而，有一個人已感受到寒冬來臨，「蟪蛄微細而先秋兮，水知寒而流澌」。蟪蛄的聲音已哀弱淒慘，流水也發出了澌澌的寒意。「疾餘生之蠢持兮，性重剛而習坎；吾既婞直獲斯厲兮，孰復訟心於顣頷。」由於我自己性情剛直、執著不訓，便招來了廣信獄之禍，我被罷官歸田。更讓人寒心的是，自從遭難以來，竟無一人來給我說句公道話。詩歌一開始就成功地渲染了一個趨炎附勢的世俗背景。接著，作者又不斷反覆地詠歎了這一主題思想。「悲群志之詭異兮，恒忌勝而營己；與己好則曰好兮，忍僭蛾眉而攻毀。」世俗之心態詭異莫測，他們疾恨別人賢於自己，又專心爲自己謀劃；凡是與他們相好的他們就認爲是賢者，對於眞正的忠臣志士，他們則殘酷地陷害和詆毀。「眾乖滑以善憎兮，噂沓嗒而背呲。」世俗者一個個刁鑽狡猾，當面對人嘻嘻哈哈是好朋友，背後卻說人壞話極力詆毀。「彼黨同以掩飾兮，緊非儔而謂忠。」世俗者口是心非，互相掩飾，硬把姦佞說成是忠賢。「胡今士之婪穢兮，廉之則云伐德。」他們貪婪污穢到了極點，硬把清廉之士說成是道德敗壞。「彼眾噪以側睥兮，含沙射而伺予。」還鼓譟於朝廷，瞄準我含沙射影。「陋嘎咿之僑態兮，儔傴僂唯唯趑趄。」他們表現出阿諛奉承的醜陋樣子，與那些傴僂古怪之人一起嘻皮笑臉、拉拉扯扯。「帝板板以遼寥兮，九天立而雲征；淆汶汶以澒夢兮，豈察詳而悉情。」皇上遠遠在九天之上，遙遠迷茫的和夢一樣，他不瞭解體諒賢臣的忠誠。「生捩直俾之曲兮，民炎門斫而肉魚；晙血膏以日富兮，佯減儉以豪素。」權貴們爲所欲爲，人民不願意做的事，他們強迫人民執行，把人民當做魚肉一樣任意砍割；他們吸噬人民的血肉，日益富有，然後裝出勤儉樸素的樣子。「時鑠金之冰須兮，吏抱牒而相勿。」官吏們相互結盟關照，竟做些眾口鑠金的壞事。凡此種種劣跡，罄竹難書。

〔註26〕李夢陽，《空同集》卷一，吉林出版集團有限責任公司出版，2005年，頁11。

「余指日月之顯隅兮，回崖阿而盤考。」我仰望日月，追求遠大理想，爲此要不斷地考察探究。「仰峰嵤之嶔崟兮，俯泉瀨之磕磕；穆窅吻以潛處兮，探理窟之英邃。」我崇敬高山之英俊，羡慕泉瀨之惋柔，故決定專心致志，默默潛處，探索天地人生之英邃。「橫宇宙以長觀兮，驗妙門之玄玄。」心懷浩瀚的宇宙，以達觀的態度對待人生，努力去探討宇宙之哲理。《宣歸賦》的最後一句是：「混沌及而天地覆兮，堯桀泯而誰分；篤述作以強志兮，吾豈願來者之盡聞。」今天，世風日下，世俗敗壞，天地已一片混沌，聖人已遠離我們，誰來扭轉乾坤，造福萬民？我已立下與世俗抗爭的志向，專心致志地著述以記下憤慨的心情，是爲了堅定信念，難道是爲了妝飾聽聞！

從《宣歸賦》中我們可以看出，廣信獄之後李夢陽的剛烈性格以及崇尚仁政、憤世嫉俗的思想有增無減。

廣信獄發生在明武宗正德九年，這一年李夢陽 43 歲。此後，在李夢陽十多年的有生之年裏，他思情亢奮，一直處在憤世嫉俗、與世抗爭的情緒中，實現了他「篤述作以強志兮」的人生理想。

1530 年 1 月 28 日，即明世宗嘉靖八年十二月二十九日，李夢陽即將謝世。據朱安涎《李空同先生年表》〔註 27〕記載，在臨終前，李夢陽作有自贊詩。其贊曰：

> 生無敢私，死無敢欺。質雖凡近，高遐是期。或謂弗然，請試察之。剛而寡謀，自信靡疑。眾雖見惡，君子是之。既不見是，天豈不知。老而覺悟，途窮數奇。賚志長畢，命也何爲。空同八篇，潦草綴詞。

年華已去，空同子老人感慨萬千。「生無敢私，死無敢欺。」「質雖凡近，高遐是期。」他始終不忘記自己一生所追求的理想，三代之治和忠臣義士的永遠是光明的。「既不見是，天豈不知。」李夢陽對天發誓，自己是忠於國家的。

在廣信獄之前李夢陽抱負三代之治和忠臣義士的理想，與權貴勢豪勇敢地做對鬥氣，他的思想主要表現爲憤世嫉俗；在廣信獄之後直到蓋棺論定之前，李夢陽依然堅持理想，鬥爭不已，「自信靡疑」直至生命的最後一刻，這就是李夢陽人生歷程的眞實寫照。

〔註 27〕朱安涎，《李空同先生年表》，見附錄二。

第二章　李夢陽與前七子交遊考

李夢陽於弘治六年（1943 年）中進士，未及授官，同年冬母親病故，因而丁憂在家。弘治八年其父又病故，他繼續於老家慶陽守孝，直到弘治十一年（1498 年）服滿，才銓官戶部主事。弘治十八年孝宗皇帝駕崩，明武宗立。正德元年，李夢陽因劾宦官劉瑾事被罷官逐出朝廷。正德五年（1510 年），劉瑾被誅，李夢陽官復原職。正德六年，任江西提學副使。這也就是說，李夢陽實際上於正德元年就離開京城了，李夢陽在京的時間只有弘治十一年到弘治十八年這約八年時間。

明代中葉前七子的文學復古運動也基本發生在明弘治十一年到十八年這八年的時間裏。李夢陽主張文學復古，即是在弘治時期的文風變異中產生的。我們從李夢陽與其他「七子」的文學交往可以看出前七子文學復古運動的具體面貌，也可以看出李夢陽是一個熱愛詩歌創作的天才詩人。

第一節　弘治時期的文風變異

一、臺閣體的衰微

在明代開國後的一百多年裏，即明代永樂到弘治時期，是朝廷的翰苑文人統治著當時的文壇。明代詩文的發展，始於明初永樂前後時期的「吳中四傑」，即高啓、楊基、張羽和徐賁四人。這四人都是南方江浙一帶人，世稱吳人，所以稱「吳中四傑」。「吳中四傑」的文學創作有一定的時代內容，也有一定藝術價值，表現了當時開國時期人們樂於積極向上的社會思潮。「吳中四傑」的文學創作有積極向上的一面，同時也有歌頌時代的一面，它包含了歌功頌德的基因，成為後來「臺閣派」文學的緣起，實際上是「臺閣派」文學的開始。

永樂之後，便是成化前後時期的「臺閣派」文學時期。這個時期詩壇上出現的是以「三楊」為代表的「臺閣體」詩派。三楊是楊士奇、楊榮、楊溥，他們先後都官至大學士。當時，他們在文壇的影響力頗大，追隨他們的人很多。一般追求利祿的文人在未中進士前致力於八股文，得官以後，就模仿「臺閣體」，逢迎應酬。所以稱他們這些人為「臺閣派」。

三楊所作詩歌都是歌功頌德，粉飾太平的作品。他們以太平宰相的地位，除撰寫朝廷詔令奏議之外，大量寫作應制、頌聖或應酬、題贈的詩歌。號稱詞氣安閒，雍容典雅，其實陳陳相因，極度平庸乏味。

三楊的「臺閣派」文學是應制平庸之作已成歷史定論。這裡再舉一些例證。例如，胡儼是明初的著名學者，他在為楊榮的文集做序時稱楊榮的文章是：「江河演迤，平鋪漫流，高辭爾雅，不事雕琢，氣象雍容，自然光彩。此誠公遭遇列聖太平雍熙之運，聲明文物之時，故得攄其所蘊，以鳴國家之盛。」胡儼對楊榮的文學批評簡明扼要，一針見血地指明了三楊文學的藝術特點是「高辭爾雅」、「氣象容雍」，指明他們的文學目的是「鳴國家之盛」。〔註 1〕

「鳴國家之盛」，這便是「臺閣派」文學的本質特點。這一文學思潮潮發到後來，就展成為極其庸俗的頌聖文學。成化二年，大學士莊昶有一奏摺即點明了「臺閣派」文學的這個特徵。

莊昶（公元 1437～1499 年），是明成化二年（公元 1466 年）的進士，後授翰林院檢討，官至大學士，可算是臺閣派的重要人物了。他在成化初年給憲宗皇帝的一份奏議中說：「至於翰林之官，以論思代言為職，雖曰供奉文字，然鄙俚不經之詞，豈宜進於君上！若不取法聖賢而曲引宋祁、蘇軾方致以為比，是以三代而下之君望陛下而不以三代而上之君望陛下也。臣等遭遇聖明，發身黃甲，叨與庶吉士之選，陛下養之翰林，教之詠習六經，師法孔孟，二年於茲矣，近又授以今職，感冒國恩，至隆極厚，夙夜眷眷，相與戒飭，惟恐曲學阿世，無以補報於萬一，何敢以此等鄙詞上瀆天聽以自取侮慢不恭之罪哉？」〔註 2〕翰林士人文詞被莊昶看做是「鄙俚不經之詞」，用今天通俗的

〔註 1〕中科院文學研究所，《中國文學史》，北京：人民文學出版社，1963 年。

〔註 2〕莊昶，《定山集》卷十，影印文淵閣四庫全書，上海：上海古籍出版社，1991 年。

話來說，就是拍馬屁的文字。莊昶認爲這樣的文風與中國傳統文化相去甚遠，這是對皇帝的褻瀆不恭，他自己是不敢這樣自取其罪的。莊昶本來就是臺閣派一幫的，他能認識到這一點，可算是有自知之明了。這也反映了當時「臺閣體」泛濫至極的事實。後來明末清初詩人錢謙益在《明詩別裁集》中說，「永樂以後，尙臺閣體，諸大老倡之，眾人靡然和之，相習成風，而眞詩漸亡矣。」這是對當時文壇現象的總結。當然，這樣的文學是不會有長期市場的，因而其創作在明成化後期衰落與消退。

二、茶陵派的崛起

成化後期，在「臺閣派」文學衰退的同時，文壇上出現了以李東陽爲首的茶陵詩派。「茶陵派」以李東陽爲主，其成員有謝鐸、張泰、陸釴、邵寶、石瑤、魯鐸等。

李東陽（1447～1516），字賓之，湖南茶陵人。天順八年進士，官至少師、大學士。在成化、弘治年間，他以臺閣大臣地位主持詩壇，頗有聲望。他論詩的藝術觀點，多半是附和嚴羽，但在談論詩歌音調的輕重、清濁、高下、緩急，以及作詩用字的虛實、結構的起承轉合等方面，多少有一點自己的體會。他強調宗法杜甫，也更多是從音調、法度著眼。李東陽的影響力，在《明史・文苑傳・李夢陽傳》中有記載。其記曰：「弘治時，宰相李東陽主文柄，天下翕然宗之。」可見，李東陽當時是執掌文壇的。

李東陽的詩歌有擺脫臺閣體的一面。一些作品反映了社會現實，在當時產生了一定影響。如《春至》中說：「東鄰不衣褐，西舍無炊煙」，「流離遍郊野，骨肉不成憐」。這是作者對當時人民群眾生活的憂慮，反映的是社會生活的內容，不是臺閣體的那一套。再如，他在《馬船行》詩中說：「憑官附勢如火熱」、「乘時射利習成俗」，這是作者對現實生活黑暗現象的揭露，表明作者的文學視線已由文苑臺閣轉向到了下層人民方向。又如《築城怨》，極寫秦始皇築長城給人民群眾帶來的痛苦：「築城苦，築城苦，城上丁夫死城下，長號一聲天爲怒，長城忽崩復爲土。」《寄彭民望》曰：「斫地哀歌興未闌，歸來長鋏尙須彈。秋風布褐衣猶短，夜雨江湖夢亦寒。木葉下時驚歲晚，人情閱盡見交難。長安旅食淹留地，慚愧先生苜蓿盤。」此詩寫出了作者對社會生活的眞實感受，受到了人們的讚揚，上述這些詩歌新內容給當時寂寞的文壇

注入了濃烈的生活氣息，使人們有耳目一新之感。因此，李東陽的茶陵派在當時文壇上產生了較大影響。〔註3〕

李東陽的詩歌觀也有標榜臺閣體的傾向，創作上也未脫臺閣體的窠臼。他「歷官館閣，四十年不出國門」，在生活思想方面自然是貧乏的。其名作《擬古樂府》，實際是以樂府詩體作史論，封建的道學氣味很濃。在他詩集中，具有濃烈生活氣息、個人眞實情感的詩作只是少數，大部分詩歌還是歌功頌德、粉飾太平的，有著顯明的臺閣體痕跡。例如，他的《慶成宴有述》一詩，描繪了帝王祭祀的場面，極力頌詠「聖恩神貺兩難窮」的盛隆與祥瑞，其風格雍容典雅、平正華麗，如同臺閣體一般。與李東陽詩歌的新思想內容相比較，其臺閣體的特徵是主要的。〔註4〕

李東陽茶陵派的文學主張有一個值得一提的內容，這就是它的復古內容。弘治初年，李東陽提出了詩學漢唐的復古主張。他在《鏡川先生詩集序》中說：「漢唐及宋，格與代殊，逮乎元季，則愈雜矣。今之爲詩者，能軼宋窺唐，已爲極致，兩漢之體，已不復講。」〔註5〕其尊崇兩漢唐宋，輕視當今之詩歌創作，這顯然是尊古薄今的思想觀點。不能不說，這可能給李夢陽的復古思想帶來了鼓動。從某種意義上說，李東陽是上承臺閣體、下啓前後七子的一道重要的橋梁。

三、孝宗皇帝的右文尚儒

中國歷史上存在著一個奇特的文化現象，即「上有所好，下必甚焉」，在文學藝術方面尤其如此。明弘治時期歷史就表演了這麼一幕。明弘治年間，孝宗皇帝積極鼓動文風變革，上行下效，一時群臣爭相爲之。李夢陽的文學復古運動也有孝宗皇帝朱祐樘的一份功勞。

成化二十三年（1487 年），憲宗帝駕崩，太子朱祐樘即位，是爲明孝宗。朱祐樘 18 歲時即皇帝位，年號弘治。其在位期間，推行了一套明智的政治措施。如整頓吏治，凡是憲宗親信的佞倖之臣一律斥逐，大量起用正直賢能之士。同時，更定律制，復議鹽法，革廢一應弊政，政治清明，朝野稱頌，人稱弘治中興。〔註6〕

〔註 3〕袁行霈，《中國文學史》第四卷，北京：高等教育出版社，1999 年。
〔註 4〕袁行霈，《中國文學史》第四卷，北京：高等教育出版社，1999 年。
〔註 5〕李東陽，《明代文論選·李東陽·鏡川先生詩集序》，人民文學出版業，1993 年。
〔註 6〕白壽彝，《中國通史》，第九卷，上海：是海人民出版社，1999 年。

孝宗皇帝在位期間，首先選用了一大批具有眞才實學的儒士。當時被任用的有徐溥、劉建、李東陽、謝遷、王恕、馬文升等人（包括後來的劉大夏、楊一清），這些人都是正直忠誠、學養高深的儒士大臣。其次，孝宗皇帝以身作則，嚴肅對待奏章的審批與發放，孝宗常召閣臣至文華殿，讓大家共議大臣的章奏，且寫出批詞後，自己再批改頒發。所以，閣臣李東陽高興地說：「天順以來，三十餘年間，皇帝召見大臣，都只問上一二句話，而現在卻是反覆詢問，討論詳明，眞是前所未有啊！」〔註 7〕弘治十三年（1500 年），大學士劉健上奏說，晚朝散歸後，天色已黑，各處送來的文件往往積壓內閣，來不及處理。如有四方災情，各邊報警等事務，就有耽擱的可能。於是，孝宗特定除早、晚朝外，每日兩次在平臺召見有關大臣議事。從此出現了「平臺召見」這一新的朝參方式。〔註 8〕孝宗皇帝的這些舉動都是對儒士們的尊敬和鼓勵，也標誌著他對文壇的重視。

前七子對孝宗皇帝在弘治時期文學復古運動中發揮的積極作用也是肯定的。王廷相在《李空同集序》中說，「弘治中，敬皇帝右文尙儒，彬彬清治，於時君臣恭和，海內喜洽，四夷即服，兆畝允殖，輶軒無靡及之歎，省寺蔑鞅掌之悲。由是學士大夫職思靡艱，雅文是娛，不榮躍馬之勳，各競操觚之業，可謂太平有象，千載一時矣。」王廷相認爲孝宗皇帝「右文尙儒」，這則是復古運動當事人對孝宗的評價。

弘治十五年，陝西康海制策起句云：「天下有不易之事，人君有不可之心」，孝宗皇帝因其文章創新，擢爲狀元，在當時傳爲佳話。這一事件反映了孝宗皇帝「右文尙儒」的思想及其對復古運動影響具的重要意義。

弘治時期，大儒士張治道在《翰林院修撰康海先生行狀》中說：

> 是時孝宗皇帝拔奇掄才，右文興治，厭一時爲文之陋，思得眞才雅士，見先生策，謂輔臣曰：「我明百五十年無此文體，是可以變今追古矣。」遂列置第一，而天下傳誦則效，文體爲之一變，朝野景慕若麟鳳龜龍，間世而一睹焉。

「上有所好，下必甚焉」。康海事件無疑給當時文學發展樹立了一個方向。在孝宗皇帝的影響下，翰林、郎署的眾臣們同聲稱道康海之文。劉健，即當時的內閣大學士兼吏部尙書、會試讀卷官，對康海制策也倍加讚賞。李開先說：

〔註 7〕白壽彝主編，《中國通史》第九卷，上海人民出版社，2000 年。
〔註 8〕白壽彝主編，《中國通史》第九卷，上海人民出版社，2000 年。

當時，「讀卷官劉健等以爲（康海制策）詞意啓古，嫻於政理，不惟三百人（此年考試中進士者約三百人）不及，自有制策以來，鮮見其比。」〔註9〕劉健認爲康海是狀元中的狀元，這簡置是把康海捧上天了。李東陽，當時的大文豪，對康海的這篇製策的批語云：「條陳禮樂之興廢，發明教化之盛衰，以及選課之有方，徵輸之有法，馭兵之有制，用刑之有條，一一中款，末路歸本君身，尤見忠愛卓識。」〔註10〕李東陽對康海文的讚揚也是極其誇張的。孝宗皇帝擢康海爲狀元，授康海翰林修撰，引起朝臣的追捧，這是理所當然的了。吳寬，明代詩人，官至禮部尚書，他在《西潭詩稿序》中云：「故黃州守華亭陳君一夔（陳章，成化十四年進士，刑部官員）性喜爲詩，自爲刑部屬，吟詠不以公務廢，退歸私第，不問家事，意惟在詩。或朋友歡聚，眾方舉盞喧嘩，獨凝然注目，克意亦在詩也……一夔在刑部時，所與倡和者有餘姚陳彙之、崑山秦廷贇、黃岩王存敬、吳江趙栗夫……〔註11〕」吳寬記述了陳一夔等郎署官員熱心詩歌創作的事實。顧璘，詩人，官至南京刑部尚書，他在《淩西先生墓碑》云：「弘治丙辰（即弘治九年）間，朝廷上下無事，文治蔚興。二三名公方導率於上，於時若今大宗伯白岩喬公宇、少司徒二泉邵公寶、前少宰柴墟儲公巏、中丞虎谷王公雲鳳，皆翺翔郎署，爲士林之領袖，砥礪乎節義，刮磨乎文章，學者師從焉。璘方舉進士，得從宴遊之末，奉以周旋，竊見諸公契義篤厚，切切以藝業相窺，疑無猜閒，雖古道德之世無以加」〔註12〕。顧璘記述了弘治九年前後士林們進行詩歌交往的情景。這些都反映了當時有一個相對寬鬆的政治環境。

第二節　李夢陽文學交遊考

在孝宗皇帝「右文尚儒」的鼓動下，弘治時朝廷的郎署官員們紛紛活躍起來，他們相互倡詩論文，一時成爲時尚。顧璘在《淩西先生墓碑》中記云：「皇朝文尚淳厚，自成化、弘治間，質文始備。翰苑專門，不可一二；其在臺省，初有無錫邵公寶、海陵儲公巏等開啓門戶，自是關中李夢陽、河南何

〔註9〕李開先，《李開先集・對山康修撰傳》，北京：中華書局，1959年。

〔註10〕康海，《制策・附》，《對山集》卷一，影印文淵閣四庫全書，上海古籍出版社，1991年。

〔註11〕吳寬，《家藏集》卷四十四，影印文淵閣四庫全書，上海古籍出版社，1991年。

〔註12〕朱應登，《淩西先生集》卷十八，齊魯書社影印四庫存目眾書。

景明、姑蘇徐禎卿、維揚則先生。嶽立宇內，發憤覃精，力紹正宗，其文刊脫近習，卓然以秦漢爲法，其詩上準風雅，下採沈宋，磅礴蘊籍，鬱興一代之體。功亦偉乎！」李夢陽自己在《朝正倡和詩跋》中說：

> 詩倡和莫盛於弘治。蓋其時古學漸興，士彬彬乎盛矣，此一運會也！余時承乏郎署，所與倡和則揚州儲靜夫、趙叔鳴，無錫錢世恩、陳嘉言、秦國聲，太原喬希大，宜興杭氏兄弟，郴李貽教、何子元，慈谿楊名父，餘姚王伯安，濟南邊庭實。其後又有丹陽殷文濟，蘇州都玄敬、徐昌穀，信陽何仲默。其在南都，則顧華玉、朱升之其尤也。諸在翰林者，以人眾不敘。自正德丁卯之變，縉紳罹慘毒之禍。於是士始皆以言爲諱。重足累息而前諸倡和者亦各飄然萍梗散矣。

李夢陽指出，弘治間的文人以詩倡和是一次運會，這次運會一直延續到正德二年。李夢陽於弘治十一年進京，正好趕上了這次時代運會，他以極其熱烈的心情參與了這次盛大的歷史運會。在這一運會中，李夢陽廣交朋友，與朋友們倡詩論文，寫了大量的詩歌，還寫了大量有關論詩的文章，表現了李夢陽在復古運動中發揮了重要作用，也表現了李夢陽天生的崇文尚詩的本性。李夢陽尤其對詩歌情有獨鍾，在李夢陽的文學交往中，以詩交友是李夢陽文學交往的特點。可以這樣說，李夢陽的文學交往在弘治期間的復古運動中發揮了重要作用。下面是對李夢陽與其餘「前七子」文學交往的考察。

一、李夢陽與何景明

何景明（1483～1521 年），字仲默，號白坡，又號大復山人，信陽（今屬河南省）人。自幼聰慧，八歲能文，弘治十五年（公元 1502 年）十九歲中進士，授中書舍人。正德初，宦官劉瑾擅權，何景明謝病歸。劉瑾誅，官復原職。官至陝西提學副使。著有辭賦 32 篇，詩 1560 首，文章 137 篇。有《大復集》38 卷。

李夢陽與何景明同爲明代文學復古運動的代表人物。何景明是弘治十五年進京的，比李夢陽晚四年。何景明的年齡比李夢陽小十歲，李夢陽應該是何景明的學長。然而，李何二人相識以後即交結爲摯友，相互倡詩，關係極爲密切。弘治十五年，何景明授官中書舍人，二人便有交往。何景明回憶當時的情況云：

憶年二十當弱冠，結交四海皆豪彥。

文章天上借吹噓，杯酒人中回顧盼。〔註 13〕

何景明二十歲時，正是他進京那一年，由此可見，何景明初到京城，便與李夢陽相識了。二十歲，當是入仕最年輕的官員了，李夢陽在給徐禎卿的一首送別詩中說：「徐郎（徐禎卿）生長蘇臺陰，二十做賦雄海濱。揭來抱玉叩閶闔，長安繡陌行麒麟。此時少年誰最文，太常邊貢何舍人。舍人飄飄使南極，直窮金馬探瀘津。爾雖不即見顏色，夢中彷彿形貌眞。……」〔註 14〕在這首詩中，李夢陽回憶了當時何景明初入仕時的少年儒雅形象。可見，李夢陽與何景明一見面就建立了眞摯友誼。弘治十八年，何景明被朝廷派往貴州、雲南公幹。李夢陽隨即寫了一首送別詩《贈何舍人齎詔南紀諸鎭》，以祝願友人不辱使命，一路平安。何景明於本年五月自京經西安、襄陽至武昌，再到長沙，這時已到夏末。何景明即以詩相酬李夢陽，其詩《立秋寄獻吉》云：

出城一葉下，水榭已迎秋。夜迴商風至，天高大火流。

稍蘇司馬病，翻遣宋生愁。日暮關何處，思君重依樓。〔註 15〕

何景明寫這首詩以表示對摯友李夢陽的懷念。李夢陽收到這首詩後，即時回作《得何子過湖南消息》：

及與荊門信，洞庭秋已淒。湘江繞苦竹，幾聽鷓鴣鳴。

馬援留銅柱，王褒祀碧雞。向南衝瘴癘，藥物去曾攜？〔註 16〕

此詩寫得感情眞摯，李夢陽詩中抒發了對何景明無限的思念，在詩的末尾，李夢陽還特意叮囑何景明是否帶上了預防瘴癘的藥。此後，李夢陽還寫有懷念何景明的詩，如《憶何子》：

憶爾辭京日，余歌萬里行。經秋無過雁，索處若爲情。

去已窮滇海，歸應滯岳城。鳳凰池上草，春到爲誰生？〔註 17〕

〔註 13〕何景明，《大復集．李大夫行》卷十三，影印文淵閣四庫全書，上海古籍出版社，1991 年。

〔註 14〕李夢陽，《空同集》卷二十，吉林出版集團有限責任公司出版，2005 年，頁 151。

〔註 15〕何景明，《大復集》卷十五，影印文淵閣四庫全書，上海古籍出版社，1991 年。

〔註 16〕李夢陽，《空同集》卷二十五，吉林出版集團有限責任公司出版，2005 年，頁 205。

〔註 17〕李夢陽，《空同集》卷二十五，吉林出版集團有限責任公司出版，2005 年，頁 205。

這首詩寫李夢陽自己在北京思念何景明的心情，他急切地希望何景明能有一日回到北京相聚會，「鳳凰池上草，春到爲誰生？」不見朋友，春天也少了許多意思。由上述幾首詩可見李夢陽與何景明是多麼的相互掛念。

弘治十八年（1505 年），何景明由南方返回北京，李夢陽當即登門訪問，朋友別後重逢，格外親切。何景明在他的詩歌中記載了這次訪問。其《自滇蜀歸，李戶部、馬舍人見訪》中云：「相違頻問信，乍見各徘徊」。這一年何景明曾經有再婚一事，李夢陽又寫詩《何子至自滇》贈何景明。其詩云：

醉折荷花別，寧期花復開。川原一回首，雲日共徘徊。

知向北鑾去，雲從三峽來。進舟雖一賦，胡棄楚陽臺？〔註 18〕

「醉折荷花別，寧期花復開」，是李夢陽對何氏再婚的慰問和祝賀。

正德四年（1508 年）末，李夢陽上疏彈劾宦官劉瑾被下錦衣衛獄，劉瑾欲治李夢陽於死地。李夢陽內弟左國玉、康海、張潛、何景明等人鼎力相救，何景明曾上書內閣大學士李東陽，懇求他出面疏通，以救李夢陽出獄。此期間二人互相贈詩，互相鼓勵，共度難關。何景明給李夢陽的詩有《李獻吉二首》，其中詩句有：「聞君在羅網，古道正難行」，「冠蓋京華地，斯人獨可哀」，「世路無知己，乾坤孰愛才」。這些詩表現了何景明對李夢陽命運的擔憂以及對李夢陽才華的惋惜。李夢陽給何景明的詩有《答何子問訊三首》，其一云：「伊汝投簪日，憐余冒網羅。江湖鴻雁絕，道路虎狼多。萬死還鄉井，潛身葺薜蘿。天涯歲仍晚，無路覓羊何？」李夢陽在詩中答謝了何景明的問訊，鞭撻了虎狼當道的黑暗社會，又抒發了李夢陽對劉瑾一夥宦官的憤慨之恨。

正德四年（1509 年），何景明的父母相繼在家鄉病故，何景明請求時在開封的李夢陽撰寫墓誌。李夢陽爲何景明父母撰寫了《封仕郎中書舍人何公合葬墓誌》。在墓誌中，李夢陽談到了與何景明在京相識的過程及其友誼，對未能及時拜謁何景明父母深表遺憾，從中可以看出李夢陽和何景明的友誼非同尋常。

正德八年（1513 年），李夢陽在江西被江西巡撫陳金、巡按御史江萬實、參政吳廷舉、吉安知府劉喬等人參劾，繫於江西廣信獄。消息傳到北京，京城無人敢爲說話，唯獨何景明爲李夢陽仗義執言。何景明當即上書當時掌握機樞的內閣大學士李東陽，懇求其出面營救，同時還上書當時的吏部尚書楊

〔註 18〕 李夢陽，《空同集》卷二十五，吉林出版集團有限責任公司出版，2005 年，頁 205。

一清，要求澄清事實眞相。何景明在《上楊邃庵書》中，對李夢陽的人格道德進行了全面剖析，褒揚了李夢陽「見善必取，見惡必擊，不附炎門，不趨利經」的廉直品性，還特別氣憤地指出，江西撫、按眾官參劾李夢陽，爲什麼對當時官場上「賣法成賄，污行喪守，玩公詭避，行私煽虐，甘心附媚，役志富勢」等等行爲「置之不問」呢？「人生處世間，貴在相知心」。是李夢陽的好朋友何景明在李夢陽危難之時伸出了援助之手，爲橫遭誣陷的李夢陽鳴不平。後來經過中央大理寺卿燕忠勘查，證明地方官對李夢陽的指控是莫須有的，李夢陽也被無罪釋放回到省城南昌，等候赦令。當其時，李夢陽給何景明連去二封書信，一方面說明自己是無辜的，一方面感歎世情之淡薄，自罹難之後，朋友多無書信，唯有何景明、康海、錢榮有書函往來，且表明自己要遠離官場，以隱士度日。何景明收到信後，感觸萬分，即做《得獻吉江西書》詩相酬，詩云：

近得當陽江上書，遙思李白更愁予。
天邊魑魅窺人過，日暮黿鼉傍民居。
鼓柁襄江應未得，買田陽羨應如何。
他年淮水能相訪，桐柏山中共結廬。

在這首詩中，何景明把李夢陽比做唐代遭讒流放的大詩人李白，以「魑魅」、「黿鼉」借指權貴豪強。面對當今黑暗的現實社會，何景明表示願意和李夢陽一起去結廬於桐柏山中。

正德九年（1514年），李夢陽被罷官閒置，李夢陽決定偕夫人返歸故里，至湖北襄陽後，產生隱居此地的念頭。何景明得知此消息後，即撰詩《寄空同子卜居襄陽》〔註19〕以表示對李夢陽的關切。後來，李夢陽又取消了在此隱居的念頭，於此年年底返回到了開封。

正德十年（1515年），何景明的侄子何士路過開封，向李夢陽帶來何景明的問候，李夢陽即撰《鈍賦》，以表示對朋友的惦念，並叮囑何路面交何景明。之所以命名爲「鈍」者，其意在「夫鈍者委時之弗利，無如之何，欲以藏用而自完，蓋獲志焉！」何景明收到李夢陽之《鈍賦》後，即應囑倡和其篇，名爲《蹇賦》，囑咐何士返交李夢陽。

正德十一年（1516年），李夢陽妻左氏在開封病逝，何景明、崔銑、徐縉

〔註19〕何景明，《大復集》卷十九，影印文淵閣四庫全書，上海古籍出版社，1991年。

等友人撰寫詩文以示哀悼，何景明撰寫了著名的《結腸賦》，表示了他對李夢陽亡妻的沉痛哀思。

正德十三年（1518 年），何景明陞官陝西提學副使，自京城南下赴職，路經開封，李夢陽熱情接待，老朋友相見，格外高興。李夢陽兩次設宴，爲何景明餞行，並寫下了《繁臺秋餞何子》、《再餞何子》、《送仲副使赴陝西》〔註20〕等詩篇，稱讚何景明的才華，期望何景明要經常聯繫，不要忘記友誼等。

李夢陽晚年時，與何景明發生了關於創作方法的爭論，其具體時間現已無從考證，李何之爭在中國文學批評史上產具有重要的意義。

正德十六年（1521 年），何景明因病去世，年僅三十九歲。總觀李夢陽與何景明的文學交往，其間充滿著友誼，也充滿著詩學的光彩。

二、李夢陽與康海

康海（1475～1540 年），字德涵，號對山、沜東漁父，西安府武功縣人（今陝西省武功縣武功鎮滸西莊人）。康海是前七子主要人物。在正德三年，康海解救過李夢陽，後來傳說二人之間又有恩怨。因此，李夢陽與康海的個人交往在歷史上頗有傳聞。

康海與李夢陽相識，是在弘治十五年（1502 年）。孝宗弘治七年（1494），時康海爲縣學生員，提學副使楊一清督學陝西，見海文，盛讚其才，言必中狀元。24 歲時與三原馬理同舉於鄉，次年赴京會試落榜。弘治十五年（1502），康海 28 歲復與會試，順利通過殿試，對策稱旨，遂登進士第一，大魁天下，被授翰林院編修。這一年，李夢陽在京城戶部任山東司主事，由於是同鄉的關係，當即與康海相識，結爲至交。

二人結交之後，便常常以詩章唱和。李夢陽曾寫過一篇《贈四子》，其中讚揚康海說：「康生千里足，邁景速流電。」〔註21〕這是李夢陽對康海文章流暢特點的讚美，稱讚康海有超人的傑出才華。康海對李夢陽的詩文也非常欣賞，他曾作《贈李獻吉往寧夏餉軍十首》，其中有句云：「李杜有遺音，惟君方右駕」，「君詩清且新，予詩蕪而雜」。康海讚揚李夢陽的詩歌繼承了唐代大

〔註20〕李夢陽，《空同集》，卷二十、卷二十六，吉林出版集團有限責任公司出版，2005 年。

〔註21〕李夢陽，《空同集》，卷十二，吉林出版集團有限責任公司出版，2005 年，頁83。

詩人李白、杜甫的藝術風格，且成就顯著，而謙虛地認爲自己的詩歌「蕪而雜」。康海也積極支持李夢陽的文學復古運動，他們共同尊崇復古文風，因而世人稱康海與李夢陽、何景明、徐禎卿、邊貢、朱應登、顧璘、陳沂、鄭善夫、王九思等號稱「十才子」，又與李夢陽、何景明、徐禎卿、邊貢、王九思、王廷相號稱「七才子」，此即文學史上的明「前七子」。

由於二人在北京的文學交往中建立了深厚的友誼，因此在以後的政治生活中二人演唱了一段俠義之歌。

正德元年（1506年），太監劉瑾專擅國政。劉瑾是興平縣人，因其與康海爲同鄉，又風聞康海的才名，企圖拉攏康海作爲同黨，康海一直不肯去見劉瑾。恰巧李夢陽因爲代尚書韓文草擬彈劾劉瑾的奏章，事情暴露後，劉瑾加給李夢陽莫須有罪名，將其逮捕入獄，準備處死。李夢陽從獄中給康海遞了一張紙條，上寫「對山救我」四字。「對山」爲康海別號。康海義不容辭，雖然一直不肯登劉瑾之門，但爲了朋友，只得硬著頭皮去拜謁劉瑾。劉瑾聽說康海登門求見，高興萬分，急忙跑出去迎接，下榻時十分匆忙，連鞋也沒有穿好，趿著鞋跑出門迎接，並將康海奉爲上賓。康海在劉瑾面前，多方爲李夢陽辯解，劉瑾一心想拉攏康海，遂看在康海面上，第二天便釋放了李夢陽。

《翰林院修撰對山康先生狀》詳細地記載了這件事情經過。其文曰：

> 後瑾（劉瑾）居司禮（司禮監），忌前彈文，構夢陽以他事，奏下錦詔獄，欲致之死，人情洶洶，莫敢拯救，夢陽自獄中傳帖甚急曰：「對山救我。」何柏齋（何瑭（1474～1543年），明河內縣城內人。字粹夫，號柏齋，又號虛舟，世稱柏齋先生，官至南京右都御史。）謂眾人曰：「對山若往瑾救之。獻吉可活也。」人以此語先生，先生曰：我何惜一往不救李也？先生雖承往，而人猶難之。明日先生同御史某往右順門，值柏齋自內閣出，曰：「此爲獻吉來耶？」先生曰：「是。」柏齋附先生耳曰：「此可獨往，不可與他人同也。」先生遂不之往，且謂柏齋曰：「瑾橫惡肆權人也。性好名，可詭言而奪，不可正言高論也。」柏齋曰：「此唯先生能之。他人不能也。」又明日，先生往所，瑾聞先生至，倒屣迎之，留飲談話久之。瑾謂先生曰：「人備言自來狀元俱不如先生，直爲關中爭光。」先生紿言曰：「海何足言，今關中有三才，古今所稀少也！」瑾驚曰：「何三才古今稀少也？」先生曰：「李郎中之文章，張尚書之政事，老先生

之功業。」瑾曰：「李郎中爲誰，乃與我並也？」先生曰：「是今之獄中李郎中也。」瑾曰：「非李夢陽耶？」先生曰：「是！」瑾曰：「若應死無赦。」先生曰：「應則應矣，殺之，關中少一才矣。」晚飲罷出。明日瑾奏上，赦李夢陽。〔註22〕

除上文所述外，崔銑的《空同李公墓誌銘》（《洹詞》卷六）、朱安涀的《李空同先生年表》（《空同集》鄧、潘搜輯 66 卷本所附一）、馬理《對山先生墓誌銘》（《康對山文集》卷首）等均記載了康海救李夢陽出獄始末。另外，李開先的《李崆峒傳》（《李開先集》）亦稱：何景明同與康海有姻親關係的張潛也一同催促康海謁見大宦官劉瑾，以救李夢陽出獄。何景明也單獨上書時任內閣大學士的李東陽，以其地位救李夢陽出獄。李夢陽第三次出獄，是康海竭力相救才免於禍難的，當然也有眾人鼎力相助的功勞。

可是，時隔兩年之後（正德五年）大宦官劉瑾被誅，而康海卻因謁劉瑾事被株連，背上了瑾黨之罪，遭到罷斥處置。再後來，又有人傳說李夢陽康海二人關係不和。例如，何良俊《四友齋叢說》、王士禎《池北偶談》等書均認爲，馬中錫所撰《中山狼傳》是譏諷李夢陽忘恩負義見康海有難不救，致康海被列爲瑾黨，並認爲二人自此反目爲仇。康海被列爲瑾黨有其複雜的原因，李夢陽也未必有撥正的能力，從歷史的事實來看，二人沒有這樣的恩恩怨怨，正德五年至李夢陽去世，李夢陽與康海的個人關係一直很好。〔註23〕

正德五年七月，康海送母靈柩還家遇盜，失財而復得。李夢陽爲此寫了七言古詩《嗚呼行寄康子以其越貨之警》〔註24〕二百八十字，以表示對康海的關懷。

正德五年之後，李夢陽與康海亦然是文學摯友。正德九年五月，李夢陽自江西廣信府出獄至南昌府聽候處置時，給何景明《與何子書》中云：「自僕罹此難，友朋多不通書信問，結友在急難，徒好亦何益。僕交友遍四海矣，赤心朋友惟世恩（錢榮，字世恩，無錫人，與李夢陽同年進士，曾官戶部郎

〔註22〕黃宗羲，《明文海》，卷四三三，影印文淵閣四庫全書本。

〔註23〕王公望在《甘肅社會科學》1997 年第四期上發表文章《李夢陽與康海》，詳細論述了《中山狼傳》劇的諷刺說是不眞實傳聞。

〔註24〕李夢陽，《空同集》卷二十，吉林出版集團有限責任公司出版，2005 年，頁 149。

中)、德涵(康海)、仲默(何景明)耳!」〔註 25〕李夢陽說他的知心朋友只有錢榮、康海和何景明三人,由此可見劉瑾被誅後李夢陽與康海的個人感情是十分深厚的。江西出獄後,李夢陽在賦閒期間,康海之弟曾路過開封,順路拜訪李夢陽並送上康海之書信。李夢陽感慨而賦七言律詩一首《小至喜康狀元弟河路過齎其兄見示》,其詩云:

侵曉書雲雲四生,向昏濛雨散孤城。
敲門怪爾關西使,匹馬緣誰淮上行。
扳柳弄梅今日事,望鄉懷友百年情。
傳言且共陽回喜,天意分明欲太平。〔註 26〕

「扳柳弄梅今日事,望鄉懷友百年情」,這句詩表示了李夢陽與康海是多麼的相互牽念。

李夢陽與康海一生的文學交往中,以詩相酬始終未有間斷,僅從萬曆刊《對山先生集》來看,其中康海贈李夢陽的詩篇就有十餘首。李夢陽與康海還一道整理、句逗、編選過內閣大學士楊一清的詩集《石淙詩鈔》(見清代《雲南叢書》),這也算是李、康文學交往中的一件要事。

嘉靖十一年(1532 年),康海爲王九思所撰《渼陂先生集序》云:「我明文章之盛,莫盛於弘治時。所以返古昔而變流靡者,惟時有六人焉:北郡李獻吉、信陽何仲默、鄠杜王敬夫、儀封王子衡、吳興徐昌谷、濟南邊庭實,金輝玉映,光照宇內,而予亦幸竊附於諸公之間,乃所謂孰是孰非者,不溺於剖劂,不怵於異同,有灼見焉。於是,後之君子言文與詩者,先秦兩漢,漢魏盛唐,彬彬然盈乎域中矣。」在這段引文中,康海展示了前七子成員的陣容,表明了文學復古的觀點,讚揚了李夢陽等詩文創新的影響力。康海對弘治時期的復古運動瞭如指掌,這充分說明了李、康文學交往在復古運動中具有不可忽視的重要地位。

三、李夢陽與邊貢

邊貢(1476～1532 年),字庭實,自號華泉子。明代濟南歷城人。弘治九

〔註 25〕李夢陽,《空同集》卷六十三,吉林出版集團有限責任公司出版,2005 年,頁 588。

〔註 26〕李夢陽,《空同集》卷三十二,吉林出版集團有限責任公司出版,2005 年,頁 281。

年（1496 年），年僅 20 歲中進士，初授太常博士，又升兵科給事中。李夢陽是弘治十一年進北京的，所以，邊貢比李夢陽早兩年到北京。武宗繼位後，迷耽遊樂，朝政全由宦官劉瑾把持。邊貢清正高潔，不善逢迎，被外放為河南衛輝知府，很快又改授湖北荊州知府。李夢陽在京和邊貢在一起的時間大約七八年時間。在京期間，李夢陽和邊貢建立了親密的友誼，李夢陽給邊貢的詩有《臥病酬邊君天壇步月見懷之作》、《發京別錢、邊二子》等。《發京別錢、邊二子》云：

秋風淅淅吹燕山，游子仗劍出燕關。
車脂馬飽夜將發，錢邊二子來相攀。
此時群星覲上帝，驂鸞翳鳳雲之際。
君不見牽牛與織女，一水盈盈獨流涕。〔註 27〕

正德九年（1514 年）仲冬，邊貢被授為河南提學副使，此時李夢陽賦閒在家，邊貢便常來看望李夢陽。李夢陽有詩以酬。如《邊君生日來訪時近中秋不虞雷雹》云：

其一

怪爾生辰日，高軒特過吳。秋驚飛雹至，雨逐去雲無。
上壽須君子，同聲愧老天。毋勞問隱顯，乘月有清壺。

其二

雹過天仍雨，庭空晚復雷。連床慨往昔，阻馬得徘徊。
暗蕊香賓席，秋燈焰壽杯。非君有家慶，肯放夜軺回。〔註 28〕

詩中記述了這日邊貢來訪，恰巧天有冰雹大作。「連床慨往昔，阻馬得徘徊」，邊貢還和李夢陽住了一宿。「非君有家慶，肯放夜軺回」，李夢陽對邊貢戀戀不捨，不想讓邊貢回家去。

正德九年以後的數年間，李夢陽與邊貢則有更多的詩歌唱和。如《郊齋逢人日有懷邊何二子》、《柬邊子變前韻》、《仲春繁臺飲餞醉歸口占呈陳邊二子》、《己亥元日柬臺省何邊二子使君，邊臥鋪病久》、《己亥元夕憶舊，柬邊子臥病不會》、《牡丹賞歸，柬邊王二子》等，即寫於這個時候。

〔註 27〕李夢陽，《空同集》卷二十，吉林出版集團有限責任公司出版，2005 年，頁 151。
〔註 28〕李夢陽，《空同集》卷二十六，吉林出版集團有限責任公司出版，2005 年，頁 214。

《己亥元夕憶舊，柬邊子臥病不會》詩云：

憶昔金錢並卜歡，稱心燈火獨長安。
爐香欲散尚書省，環珮先歸太乙壇。
十載酒杯喧五夜，九衢遊馬閱千官。
蓬將轉合今同此，月滿梁園卻自看。〔註 29〕

詩中回憶了過去二人在京的歡聚時光。晚年的李夢陽也常常懷舊，對於青年時期的友誼無比珍惜。「蓬將轉合今同此，月滿梁園卻自看」，今天雖然又是月圓之夜，但詩人卻只能獨自觀賞，多了不少的寂寞。

嘉靖元年（1522 年），邊貢復職爲南京太常寺少卿，6 年後升爲南京刑部右侍郎。他厭倦仕途，再次辭官，仍未獲准，反被拜爲太僕卿，又遷南京戶部尚書。嘉靖十年（1531 年）罷官歸故里。在濟南大明湖畔築「萬卷樓」，將一生收藏的金石書籍納於其中。不幸第二年「萬卷樓」遭火災，幾十年心血化爲灰燼。邊貢仰面大哭：「甚於傷我也！」由此大病不起，郁郁而終。李夢陽先於邊二年去世。

邊貢以詩著稱於弘治、正德年間，與李夢陽、何景明、徐禎卿並稱「弘治四傑」。後來又加上康海、王九思、王廷相，被稱爲明代文學「前七子」。邊貢仕兵科給事中期間，李、何等人先後中進士，在各部供職。他們結爲詩友，力圖改變當時頹唐的「臺閣體」統治文壇的局面，倡言「文必秦漢，詩必盛唐」，發起了聲勢浩大的文學復古運動。在復古運動中，邊與李的文學交往，對七子文學集團的形成起到了一定的積極作用。

四、李夢陽與徐禎卿

徐禎卿（1479～1511 年），字昌谷，又字昌國，常熟梅李鎮人，後遷居吳縣（今蘇州）。徐禎卿天性聰穎，少長文理，人稱「家不蓄一書，而無所不通」。16 歲著《新倩集》，即知名於吳中。但早年屢試不第，讀《離騷》有感，作《歎歎集》，明弘治十四年（1501 年）作《江行記》，明弘治十六年（1503 年）與文徵明合纂《太湖新錄》，明弘治十八年（1505 年）聞韃靼入侵，官兵抗戰不力而敗，又作長詩《榆臺行》。同年中進士，後被授予大理寺左寺副。明正德五年（1510 年）被貶爲國子監博士。

〔註 29〕 李夢陽，《空同集》卷三十二，吉林出版集團有限責任公司出版，2005 年，頁 280。

徐禎卿比李夢陽小六歲，他於弘治十八年進京（時年二十六歲），並與李夢陽結交。此後正德六年（1511 年），徐禎卿三十二歲去世。由此可知，徐禎卿與李夢陽相交不過六年時間。

徐禎卿與李夢陽是弘治十八年相識的。李夢陽在給徐禎卿的《與徐氏論文書》中云：「僕西鄙人也，無所知識，顧獨喜歌吟。第常不得侍善歌吟。憂間問吳下人，吳下人皆曰：吾郡徐生者，少而善歌吟有異才。蓋心竊嚮往久之。聞足下來舉進士，愈益喜，計得一朝侍也。前過陸子淵，子淵出足下文示僕，讀未竟，撫卷歎曰：佳哉！鏗鏘乎古之遺聲也邪？方伏謁足下，會足下不以僕鄙薄，幸使使臨教曰：竊欲自附於下，執事即如日休、龜蒙輩，走之願也。僕聞之，悚息不敢出一語應，意者足下戲邪。居無何，使者三返，於是乃敢布愚悃昌穀足下。」由上述內容可知，在徐禎卿來京舉進士時兩人始有交往。

雖然徐禎卿與李夢陽相交不過六年時間，但是，二人一旦相識，即恨相見晚，很快建立了深厚的文學友誼。他們吟詩論文，寫下了不少詩歌和書信。李夢陽《空同集》中的《贈徐禎卿》、《贈徐子》、《二月四日部署宴餞徐、顧二子》、《徐子將適湖湘，余實戀戀難別，走筆長句，述一代文人之盛兼祝望焉耳》、《風夕柬徐子》、《酬寄徐子秋日登鏡光閣見憶》、《酬徐子春日登樓見寄》、《南陽宅訪徐禎卿》、《徐子過別因而留宿》、《僕思李白落雁之遊，徐亦有知章鑒湖之請，念人悲離，申此短贈徐子者禎卿也》等，都是情眞意摯的詩作。

徐禎卿在詩壇佔有特殊地位，詩作之多，號稱「文雄」。李夢陽對徐禎卿倍加尊敬，如《贈徐子》中云：

偃王世蕪沒，石麟亦埋翳。徐子發東吳，英論有餘地。
龍遊滄波阻，日出浮雲蔽。嗚呼獻玉士，竟灑荊山涕。
興掩明珠棄，寵奪西施廢。古來共如此，不獨君遭際。
余本澹蕩人，傾蓋託末契。酣歌繼旦暮，醉酒無陰霽。
各爲微蓬散，吳豈匏瓜繫。舊時南陽宅，回首成迢遞。
蹈海有夙期，與子自茲逝。〔註 30〕

詩中稱徐禎卿爲荊山之玉，由於世俗敗壞，被遺棄不用。因爲正德初年，徐禎卿就被趕出京城了，李夢陽對此深表同情。

〔註 30〕李夢陽，《空同集》卷十五，吉林出版集團有限責任公司出版，2005 年，頁112。

徐禎卿與李夢陽相交不過六年時間，但是二人心有靈通，一旦相交便爲知己。此後正德六年，徐禎卿去世時曾遺囑其子，要李夢陽爲其文集作序。李夢陽的《徐迪功集序》記述了這件事。其序文曰：「《徐迪功集》六卷並《談藝錄》，子容寄我豫章，予即豫章刊焉，印傳同好，意表迪功文云。初迪功亡京師，子容訃余曰：『昌谷遺言，子序其遺文。』於是手其文欷噓久之，曰：『嗟乎，予忍序吾友文邪？麟鳳芝寶世所希遘見，遘見之而劇夭滅亡也，天生之故奪之邪？』」〔註31〕由這可看出，徐禎卿對李夢陽是非常信任的，這種信任是建立在相互賞識的基礎之上的文學友誼，是復古運動中思想一致的同情相好。李夢陽與徐禎卿的友誼給世人留下了難得的風範。

五、李夢陽與王廷相

王廷相（1474～1544年），字子衡，號濬川，開封蘭考縣儀封鄉人。弘治十五年（1502年）進士。1504年任兵部給事中，歷官贛榆縣丞、御史、陝西巡撫，後升爲太子少保、太子太保兼院士。1541年受牽連被罷官，翌年返里，閉門讀書。王廷相是詩人，其文有英氣，詩賦雅暢，爲「前七子」之一。王廷相更主要是思想家。他繼承了王充、范縝等人的唯物主義思想，吸納孔子、朱熹哲學思想之精華，爲中國哲學史上的唯物主義哲學家之一。王廷相一生著作甚豐，有《王氏家藏集》等。

同與前七子他人的相交過程一樣，李夢陽與王廷相的相識也是在北京弘治期間。李夢陽詩《寄王贛榆》、《送王子如淞江》中的王贛榆、王子均指王廷相。

王廷相在北京的時間更短，大約有二三年時間。正德初年，王廷相因忤權宦劉瑾，謫亳州判官，遷高淳知縣。由此便離開了京城。正德八年，王廷相由陝西巡撫改調北畿學政。但當年十二月，即被太監廖鎧誣陷，詔逮下獄，經吏部尚書楊一清等抗疏得救，次年被謫贛榆縣丞。〔註32〕李夢陽詩《寄王贛榆》云：

自汝謫東縣，朝朝看海頭。書才一紙到，別已十週年。

〔註31〕李夢陽，《空同集》卷五十二，吉林出版集團有限責任公司出版，2005年，頁482。

〔註32〕高拱，《前榮祿大夫太子太保兵部尚書兼都察院左都御史濬川王公行狀》，《高文襄文集》卷4。

日就晚潮落，城浮淮水流。知君負楚調，激烈向清秋。〔註 33〕

這首詩當寫於正德九年（1514 年），因爲這一年王廷相被貶爲贛榆縣丞。「別已十週年」，是指王廷相離北京至現在的時間。李夢陽詩中抒寫了他掛念摯友的心情，可以看出，二人的關係是極其密切的。

正德十二年（1517 年）春，王廷相升松江府同知，李夢陽賦詩《送王子如淞江》，其詩云：

寶劍寒無色，蒼然海上行。異書探戰伐，高論動公卿。

何日爲毛遂，前身是賈生。誰憐同學子，章句獨虛名。〔註 34〕

李夢陽與王廷相之文字交往，其內容多是學術、文學方面的相互理解與支持。李夢陽的這首詩就是對王廷相學術命運的感歎，他說王廷相的學術是「異書」、「高論」，人品是古之毛遂、賈誼，然而，這樣的「寶劍」無人賞識，這樣的「章句」徒有虛名。這是對當時封建社會的控訴和批判，也是對王廷相學術的讚賞和鼓勵。王廷相對李夢陽也是知心理解的，他以同樣的心情在和李夢陽相互溝通。據《王氏家藏集》，王廷相亦有《酬李獻吉用來韻》、《四友歎》等詩文，可見其與李夢陽的關係。如《四友歎》中有句云：

獻吉跡轉晦，幽求日深造。禮樂百餘年，詞苑見古調。

王廷相認爲李夢陽的仕途命運坎坷，但是，其詩歌是百餘年來的古調。再如，王廷相任兵部右侍郎兼右僉都御史時，曾於嘉靖七年至八年期間上《舉用昌谷、崔銑、李夢陽疏》，稱讚李夢陽「氣節高邁，文章古雅」，此三人「皆當世之賢傑也」。王廷相對李夢陽的文章是崇拜的。

李夢陽去世後，王廷相應李之外甥鳳陽太守曹嘉的請求，爲李夢陽《空同集》作序。其中云：「……若空同李子獻吉，以供宏統辯之才，成沉博傳麗之文，厥思超玄，厥調寡和，遊精於秦漢，割正於六朝，執符於雅謨，參變於諸子，以柔澹爲上乘，以沉著爲三味，以雄渾爲神樞，以蘊藉爲堂奧，會詮往古之典，笥一家之言。巨者日融，小者星列，長者江流，闊者海受，洋洋岩岩，冥冥阨阨，無所不及。後有知言之選，歎賞不暇，尙安能爲之昂抑哉！」王廷相在序中充分肯定並評價了李夢陽的文學成就，這也表現了王廷相對文學復古運動是積極參與和支持的。

〔註 33〕李夢陽，《空同集》卷二十五，吉林出版集團有限責任公司出版，2005 年，頁 212。

〔註 34〕李夢陽，《空同集》卷二十六，吉林出版集團有限責任公司出版，2005 年，頁 219。

所以，明嘉靖時文學家張鹵在《少保王肅敏公傳》中云：「公與大梁李夢陽，信陽何景明，武功康海，東吳徐縉，鄂杜王九思以古詩倡，而成化以前纖弱靡麗之習一爲丕變。」這是對王廷相文學復古思想的讚揚也是對前七子文學復古成就的讚揚。

六、李夢陽與王九思

王九思（1468～1551 年），字敬夫，號渼陂，陝西戶縣人。弘治九年（1496 年）進士。選爲庶吉士，後授檢討。正德四年（1509 年），調爲吏部文選主事，年內由員外郎再升郎中。同年秋，以劉瑾黨羽罪名貶爲壽州同知。次年，因同樣原因勒令離職。作品有詩文《渼陂集》、《渼陂續集》，散曲《碧山樂府》、《南曲次韻》，雜劇《杜甫遊春》等。

王九思於弘治九年進京，比李夢陽早二年進京，二人的交往亦是在弘治十一年至弘治十八年之間。當時，李夢陽、何景明等人，反對粉飾太平、華麗浮靡的「臺閣體」，提出「文必秦漢、詩必盛唐」的復古主張。王九思大力支持，成爲「前七子」的中堅人物。

以詩交遊亦是李王二人文學交遊的特點。李夢陽詩《送王子歸鄠杜》、《夜別王檢討九思》等，蘊含了李夢陽對王九思的深厚感情。《夜別王檢討九思》云：

露白秋城角夜哀，朔雲邊月滿燕臺。
仙人閣在銀河上，嬴女簫從碧落來。
江葉自隨山葉舞，燭花偏傍菊花開。
風塵荏苒年華異，莫怪臨岐數酒杯。〔註 35〕

這首詩應寫於李夢陽在北京時。詩前三聯寫秋天的夜景，一縷簫聲自遙遠處傳來，山月、菊花在靜靜地聆聽，其中寫出了秋夜那種悠悠傷感的情調。末聯抒發感慨，在別友之時，想到何時才能再相會，人生的年華荏苒，怎能不以酒相勸沒完沒了。這雖然是一首送別詩，但寫得別有情趣，寫出了在與朋友在分別時對人生眷戀之意味。人生的眷戀也是對朋友的眷戀，可以看出李夢陽與王九思是知心摯友。

另一首詩《送王子歸鄠杜》云：

賢兄已上蒼龍閣，令弟猶甘飽藜藿。

〔註 35〕李夢陽，《空同集》卷三十，吉林出版集團有限責任公司出版，2005 年，頁 264。

膝下雖無一寸綬，腰間常吼千金鍔。
騎驢狂走長安市，酣歌擊缶白日落。
黃金不成徒自歎，烏裘脫盡那堪著。
道逢石室舉鞭揖，謂爾骨相實不惡。
終南鄠杜豪俠窟，從來意氣無京洛。
歸家早鑄雙玉龍，提攜來獻明光宮。〔註36〕

王九思比李夢陽大五歲，詩中李夢陽稱王九思爲賢兄。詩人稱讚王九思爲長安豪傑之士，並爲他鳴不平，期望他能早日官復原職返京。詩中云「膝下雖無一寸綬」，指王九思已被罷官。由此可見，此詩當寫於正德五年之後，同時也說明王九思被罷官後二人的友好關係沒有變化，不是像世俗傳說的那樣他們之間反目成仇了。

李夢陽與王九思的關係和李夢陽與康海的關係類似，王九思寫過雜劇《中山狼》，世人傳說王九思此劇是諷刺李夢陽的：正德初年，劉瑾欲置李夢陽於死地，李夢陽求救於康海。康海、王九思等人共謀營救，康海屈尊謁見劉瑾，李夢陽得救。劉瑾事敗後，康海、王九思以「劉瑾同鄉」先後罷官。其時李夢陽得勢而對康海、王九思之難不置一辭，且有落井下石之嫌。於是王、康每於言談間激憤難平。王九思即撰寫《中山狼》院本（單折雜劇）以諷刺李夢陽忘恩負義。康海仍嫌不解其恨，遂撰四折一楔子《中山狼》雜劇，其劇痛快淋漓地狠罵中山狼，狠罵世上的忘恩負義之徒。關於此事，筆者在前文「李夢陽與康海」一節中有詳細分析，認爲這是一場世俗傳言，不足爲信。再者，世上中山狼何其多也，王九思著另有所指，讀者應心明意會。從上述李夢陽的兩首詩作來看，李夢陽與王九思在文學復古運動中交往密切。他們在文學復古的道路上志同道合，且對文學復古做出了積極努力。

李夢陽在文學復古運動中所進行的文學交往活動，不限於前七子，他與明弘治時期的大多數著名文人都有文學方面的交往。其交往的人士還有楊一清、顧璘、朱應登、劉麟、崔銑、左國璣、殷雲霄、李濂、儲巏、王陽明、鄭作、林俊、杭淮、袁永之、徐縉、黃省曾、周祚等。李夢陽與前七子的文學交往是李夢陽主張文學復古運動中的必然之舉。從李夢陽與他人的文學交往活動中我們可以看出，李夢陽主要是以詩歌倡和來與朋友交際的。正如他

〔註36〕李夢陽，《空同集》卷二十一，吉林出版集團有限責任公司出版，2005年，頁162。

自己在《與徐氏論文書》中所云：「僕西鄙人也，無所知識，顧獨喜歌吟。」這一切都說明李夢陽是一個熱愛詩歌創作的天才詩人。

第三章　李夢陽的學術思想

李夢陽的學術思想包括其經學思想、史學思想及宗教思想，這些都是建立在儒家思想基礎上的學術積澱。

第一節　經學思想

一、崇尚《易經》

作爲儒家經典之一《易經》，是人人皆知的哲學著述。《易經》堪稱我國文化發展的源頭，其內容極其豐富，對中國幾千年來的政治、經濟、文化等各個領域都產生了極其深刻的影響。無論孔孟之道、老莊學說，還是《孫子兵法》，抑或《黃帝內經》，都和《易經》有著密切的聯繫。

李夢陽對《易經》更是崇敬不已。《論學篇》是李夢陽的學術總結，其中有對《易經》的評述。他說：

> 陽已回則寒愈劇，人將亨則困益至。故禍敗萌而氣焰愈熾，福祐臨而拂亂益深。三代之學，必論天人之際以消長倚伏，非突然而來也。嗚呼！《易》備矣，《詩》《書》詳焉，今之學者知之否乎？〔註1〕

《易經》的中心思想是辯證法，是對立統一規律，即「消長倚伏」。李夢陽則抓住了《易經》精髓。他說，自然界的陰陽變化、人事的福禍轉換，都是相互

〔註1〕李夢陽，《空同集》卷六十六，吉林出版集團有限責任公司出版，2005年，頁611。

轉化的，一切都「非突然而來也」。中國古代的先哲們在探討天與人的規律時，都是以「消長倚伏」來貫通的。《易》把「消長倚伏」的規律講得最爲完備，研習《詩》《書》有賴於對《易》的學習和應用。這些觀點一方面反映出李夢陽有聰慧的哲學思想，另一方面則反映出李夢陽崇尚《易經》的尚古思想。

李夢陽對《易經》的學習可以說是融會貫通了。他把《易經》與詩歌聯繫起來，認爲《易經》裏有詩歌的玄機。他說：

> 知《易》者可與言詩，比興者，懸象之義也；開闔者，陰陽之例也。發揮者情，往來者時，大小者體。晦吝者驗之言，吉凶者察乎氣。〔註2〕

「知《易》者可與言詩」，李夢陽認爲，熟知《易》的人才可以理解詩。這樣闡發《易》與詩的關係，好像前人還沒有講過。詩和《易》有何聯繫呢？有何相通之處呢？李夢陽首先認爲，在表述方法上，詩和《易》是一樣的，它們都是以形象表意的，詩中的比興就是《易》中立卦象以盡意的方法。《易・繫辭上》：曰「聖人立象以盡意，設卦以盡情僞，繫辭焉以盡其言。變而通之以盡利，鼓之舞之以盡神。」周《易》的確是以「象」來闡發天與人之哲學道理的，而詩歌則要用形象思維，一般人很少把卦象與詩歌中的比興手法聯繫起來，李夢陽則合而論之，這是對詩比興的深刻理解，也是對《易》的深刻理解。其次，李夢陽認爲，詩歌中思想意識的流動現象在《易》中亦有表現，那就是《易》中的陰陽變化規律，即「開闔者，陰陽之例也」。他把詩歌中人的思想情緒的流動看作是有陰陽變化性質的自然現象，這是李夢陽對《易》的又一深刻理解，也是對詩歌創作的又一眞知灼見。再次，就思想內容來說，李夢陽認爲詩和《易》所表述的也是一致的。所謂「發揮者情，往來者時，大小者體。晦吝者驗之言，吉凶者察乎氣。」也就是說諸如「情」「歷史」「物象」「晦吝吉凶」等在《易》中有，在詩中也是存在的。事物運動表現的是情態，往來表示歷史的時間，大小表現物體的形態，晦吝吉凶都可在言語中表現。這些現象是詩和《易》所共同表現的。

李夢陽把詩與《易》聯想對比，認爲《易》包括了詩的方法，詩表現了《易》的內容。這不僅是對詩的獨特闡發，也是對《易》的深刻理解，其思想表現出他對《易》的無比敬重。

〔註2〕李夢陽，《空同集》卷六十六，吉林出版集團有限責任公司出版，2005年，頁611。

二、揄揚《詩經》

作爲儒家經典之一的《詩經》，是中國的第一部詩歌總集。然而，在李夢陽所主張的文學復古運動中，學習《詩經》則有著正人心、淳風俗的目的，即是爲了弘揚儒學思想。

面對世道黑暗、世風日下、世欲敗壞的封建社會，李夢陽的理想是重現三代之治。在二十餘年的官宦生涯中，李夢陽以堅定、積極的信念追求夏商周三代之治。儒學理論以治世爲核心，它的主要內容是樹立一個夏商周三代之治的理想社會，並以仁義禮智信等道德規範規定人們的生活行爲。孔子刻畫了一個三代之治的理想樣板，其內容是政治上實行封建，君主勤政愛民，視人民爲子女；諸侯、臣子各安其位，尊重國君；經濟上實行井田制，幼有所依、老有所養；人民之間互相友愛、互相幫助。這就是儒家聖賢所描繪的大同世界。李夢陽對此則無比嚮往。

對於可「邇之事父，遠之事君」的《詩經》，李夢陽則十分重視。如其《空同集》中的《族譜・譜序》內云：

> 李夢陽讀《詩》至《伐木》、《行葦》諸詩，未嘗不廢書而流涕也！曰：厚哉！先王之於人也。夫建利以定義，品制行矣；九族有章，五服經矣；疏疏而親親，冠履既著，等威異矣。於是乎有燕享之禮，會聚之節，有周恤慶唁之文。是故《易》曰：天與火，同人，君子以類辨物。由此觀之，同異著矣。嗟乎！非先王，孰能爲此哉！今世俗廢此不講，人私其所幸好，心志乖僻，無據忌忮滋起其極也！至父子不相容，婦姑反唇而相稽，甚者乃兄弟以兵相屠擊矣。當此時，人心如豺虎，據食則露齒相爭，惡有思其類者乎！〔註3〕

按《伐木》爲《詩經・小雅》中名篇，其略云：「嚶其鳴矣，求其友聲，相彼鳥矣，猶求友聲矧伊人矣，不求友生。神之聽之，終和且平。」「既有肥羜，以速諸父。」「既有肥牡，以速諸舅。」「伐木於阪，釃酒有衍，籩豆有踐，兄弟無遠。」詩中描寫的是朋友、親戚間互相交往、歡宴的情形。《行葦》則爲《詩經・大雅》中一篇，其內云：「敦彼行葦，牛羊勿踐履。方苞方體，維葉泥泥。戚戚兄弟，莫遠具爾。或肆之筵，或授之幾。」詩中寫父兄歡聚，並舉行酬酢、揖射之禮，最後以尊敬耆老作結。舊說有以爲此係美公劉之詩。

〔註3〕李夢陽，《空同集》卷三十八，吉林出版集團有限責任公司出版，2005年，頁350。

李夢陽在讀至這些詩歌時，遂不由感念先王之厚德，嚮往三代之盛世，不禁置書而泫然出涕。面對人欲橫流、心志乖僻、父子反目、婦姑勃谿，甚乃兄弟以兵相擊的醜惡現實，李夢陽痛心疾首，深感要光大《詩經》之學，以達到正人心、淳風俗的目的。

在封建社會裏，詩歌作爲一種遠離經濟基礎的意識形態，也是常常受到封建政治當權者和社會世俗的輕視。李夢陽極其反感他們對《詩經》的輕視，他在《空同集・論學下》中說：

> 小子何莫學夫詩，孔子非不貴詩？言之不文，行而弗遠，孔子非不貴文？乃後世謂文詩爲末技，何與？豈今之文非古之文，今之詩非古之詩與？閣老劉聞人學此，則大罵曰：「就做到李、杜，只是個酒徒。」李、杜果酒徒與？抑李、杜之上更無詩與？諺曰因噎廢食，劉之謂哉！〔註4〕

引文中閣老劉是指宦官劉瑾。劉瑾等世俗認爲詩文爲「末技」，認爲李、杜是酒徒，這是對文學的輕視，也是對文學社會功用的輕視。李夢陽認爲，現時詩文確實有不能恭維的事實，劉瑾等世俗對文學的輕視，包含了對現時詩文的輕視，但是，應該把古詩和現時詩文分別對待，《詩經》是孔子所尊重的，人們應該學詩，不能「因噎廢食」。這些觀點表現出了李夢陽對《詩經》特別重視。

第二節　史學思想

一、崇尚漢前史書

李夢陽的史學思想有二個方面，一是他對六經中的《書》和《春秋》特別地崇尚，二是他不把歷史當作純粹的歷史看待，而是把歷史當作儒家思想的教材和文學作品來看待。

《論史答王監察書》是李夢陽的一篇史論，其崇尚漢前史著的思想最爲明顯。《論史答王監察書》全文如下：

> 僕嘗思作史之義，昭往訓來，美惡具列，不勸不懲，不之述也。

〔註4〕李夢陽，《空同集》卷六十六，吉林出版集團有限責任公司出版，2005年，頁614。

其文貴約而該，約則覽者易遍，該則首尾弗遺。古史莫如《書》、《春秋》，孔子刪修，篇寡而字嚴。左氏繼之，辭義精詳。遷、固博采，簡帙省縮，以上五史，讀者刻日可了，其冊可挾而行，可箱而徙。後之作者，本乏三長，竊名效芳，輒附筆削，義非指南，辭殊禁臠，傳敘繁蕪，事無斷落。范曄《後漢》亦知史不貴繁，然剜精鏟採，著力字句之間，其言枯體晦，文之削者也。蓋不知古史文約而意完，非故省之，言之妙耳。下逮三國南北諸史，遠不及曄，漫浪難觀。晉書本出群手，體制混雜，俗雅錯棼，歐陽人雖名世，唐書新靡加，故今之識者，購故而廢新。五代史成一家之言是矣。然古史如畫筆，形神具出，覽者踴躍卓如，見之歐無此也。至於宋元二史，第據文移，一概抄謄，辭義二蔑，其書各逾百帙，觀者無所啓發，展卷思睡矣，得其書者往往束之高閣。僕謂諸史，他猶可耳，晉宋元三史，必修之書也。若宿學碩儒，才敵班馬，《後漢》而下種種筆削，誠萬世弗刊之典。或憚其難，止取三史，約而經之，亦弘文之嘉運，昭代之景勳。管豹井天，私蓄素矣，幸公有問，輒吐布以聞，伏俟大君子教焉。〔註5〕

中李夢陽認爲，《書》、《春秋》是中國歷史著作的典範。「古史莫如《書》《春秋》，孔子刪修，篇寡而字嚴。左氏繼之，辭義精詳，遷、固博采，簡帙省縮，以上五史，讀者刻日可了，其冊可挾而行，可箱而徙。後之作者，本乏三長，竊名效芳，輒附筆削，義非指南，辭殊禁臠，傳敘繁蕪，事無斷落。」「古史莫如《書》、《春秋》」，這是對六經中歷史著作的高度評價。李夢陽還認爲左丘明的《左傳》、史馬遷的《史記》、班固的《漢書》也是很好的，它們「辭義精詳」、「簡帙省縮」，繼承了《書》和《春秋》的優美特點。「以上五史，讀者刻日可了，其冊可挾而行，可箱而徙。」對於五史之後的歷史著作，李夢陽是不屑一顧的。《論史答王監察書》的後部分，也是其文的大部分，基本上都是對秦漢以後歷代歷史著作的批判，認爲它們拼湊堆積，「辭義二蔑」遠遠不及五史。對於歐陽修的五代史，李夢陽也不滿意，他說：「五代史成一家之言是矣。然古史如畫筆，形神具出，覽者踴躍卓如，見之歐無此也。」這當然包含了李夢陽嗜古復古的思想傾向。

〔註5〕李夢陽，《空同集》卷六十二，吉林出版集團有限責任公司出版，2005年，頁576。

李夢陽還有一篇《作志通論》，其中也表現了李夢陽對上古六經中史著的崇尚心情。《作志通論》如下。

> 夫述者，存往者也；作者，訓來者也。存以比事，訓以闡義，事以史著，義以經現，二者殊途歸則一焉。然自皇帝王伯之世更，丘墳謨誥不陳，雅頌之音弗聞於世。於是聖賢君子。述作以寓志，故曰周東遷而《春秋》作，宋南渡而《綱目》修，所謂其文則史，其義則丘竊取之者。嗚呼！微哉！然要有傷之焉。夫志者，史之流也，分例祖諸《禹貢》，屬事本之《周禮》，褒貶竊《春秋》之筆，風俗寓同一之制，宮室取大壯之義，歌詩繫觀風之意。夫史者，備辭跡昭鑒戒存往詔來者也。是以分例屬事，善惡備列，褒貶見之矣。五方異姓則風俗雜糅，宮室不自立例，藝文但標其目，彰善諱惡，忠厚之道也，故稱志焉。夫志者一郡一邑之書也，史者天下者也。小故詳大則概，然其義悉於經祖焉，所謂殊途而同歸者也。〔註6〕

一般認爲，「志」本是一種地方歷史體裁，其性質是和歷史一樣的。李夢陽也是這樣認識的，他說，「夫志者，史之流也」。既然「志」和歷史一樣，那麼，「志」的寫作標準也就要和史著一樣了。在引文中，李夢陽主要論述的是「志」的寫作標準。於是，李夢陽進一步提出了「志」的寫作要求，他說，(志)「分例祖諸《禹貢》，屬事本之《周禮》，褒貶竊《春秋》之筆。」按《禹貢》爲《尚書》中內容，與《周禮》、《春秋》同屬六經。李夢陽認爲，「志」的寫作就向以六經中的史著看齊，要學習六經的傳統寫作方法。「夫志者一郡一邑之書也，史者天下者也。小故詳大則概。然其義悉於經祖焉」，作「志」要祖於經，這樣的思想充分表露了李夢陽崇尚六經史著的嗜古思想。

二、肯定史著的教育性和文學性

肯定史著的教育性和文學性，將上古史著視爲今之「爲文」的典範，這是李夢陽史學思想的重要特點。

李夢陽首先肯定史著的教育性。其《論史答王監察書》中說：「僕嘗思作史之義，昭往訓來，美惡具列，不勸不懲，不之述也。其文貴約而該，約則覽者易遍，該則首尾弗遺。」他認爲，史著要有教育讀者的作用，要「昭往

〔註 6〕李夢陽，《空同集》卷五十九，吉林出版集團有限責任公司出版，2005 年，頁 547。

訓來」，「不勸不懲，不之述也」。這也就是說，作史要能夠做到昭示往者，訓迪來者。如果不能做到美惡分明，褒貶具見，從而達到勸懲的目的，那就還不如不寫。值得注意的是，李夢陽雖重視史著的教育功能，卻反對空洞無力的道德說教。其晚年所做《論學篇》中有云：

> 宋儒興而古之文廢矣，非宋儒廢之也，文者自廢之也。古之文，文其人如其人便了，如畫焉似而已矣。是故賢者不諱過，愚者不竊美。而今之文，文其人無美惡皆欲合道，傳志其甚矣。此故考實則無人，抽華則無文，故曰宋儒興而古之文廢。或問何謂，空同子曰：嗟，宋儒言理不爛然與？童稚能談焉，渠尚知性行有不必合邪？〔註7〕

他認為，古之文章，包括史著，文其人即能做到文如其人，「賢者不諱過，愚者不竊美」，傳神寫照，故堪稱美文。而今之文章，「文其人無美惡皆欲合道」，人物傳志尤其如此，唯見心性不見人性，「考實則無人」。此弊自宋儒高談理學而起，「故宋儒興而古之文廢矣！」這一抨擊，無疑是非常犀利的。李夢陽對史著教育性的認識可稱全面。

李夢陽還極力肯定史著的文學性。歷史上有所謂「六經皆史」、「六經皆禮」、「六經皆藝」之說，李夢陽則高度肯定六經中史著的文學性。如上引《論史答王監察書》中云：「古史莫如《書》、《春秋》，孔子刪修，篇寡而字嚴。左氏繼之，辭義精詳」。然其後之史著，則「義非指南，辭殊禁臠，傳敘繁蕪，事無斷落。」他還進一步指出，「古史如畫筆，形神具出，覽者踴躍卓如。」而其後之史著，則文學性大打折扣，甚至如宋、元二史，只是根據公文章奏等一概抄錄，辭、義皆無，觀之如所啓發，令人展卷思睡。他認為，至少晉、宋、元三史必須重新加以修定。「約而經之」，即以六經中史著如《書》、《春秋》、《左傳》等作為經典和規範而重新修改，為此方能成為「萬世弗刊之典」，亦「弘文之嘉運」也。

李夢陽在《論學篇》中也指出，「古之文，文其人如其人便了，如畫焉似而已矣。」「故賢者不諱過，愚者不竊美。」人物形象鮮明，人物個性生動，人物事跡全面。而今之文則文其人無論美惡，一欲使其合之於道。從眞實性的角度講則曰「無人」從文學性的角度講則曰「無文」。故宋儒興而古文亡！

〔註7〕李夢陽，《空同集》卷六十六，吉林出版集團有限責任公司出版，2005年，頁613。

這一觀點雖有些偏激，便反映出李夢陽對史著文學眞實性的高度重視。筆者認爲，自古所謂文史不分家。從理論的角度講，歷史和文學都是人們的精神活動現象，歷史的目的和文學的目的是一致的，其都依附於人們的物質實踐的，都是以人們的精神、利益需求爲訴求，所以在精神指向的本質意義上歷史和文學沒有區別。如此，在長期的中國封建社會裏，歷史和文學概念的區別較小，李夢陽將史著也當作文學作品來看在某種程度上是符合實際的。

第三節　宗教思想

一、以儒爲宗

要考察李夢陽對佛教與道教等宗教的看法，必先考察其儒學的基本態度。

李夢陽對儒學的態度在李夢陽的散文中隨處可見。如《空同集》中有《釣臺亭碑》一文，係李夢陽提學江西時所做作。全文如下：

《釣臺亭碑》

李子游於白鹿洞，顧山歷澗，谷嶺合沓，石灘茂林，適杪秋之交，風行瑟瑟颯颯。回視五老峰，垂在几榻，於是灑然而樂也。曰：佳哉！山矣！乃與諸生溯澗履石而上，剔蘚考刻，步自院門西百步有石，突如危如，仰而睇之巉曰釣臺，俯之渟泓魚躍。諸生曰：此往者釣魚處也。李子曰：吁，佳哉！乃命即其上做亭焉。亭成，李子游於其上，諸生從，李子俯仰良久，喟然而歎曰：夫予今乃知釣可以喻學也！諸生曰：釣與學同乎？李子曰：夫釣者，飭竿絲，綴芳餌，兀坐磐石之上，凝精斂志，沾沾而聽，睜睜而視，期取必獲。蓋饑需之哺而喝俟之酤也。乃竟日而不得一魚，神慌氣沮，投竿踽踽而歸，路詠溪歌，天日向暮，諸生以爲苦也邪？樂邪？眾皆蹙額弗懌曰：苦矣！李子曰：假令以四海爲壑，明月爲鉤，以虹霓爲絲，以崑崙爲磐石，淩雲駕鴻，超出天地，倒視日月，釣無不獲，朝醢巨鼇，暮饌修鯨，則汝願之乎？眾皆掀眉而喜曰：願哉！估無能焉！李子曰：夫釣以魚，學於道。故踞磐石兀坐竟日，期取而必獲者，計功者也；假天地以爲釣，垂涎於不可必得者，騖遠者也。計功者泥，騖遠者虛。夫泥與虛，不可以得魚，而況於學乎！是故君子以仁義爲竿，以彝倫爲絲，以六藝爲餌，以廣居正位爲磐石，以道德爲淵，以堯舜禹湯周孔相傳之心法爲魚，日涵而月泳之，至而後取，不躐其等，不計不必，積久而通，大小必獲，夫然後道可致也。是以君子身處一室，而神遊天地矣！夫然後以磐石爲崑崙，丈絲爲霓，寸鈎爲月，溪壑爲四海，鯫鮎爲鼇鯨，此所謂一貫之道也。故曰鈎可以喻學。諸生乃斂色平心再拜而謝曰：聞教矣！書於石爲記。

〔註 8〕

文中所說的釣臺亭在五老峰山下白鹿洞附近，爲李夢陽所立。老峰山、白鹿洞在今江西省廬山東南。白鹿洞在歷史上是個有名的地方，南唐昇元四年（940年），南唐政權在李渤隱居的地方建立學館，稱「廬山國學」，又稱「白鹿國學」。當時，這是一所與金陵（今南京）國子監相類似的高等學府。北宋初年，江州鄉賢明起等在白鹿洞興辦起書院，「白鹿洞書院」之名自此始。後南宋著名理學家朱熹重修書院，並於此講學，白鹿書院遂揚名天下。朱熹不僅重修了白鹿洞書院，而且還建立起嚴格的書院規章制度，白鹿洞是朱子學術的誕生地。李夢陽提學江西，又遊於白鹿洞，於院西百步建釣臺亭，自然很有感觸。「夫予今乃知，釣可以喻學也！」李夢陽在這篇碑文裏把釣魚和讀書學習做比較，以此訓誡諸生，很有趣味，也很有旨意。李夢陽說，釣魚不可以計功利，如果一定要想釣到魚，並想要立刻享受到美味佳肴，這樣心燥神慌，結果是釣不到魚的，其結果是痛苦的；釣魚也不可以鶩遠大，如果要想到海洋裏去釣到巨鼇、修鯨，那更是不可能的。所以，釣魚不能有功利目的和鶩遠目的，釣魚只能是一心一意地去釣魚。讀書學習也是一樣的，學習應該以魚爲目的，即「以堯舜禹湯周孔相傳之心法爲魚」。這裡所謂的「心法」，即儒家學說中的「道」。仁、義、禮、智、信這些行爲和魚線、魚杆、魚餌、湖泊、磐石一樣，都是求道手段，學習時所想到的一切都應該是「道」。孔子曰：「吾道一以貫之。」我們對於「道」的學習，應該全神貫注，始終不渝，才能得到「道」。釣魚和學習都要有一個正確、始終如一的目標，「故曰釣可以喻學」。在這個比喻中，李夢陽把儒家學說之中心「道」做爲學習目的，這反映了「道」在李夢陽心中具有崇高地位。

儒學之「道」在明代發展成爲了程朱理學，程朱理學在明代是學術思想

〔註 8〕李夢陽，《空同集》卷四十二，吉林出版集團有限責任公司出版，2005 年，頁 386。

的主流。李夢陽作爲前七子復古運動的領袖人物，有著濃厚的尊儒思想，同時對程朱理學也尊崇至極。這在李夢陽所撰的《宗儒祠碑》中有明確表述。《宗儒祠碑》文是李夢陽在正德年間於江西時所撰。其文曰：

《宗儒祠碑》

> 宗儒祠，舊名三賢祠，三賢祠者，祠唐李賓客，宋周、朱二公者也……
>
> 宗，本也，法也，又尊而主之也。大凡爲之本而可法、使其尊而主之者皆曰宗。故山曰岱宗，水曰宗海，大君曰宗子，家之嫡曰大宗，皆言尊而主之，又爲之本而法者也。其學也，則各以其趨而歸之者爲宗。如《史記》，道者宗清虛，陰陽者宗羲和，法者宗理，名者宗禮，墨者宗墨，而謂儒家者，順陰陽，明教化，遊文六經，留意仁義，宗孔子以重其言於道，最爲高者。是以夫歸而趨之者，亦以爲之本而足法焉。爾以爲之本而足法，則必尊之以爲之主。尊之以爲之主，則各是其是，彼得與我鼎峙而角立。於是吾之所謂宗者，或幾乎息矣。故曰：孔子沒而微言絕。孔子沒百年，幸而孟軻氏起焉，孟軻氏沒千餘年，又幸而有周朱二公起焉。自周朱二公起，於是天下始了然知有孔孟之傳，莫不趨而歸之。夫然後吾之宗若山之岱，水之海，國之大君，家之嫡。雖有不尊而主之者，不可矣。故曰：周朱者，儒之宗也。且人孰不欲爲聖賢，然異境則必遷，遷斯變，變斯雜，雜則流於清虛陰陽法名墨諸家，故有雖始了然知孔孟之傳，而終或入於禪者，如游酢是也。今學於斯者，謁而見吾夫子及孟氏，又見周朱二公，誠惕惕若有闢也，曰：吾何捨此而從彼，於是，流者歸，雜者一，變者定，遷者還，眞猶趨嫡、趨君、趨海、趨岱者之爲。此誰之力使然哉？故曰：周朱者儒之宗也。或問張程諸公不祠，曰：二公者，此其過化之地，而朱子實爲章明洞學主。又是宗也，周倡之而朱成之也。〔註9〕

文中以孔孟爲宗，尊之以爲主。又以宋代「周朱二公」能得孔孟之眞傳，並尊之爲宗。李夢陽還指出，「且人孰不欲爲聖賢，然異境則必遷，遷斯變，變斯雜，雜則流於清虛陰陽法名墨諸家」及「終或入於禪者」。表現出李夢陽對

〔註9〕李夢陽，《空同集》卷四十二，吉林出版集團有限責任公司出版，2005年，頁383。

佛、道等宗教的排斥。他認為，只有以「吾夫子及孟氏」和「周朱二公」為宗，如此方能使「流者歸，雜者一，變者定，遷者還」。

二、排佛抑道

李夢陽如此尊重周朱二子，這是他尊儒思想的表現。與此同時，他則強烈地排佛抑道。

李夢陽反對佛教的思想極其強烈。他在《外篇・異道》中說：「儒義取，故其地高。釋貪取，故其教污。儒有揮千金而不顧者，而釋則望人施。儒非其力不食，而釋則食人之食，廬人之廬，衣人之衣。」這句話將儒與佛比較而論之。李夢陽認為，儒是崇高無上的；而佛教則卑鄙污濁，佛教徒貪取錢財，不勞而食，簡直何可言之。李夢陽排佛還從哲學高度來批判佛教的空無思想。他在《外篇・異道》中說，「人言釋有體而無用，夫體者，對用之名也，無用而有體哉？吾儒，寂然不動者體也，感而遂通者用也。人之動常活，故感則通，所謂敦化而川流，斂之一而散之萬者也。釋毀心，人也，夫心既死，而有體哉？」李夢陽認為，人的心與體（包括人體和自然客體）是不可分離的統一體，二者是互相依賴的。佛教認為萬物皆空而無用（無實意），邏輯上講不通，因為有體必有用，世界上不存在有體而無用的體。寂然不動者是體，感而遂通者是用。人之「動」常「活」，才能發揮人的認識作用。佛教毀人心曰無，人心既死，是不能認識到自然之體的，所以，佛教是荒謬的。李夢陽的看法有其時代的原因，佛教宣揚惟心，追求享樂，不務實業，教人離親，歷來受到封建文人的反對。唐代文人韓愈就是最有名的抑佛人士。李夢陽和韓愈一樣，極力反對佛教思想蔓延。

對於道教，李夢陽也是反對的，但是，他反對的是俗教，而不是老莊思想。李夢陽對佛教、道教之俗教的反感在《上孝宗皇帝書稿》中表現得最為強烈。《上孝宗皇帝書稿》中陳述有二病、三害、六漸，其六漸之五曰：

> 五曰方術眩惑之漸。夫方術眩惑之漸者，臣以為去之不力則誘之必入也。自古帝王享國長久者，畏天而憂民也，非以奉佛也；康強少疾者，清心寡欲也，非以事仙也。且陛下獨不見梁武唐憲乎？梁武帝奉佛最謹，然罹禍最慘；唐憲宗事仙又最謹，然年又最短。此其明效大驗彰彰可考者。而今創寺、創觀請額者，陛下弗止也。比又詔葺其圮廢。臣不知陛下乃何所取於彼而為之也。夫眞人者，

太虛而爲之名也，今酒肉粗俗道士，陛下敬重之如神，尊爲眞人，又法王佛子等，並肩輿出入，珍食衣錦。陛下踐阼詔曰：僧道不得作醮事扇惑人心。堂堂天言，四海詠焉。夫陛下神心睿恣不減於前，乃今復爾者，臣故知有誘之者也，夫去之不力，則誘之必入。譬之鋤草，不盡反滋其勢，陛下奈何去之不力，而反使之滋也？夫誘者必曰：其道妙，其法靈。今天變屢見於上，百姓嗷嗷於下，邊報未捷，倉庫匱乏，信如眞人國師，道足以庇，法足以祐，陛下何不逐一試之，且彼能設一醮，嘪一法，使天變息而嗷嗷者安乎？此固必無之事，而陛下不察反聽其誘，此臣之所以日夜悲心者也！〔註10〕

在對中國佛、道二教的認識上，李夢陽有唯物主義觀點。他以不可爭辯的事實勸說孝宗不要相信法王神仙之類的胡言亂語。他對孝宗說：佛、道的長壽、祛病、消災之法術統統是假的。自古以來，明君治世成功長久者，都是以敬天愛民、尊禮勤政而得，不是由侍奉神仙而有。梁武帝奉佛最謹，然而罹禍最慘；唐憲宗事仙又最謹，然而享年又最短。當今皇上到處創寺建觀，把酒肉和尚、粗俗道士敬爲神仙眞人，與他們同吃同住，日夜糾纏，影響得天下到處都在作醮事宣揚道妙法靈，以扇惑人心。如果「設一醮，嘪一法」能消災祛病，陛下爲何不「設一醮，嘪一法」試一試，使天下人民安康無怨呢？顯然這是不可能的。李夢陽的排佛抑道思想，首先主要反對的是酒肉和尚、粗俗道士等，這是以維護封建社會的利益爲目的的。

需要說明的是，李夢陽對於佛道思想並不是徹底、絕對反對，他對於佛道的哲學思想還是有一點點吸收的。例如，《異道篇》中有言曰：「釋亦有至言，如苦海無邊，回頭是岸，即《易》之不遠復，《書》之狂克念，《詩》之誕先登，此啓人自新之門，而闢其反觀之機也，可以人廢之哉！」李夢陽對「苦海無邊，回頭是岸」倍感興趣，他認爲這是與《易》《書》《詩》的一些道理一樣高明，這是教人自新、教人反思的好方法，我們不應該丟掉它。在《異道篇》中他還說，「高釋名儒，靜同而色異，釋之色幽沈，儒之色和睟。又靜同而意異，釋之意擬，儒之意活。釋強而止故擬，儒順而用故活。」李夢陽認爲，儒、釋高人的修養在外表上同樣表現的是靜，但它們的內在含義是不一樣的。釋之靜的實質是幽沈、是呆板，儒之靜是和睟、是靈靜。這是

〔註10〕李夢陽，《空同集》卷三十九，吉林出版集團有限責任公司出版，2005年，頁352。

李夢陽對名儒高僧的比較，從中可以看出，李夢陽對高僧神道還是有一定的客觀認識的。李夢陽雖然對佛、道的某些至言是贊同的，但是，他對佛、道的基本教義是否定的，尤其對俗僧粗道是更痛惡至極的。

第四章　李夢陽與明代中葉文學復古運動

在中國思想文化史上，復古現象屢見不鮮。春秋時期，孔子「克己復禮」即具有明顯的復古意義。西漢武帝時期，董仲舒「罷黜百家，獨尊儒術」，也有一定的復古內涵；在唐代，韓愈、柳宗元主張的古文運動，則高舉著復古的旗幟。北宋時期，歐陽修、蘇軾等文學家的文學復古運動，繼承韓愈、柳宗元的文學復古運動，開創了文學復古運動的輝煌成就。明代前後七子的復古運動，在中國文學史上也同樣留下了濃墨重抹的一筆。

明代弘治、正德年間，李夢陽、何景明等前七子主張復古影響極大。而明代前後七子的復古運動，則俱以李夢陽爲宗主。《明史・文苑傳・李夢陽》記載：

> （李）夢陽才思雄鷙，卓然以復古自命。弘治時，宰相李東陽主文柄，天下翕然宗之，夢陽獨譏其萎弱。倡言文必秦、漢，詩必盛唐，非是者弗道。與何景明、徐禎卿、邊貢、朱應登、顧璘、陳沂、鄭善夫、康海、王九思等號十才子，又與景明、禎卿、貢、海、九思、王廷相號七才子，皆卑視一世，而夢陽尤甚。吳人黃省曾、越人周祚，千里致書，願爲弟子。迨嘉靖朝，李攀龍、王世貞出，復奉以爲宗。天下推李、何、王、李爲四大家，無不爭倣其體。華州王維楨以爲七言律自杜甫以後，善用頓挫倒插之法，惟夢陽一人。而後有譏夢陽詩文者，則謂其模擬剽竊，得史遷、少陵之似，而失其眞云。〔註 1〕

〔註 1〕張廷玉，《明史・文苑傳》，北京：中華書局，1974 年。

「(前七子)皆卑視一世，而夢陽尤甚」，這說明李夢陽是復古運動的最積極者。「吳人黃省曾、越人周祚，千里致書，願爲弟子。」這表明李夢陽的復古運動影響力頗大。

筆者認爲，李夢陽的復古主張即體現出李夢陽一生的主要哲學思想，也是李夢陽文學思想的基礎。因此，研究李夢陽的文學思想，必須對李夢陽的復興古學的思想進行梳理。本章擬從以下幾方面對李夢陽的復古運動的必然性和特殊性進行探究：一、復古釋義；二、復古運動的淵源；三、李夢陽復興古學的哲學基礎；四、李夢陽復興古學的影響。

第一節　復古釋義

一、復興古學爲復古中心

明弘治十一年，公元1498年，李夢陽二十七歲，明朝廷任李夢陽爲戶部主事，官級正六品。自此李夢陽開始了他的宦海生涯，也開始了他的文學之旅。

正德二年，公元1507年，李夢陽因草擬劾宦官狀稿事被劉瑾罷官。自弘治十一年到正德二年，約十年時間。在這十年間，李夢陽在北京朝廷中央任職。弘治十八年，1505年5月，孝宗皇帝駕崩。同年武宗皇帝即位，李夢陽官升一級，進戶部員外郎，從五品。第二年，改元正德，夢陽又進郎中，正五品。有名的前七子復古運動就發生在這短短的十年之間。

明代前七子的復古運動發生在李夢陽在北京的十年之間，是有其文化發展的歷史原因，也有李夢陽等前七子積極活動的原因。其原因可以尋根究底，其事實的性質意義也可以去分析研究，但是，在諸研究進行之前，首先要明白李夢陽復古運動的內容是什麼，即要明白李夢陽所復之古是什麼意義的復古內容。

在現代許多文學史著述裏，一般稱李夢陽等前七子的復古運動爲文學復古運動。《明史・文苑傳・李夢陽》曰：「弘治時，宰相李東陽主文柄，天下翕然宗之，夢陽獨譏其萎弱。倡言文必秦、漢，詩必盛唐，非是者弗道。與何景明、徐禎卿、邊貢、朱應登、顧璘、陳沂、鄭善夫、康海、王九思等號十才子，又與景明、禎卿、貢、海、九思、王廷相號七才子，皆卑視一世，而夢陽尤甚。」明史沒有明確說出李夢陽的復古運動是文學復古運動，但其對李夢陽復古運動的解釋認為是詩文復古，這等於說是文學復古了。

袁行霈主編《中國文學歷史》第七編明代文學第四章第一節中說：

> 在前七子之前，以李東陽爲首的茶陵派的崛起，雖然對當時「紛蕪靡曼」的臺閣文學有著一定的衝擊，但由於茶陵派中的不少人身爲館閣文人，特定的生活環境多少限制了他們的文學活動，從而使其創作未能完全擺脱臺閣習氣。另一方面，明初以來，由於官方對程朱理學的推崇理學風氣盛行，影響到文學領域，致使「尚理而不尚辭，入宋人窠臼」（徐燉《黃斗塘先生詩集序》）的文學理氣化現象比較活躍。面對文壇萎弱卑冗的格局，李夢陽等前七子高睨一切，以復古自命，在某種意義上具有重尋文學出路的意味，借助復古手段而欲達到變革的目的，這是前七子文學復古的實質所在。〔註2〕

引文對李夢陽的復古意義進行了概括，其主要觀點認爲，李夢陽等前七子的復古運動是以文學變革爲目的的，引文亦設想扭轉文壇臺閣習氣是前七子文學復古的實質所在。這個觀點明確指出，李夢陽的復古運動是以詩文革新爲目的的文學革命運動。

還有一些著述認爲李夢陽的復古是不限於文學內容的，例如《四庫全書·提要》的觀點就與上述觀點略有不同，其全文如下：

> 臣等謹案《空同集》六十六卷，明李夢陽撰。夢陽字獻吉，慶陽人，弘治癸丑進士，官至江西提學副使。事跡具《明史·文苑傳》。夢陽爲户部郎中時，挫壽寧侯張鶴齡，又助韓文草疏劾劉瑾，遘禍幾危，氣節本震動一世。又倡言復古，使天下毋讀唐以後書，持論甚高，足以竦當代之耳目，故學者翕然從之，文體一變。厥後摹擬剽賊，日就窠臼，論者追原本始，歸獄夢陽，其受詬厲亦最深。考明自洪武以來，運當開國，多昌明博大之音，成化以後，安享太平，多臺閣雍容之作。愈久愈敝，陳陳相因，遂至嘽緩冗沓，千篇一律。夢陽振起痿痹，使天下復知有古書，不可謂之無功，而盛氣矜心，矯枉過正，周亮工《書影》載其黃河水繞漢宮牆一詩，以落句有郭汾陽字，涉用唐事，恐貽口實，遂刪其稿不入集中，其堅立門户至於如此。同時若何景明、薛蕙皆夢陽倡和之人，景明論詩諸書，既

〔註2〕袁行霈，《中國文學史》第四卷，北京：高等教育出版社，1999年。

斷斷往復，蕙亦有「俊逸終憐何大復，粗豪不解李空同」句，則氣類之中已有異議，不待後來之排擊矣。平心而論，其詩材力富健，實足以籠罩一時，而古體必漢魏，近體必盛唐，句擬字摹，食古不化，亦往往有之。所謂武庫之兵，利鈍雜陳者也，其文則故作聱牙，以艱深文其淺易。明人與其詩並重，未免怵於盛名。今並錄而存之，俾瑕瑜不掩，且以著風會轉變之由，與門户紛競之始焉。乾隆四十三年七月恭上。〔註3〕

該提要簡潔明瞭地介紹了李夢陽的生平和復古運動的概況。提要認爲李夢陽的復古主要功績在文學創作方面，「學者翕然從之，文體一變。」就是對當時文學現象的描寫，這應該是眞實的。提要又評論說李夢陽有「摹擬剽賊，日就窠臼」之遺患，並對之進行了一分爲二的判斷。

提要主要介紹李夢陽復古運動的文學內容，提要也透露出李夢陽的復古有較廣擴的內容。提要說李夢陽「又倡言復古，使天下毋讀唐以後書」，「夢陽振起痿痹使天下復知有古書，不可謂之無功」，這顯然是說李夢陽復古是要讀古書，其復古的範圍是不限於文學內容的。由此可見，李夢陽復古運動不是單純的文學復古運動，其文學復古只不過是復古運動的一個附屬事項罷了。

人云亦云，在現代許多文學史著述裏，一般稱李夢陽等前七子的復古運動爲文學復古運動。

然而，這樣認識李夢陽的復古運動是不符合歷史事實的。李夢陽的復古運動雖然有文學復古的內容，但是，它不是一個單純的文學復古運動。文學復古是一個表面現象，在文學復古的運作之下，李夢陽的復古運動一開始就是一場復興儒學的復古運動。是在明代弘治正德年間，文人們還沒有文學這個概念，人們崇尚美文，只有詩文這個概念。李夢陽在學習詩文創作過程中，他主張學習古代詩歌散文的傳統藝術觀念，他有復興古代詩文的思想和積極創作的實際行動。但是，李夢陽的主要目的是要學習、復興儒家思想，學習儒家經典六經。李夢陽復古的概念要比文學復古的概念大得多。從李夢陽的一些詩文著述中可以看出，李夢陽所倡導的復古運動之古是有特定含義的，其復古之含義是指復興古學，即復興儒學典籍六經。從文化思潮的角度來看，李夢陽的復古運動是具有廣泛的文化意義的。李夢陽倡導詩文復古是在主張復興儒學的基礎之上展開的，復興古之詩文只是李夢陽復古運動內容之一。

〔註3〕李夢陽，《空同集》卷首，吉林出版集團有限責任公司出版，2005年，頁5。

復興古之詩文是復古運動的旗幟，旗幟之下是全面而深刻的復興儒學。所以李夢陽的復古運動可以說是一場儒學復興運動，或者說是文化復古，或學術復古，均可以實質性的概括之。

復古運動的崇尚儒教的思想在復古當事人的心目中是清楚的，當時的復古追捧者黃省曾一語道破了其中奧妙。黃省曾曾經給李夢陽寫過一封書信，信中提及了復古的中心思想。信中有言：

> 省曾伏足跡南海，企懷高風久矣！念自總髮以來，好窺覽古墳。竊希心於述作之途，緣此道喪絕遐闊，學士大夫皆安習庸近，迷沿替襲上者深飽，詭結下者，縱發放吐，此駼驥者所以空群而和玉者所以希貴也。悲夫！悲夫！不復古文安復古道哉！聖代鴻澤流沛，人文大彰，故河精嶽秀，鳳彩星華，乃鍾萃於先生。由此巴曲塞宇而白雪孤揚，鄙音彌國而黃鍾特奏。至勇不搖，大智不惑，靈珠早握，天池獨運，主張風雅，深詣堂室，凡正德以後，天下操觚之士咸聞風翕然而新變，實乃先生倡興之力，回瀾障傾何其雄也……

〔註4〕

黃省曾，明代文學家，嘉靖舉人，累舉不第，交遊極廣，曾學詩於李夢陽。此信的主要內容表述了對復古運動的積極態度，另外有對李夢陽的極高讚譽，也有請求李夢陽給予幫助的內容。信中所說「悲夫！悲夫！不復古文安復古道哉！」復興古文，可以復興古道；復興古道必需復興古文。古道即是儒學思想，「悲夫！悲夫！不復古文安復古道哉！」此一語道破了復古運動的意義。

李夢陽復古運動是打著復興古代詩文的旗幟的儒學復興運動，李夢陽復興儒學的思想更多的表現在《空同集》中的文章中。就本質意義上講，明代中葉弘治正德時期的復古運動的目的是爲了改變已經腐敗的社會秩序，他們打著復興古學的旗幟，是爲了追求三代之治的理想。

二、復興古學包含復興古詩文

明代弘治正德年間的復古運動是一場學習古學六經的運動，或者說是一場復興儒學兼有復興詩文的運動。其復興儒學的目的是主要的，其復興古詩

〔註4〕李夢陽，《空同集》卷六十二，吉林出版集團有限責任公司出版，2005年，頁580。

是其復興古學內容之一。在李夢陽的著述中，他把復古運動稱爲復興古學，他多次提到古學二學，表述了其復興儒學的思想和復興古詩的思想兼而有之。《朝正倡和詩跋》是李夢陽爲其好友顧璘詩篇所寫的序文。其文曰：

詩倡和莫盛於弘治，蓋其時古學漸興，士彬彬乎！盛矣，此一運會也！余時承乏郎署，所與倡和則揚州儲靜夫，趙叔鳴。無錫錢世恩、陳嘉言、秦國聲。太原喬希大。宜興杭氏兄弟，郴李貽教、何子元，慈谿楊名父，餘姚王伯安。濟南邊庭實，其後又有丹陽殷文濟，蘇州都玄敬，徐昌穀，信陽何仲默，其在南都則顧華玉朱升之其尤也，諸在翰林者以人眾不敘，自正德丁卯之變，縉紳罹慘毒之禍。於是士始皆以言爲諱。重足累息而前諸倡和者亦各飄然萍梗散矣，賴皇帝明聖斷殛元惡伸拔英類。於是海內之士復矯矯吐氣。此又一運會也。而顧君適以開封知府。歲覲都下，乃有朝正倡和之詩。蓋余不聆此音者數年矣，今一旦見之，誰謂異於空谷跫然者哉。然倡和者五人而已。而其詩顧猶多憂讒念歸之辭，則余不知所謂也……

詩倡和莫盛於弘治，蓋其時古學漸興，士彬彬乎！盛矣，此一運會也！〔註5〕

序文中說，「詩倡和莫盛於弘治，蓋其時古學漸興，士彬彬乎！盛矣，此一運會也！」這是對當時復古歷史的一個回顧，也是對復古歷史的總結。其意思很明瞭，是說當時復古運動中詩歌倡和很興盛，復興古詩是復古的內容之一，同時「古學漸興」。「古學漸興」即學習六經之風氣也逐漸形成。這說明復古運動的特徵有二，一是詩歌興盛，二是古學漸興，可見，當時的復古運動是以復興古學爲目的的復古運動。序文中還介紹了當時復古活動中的諸多人士，其後，在正德二年，由於宦官劉瑾對對文士們的打擊報復，大部分正直之士被逐出朝廷，復古運動即宣中斷。

復興古詩是復興古學的一個組成部分，也就是說李夢陽的文學復古是學習古代文化的一個附屬事項，其目的是復興古代文化。《答周子書》李夢陽給其弟子周祚的一封書信。寫信的時間已是破李夢陽晚年了，信中有對復古運動的回憶。文中有言曰：

〔註 5〕 李夢陽，《空同集》卷五十九，吉林出版集團有限責任公司出版，2005 年，頁 552。

> 往聞稽山之陰，大淛之濆，多嗜古篤行獨立勇往人者。然僕北人也，莫之能知也，日者乃奉遐訊，拜腆儀，激發之音，玄要之旨，高卓之識，慷慨之義，有曠世之大感，閔俗之重悲。僕捧而讀之欽羨愾惋，內懷彌日。曰：古哉周子，篤行哉！獨哉！勇哉！易曰：同聲相應，同手相求。僕北人也，嗜古無成，行之寡效，力之罔獨，往之鮮勇。足下乃奚取於僕而有斯求也，又奚所應而同僕之聲也？僕少壯時，振翮雲路，嘗周旋鵷鸞之末，謂學不的古，苦心無益。又謂文必有法式，然後中諧音度。如方圓之規矩，古人用之，非自做作之，實天生之也。今人法式古人，非法式古人也，實物之自則也。當此時，篤行之士，翕然臻向，弘治之間，古學遂興……〔註6〕

周祚，其生平不祥，周祚先有一封書信致李夢陽，表示了他對李夢陽的崇敬和學習要求，這封信是李夢陽的回信，信中主要講的是作文的法式問題，也隱含對何景明不滿情緒。引文前部分是對周祚嗜古好學的讚揚，謂自己也有嗜古之情懷，謂周祚是自己的知音。後部分是對當年復古的回憶，李夢陽說「僕少壯時，振翮雲路，嘗周旋鵷鸞之末，謂學不的古，苦心無益。又謂文必有法式，然後中諧音度。」其強調了兩個問題，一是「學不的古，苦心無益」，此強調的「學」應是對六經的「學」，是廣義的「學」，復古的內容當指此「學」。二是「文必有法式」，此強調文學創作要有技巧。李夢陽又說「當此時，篤行之士，翕然臻向，弘治之間，古學遂興……」此處亦提及古學，此古學應是具有儒學意義的古學了。「弘治之間，古學遂興」，其意是指在弘治時期，興起了學習古代文化思想的學習風氣。李夢陽的詩歌復古在明代復古運動中起到了一個橋梁作用，使其復古運動達到了一個學習古代文化思想的學習風氣。

從歷史的發展來看，李夢陽的復古思想和實踐絕對不是單純的文學復古。李夢陽的復古運動是與歷史上的復古思潮相適應的，他復興古學的內容是以學習古籍六經《詩》《書》《禮》《樂》《易》《春秋》為中心，李夢陽的這些復古思想內容都是在崇尚六經的思想基礎上產生的。所以，復興古學的內容是嚮往三代之治、崇尚儒學的仁政理想，敬仰忠臣義士的人格、崇拜六經中的文學藝術，其包含了復興古文、古詩的內容。

〔註6〕李夢陽，《空同集》卷六十二，吉林出版集團有限責任公司出版，2005年，頁577。

總的看來，李夢陽的復古是以復興儒家思想爲中心的文化復古，其復古的內容是廣泛的，文學復古只是其復古內容之一。李夢陽倡導「文必秦漢，詩必盛唐」，其內心思想上充滿了對復興儒學充滿美麗憧憬。李夢陽晚年專門寫了具有理學思辨色彩的《論學》八篇。據朱安涎《李空同先生年表》記載，李夢陽在五十六歲那年（1527 年）寫了《空同子》（即論學）八篇，「六年丁亥，公年五十六歲。公閔聖遠言湮，異端橫起，理學無傳，於是著〈空同子〉八篇，其旨遠，其義正，該物理，可以發明性命之源，學者定焉。」〔註 7〕《論學》八篇分別從化理（上、下）、物理、治道、論學（上、下）、事勢、異道等六個方面「該物究理」，「發明性命之源」。此可謂李夢陽積極復興古學的最大心願。

文學復古和儒學復古是不矛盾的，文學復古和儒學復古在本質意義上來說是一個復古思想兩個復古表現，因爲，文學和非文學是孿生姊妹，文學和非文學從來就沒有自爲自動分離過。六經儒學和古典詩歌散文在思想內容上是同一的，六經的一部分內容本身就是詩歌散文，六經中的三代之治、忠孝仁義等的理想在歷史哲學中有，在詩歌散文中也有；六經中的的審美思想在詩歌散文中有，在歷史文學中同樣也有。歷史證明文學和哲學的目的是兼而有之的。

明代弘治正德年間的復古運動是一場學習古學六經的運動，或者說是一場復興儒學兼有復興古詩的運動，這種兼而有之的事實也表明了復興古學與復興古詩的關係是主次矛盾的關係，復興古學是復古運動的主體，復興古詩是復古運動的一個組成部分。

第二節　復古運動的淵源

古學，即儒家經典，具體指《詩》《書》《禮》《易》《樂》《春秋》六部古書。在中國學術歷史上，古學是一個常識性名詞，又名經學、古文經學、儒學等。古學既指古學的實體六經，又指研究古學六經的學術活動。

在中國文化歷史上，復古現象源遠流長。李夢陽主張的復古運動，自然要受前代復古思想的影響。簡要回顧分析一下歷史上的復古現象，可以幫助我們判斷李夢陽復古思想的性質和意義。

〔註 7〕朱安涎，《李空同先生年表》，見論文《附錄二》。

一、周末至西漢時期的復古

（一）孔子的復古思想

孔子（公元前 551 年 9 月 28 日～公元前 479 年 4 月 11 日）名丘，字仲尼，春秋末期魯國陬邑人。二千多年前，孔子在長期的政治活動失敗後，返回故鄉魯國，編訂和整理了《詩》《書》《禮》《易》《樂》《春秋》這些傳統文獻，形成了古學六經。孔子是中國古代偉大的思想家，孔子的思想表現在《論語》一書中，《論語》是儒家哲學思想的經典範本。

孔子的思想及學說對後世產生了極其深遠的影響。孔子的思想在教育、文學、道德等多方面都有經典意義，但是，其對中國文化的最大影響在哲學方面。孔子的哲學思想主要是復興三代之治，此即「克己復禮」，春秋時期，孔子面對春秋時期諸侯爭戰不休、人民困苦不堪的現實，自然地想往三代之治。孔子不滿當時「天下無道」，動蕩不安的社會，抱著強烈的憂患意識和救世情懷，奔遊列國，汲汲以求，倡導「德化」、「禮治」。論語中有子曰：「甚矣吾衰也！久矣吾不復夢見周公。」孔子說：「我衰老得很厲害了，我好久沒有夢見周公了。」周公：姓姬名旦，周文王的兒子，周武王的弟弟，成王的叔父，魯國國君的始祖，傳說是西周典章制度的制定者，他是孔子所崇拜的所謂「聖人」之一。孔子自稱他繼承了自堯舜禹湯文武周公以來的道統，肩負著光大古代文化的重任。這句話，表明了孔子對周公的崇敬和思念，也反映了他對周禮的崇拜和擁護的思想。孔子自謂「述而不作」，實際是以述「爲」「作」，通過對歷史傳統的詮釋，來實現人生價値的重構和宣傳。他正直、樂觀向上、積極進取，一生都在追求眞、善、美，一生都在追求理想的社會。復興三代之治的思想是崇尚古代的仁政，所以，孔子的哲學思想又可表述爲「仁」，「克己復禮」和「仁」的思想意義是同一的。

克己復禮是孔子學說的一個重要概念，出自《論語・顏淵》一章：「顏淵問仁。子曰：『克己復禮爲仁。一日克己復禮，天下歸仁焉。爲仁由己，而由人乎哉？』顏淵曰：『請問其目。』子曰：『非禮勿視，非禮勿聽，非禮勿言，非禮勿動。』顏淵曰：『回雖不敏，請事斯語矣。』」這段話的意思是說，有一次孔子的弟子顏回請教如何才能達到仁的境界，孔子回答說：努力約束自己，使自己的行爲符合禮的要求。如果能夠眞正做到這一點，就可以達到理想的境界了，這是要靠自己去努力的。顏回又問：那麼具體應當如何去做呢？孔子答道：不符合禮的事，就不要去看、不要去聽、不要去說、不要去做。顏回聽後向老師說：我雖然不夠聰明，但決心按照先生的話去做。

孔子「克己復禮」的思想內容是克制自己復興古之社會秩序。

禮是一個社會中人們相互之間確定其地位並互相尊重的社會關係和秩序。孔子對周禮抱著很尊敬的心態，而在實際上又有所損益。在繼承中創新，目的是爲了救世。孔子是十分崇尚「周禮」的，在《論語》中多次談到自己對西周禮樂的嚮往。子曰：「周監乎二代，郁郁乎文哉，吾從周。」（《論語・八佾》）「周之德，其可謂至德也。」（《論語・泰伯》）「如有用我者，吾其爲東周乎！」（《論語・陽貨》）

「禮」的外在形式包括祭祀、軍旅、冠婚、喪葬、朝聘、會盟等等方面的禮節儀式。孔子認爲，注重「禮」的內在精神固然重要，而內在精神終究還要靠外在形式來體現。所以對這些禮節儀式，孔子不但認眞學習，親履親行，而且要求弟子們嚴格遵守。顏淵問仁。子曰：「克己復禮爲仁。一日克己復禮，天下歸仁焉。爲仁由己，而由人乎哉？」子曰：「非禮勿視，非視勿聽，非禮勿言，非禮勿動。」（《論語・顏淵》）他說：「恭而無禮則勞，愼而無理則葸，勇而無禮則亂，直而無禮則絞。」（《《論語・泰伯》）對於違背禮法原則的行爲，他總是給予嚴厲的批評和抵制。季氏八佾舞於庭，是對禮的僭越，他說「是可忍也，孰不可忍也！」（《《論語・八佾》）「邦君樹塞門，管氏亦樹塞門；邦君爲兩君之好，有反坫，管氏亦有反坫。」他批評「管仲之器小哉」，「管氏而知禮，孰不知禮？」（《論語・八佾》）子貢欲去告朔之餼羊，他諷刺地說：「賜也，爾愛其羊，我愛其禮。」（《論語・八佾》）宰我欲去三年之喪，他斥之爲「不仁」（《論語・陽貨》）。他教育弟子的基本原則，是「博學於文，約之以禮」（《論語・顏淵》）。因爲「禮」的內在精神是維護宗法等級制度，所以和每個人的地位名分又是相通的。行爲上恪守自己的名分就是守「禮」，越出自己的名分就是違禮。因此，孔子不但明確提出「正名」的主張，而且還通過編修《春秋》，對種種違禮僭越的行爲進行了譏刺貶斥。

以「禮」爲中心的復古之學實際上是孔子的治國思想。孔子把西周禮作爲治國之經緯，認爲禮是治國之本，形成了以禮樂教化治國安邦的總體思路。

從孔子思想的主要意義可以看出，孔子思想的中心崇尚周代安定和諧的社會秩序。今天，我們從歷史的角度來看，孔子「克己復禮」的哲學思想其實也一次復古思潮，其復古的內容是三代之治，學習周代的以禮樂爲中心的治國思想。所以，可以說孔子學是中國歷史上的第一次復古運動，孔子開創了中國文化史上的復古第一頁，此後的復古思潮無不受此影響，李夢陽的復古運動也包含了孔子復古的基因，其事實將於後文表述。

（二）董仲舒的復古思想

司馬遷在《史記·孔子世家》裏指出，孔子編輯了《書》，刪定了《詩》，編訂了《禮》和《樂》，作了《易》的一部分注釋，並根據魯國的史料創作了《春秋》。自此以後，歷代文人學子就以六經為課本學習儒家思想。然而，古學之名詞產生於西漢。古學真正地被中國知識分子接受和繼承則在西漢。漢武帝即位後，為了適應大一統的政治局面和加強中央集權統治，實行罷黜百家、獨尊儒術，設五經博士。從此儒學獨尊，《詩》、《書》、《禮》、《易》、《春秋》（由於秦始皇的焚書坑儒，《樂經》完全散佚）五經超出了一般典籍的地位，成為神聖的法定經典，也成為廣大讀書人必讀的經典。

西漢時期真正振興儒家思想學說的是西漢鴻儒董仲舒。董仲舒（前 179～前 104），廣川人（今河北景縣）。景帝時任博士，講授《公羊春秋》。公元前 134 年，漢武帝召集各地賢良方正文學之士到長安，親自策問。董仲舒在對策中指出，春秋大一統是「天地之常經，古今之通誼」。現在師異道，人異論，百家之言宗旨各不相同，使統治思想不一致，法制數變，百家無所適從。董仲舒認為，「道之大原出於天」，自然、人事都受制於天命，因此反映天命的政治秩序和政治思想都應該是統一的。他把儒家的倫理思想概括為「三綱五常」。他建議：「諸不在六藝之科孔子之術者，皆絕其道，勿使並地。」董仲舒獻上的適應政治上大一統的思想統治政策，很受武帝賞識，故採納實施之。

漢武帝經過一番權術運作之後鞏固了董仲舒的崇儒思想。「舉賢良對策」後，建元元年新年伊始，漢武帝即「詔丞相、御史、列侯、中二千石、二千石、諸侯相，舉賢良直言極諫之士」。這次應舉者百餘人，莊助為舉首，公孫弘以明於《春秋》中選，為博士；轅固生亦以賢良應徵。其餘講學申不害、商鞅、韓非法家之言，操蘇秦、張儀縱橫之說者，一概罷黜，不予錄取。但是，此舉受到好黃老的祖母竇太后的強烈反對，她於次年藉故把鼓吹儒學的御史大夫趙綰和郎中令王臧繫獄。儒家勢力雖暫時受到打擊，但武帝在建元五年（前 136）又置《五經》博士，使儒家經學在官府中更加完備了。建元六年（前 135），竇太后死，儒家勢力再度崛起。元光元年（前 134），武帝將不治儒家《五經》的太常博士一律罷黜，排斥黃老刑名百家之言於官學之外，提拔布衣出身的儒生公孫弘爲丞相，優禮延攬儒生數百人，還批准爲博士官置弟子五十人，根據成績高下補郎中文學掌故，吏有通儒學——藝者選拔擔任重要職務。這就是歷史上有名的「罷黜百家，獨尊儒術」一事。

獨尊儒術以後，官吏主要出自儒生，儒家逐步發展，這樣做有益於專制制度的加強和國家的統一。漢武帝「獨尊儒術，罷黜百家」有其時代特點。他推崇的儒術，已吸收了法家、道家、陰陽家等各種不同學派的一些思想，與孔孟爲代表的先秦儒家思想有所不同。漢武帝把儒術與刑名法術相糅合，形成了「霸王道雜之」的統治手段，對後世影響頗爲深遠。儒家思想成爲此後二千年間統治人民的正統思想。

以歷史的角度來審視「罷黜百家，獨尊儒術」一事，孔子沒後七百餘年，儒家思想重新被歷史認可，這也算是一次古學復興事例。

漢武帝、董仲舒復興儒學，有其自身的歷史特點，其最大、最主要的特點是此次儒學復興是以以維護其政治統治爲目的，與政治實踐相結合，其宗旨旗幟鮮明。漢武帝、董仲舒復興儒學其目的是純粹的，當然，漢武帝、董仲舒復興儒學以政治爲中心是必然的。由於儒家思想本質是哲學思想，因之漢武帝、董仲舒復興儒其中也包含了復興文化或復興學術的思想。然而，漢武帝、董仲舒復興儒學之後，每次復古運動的政治目的則顯得比較晦澀了，此後的中國歷史上的每次復古運動，不僅包含有復興儒家哲學思想的內容，還包含有文學、道德、學術等其它內容，每次復古運動的內容和目的各有偏重，並有創新和發展。

二、唐宋時期的復古

（一）韓愈、柳宗元等散文八大家的復古思想

當中國歷史走到唐宋之際，在文學史上發生了有名的古文運動。古文運動是一場文學革新運動，其內容主要是反對駢文，提倡古文。

這一運動發起於中唐，但它的成功卻在北宋。除韓愈、柳宗元外，唐宋八大家中的其餘六人，即，歐陽修、王安石、曾鞏、蘇洵、蘇軾、蘇轍都是北宋中期人。

在唐代，古文這一概念由韓愈最先提出。韓愈（768～824）唐代文學家、哲學家。他把六朝以來講求聲律及辭藻、排偶的駢文視爲「俗下文字」，認爲自己的散文繼承了先秦兩漢文章的傳統，所以稱「古文」。韓愈提倡古文，其

目的也在於恢復古代的儒學道統。這種復古主張在當時得到廣泛的響應，成爲一種社會運動。

以駢體文爲代表的形式主義文風，肇始於東漢，風靡於六朝，至唐代又有發展；在此期間，玄學興起，佛、老盛行，儒學在意識形態領域的地位下降。由於形式主義文風的興盛與儒家思想的相對衰落互爲表裏，因此改革文風與復興儒學也就成了相輔相成的運動。早在隋朝初期，李諤已提出反對駢體文。到了唐代，武周時的陳子昂效法西漢古體文作政論，對當時的文風發生了很大影響。唐玄宗開元及天寶以後，蕭穎士、李華、元結、獨孤及、梁肅、柳冕等人擯斥文壇浮豔之風，主張以三代兩漢古文爲法，以儒家經典爲依歸，創作上亦力變排偶爲散體，韓愈繼承了開元時期的復古思想。

韓愈繼承前人主張，在提倡古文時，進一步強調發揚儒道，排斥佛、老。他說：我所以致力於古文，不只是好其文辭，而且好其道。所謂道，就是與佛教、道教相對立的儒道。文道合一，以道爲主，這是韓愈倡導古文運動的基本觀點。就文本身而言，他主張「文從字順」，「惟陳言之務去」，強調既要博極群書又不蹈襲前人，做到推陳出新。韓愈不僅在文道合一和文體改革方面提出了比先前更爲明確具體的主張，更重要的是他還將自己的主張貫徹於實踐，寫了許多優秀的作品，大大提高了古文的水平。他是古文運動公認的領袖。

柳宗元在古文運動中的地位僅次於韓愈。柳宗元（773～819年），字子厚。唐代文學家、哲學家和散文家，其論文亦提倡文以明道，他寫出大量散體文，取得與韓愈相當的成就。他的理論和實踐同樣是古文運動獲得成功的重要因素。由於韓愈、柳宗元以及韓門弟子李翺、皇甫湜等人的宣傳倡導和創作實踐，唐後期古文寫作蔚然極盛，質樸流暢的散體終於取代駢體，成爲文壇的主要風尚。

唐代古文運動提出的「文以載道」對後世產生了深遠的影響。這個觀點不只是把「文」歸結爲傳「道」的手段，而且指文章要言之有物，文學要反映現實生活，要有充實的思想內容。古文運動所說的「道」，固然指的是封建主義的儒家倫理，但韓、柳等人的創作也表明，他們主張的「傳道」、「明道」表現了對社會現實的評議、批判和揭露的思想。正因爲如此，「文以載道」的主張爲後世文人普遍接受。古文運動提倡散體文同樣影響深遠。它不僅結束了駢文的長期統治，恢復了古代散文的歷史地位，同時還把散文的實用範圍從著書立說擴大到抒情、寫景、紀遊等反映日常生活的廣泛領域。

在宋代，古文運動的發展形成了新的特色。北宋以歐陽修爲首的文學改革運動，其主張與韓愈完全一致，實爲唐代古文運動的繼續，並湧現出更多的有成就的古文作家，形成了以後世所稱唐宋八大家爲代表的新的古文傳統。

相對於唐代來說，宋代的古文運動聲勢更爲浩大。總的看來，大致可分爲三個階段。

第一階段，從北宋建國至 11 世紀初。代表作家是柳開（947～1000 年）、王禹偁（954～1001 年）。韓愈的古文，本有「文從字順」和「怪怪奇奇」兩種風格，後追隨者們片面發展了韓文奇崛艱深的一面，古文運動逐漸衰落，駢文又在晚唐五代的文壇上佔據了主導地位。北宋建國之初，柳開曾大聲疾呼恢復韓柳的古文傳統。但所繼承的則是唐代古文運動之奇澀古奧的遺風，其古文復興成效不大。王禹偁的古文理論和復古精神，爲後來歐陽修、蘇軾等人所承繼。

第二階段在 11 世紀上半葉，代表作家有穆修（979～1032 年）、石介（1005～1045 年）、尹洙（1001～1047 年）、歐陽修、蘇舜欽（1009～1048 年）等。王禹偁雖然爲北宋古文指出了正確的方向，但由於缺少師友支持，未能形成一股足以力挽狂瀾的力量，故在其死後，以楊億（974～1020 年）、劉筠（970～1030 年）爲代表的駢文家仍然左右文壇二三十年。在其建國的之初的幾十年裏，北宋承五代之凋弊，讀書尙未形成風氣，無論是沿襲五代的駢文，還是柳開等人的古文，均不免淺薄卑弱。繼承王禹偁古文傳統而作出了較大貢獻、成爲北宋古文運動中堅的是歐陽修、尹洙、蘇舜欽等人。歐陽修等人的古文創作，同當時的政治鬥爭息息相關。他們也主張「文與道俱」，但已偏重於實用，而不專指遙遠的道統和空洞的性理。對四六文的駢偶形式，也採取了比較實事求是的靈活態度：「駢儷之文，苟合於理，未必爲非。」有時爲了「取便於宣讀」，還常常有意識地採用散中有駢，駢散結合的方式創作古文，使文章顯得流麗暢達，讀來琅琅上口。歐陽修在王禹偁的基礎上進一步開創的這種平易流暢、駢散結合的古文新體制，從此成爲宋代古文的基本特色，這一特色爲此後的元明清諸代所遵循。

第三階段在 11 世紀後半葉，以歐陽修、王安石、蘇軾等人爲代表。

歐陽修主持禮部考試的嘉祐二年（1057），是古文運動史上極爲重要的一年。蘇軾、曾鞏（1019～1083 年）和蘇轍（1039～1112 年）都是這一年中的進士。再加上王安石、蘇洵（1009～1066 年），歐陽修周圍重新團結了一大批比尹洙、蘇舜欽等前期古文家更加優秀的人才。其中各人的政治見解和文學主張雖不盡相同，但在此前後，都寫出了不少成爲後世典範的古文名篇。如歐陽修的《五代史伶官傳序》、《醉翁亭記》、《秋聲賦》；王安石的《答司馬諫議書》、《讀孟嘗君傳》、《遊褒禪山記》；蘇軾的《留侯論》、《石鍾山記》、《赤壁賦》；蘇洵的《六國論》；曾鞏的《墨池記》等，文采斑爛，使宋文於此極盛。歐陽修重視獎掖後進，王安石、蘇軾皆出其門而相繼主盟文壇，宋文得以順利發展。嘉祐二年的科舉改革後，古文日益興盛，幾年後，險怪奇澀、豔麗猥瑣之文一掃而光，古文從此取代駢文佔據了文壇的主導地位以迄近世。

唐宋散文繼承了秦漢散文傳統，又具有題材更廣、與現實生活聯繫更密切、文學性更強等新的特點。新的古文傳統形成以後，駢文並未銷聲匿跡。當代和後世仍不斷出現駢文作家和作品，古文學家亦時或採用駢辭麗句作爲藝術手段，只是駢文不再佔據統治地位。唐宋古文運動開始了的古文新傳統，支配中國文壇一千多年，直到「五四」新文學運動以後，才被白話文體所代替。

唐宋古文運動必然對李夢陽學術思想的影響。明代前七子的復古運動繼承了唐宋古文運動復興儒學的基本精神，亦主張以學習儒家哲學思想爲要點，李夢陽的尚儒思想尤爲突出。在學習古文藝術方面，李夢陽則比唐宋八大家更爲激進，對宋文提出了嚴厲批評，主張重新振興古文逸風，爲明代文壇開創了積極思變的新局面。李夢陽復興古學是在前代復古思潮的基礎上產生的。

（二）周敦頤、朱熹的復古思想

宋元明時期，是中國文化和哲學發展的又一個高峰。這一高峰的代表人物是周敦頤、朱熹，其代表思想是宋明理學，又名程朱理學，簡稱理學。宋明理學，通常被認爲是宋明兩代的儒學。宋明理學雖然名爲儒學，但它同時借鑒了道教和佛家的思想，對儒學有所創新和重構，並以此產生了諸多理學流派，其內容豐富多彩。

周敦頤是宋明理學的開山祖，他的理學思想在中國哲學史上起了承前啓後的作用。周敦頤（1017～1073 年）中國宋代（北宋）思想家、理學家、哲學家。他繼承《易傳》和部分道家以及道教思想，提出一個簡單而有系統的宇宙構成論，說「無極而太極」，「太極」一動一靜，產生陰陽萬物。「萬物生而變化無窮焉，惟人也得其秀而最靈（《太極圖說》）。」聖人又模仿「太極」

建立「人極」。「人極」即「誠」,「誠」是「純粹至善」的「五常之本，百行之源也，是道德的最高境界」。只有通過主靜、無欲，才能達到這一境界。在以後封建社會七百多年的學術史上產生了廣泛的影響。他所提出的哲學範疇，如無極、太極、陰陽、五行、動靜、性命、善惡等，成爲後世理學研究的課題，爲爾後理學家所反覆討論和發揮。南安通判程太中知道他的理學造詣很深，並將兩個兒子程顥、程頤送到他的門下，後二程均爲著名理學家。南宋學者胡宏對周敦頤的理論倍加尊信，理學集大成者朱熹對他評價很高，爲他作事狀，又爲《太極圖・易說》、《易通》作了注解。張栻稱他爲「道學宗主」，其名聲因之遠揚，九江、道州、南安等地紛紛建濂溪祠紀念他，宋寧宗皇帝賜敦頤諡號爲「元」，因此周敦頤又被稱爲「元公」，到南宋理宗時，從祀孔子廟庭，確定了周敦頤的理學開山地位。

北宋嘉祐治平年間（1056～1067 年），理學發展形成了王安石（荊公）新學、司馬光（溫公）的心學、蘇軾的蜀學、二程（程顥、程頤）兄弟的洛學（含張載的關學）爲代表的理學四大派。後來洛學由朱熹發揚光大，成爲居正統之位的程朱理學。

程朱理學的集大成者是朱熹。朱熹（11301～200 年）中國南宋著名思想家。字元晦，後改仲晦，號晦庵。別號紫陽，祖籍徽州婺源（今屬江西）。朱熹繼承了北宋程顥、程頤的理學，完成了客觀唯心主義的體系。認爲理是世界的本質，「理在先，氣在後」，提出「存天理，滅人欲」。朱熹學識淵博，對經學、史學、文學、樂律乃至自然科學都有研究。其詞作語言秀正，風格俊朗，無濃豔或典故堆砌之病。不少作品的用語看得出都經過斟酌推敲，比較講究。但其詞意境稍覺理性有餘，感性不足，此皆因其思想注重理學所致。宋明理學是儒學的一種歷史表態，自繼魏晉以玄學改造儒學之後，朱熹以佛（佛教）老（道教）的思想對儒學進行了又一次再改造。宋明理學對隋唐以來逐漸走向沒落的儒學進行了強有力的復興。這個復興儒學的運動，由隋唐之際的王通發其先聲，由唐代中期以後的韓愈、李翺、柳宗元諸人繼其後續，而至兩宋時期蔚爲大觀，形成一場聲勢浩大、波瀾壯闊而又影響久遠的儒學運動。這場儒學運動持續到明清之際，影響直至當代。

宋明理學是在與佛教、道教的鬥爭中發展起來的，其吸取佛、道有益內容，最終成功地以思辯方式了重新建構了傳統儒學，使儒學在中國思想史方面重新走上了正統地位。與此同時，宋明理學也改換了先秦儒學的積極精神，把民族精神在一定程度上引向萎靡和頹廢，因而就其後果而言，其智慧的思辨也具有消極的一面。

宋明理學雖然學有創新、宗派林立、內容豐富，但是，敬業宋明理學的宗師都主張學習孔孟之道，並以儒家六經爲教義。歸根到底，宋明理學還是以儒學爲基本理論的哲學表述，所以，宋明理學的發展其實質又是一次復興儒學的復古運動。

宋明理學對明代李夢陽的復古思想也有很大影響。宋明理學以儒家六經爲教義，對傳統儒學崇拜至極，對儒學有發展壯大之功，李夢陽積極地肯定了這一點，並對此給於了極高評價。李夢陽認爲宋明理學是儒學之復興，也是儒學之再生；認爲周敦頤、朱熹是與孔子、孟子同樣偉大的聖人。李夢陽在江西時寫過一篇《宗儒祠碑》碑文，其文中有言曰：

> 故曰：孔子沒而微言絕。孔子沒百年，幸而孟軻氏起焉，孟軻氏沒千餘年，又幸而有周朱二公起焉。自周朱二公起，於是天下始了然知有孔孟之傳，莫不趨而歸之。夫然後吾之宗若山之岱，水之海，國之大君，家之嫡。雖有不尊而主之者，不可矣，故曰：周朱者，儒之宗也。〔註8〕

宗儒祠在江西省廬山白鹿洞書院內，又名三賢祠。祠中祠唐李賓客，宋周敦頤、朱熹三人。李夢陽說「孔子沒百年，幸而孟軻氏起焉，孟軻氏沒千餘年，又幸而有周朱二公起焉。」可見李夢陽認爲周敦頤、朱熹是孔孟的繼承人了。李夢陽又說，「周朱者，儒之宗也。」李夢陽明確表示周敦頤、朱熹是儒家宗師。李夢陽對宋明理學思想的贊同和繼承，再一次說明，李夢陽的復古運動是一次以復興儒學爲中心的復古運動。

中國傳統儒學的是中國文化的核心內容，儒學思想哺育了明代文人李夢陽，李夢陽對儒學思想也忠信不疑。孔子復古、董仲舒復古、唐宋八大家復古、宋明理學復古等復興儒學的事實對李夢陽的思想都有所影響，以致最終醞釀成就了李夢陽的復古運動。李夢陽的復古思想源於歷史上的一次又一次的尊儒思潮。

韓愈、柳宗元的復古運動明確提出其目的是復興古文，所以被稱之爲古文復興運動，其政治目的蘊藏於文以載道之中，其政治目的也不是純粹的。

〔註 8〕李夢陽，《空同集》卷四十二，吉林出版集團有限責任公司出版，2005 年，頁 383。

程頤與程顥及朱熹的復古運動是建立在程朱理學基礎之上的復古運動，其主要內容是以社會道德爲中心，存天理、滅人欲，以天理建構人們的倫理道德，以抑「人欲」以堅守「三綱五常」，將人們追求美好生活的欲望視爲邪惡，其復古目的是要把封建綱常與宗教的禁欲主義結合起來以建立系統的道德學術理論。

明代七子派文學復古運動具有復興文學和儒學的雙重目的，但是，李夢陽繼承了以復興儒學內容爲中心的復古特點。具體表現在他們反對明代文人文風的同時，對宋明理學的弊端以及當時社會腐敗現象進行了強烈抨擊。在尊重周、程、張、朱等理學的大前提下，對程朱等理學作了一些批評和修正，呈現出了向孔孟儒學回歸的跡象，這在從而在一定程度上鬆動了程朱理學的統治地位，給明代中葉的文化思想界帶來了一絲曙光。

第三節　復興古學的哲學基礎

哲學是指導人們思想言行的原因，從哲學角度來分析李夢陽的復古運動，則能更清楚地看出其復古的性質和意義。

一、儒家哲學是中國哲學主體

在中國文化歷史上有一個特殊的歷史現象，即每次復古運動都是以復興儒學爲主旨，這表明儒學是中國哲學思想的主體。儒學是中國封建文化的主體世人皆知，儒學統治中國哲學思想長達二千多年，成爲中國民族文化寶貴的精神財富。儒學的一些基本的思想，譬如德治、仁政的政治思想，忠恕的倫理思想，致中和的文化思想，乃至學思結合、有教無類的教育思想等，影響了中國民族思維方式二千多年。古代哲學史把儒學發展分爲四個階段。

第一階段：原始儒學，即堯、舜、禹、夏、商、周時代儒學原始萌發時期。《中庸》講「仲尼祖述堯舜，憲章文武，上律天時，下襲水土」即是關於儒學源流的精闢注講。儒學像一顆生命力堅強的種子，經歷了長達三千年漫長、艱難的孕育、發牙、生根、破土、成苗過程。

這一時期，聖王一體，帝王既是軍事、政治權力的化身，又是人類族群道德楷模和生存發展智慧的化身，因而也是文化的主要創造者和傳承者。孔子在《論語・泰伯》中頌揚堯「唯天爲大，唯堯則之，蕩蕩乎！民無能名焉」。

贊禹「卑宮室而盡力乎溝洫。禹，吾無間然矣。」唐儒韓愈提出的儒家道統說，將「堯、舜、禹、商湯、文王、武王、周公……」列入儒家道統傳承譜系。孔子對堯、舜、禹、商湯、文王、武王、周公推崇備至，讚不絕口。歷代文化宗師們在研習與整理上古典籍時，不斷總結他們的高尚德行和政治智慧，與聖王們進行跨越時空的思想交流，使儒學的基本概念和理念漸漸成形。特別需要指明的是，有儒家「元聖」之稱的周公，輔佐幼主，平叛治亂，修己安人，建章制禮，爲儒學思想的典範化、系統化、理論化做出了重要奠基。他以自身的品格、才學、政績，爲儒家提供了十分理想的人格典範，成爲孔子及歷代大儒、後世精英們孜孜以求的理想人格和繼絕創新的不竭動力。

這一時期，儒學的主要表現形態是原始政治倫理哲學，即人道。一些維繫族群家邦的重要概念，亦即儒學的重要範疇，如仁、義、禮、孝、德、明、信等已逐漸明晰和成形，重要理念和思想如「敬德保民」、「明德慎罰」、「以德配天」、「協和萬邦」等已形成。《尚書・堯典》中記述堯帝時期的政治實踐經驗「克明俊德，以親九族；九族既睦，平章百姓；百姓昭明，協和萬邦」正是儒家「修身（克明俊德）、齊家（親睦九族）、治國（平章百姓）、平天下（協和萬邦）」的明確表述。

原始儒學另一重要表現形式爲對宇根本規律的認知，此即對立統一規律，其主要思想體現在古《易》中。

在這一時期，後來被列爲儒家經典的《詩》、《書》、《易》、《禮》、《樂》等早期古本已形成和出現。這一時期儒學的影響主要是在黃河中下游地區。

第二階段：原典儒學，即春秋、戰國時期孔子及其弟子、再傳弟子的著述及學術，表現爲以「仁道」、「禮治」和中庸之道爲核心的孔孟哲學。

面對東周末期禮崩樂壞，攻伐不止的混亂局面，孔子「信而好古」，「述而不作」，刪詩書，定禮樂，演春秋，聚徒講學，周遊列國，推行理想，矢志於重建上古文明之治，並設想使國家天下走向穩定與和諧。由此孔子繼承了儒學，孔子成爲了中國文化的託命人和集大成者，成爲了儒家學派具有開創性的旗手和領軍人。孔子儒學的核心思想爲：仁道、禮治和中庸之道。仁字之字義，爲二人相處之意，仁道講的是樸素的集體主義，仁之意在愛人（「仁者愛人」），仁之本在愛親（「孝悌也者，仁之本與」），仁之實質在克己（「克己復禮爲仁」），最高境界在舍生成仁取義。禮治主張實行禮樂教化，喚起人的普遍社會倫理責任，最後達至修齊治平之目標。中庸之道，主張言行適時適度適地適人。作爲樸素的辯證法，其與折衷主義、滑頭哲學、調和論有本質的區別。仁道和禮治使人際交往關係在實踐中得以周全穩妥地發展，是一種大智慧，一種高境界。原始儒家在先秦春秋末至戰國時期，是社會上具有廣泛影響的「顯學」之一。他們提倡的道德修養學說在「士」階層中有著深遠的影響，但是他們設計的理想政治制度和治國原則，以及一統天下和禮義王道爲上等主要思想精神，太脫離當時諸侯稱霸、群雄割據的社會現實，因而始終沒有能夠得到當權者的賞識和採用，最終沒有在現實中做到。

孟子和荀子是孔子逝後的兩大儒學之峰。孟學主張「性善論」、「民貴君輕」、「王道政治」等理想主義。荀學提出「性惡論」和在「明於天人之分」基礎之上的「制天命而用之」等思想，政治上主張「隆禮重法」，王霸並用，將德治理想主義與法治現實主義相結合，爲後世儒學眞正走向政治實踐做出了重要理論奠基。

這一時期，儒學影響地域爲中原地區。

第三階段：漢唐經學，即秦、漢、魏、晉、隋、唐時期，儒學吸收道家、法家、陰陽家、佛家等文化之優長而發展的新儒學。

此一期儒學發展出現兩個高峰：一是在經歷秦始皇「焚書坑儒」、漢初黃老之學興盛之後，董仲舒以儒家義理架構爲基礎，吸取法家、道家、墨家、陽陽五行家思想的合理成份，創立了「天人之學」，通過「天人三策」說服漢武帝實施「獨尊儒術，罷黜百家」的政治思想和文化方略。漢武帝設立五經博士，使儒學由「子學」上昇爲「經學」，將儒學第一次創造性地用於指導中國大一統王朝政權和禮樂刑政制度建設實踐，並取得巨大成效。儒家所推崇的歷史文獻「六經」，也是得到官方的肯定和重視，並得到廣泛地教授和研究。之後的今古文之爭，又在一定程度上避免了儒學因獨尊而僵化，促進了儒學的經學化發展。可是，當儒學的一些主要內容被政治制度化以後，它就成了不管你自覺與否，自願與否，都必須遵守的外在規範，因而它的修養意義和作用就大大地被減弱了。這樣，儒學制度化方面的成功，卻成了它在道德修養功能方面走向衰危的契機。

二是在經歷了漢末、魏、晉、南北朝時期玄學的一度興起和佛教的普遍流行之後，隋末王通創立了以重建儒家「王道政治」爲理想的「河汾之學」，王通通過門生們影響唐太宗去推行儒家王道仁政，後又通過頒發《五經正義》、採用儒家經典取士，形成了尊崇儒學之風。同時，王通還第一次站在儒家的立場上提出了「三教可一」的可貴思想，直接影響唐王朝去實行尊儒、崇佛、禮道，三教共奉的開放文化政策，形成「三教鼎立」、多元文化相互包容並存的政治氣象，其對成就「貞觀之治」起到了重大推動作用。

這一時期，儒學影響的地域範圍逐漸由中原地區擴展至幅員遼闊的整個古代中國。

第四階段：宋明理學，即宋、元、明、清四朝時期，儒學繼續吸收佛教、道教等文化及滿、蒙等少數民族文化之精華而發展的新儒學。

面對新的社會矛盾和佛教、道教及異族文化衝擊，經北宋「五子」〔註9〕奠基，南宋朱熹開創了在宋元明清四朝長達千年占正統和主流地位的宋明理學學術思潮。宋明理學的基本精神是以儒家仁道主義爲價值內核，批判地吸納了佛學、道教思辨哲學的某些理論命題、範疇及精神方法。它建構起了較爲精緻的形上本體（天、道、理）與心性相貫通的道德形上學，爲儒家思想提供了宇宙論、本體論的論證。宋明理學論證了「理」的本體地位和道德理性的至高無上性，一方面爲宋元明清四朝宗法社會政治倫理秩序的合理性與永恒性提供了理論依據，另一方面，統治者用儒家道統限制封建腐敗現象，抑制了君主和官僚專制濫用權力，對於化解各種社會矛盾，維護社會秩序和四代王朝穩定起到了積極的作用。

宋明理學的興起和發展，確實在相當程度上恢復了儒學作爲倫理道德、身心修養層面的社會功能，從而與作爲政治制度層面的儒學相呼應配合，進一步強化了儒學在社會政教兩方面的功能。宋明以後，儒學的這種兩個層面兩種社會功能的一致化，使得許多本來屬於倫理修養層面的問題與政治制度層面的問題糾纏在一起而分割不清。而且由於倫理修養層面是直接爲政治制度層面服務的，常常使得本來建立在自覺原則上的規範，變而爲強制人們接受的律條。而這種以「天理」、「良心」來規範的律條，有時比之明文規定的律條更爲嚴厲。清代著名思想家戴震曾尖銳批評封建統治者利用性理學之「天理」、「良心」來置人於死地，它比之用明文規定的「法」來殺人更爲利害，且無處可以申辯。所以說：「人死於法，猶有憐之者；死於理，其誰憐之。」

〔註9〕北宋五子即：周敦頤，宋代理學宗祖，湖南道縣人。邵雍，北宋哲學家，字堯夫，河北涿州人。張載，北宋哲學家，字子厚，陝西眉縣人。程頤，北宋思想家，理學創立者之一，字正叔，河南洛陽人。程顥，北宋哲學家、教育家，字伯淳，河南洛陽人，人稱明道先生。

（《孟子字義疏證》卷上）這是對性理學所引生出的社會流弊的深刻反映。

這一時期，宋明理學是中國文化思想的主流，其餘之心學、氣學、實學均有一定影響。這一時期，儒學不僅廣泛影響中國，還遠傳越南、朝鮮、日本、馬來西亞、印度尼西亞等國，甚至一度成爲傳入國家的主流意識形態，深刻影響了東亞諸國的思想文化發展。

二、儒家哲學與中國近代思想

儒學還對中國現代史發展有重要影響。

十九世紀中葉以後，隨著中國封建制度的開始解體，當時以性理學爲代表儒學也走向了衰落。此時，在外國資本主義的武力、經濟、政治、文化的侵略和滲透下，中國面臨著亡國滅種的危急局面，一大批先進的中國人奮身而起，爲救亡圖存而鬥爭。而此時的儒學，不管在制度層面還是在思想意識層面，都在相當程度上起著阻礙社會改革和進步的作用。以至戊戌變法的志士譚嗣同大聲疾呼地號召人們去沖決封建禮教的網羅。與此同時儒學在西方經濟、政治、文化的衝擊下，遭到了激烈的批判，儒學從而到了不進行變革就無法繼續生存下去的局面。

中國儒學的向近代轉化，或者說把傳統儒家思想與近代西方文化連結起來、融通起來，並對中國現代史發展發生重要影響的時間是從康有爲開始的。康有爲對孔子學說有一個全面而簡要的介紹，他說：「孔子之道，其本在仁，其理在公，其法在平，其制在文，其體在各明名分，其用在與時進化。」然後，他加以發揮說：「夫主乎太平，則人人有自主之權；主乎文明，則事事去野蠻之陋；主乎公，則人人有大同之樂；主乎仁，則物物有得所之安。主乎各明權限，則人人不相侵害；主乎與時進化，則變通盡利。」（《春秋筆削大義微言考序》）從這個簡要介紹中，我們可以清楚地看到，康有爲已經是以近代西方資產階級的社會政治理論來解釋和發揮孔子之道了。

康有爲對於儒學，特別是原始儒學孔、孟思想的崇拜和信仰是不容置疑的。他認爲，傳統思想文化中有某些基本的東西是絕對不能去掉的。但同時他又是一位主張變革維新的人。儘管他反對徹底取消君權的民主共和制，但他也反對固守封建君主專制主義，而主張資產階級的改良主義和君主立憲制。所以，康有爲自始至終是借儒家孔、孟思想來宣傳西方近代的民主思想的，而不是爲君主專制主義作論證的。同時，在康有爲把儒家孔、孟思想與近代西方民主政治學說和哲學理論聯繫在一起的過程中，雖然有許多生搬硬套、牽強附會、乃至幼稚可笑的地方，但是也不能否認，其中多少包含著某些爲使傳統儒學向現代轉化的探索和努力（也許這種探索和努力還不是自覺的）。

甲午中日戰爭以後，國內民族危機空前加深，代表新型資產階級的康有爲掀起了一場愛國救亡的政治改革運動，爲了減小變法的阻力，採取了託古改制的方法，假借儒家的外衣宣傳維新思想，主張採用國外先進的政治體制君主立憲制，改革落後的封建專制制度，論證了變法的合理性。二十世紀二十年代以後，由於清皇朝已被推翻，封建專制政治制度從名義上講也不再存在了。因此，除了一小部分當權者繼續企圖把儒學與社會政治制度聯繫在一起外，更多的人則是把儒學作爲傳統思想文化遺產、做爲學理方面的研究去關心的。這些人所關心的是，在西方文化衝擊下如何彙通儒學與西方文化，如何繼承和發揚儒學的優秀傳統，以保持民族的自主精神等問題。這時湧現出了一批關心儒學命運和前途的學者，如梁漱溟、熊十力、馬一浮、錢穆、馮友蘭、賀麟等，他們都在彙通中西方文化的前提下，來解釋儒學，發展儒學，乃至建立起某種新的儒學體系。而他們的共同願望，也可以說都包含通過對儒學的現代闡釋，發揚民族傳統文化。在中國近代史上，儒學影響了中國學術思想的發展，儒學在中國近代思想上依然不斷地發揮著發揮積極的作用。

儒學是中國封建文化的主體，統治中國學術思想長達二千多年，是民族文化的寶貴的精神財富。它的一些基本的思想，譬如德治、仁政的政治思想，忠恕的倫理思想，致中和的文化思想，乃至學思結合、有教無類的教育思想，都在價值觀念的根基的意義上，影響了中國先民的思維方式二千多年。儒學在當代的出路和命運問題，涉及到中國文化發展的生命，涉及到近代中國文化精神、哲學精神、倫理精神和政治精神發展的合理的方向。

三、李夢陽哲學思想的必然性

李夢陽復古思想以復興儒學文化爲中心有其歷史的必然性。從上述歷史事實來看，儒學不僅是中國封建文化的主體，也是中國哲學思想的主體。在中國歷史上，每次文化復興，或者是文學復興，都是以復興儒學思想爲基礎的。繼承儒學、學習儒學、創新儒學已成爲一種歷史的思維模式。雨露滋潤而萬物生長，春風飄蕩而人心激動，環境使然也。李夢陽作為中國歷史上的一員，甚至作為一位接受儒家教育的一員，在這樣的歷史思潮衝擊下，李夢陽復古思想以復興儒學文化是必然的。中國封建社會就是儒釋道那麼多內容，由於歷史條件的制約，李夢陽思想所接受的也就是那麼多，因之他不可能有所思想變異，也不可能有所特別具大的創新。李夢陽的復古思想和中國歷史發展是一致的。

李夢陽復古思想以復興儒學文化為中心，如同歷史上的復興儒學的事實一樣，再一次證明了孔子的儒家思想具有其內在的眞理性。

孔子的儒家思想為什麼有那麼樣的魔力，能在中國歷史上影響數千年，能魔力般地控制中國知識分子的思想方向，並能在中國哲學史上穩座頭把交椅。馬克思主義為我們可以做一解釋。由馬克思主義理論可知，孔子的這一套學說實際上是一套人類社會存在模式。由人類社會存在模式這一基點管窺，我們可以認識到孔子儒學理論，不是孔子及其追逐者們自覺認識的，而是天然的佔據了中國古代思想文化的頭把交椅。我們強調儒學理論天然的佔據了中國古代思想文化的頭把交椅，是因為儒學理論天然的適應了人類歷史的發展規律。今天我們有馬克思主義理論，可以清楚地認識到儒學理論天然適應了人類歷史發展規律的這一天然性。

馬克思主義認為，人類社會是一個有組織的物質資料生產組織團體。恩格斯在他有名的著作《在馬克思墓前的講話》中說：

> 正像達爾文發現有機界的發展規律一樣，馬克思發現了人類歷史的發展規律，即歷來為繁茂蕪雜的意識形態所掩蓋著的一個簡單事實：人們首先必須吃、喝、住、穿，然後才能從事政治、科學、藝術、宗教等等。所以，直接的物質的生活資料的生產，因而一個民族或一個時代的一定的經濟發展階段，便構成為基礎；人們的國家制度，法的觀點，藝術以至宗教觀念，就是從這個基礎上發展起來的。因而，也必須由這個基礎來解釋，而不是像過去那樣做得相反。
>
> 不僅如此，馬克思還發現了現代資本主義生產方式和它所產生的資產階級社會的特殊的運動規律。由於剩餘價值的發現，而先前無論資產階級經濟學家或社會主義批評家所做的一切都只是在黑暗中摸索。

一生中能有這樣兩個發現，該是很夠了，甚至只要能作出一個這樣的發現，也已經是幸福的了。但馬克思在他所研究的每一個領域（甚至在數學領域）都有獨到的發現，這樣的領域是很多的，而且其中任何一個領域他都不是膚淺地研究的。〔註10〕

眞理不是一本書，眞理往往是最簡單的、最平常的事實。馬克思理論最核心的、被恩格斯排在首先的、並被稱之爲與達爾文進化論一樣的發現是：人類社會有個經濟基礎，這個經濟基礎就是一個民族或一個時代的物質資料生產事實。有物質資料生產事實則爲人類社會，捨此則不成爲人類社會。馬克思、恩格斯把這個物質資料生產事實稱之爲經濟基礎，並認爲經濟基礎是人類社會一切現象發生的依據。恩格斯說，「所以，直接的物質的生活資料的生產，因而一個民族或一個時代的一定的經濟發展階段，便構成爲基礎；人們的國家制度，法的觀點，藝術以至宗教觀念，就是從這個基礎上發展起來的。因而，也必須由這個基礎來解釋，而不是像過去那樣做得相反。」恩格斯這樣對馬克思主義的解釋是既生動又簡約，科學地揭示了經濟基礎在人類社會中的意義。馬克思主義的理論是科學的，正是由於馬克思主義的這一眞理的科學性，馬克思主義成爲了二十世紀偉大的思想理論。

馬克思主義發現了人類社會存在、發展的本質是物質資料生產事實。二千多年前，我們的老祖先孔夫子，恰恰把他的理論視線也鎖定在了這一事實上，他建構了人類進行物質資料生產的理想模式，這個模式就是夏商周三代之治。孔子的理論是圍繞著組織物質資料生產團隊而展開的，孔子的理論順應了人類歷史的規律，孔子從實踐方面在經驗上說明了馬克思主義，孔子幸運的選擇了一塊風水寶地。所以，儒學理論必然地成爲中國封建社會的統治思想，儒學理論同時也天然地佔據了中國古代思想文化的頭把交椅。

正是由於儒家思想具有馬克思主義理論的因素，況且這個因素是發展物質生產這個根本因素，所以，儒家思想在中國歷史反覆顯現、反覆興盛，招之即來，揮之不去，儒家思想成爲中國哲學思想的主體這一事實就是必然的了。由此看來，李夢陽復古以復興儒思想爲目的也就是必然的了。

李夢陽復古的哲學思想基於儒學理論，儒學理論基於馬克思主義理論，這就是李夢陽復古的哲學基礎。李夢陽復古的哲學基礎是具有科學性的，其

〔註10〕恩格斯，在馬克思墓前的講話，馬克思恩格斯選集，第三卷，北京：人民出版社，1975年。

科學性導致了李夢陽復古的必然性和實踐現實性，這就是我們對李夢陽復古的認識。

儒學具有追求道德人心的淨化和高尚的人格境界的思想意義。在理論方面儒學切合人類生存倫理規定性，具有馬克思主義科學基因。在維護經濟基礎建設的意義上儒學爲人類社會提供了道德化仁智合一的行爲合理性。但是，儒學並非適應現代科學和保障社會民主、公正的現代政治制度等方面，它並非靈丹妙藥，儒學絕對不能「包打天下」、「包治百病」。中國歷史發展也證明了這一點。歷史的文化現象很複雜也很不公正，中國哲學的多元化是事實，佛教、道教等哲學思想雖然處於次要方面，但也有其生存的廣大天地。特別是佛教在某個歷史時期還比儒教興盛，例如南北朝時期和唐末五代時期，佛教就曾經廣爲崇奉。事實證明儒學的一元主義是不現實的，儒家理想是美好的，儒學究竟不是馬克思主義，它有其理想化的一面，在現實生活中難以對現。中國歷史上的儒學復古和李夢陽的復古運動也就有這樣的結局。

公元二零零四年（農曆甲申年）被學界稱爲文化保守主義年。這一年有讀經大討論、陽明精舍會講、甲申文化宣言的發表、《原道》十週年紀念會、曲阜首次官方祭祀孔子等文化活動。這些活動都象徵性地昭示了回歸傳統文化的思潮又有所發生，儒學復興運動已在新的時代背景下也有其消費市場。

「仲尼祖述堯舜，憲章文武。」以馬克思主義的觀點來看，儒學本身即是具有歷史合理性的思想體系。今天一些知識人士以這種自身具有歷史合理性的儒學思想作爲我們今天時代人們基本的思想和價值觀念的來源，並在政治的、文化的基本精神上主張復興儒學，以儒學爲國教化等等，同樣是歷史的重複。李夢陽的復古就發生在這一哲學基礎之上。儒學對前七子領袖李夢陽的復古思想有重大影響，傳統儒學哺育和造就了李夢陽復興古學的思想和復古實踐。

第四節　李夢陽復興古學的影響

哲學思想指導著人們的社會行爲。

李夢陽的哲學思想也指導著他的社會形爲。崇尚儒學、追求三代之治的思想不僅是他的哲學思想的主體，也是他的人生理想的最高目標。他在自己具有的、可能的歷史條件下，把自己的哲學思想以及人生理想付託給了自己的為人處事的政治實踐和能表達自己理想的文學創作事業。李夢陽的這兩項社會實踐對明以後哲學、文學產生了重大影響。

一、引發啓蒙思潮

李夢陽雖然主張儒學復古，名義好像是守舊，其實是對現實不滿，這表現了李夢陽復古思想的創新性。李夢陽復古的創新性在當時具有思想啓蒙的意義。

明代中葉，文化思想界醞釀著一股反抗程朱理學，追個性解放的啓蒙思潮。反抗程朱理學是因為程朱理學走向僵化，戕害人性。

明初，朱元璋為了宣揚程朱理學，首先詔令文士胡廣、楊榮等以朱熹的觀點及解釋為據。撰編了《五經大全》和《理性大全》二百七十六卷。同時，他又制定八股取士制度，進一步以程朱理學和八股文禁錮文人學士以及廣大群眾的身心思想。據《明史》選舉制記載：「三年大比，以諸生試之直省，曰鄉試；次年，以舉人試之京師，曰會試。中試者，天子親策於廷，曰廷試。亦曰殿試。狀元、榜眼、探花之名，制所定也。」選舉制中還說。凡應科舉者必用八股文，並規定了考試的內容要專以四書五經為題。四書義三題，字在二百以上，五經義四題，字在三百以上。這種考試制度不僅內容有限制，字數也有限制。它像一把鉗子一樣，鉗制著讀書人士的思想精神。程朱理學是極其反動腐敗的封建統治思想。朱熹主張「天理」是至高無上的。他認為「天理存則人欲亡。人欲勝則天理滅」，這就將天理與人欲完全對立起來了。因此，「學者需是革盡人欲，復盡天理，方始是學」。這就是說，人們的一切思想、一切動機都必須符合封建禮教，而一切反封建禮教的個性要求都必須消除乾淨。朱熹把「存天理，滅人欲」的說教付之於社會實踐，便是要加強鞏固上下尊卑的封建等級秩序。他說：「未有這事，先有這理。如未有君臣，先有君臣之理，未有父子，已先有父之理」「三綱五常」之類的封建道德是早已存在的。永恒不變的，人們必須嚴格執行。他甚至認為法庭處理案件也要看上下尊卑的關係。他說：「凡有獄訟，必先論其尊卑上下長幼親疏之分，而後聽其曲直之辭。」(《戊申延和奏劄》)勞動人民告狀，有理也不行。他說：「凡以下犯上，以卑淩尊者，雖直不怙」。由此可見，程朱理學摧殘人性是非常惡毒和兇狠的。

追求個性解放，是不同於封建社會意識形態的一種新的社會思潮，這是因為在明代中葉的封建社會中已有資本主義萌芽發生。明代中葉弘治正德時期，明王朝建國已有一百多年了。由於封建統治階級在明初採取了一系列休養生息的安民政策。所以，明代初期稍後，社會生產和商品經濟都有較大發展。例如，永樂年間明朝已能製造長四十四丈，闊十八丈，可以乘載一千人的大船，以供給鄭和出使西洋之用。仁宣時期，由於統治者繼續執行開明政策，當時手工業生產發展很快。例如，洪武十八年，國家允許百姓煉鐵，永樂年間的產量 586 餘噸，宣德九年的鐵產量是 4168 餘噸。三十年間，民營鐵礦的鐵產量竟增加了七倍。至弘治正德時期。私人經濟勢力迅速猛增，例如，正德十六年，畿內貴族莊田三百三十二所，佔地三萬三千餘頃，是弘治二年的七倍多。一般的地主豪紳，也瘋狂地兼併掠奪，揚州大地主趙穆，侵佔民田總數達六萬二千畝。總之，當時社會上出現了一股「占土地，斂財物，污婦女」的奢侈風氣。與此同時，城市市民激增，弘治時期南京人口已逾百萬，北京人口已逾六十萬。連太原也都成了「繁榮富遮不下江南」的大城市，類似這樣的大城市，全國已出現了三十多座。弘治正德時期的這種經濟政治面貌非常類似西歐資本積累時期的政治形勢。這種現象說明，自明初至明弘治正德時期，資本主義萌芽漸漸明朗，資本主義的商品經濟生產方式已經開始衝擊封建社會的自給自足的自然經濟了。〔註 11〕即由於程朱理學害人太深，需要廢棄，也是由於資本主義商品經濟已經產生，人們的思想意識需要緊跟時代。所以，啓蒙思潮應運而生。由於資本主義萌芽發生，醞釀已久的反抗程朱理學、追求個性解放的啓蒙思潮已成爲當時社會思潮的主流。

二、衝擊宋明理學

李夢陽是站在歷史發展最前沿的激進者，他反對程朱理學的思想是積極的，在《空同集》中李夢陽一再表示了他對宋儒的不滿情緒。李夢陽復興儒學思想的創新之一就是對宋儒的極大不滿。李夢陽認爲宋儒的理學是不符合孔孟之道的，在《論學・上篇》李夢陽曾說：

> 或問，「典謨訓誥不言權，呂刑，輕重諸罰有權？」空同子曰：「夫權者，權其變亦適中者也，故變而後權。夫聖人在位，允執厥中，又用其中於民矣，何權之言哉！曰：「舜不告而娶，唐虞禪湯武，放伐非權乎？」曰：「夫身或遇之行之矣，又何言哉！」曰：「孔子

〔註 11〕白壽彝，中國通史，卷七，上海：上海人民出版社，1999 年。

每言權何也？」曰：「高而無位，於是發其微以詔來，且春秋之世何世矣！」曰：「孟子七篇，大半言權，何也？」曰：「戰國之世，又何世矣，孟子不發其微，天下不以謀數爲權乎，吁，大哉！予何敢忘孟氏之功也。孟不生，孔其息乎，矧帝王之心傳？」或又問漢儒，空同子曰：「反經無道，無道何權矣，聖人之權，輕重之於適中者也，非反之也。」問宋儒，曰：「宋人不知孟子，又安知權。故心帝王之傳者，必孔孟心。孔孟者必知權可也。」曰：「若是則宋儒得位，不與三代之治乎？」空同子曰：「吁，難言哉，周程其大矣，宋之開國者誰與？致太平者誰與？變定傾者誰與？固非斯人之流也。吁，難言哉！周程其大矣！」〔註12〕

這段文字是李夢陽對經權觀念的論述。經是經典，權是權變，李夢陽認爲經是人們思想行爲的準則，權變是對經的實踐應用，歷代聖人都對經有權變的實踐。然而，宋儒對經典則是食古不化，更不知權變之義。「宋人不知孟子，又安知權。」李夢陽認爲宋人和孟子都不知道，都不理解。可見李夢陽對宋儒是多麼的鄙視。「吁，難言哉，周程其大矣，宋之開國者誰與？致太平者誰與？變定傾者誰與？固非斯人之流也。吁，難言哉！周程其大矣！」李夢陽對宋明理學的開創者也表示了懷疑態度，認爲周程的功績是難以說明白的，這是一種無語言反抗的強烈反抗。

《論學・上篇》李夢陽還說：

宋儒興而古之文廢矣，非宋儒廢之也，文者自廢之也。古之文，文其人如其人便了，如畫焉似而已矣。是故賢者不諱過，愚者不竊美。而今之文，文其人無美惡皆欲合道，傳志其甚矣。此故考實則無人，抽華則無文，故曰宋儒興而古之文廢。或問何謂，空同子曰：嗟，宋儒言理不爛然與？童稚能談焉，渠尚知性行有不必合邪？〔註13〕

「宋儒興而古之文廢矣」，李夢陽在這裡認爲文風的敗壞也是宋儒的責任。「宋儒言理不爛然與？童稚能談焉，渠尚知性行有不必合邪？」爲什麼宋儒興而古之文廢，這是因爲宋儒的理學觀念是僵化的。宋儒不知道人之性與理是有

〔註12〕李夢陽，《空同集》卷六十六，吉林出版集團有限責任公司出版，2005年，頁613。

〔註13〕李夢陽，《空同集》卷六十六，吉林出版集團有限責任公司出版，2005年，頁613。

矛盾的，人之性有伸張自由的合理要求，宋儒以理性規定人們的生活實踐，以天理殺人，童稚能亦言其理性的說教。宋儒言理已違背了孔孟儒家思想的正道。

李夢陽批判宋儒的思想是復古思想內容之一。爲什麼要復古之儒學，就是因爲當今之儒爲淺儒，必須恢復正統。李夢陽的復古運動雖因彈劾宦官劉瑾而受挫折，但是其復興古學、批判宋儒與明代中期的啓蒙思潮相契合，在當時的社會思潮中發生了重大影響。

李夢陽在哲學方面沒有大部頭的著述，其復古思想在哲學方面沒有明顯建樹，但是，他在散文中的復古思想在哲學方面確實發生了的積極影響。明七子復古運動之後的哲學家都受到了李夢陽的影響。

王陽明（1472～1529年），名守仁，字伯安，浙江餘姚人。因被貶貴州時曾居住於陽明洞，世稱陽明先生。王陽明是我國明代著名的哲學家、教育家、政治家和軍事家，是朱熹後的另一位大儒，「心學」流派創始人。陽明是王廷相稍後的主觀唯心主義哲學家，他也是反對程朱理學的。他提出了「心者，天地萬物之主也」，「心外無物」，「心外無理」等主觀唯心主義理論。他說：「萬事萬物這理不外於吾心，而必曰窮天下之理，是猶析心與理爲二也」。（《答顧東橋書》）這是說萬物之理存在於吾心。李夢陽主張詩歌言情，這有尊重個人心志的含義。李夢陽還首創了「理欲同行而異情」的理論。李夢陽在《論學．下篇》中說，「理欲同行而異情，故正則仁，否則姑息；正則義，否則苛刻；正則禮，否則拳跽；正則智，否則詐飾。言正則絲，否則簧；色正則信，否則莊笑；正則時，否則慆；正則載色載笑稱焉；否則輯柔爾顏譏焉。凡此皆同行而異情者也。」在此論中李夢陽把人之心欲提高到與理並列的平等地位，強調了人心之存在的重要意義，這是李夢陽對程朱理學的勇敢批判。王陽明的上述思想基本上反對程朱理學的，這和李夢陽反對宋儒的思想是一致的。

李夢陽在《朝正倡和詩跋》中說，「詩倡和莫盛於弘治。蓋其時古學漸興，士彬彬乎！盛矣，此一運會也！余時承乏郎署，所與倡和則揚州儲靜夫，趙叔鳴。無錫錢世恩陳嘉言秦國聲。太原喬希大。宜興杭氏兄弟，彬李貽教何子元慈谿楊名父，餘姚王伯安。濟南邊庭實，其後又有丹陽殷文濟，蘇州都玄敬。徐昌穀信陽何仲默，其在南都則顧華玉朱升之其尤也，諸在翰林者以人眾不敘。」文中所說的餘姚王伯安，即是王陽明。可見王陽明在青少年時期也參與了前七子的復古運動，理所當然，王陽明的思想是受七子復古運動而產生的。

與王守仁同時代的另一位哲學家是羅欽順，羅欽順（1465～1547 年），字允升，號整庵，是一位唯物主義哲學家。早年，他是一個虔誠的佛教徒，但是在新時代感染下，他不僅斷然捨棄佛學信仰，而且還深刻地批判了佛教唯心論，同時也有力的比判了程朱理學。羅飲順認爲，作爲天地萬物之根本，不是「心」而是「氣」，「通天地」，亙古今無非一氣也」，理只不過是「氣」在運動變化中的一定條理秩序罷了。於是，羅欽順以「氣」爲第一性的唯物論徹底否定了王守仁以「心」爲第一性的唯心論和程朱以「理」爲第一性的教條主義體系，並且在當時哲學界、思想界產生了深刻影響。羅欽順的哲學思想雖然與王陽明的哲學思想存在有不少矛盾，但是他也是反對程朱理學的，這和李夢陽、王陽明的哲學思想基本一致。羅欽順也是在與程朱理學的鬥爭中發展起來的，這同樣也是在李夢陽復興古學、批判宋儒的思想影響下產生的。

李夢陽、王守仁、羅欽順等人對程朱理學提出尖銳批判，徹底打破了程朱理學一統天下的黑暗局面，這是李夢陽復古運動的重大影響。

三、樹立儒家人格形象

李夢陽復古思想的積極影響還表現在了李夢陽的人格實踐方面。

李夢陽的人格影響也是復古思想影響的表現之一。李夢陽的人格是剛正不阿、憤世嫉俗，這是儒家思想的理想人格，其性格特點前已敘述。李夢陽的人格在當時影響極大，其事跡廣爲流傳。何景明在《與李空同論詩書》中說，「今空同之才，足以命世，其志足以斷金，又有超代軼俗之志。」這幾句話充分表現了何景明對李夢陽人格的尊敬心情。

李夢陽弟子周祚在給李夢陽的信中說，「往寓幽燕，有攜《空同集》過予者，予抱而讀之再三，而歎之曰：嗟，夫世有此人，予不得而見之，予豈人也哉！」周祚讀《空同集》而感動不已，對李夢陽產生了嚮往之情，這說明李夢陽有人格魅力。〔註 14〕

《明史・文苑傳・李夢陽》介紹李夢陽時，以極大的篇幅介紹了李夢陽的剛直性格和鬥爭事跡，反之以很少的文字介紹了李夢陽的文學思想，這是對李夢陽人格的認可。《明史・文苑傳・李夢陽》說，「夢陽既家居，益跅弛負氣，治園池，招賓客，日縱俠少射獵繁臺、晉丘間，自號空同子，名震海

〔註 14〕李夢陽，《空同集》卷六十二，吉林出版集團有限責任公司出版，2005 年，頁 579。

內。」李夢陽退休之後，名震海內，這當然不僅僅是能詩善文的名聲了，其剛正不阿的人格應該說是主要的。

李夢陽剛正不阿、憤世嫉俗的人格特點在後代也產生了極大影響，清代《四庫全書提要》直接承襲了明史的觀點，其提要說，「事跡具《明史・文苑傳》，夢陽爲戶部郎中時，挫壽寧侯張鶴齡，又助韓文草疏劾劉瑾，遘禍幾危，氣節本震動一世。」《四庫全書提要》在學術界是很有影響的，李夢陽的人格影響由此而更加廣爲人知。

李夢陽的人格的影響極大，這不是歷史的偶然，而是李夢陽自己的人格魅力所致。李夢陽面對墮落的世俗、腐敗的官場進行了勇敢的抗爭，他對豪強勢要直接硬頂硬碰，以致五次受害，五次入獄，又五次逃生。在每次鬥爭中，李夢陽都表現出疾惡如仇的氣概。因此，李夢陽的人格影響必然地能在歷史上長期傳播。

李夢陽的人格魅力在民間也有影響。民間廣爲流傳李夢陽的故事，其主要故事有：李夢陽渡江，李夢陽奏阻課鹽，李夢陽出對聯，李夢陽白晝打燈籠，李夢陽三下長安等。民間故事未必都是眞實的事情，但他從側面反映了李夢陽生活方面的某些影響，也反映了李夢陽的影響確實是具有廣泛性。

四、影響明以後文學理論發展

李夢陽積極鼓動復興儒學，復興儒學內容當然包括了對古代詩文的復興。李夢陽復古的又一重大影響是李夢陽的詩文理論廣爲傳播，與李夢陽同時代的名人以及《明史》、《四庫全書提要》都對李夢陽的文學實踐給予了高度評價。

詩文是表達思想的必然方法。李夢陽把追求個性解放的思想和反對程朱理學的思想付託給了他的文藝事業，以致他的詩文復古運動包含了諸多創新思想，李夢陽的詩文復古思想是眞正的、名副其實的文學創新主義思想。李夢陽有許多可貴的、科學的文學思想，其是前七子文藝思想的精華，例如，(1)「情以發之」，主張文學創作要以激情做主導。(2)「情感於遭」，他認爲激情產生於生活實踐，因此，他主張作者要深入生活。(3)「神契則音」，李夢陽對於作者的創作心理有深刻且細緻的研究，他認爲詩歌來自「神契」。「神契」即作者的主觀情思與客觀外物的情調的契合。這種創作心理論揭示了靈感的來源和西方移情文藝理論的本質，它是極其珍貴而又科學的創作心理論。(4)

「比興要焉」，重視文學創作的藝術手法。（5）「本諸法而應諸心」。李夢陽不僅重視文學創作的結構規律和靈活運用古之「法式」，而且更重視文學藝術的「應諸心」的表現方法。李夢陽的文藝理論幾乎囊括了現代文藝理論中的大部分內容。

李夢陽創作的詩歌在當時也被人們傳詠。明李夢陽同時代文學家黃省曾在給李夢陽的一封書信中說：

> 獨見我公（李夢陽）天授靈哲。大詠小作，擬情賦事，一切合轍，江西以後逾妙而化，如玄造範物，鴻鈞播氣，種種殊別，新新無已，而脈理骨力，無不底極，豈世之徒尚風容色澤流連興景之作者可得而測公之藩垣哉！布賤索處無由多得，珍撰每於士紳家借錄，諷詠洋洋乎，古賦騷選，樂府古詩。而覽眺諸篇逼類康樂，近體歌行少陵太白，古文奇氣俊度跌蕩，激昂不異司馬子長，又間似秦漢明流，嗚呼！盛矣！盛矣！昔李杜詩聖而文格未光，韓柳文藪而詩道不粹，豈唯聰識之難兼哉！日月幾何，力固有不遑矣！何我公凝稟之全而述作之全備矣也，往匠可淩，後哲難繼，明興以來，一人而已。公之華名飛照顧四裔，豈待江湖耕釣者之稱頌哉！〔註15〕

黃省曾是文學家，對李夢陽的文學成就有誇大之嫌，但其高度評價也有一定的眞實因素。黃省曾認爲李夢陽的詩好到了極點，其詩「如玄造範物，鴻鈞播氣，種種殊別，新新無已，而脈理骨力，無不底極」，「江西以後逾妙而化」。這樣對李夢陽詩歌的高度評價確實有些過分了。黃省曾還認爲另外，李白杜甫長於詩歌，韓愈柳宗元長於散文，他們不是全才，「昔李杜詩聖而文格未光，韓柳文藪而詩道不粹，豈唯聰識之難兼哉！日月幾何，力固有不遑矣！」但是，李夢陽是全才，二者兼之。「何我公凝稟之全而述作之全備矣也」。「往匠可淩，後哲難繼，明興以來，一人而已。」自明開國以來，只有李夢陽一個人是眞正的詩人。「公之華名飛照顧四裔，豈待江湖耕釣者之稱頌哉！」李夢陽的偉大簡直可與屈原李白一樣，可與日月爭光了。我們當然不認可黃省曾的觀點，但是，我們承認這種極端的評論與李夢陽有關係，其現象還是由李夢陽的影響造成的。李夢陽在當時的影響的確是名震朝野，李夢陽在世時就有《空同集》詩集刊刻，這就是李夢陽詩歌影響的一個例證。

〔註15〕李夢陽，《空同集》卷六十二，吉林出版集團有限責任公司出版，2005年，頁580。

李夢陽復古的又一重大影響是李夢陽的詩文理論廣爲傳播，《明史》、《四庫全書提要》都對李夢陽的文學理論創新給予了高度評價。李夢陽對詩文的多層次理解，表現了李夢陽在詩歌方面學理較深且有才華，也表現了李夢陽對當時臺閣體文學的不滿。李夢陽的詩文理論和詩文創新實踐扭轉了臺閣體文學一統文壇的僵化局面。《明史・文苑傳・李夢陽》對李夢陽的這一功績有明確記載。《明史・文苑傳・李夢陽》記曰：

> 夢陽才思雄鷙，卓然以復古自命。弘治時，宰相李東陽主文柄，天下翕然宗之，夢陽獨譏其萎弱。倡言文必秦、漢，詩必盛唐，非是者弗道。與何景明、徐禎卿、邊貢、朱應登、顧璘、陳沂、鄭善夫、康海、王九思等號十才子，又與景明、禎卿、貢、海、九思、王廷相號七才子，皆卑視一世，而夢陽尤甚。吳人黃省曾、越人周祚，千里致書，願爲弟子。迨嘉靖朝，李攀龍、王世貞出，復奉以爲宗。天下推李、何、王、李爲四大家，無不爭傚其體。華州王維楨以爲七言律自杜甫以後，善用頓挫倒插之法，惟夢陽一人。而後有譏夢陽詩文者，則謂其模擬剽竊，得史遷、少陵之似，而失其眞云。

從《明史》記載中可以看出，復古運動是在李夢陽的鼓動下發生的，況且其呼喚一呼而百應，繼之產生了十才子、七才子、四大家等文學集團。「天下推李、何、王、李爲四大家，無不爭傚其體。」可見仿傚李夢陽的詩歌在當時是一種時尚。《四庫全書提要》的記載如下。

> （李夢陽）又倡言復古，使天下毋讀唐以後書，持論甚高，足以竦當代之耳目，故學者翕然從之，文體一變。厥後摹擬剽賊，日就窠臼，論者追原本始，歸獄夢陽，其受詬厲亦最深。考明自洪武以來，運當開國，多昌明博大之音，成化以後，安享太平，多臺閣雍容之作。愈久愈敝，陳陳相因，遂至嘽緩冗沓，千篇一律。夢陽振起痿痹使天下復知有古書，不可謂之無功。

《四庫全書提要》直接繼承了《明史》的說法。《四庫全書提要》是很有影響力的學術資料，此後至今，中國文學史大概均沿襲此觀點。

以上事實說明，在明代弘治、正德年間，李夢陽發起的復古運動，在哲學思想方面和文學藝術方面都有著巨大的歷史影響。在哲學方面，復古運動產生了反對程朱理學的啓蒙思想，孕育了王陽明、羅欽順等哲學大師，爲中國哲學思想的發展作出了積極貢獻。在文學方面，以李夢陽、何景明爲首的

「前七子」力圖改變萎弱的「臺閣體」統治文壇的局面，對臺閣體文學給予了沉重打擊。嘉靖間，李攀龍、王世貞等「後七子」與之相呼應，前揚後激，遂把這一運動推向高潮。經過前後七子的努力，終於取代「臺閣體」統治文壇的局面。

由於李夢陽的文學復古思想是啓蒙時代的文藝思想，它既包含了順應曆史潮流的政治傾向，又包含了豐富的文學新思想。於是，在啓蒙思想的引導下，「弘治之間，古學遂興」，一場浩浩蕩蕩的復古運動誕生了。復古運動衝擊了程朱理學的嚴酷統治，給人們帶來了新思想、新觀念。啓蒙思潮產生了復古運動，復古運動反過來又推動了明代啓蒙思潮的壯大和發展，二者互相「推波助瀾」，影響明代文化發展百餘年。這便是李夢陽文學復古思想具有的重大的歷史意義。它的在歷史上的意義將永遠不朽，正如當時明代哲學家李贄所講：「如空同先生與陽明先生，同世同生，一爲道德，一爲文章，千萬世後，兩先生精光具在。」

李夢陽的復古運動對文學藝術的影響不僅僅如此。人們忽視了復古運動的另外一個重大的影響，這就是「李何之爭」對文學理論發展的影響。「李何之爭」對中國文學理論發展有著劃時代的意義。

「李何之爭」是李夢陽與何景明關於文學技巧應該是什麼的爭論。李夢陽在《駁何氏論文書》中認爲文學技巧應該是認爲「前流者後必密，半闊者半必細，一實者，必一虛，疊景者，意必二」，「開闔照應，倒插頓挫」就是正確的詩文之法。可以看出，李夢陽所謂的這些「法」，其實是詩文作品的結構之法。在這裡，李夢陽所說是有一定道理的，因爲在文學創作過程中，一篇文章的構思是主要的，它是謀篇的關鍵。何景明在《與李空同論詩書》中說：「僕嘗謂詩文有不可易之法者，辭斷而意屬，聯類而比物也。」何景明說的很乾脆、很清楚，他一貫堅持的詩文之法就是「辭斷而意屬，辭斷而意屬，聯類而比物」。「辭斷而意屬」，是也是結構之法，「辭斷而意屬」，是修辭之法。何景明所謂之法是文章的結構之法兼修辭之法。兩人的法式論孰是熟非，他們自己沒有說清楚。

文學理論最重要的一個目的，就是追求文學的創作技巧，或者是法式。在文學發展史上，李何之前人們爲此研究了很多很多，李何之後人們亦然爲此孜孜不倦地努力。李何之前的法式很多，文學家各抒已見，沒有爭論，一片和平景象。給和平景象人們一種假象，文學理論已經有了；李何之後，人們對此爭論不休，並且從未有過統一意見。人們認識到了文學理論遠遠不能適應文學創作的實際情況。文學創作的法式問題尖銳地暴露出來了。

文學創作的法式問題尖銳地暴露出來對於文學理論發展至關重要。法式問題關聯到人們對文學的本質認識，也關聯到對文藝作品的價值判斷。「立意爲先」，「自我表現」，「主題即靈魂」，「意識流」，「反映論」等等均未能建立起一個另人們滿意的理論系統。李何之爭把文學理論的核心問題展示出來了，明確地爲我們提出了文學理論研究的基本問題。誰能解決這一問題，誰將成爲功德無量的人。由此看來，李何之爭在文學發展史上的歷史意義將會愈來愈顯得重要。

總之，李夢陽復古以復興儒學爲中心不是一個孤立現象，而與當時的社會思想狀況密切相關。前七子是一個充滿激情和理想的文學流派，「弘治中興」的局面提供了這一理想產生的土壤。他們所倡導的「文必秦漢，詩必盛唐」的復古主張表面上是文學期待，實際上是有政治訴求的，他們試圖在日漸衰落的明代中葉重現漢唐盛世的輝煌。正德初期，劉瑾的專權雖使一大批士人受到了迫害，隨之前七子主要成員流散疏離，復古運動也進入了衰落時期，復興漢唐盛世的理想也變得遙遙無期，一批覆古運動的追隨者也都相繼開始了向儒士轉化的歷程，如王陽明、鄭善夫、顧璘、崔銑、薛蕙等。李夢陽復古的前前後後，都是在復興儒學思潮的支配下推進的。前七子的復古影響力極大，在明代又有後七子的復古運動發生，都是受前七子復古影響而產生的。

第五章　李夢陽的文藝觀

關於散文、詩歌的認識屬於文學理論範疇。在中國古代沒有今天的文學概念，古人對文學、文學作品的稱謂是以文章體裁來表述的。古人對文學有詩、文、賦、史、傳、銘、誌、碑、誄、序、論等稱謂，最簡潔的稱謂有詩歌、散文、詩文、文章等。所以，我們分析李夢陽的文藝思想不套用今天的文學概念，我們以詩文、詩歌爲範疇來表述李夢陽的文藝觀。

李夢陽在其創作實踐中，提出過許多有關詩文創作的文藝觀點，這些觀點涉及到文學的本質論、功用論和創作論等各個方面。在本章中，筆者擬對李夢陽的文藝觀作系統梳理。

第一節　文學本質論

文學本質論是文學理論的基礎，那麼，李夢陽對於詩、文等文學作品的本質特徵是如何認識思考的呢？從李夢陽所寫的書信、詩序中可以看出，李夢陽主張文以載道和詩言情的詩文觀，這說明李夢陽對文學本質的認識是以中國傳統文學理論爲基礎的。另外，李夢陽對於詩、文等文學作品的本質特徵也有他自己的創新認識，如詩文包含形象要素，詩文包含美悅要素等，這些認識比古人對於文學藝術的認識有一定的發展，較之中國古代文論更爲深刻，更爲準確。

一、文以言理

「夫文者，隨事變化，錯理以成章者也。」這是李夢陽對文的概念。李夢陽認爲文和詩是有顯明區別的，他認爲文是主理的。「文」作爲一個常用的思想概念，在人們思想交流的實際過程中常有許多不同的含義，明確李夢陽「文」概念所指是理解李夢陽文學思想的前提，在這理我們有必要對李夢陽所謂的「文」這一概念作一辨析。李夢陽在他的文章提到的文首先不是專指散文，也不是泛指文學之文章，李夢陽所指的「文」是與詩相互對立的一個概念，其內容包括了經史在內的一切非韻的文章，這樣的內涵也與今天文學所包含的內容不對等。李夢陽時代人們把經史在內的一切非韻的文章稱之爲「文」是通行的文化意識，古人把書面文字分爲「文」與「詩」兩類與今天我們把文章分爲史哲和文學兩類是完全不同的，李夢陽與當時古人的詩文概念一致，他所指「文」是包含經史在內的一切非韻的文章。李夢陽說這類文章是言理的，這在《論學・上篇》中，他說：

> 昔人謂文至檀弓極，遷史序驪姬云云，檀弓第曰：公安驪姬約而該，故其文極。如此論文，天下無文矣，夫文者，隨事變化錯理以成章者也。不必約，約而傷肉，不必該，該而傷骨。夫經史體殊，經主約，史主該，譬之畫者，形容之也，貴意象具，且如非驪姬食不甘味，寢不安枕之類是也。經者文之要者也，曰安而食寢，備矣。自檀公文極之論興，而天下好古之士惑。於是惟約之務，爲湔洗，爲聱牙，爲剜剔，使觀者知而不知所以事，無由彷彿其形容。西京之後作者無聞矣。〔註1〕

《論學》是李夢陽晚年對自己學術思想的產品總結，其中包含了諸多哲學、史學、文學內容。在上述引文中，李夢陽全面評述了他對「文」（包括經史之類的非韻文）發展狀況，其最主要的思想觀點是他對文的總結：「西京之後作者無聞矣」。西京指西漢歷史時期，李夢陽認爲西漢以後沒有像樣的文章，這是「文必秦漢」思想的觀點。其次李夢陽表述了兩個思想：(1)「夫經史體殊，經主約，史主該，譬之畫者，形容之也，貴意象具。」爲什麼漢後無文，李夢陽認爲「文」應該具有形象特徵，但是，西漢以後的文章「惟約之務，爲湔洗，爲聱牙，爲剜剔，使觀者知而不知所以事，無由彷彿其形容。」所以漢後無文。以意逆志，漢後無文不是說漢以後絕對沒有好文章，這李夢陽復古思想是對古學的崇拜意識。(2)「夫文者，隨事變化錯理以成章者也。」這是李夢陽對文所下的定義。所謂「隨事變化錯理以成章者也」，這是說文章表

〔註1〕李夢陽，《空同集》卷六十六，吉林出版集團有限責任公司出版，2005年，頁611。

現的是事和理，事和理是文章的內容。從此可以看出李夢陽是主張文以言理的。

李夢陽《空同集》中有雜文數卷，卷之三有雜文六箴一篇，篇題曰：太僕儲先生曰人有六事，心事、身事、家事、官事、人事、文事，空同子聞之作六箴。篇題是解說作六箴的時事背景。六事中的文事是李夢陽對文的見解。其《文箴》曰：

> 古之文以行，今之文以葩，葩爲詞腴，行爲道華，嗟彼千鈞一髮奈何。〔註2〕

《文箴》寥寥數語，表達了李夢陽文以言理的思想。「古之文以行」，行，人的德行、品行，「古之文以行」是說古文是人的道德品行的表現；今之文以葩」，葩，華麗的詞語，「今之文以葩」是說今天的文章表現的是華麗詞語。「葩爲詞腴，行爲道華」其意是說，今文之華麗，是詞語的堆積；古文之德行，是道的表現。此四句話集中體現了李夢陽對古文的認識，他認爲古文言道言行，是崇高優美的作品，今之文是空洞華麗的淺陋劣品，這是李夢陽尚古賤今的文學思想。李夢陽認爲「行爲道華」，也表現了李夢陽文以言理的思想。

「嗟彼千鈞一髮奈何」是有關唐代大文豪韓愈的一個典故，其意是說當今世道與文道皆腐敗墜落，時勢危如千鈞一髮之際。韓愈主張文以載道之說，以復古爲革命，用散文代替駢文，影響當時及後代非常大，所以有文起八代之衰之功勞。韓愈尊儒反佛，唐憲宗派使者要去迎接佛骨入朝，他上表諫阻，得罪了皇帝，被貶到潮州去當刺史的官。韓愈在潮州結識了一個老和尙，這位和尙聰明達理，和韓愈很談得來，而韓愈在潮州又很少有朋友，所以和這位和尙往來比較密切，因而外間的人都傳說韓愈也相信佛教了。他的朋友孟郊（幾道），當時在朝廷做著尙書，但最信奉佛教，也因得罪了憲宗皇帝被貶謫到吉州去。到了吉州後，他聽到了人們的傳說，說韓愈已經信起佛來，因之有點疑惑，因爲他知道韓愈是反對信仰最力的人，爲此，他特地寫了一封信去問韓愈。韓愈接到孟幾道的信後，知道他與和尙往來，才引起別人發生了誤會，馬上回信向孟幾道做了解釋。而且，韓愈在信中對當時在朝的一班大臣們，信奉佛教，不守儒道，一味拿迷信來蠱惑皇帝，大大加以抨擊。他對皇帝疏遠賢人，使儒道墜落，頗爲憤慨。信中有這樣的話：「百孔千瘡，隨亂隨失，共危如一發引千

〔註2〕李夢陽，《空同集》卷六十一，吉林出版集團有限責任公司出版，2005年，頁560。

鈞……」在《文箴》中李夢陽重提韓愈「嗟彼千鈞一髮奈何」之名句，表達了他與韓愈一樣的政治思想和文學思想。李夢陽認爲文以言理，當今文道與世道皆墜落敗壞到了極點，其衰敗之勢已是不可挽回的了。

文主理思想是李夢陽文學思想的平常意識，也是他的一貫成見，他對此有多次陳述。《答周子書》中，李夢陽又說：

> （僕）又每傷世之人，何易之悅而難之憚也！而易之悅者，乃又不自謂其易之悅也，曰：文主理已矣，何必法也？吁！「言之弗文，行而弗遠」，玆非孔子言邪？而六經何者非理？乃其文何者非法也？斯言也，僕懷之稔矣，然莫之敢告也。〔註3〕

文必有法式是李夢陽與何景明爭論的問題，這段引的中心意思是宣揚「文必有法式」的觀點。李夢陽說「六經何者非理？乃其文何者非法也」，這是強調文的特點是以理爲思想內容、以法式爲創作方法的。從這裡可以看出，李林夢陽宣揚文必有法式是在「文主理矣」的大前提下展開的，上術引文表現了李夢陽對文的基本認識，因此，這段引文從側面表現了李夢陽的文藝思想具有「文主理矣」的文學本質觀點。

李夢陽所說的理是指什麼呢？李夢陽在《論學・上篇》中說：

> 陽已回則寒愈劇，人將享則困愈至。故禍敗萌而氣焰愈熾，福祐臨而拂亂益深。三代之學，必論天人之際以消長倚伏，非突然而來也。嗚呼！《易》備矣！《詩》《書》詳焉！今之學者，知之否則乎？〔註4〕

這段論述是說《易》《詩》《書》的主要內容是「消長倚伏」，看來，李夢陽的「文主理」之理和老子的道是一樣的，理和道，不過是異名而同一物也。

中國古代有「文以載道」的文學本質觀。南北朝時期，劉勰在《文心雕龍》中就有《明道》《宗經》《徵聖》的專篇論說。唐代韓愈、柳宗元倡導的文學復古運動和北宋歐陽修等倡導的文學復古運動。都主張「文以載道」的文學本質觀。「道」，可以指客觀事物的自然規律，也可以指社會生活的道路規範，劉協、韓愈和歐陽修他們講的「理」不是後來程朱理學認爲的封建道

〔註3〕李夢陽，《空同集》卷六十二，吉林出版集團有限責任公司出版，2005年，頁577。

〔註4〕李夢陽，《空同集》卷六十一，吉林出版集團有限責任公司出版，2005年，頁611。

德規範之「理」。李夢陽主張「文主理矣」，他講的「理」與傳統文化的「道」有相通之處。包含有自然規律和道德規範兩種意義。所以，「文主理矣」和「文以載道」是亦有相通之處的文學本質觀。從這一點講，李夢陽的「文主理矣」的文學本質觀是對「文以載道」的文學本質觀的繼承。

任何一種藝術，都是與它的形式相適應的內容。有韻之言適合於抒情，無韻之音適合於說理，這已是人們的一般見識了。文主理是中國傳統文學理論思想，文主理也不是李夢陽一個人的發明，他不過是堅持這一觀點而已。李夢陽「文主理矣」的文學本質觀與歷史上的文人的思想意識有一致性，同時他們都具有一定的科學性，我們應該肯定李夢陽的這一主張是正確的。

二、詩以言情

「故詩者，吟之章而情之自鳴者也。」這是李夢陽對詩的概念。關於詩歌的本質認識，李夢陽一貫主張詩是言情的。由於李夢陽是詩人，所以，他的文學觀點更多談對詩的本質的認識。在《鳴春集序》中，李夢陽系統地述說了詩主情矣的觀點。李夢陽的《鳴春集序》全文較短，如下：

> 鳴春集者，集霜崖子之作也。鳴春者何？鳥春則鳴也。不春不鳴乎？鳴殊乎？春也。天下有竅則聲，有情則吟。竅而情，人與物同也。然必春焉者，時使之也。韓子曰：「以鳥鳴春，以之言使也。」夫竅吾竅，情吾情耳，使之者誰耶？鳴者鳥也，鳴之者鳥也。陰凝氣慘，草木殞零，情者不斂而竅者不聲乎？及柔風敷焉，陽和四布，夫然後在陰者和遷喬者嚶，灌木有喈喈之聞，叢棘有交交之音，若此者春使之耶，使之春者耶，非春非鳥，以之者誰耶？夫天地不能逆寒暑以成歲，萬物不能逃消息以就情。故聖以時動，物以情徵。竅遇則聲，情遇則吟，吟以和宣。宣以亂暢，暢而詠之，而詩生焉。故詩者，吟之章而情之自鳴者也。有使之而無使之者也，遇之則發之耳，猶鳥之春也，故曰以鳥鳴春。夫霜崖子一命而跲廿十年困窮，固凝慘殞零之侯也。然吟而喧，喧而暢，暢而詠之，何也？所謂不春之春，天籟自鳴者耶。抑情以類，應時發之耶！〔註5〕

霜崖子是李夢陽時代的一位失意商人，有文才，其生平不詳。李夢陽的這篇

〔註5〕李夢陽，《空同集》卷五十一，吉林出版集團有限責任公司出版，2005年，頁480。

詩序是論述詩歌的，李夢陽以鳥於春天之嚶鳴做比喻，說明了詩歌的產生和詩歌的本質特徵。他說詩歌的產生如春鳥之嚶鳴一樣都是自然自發的現象。他說詩歌都是人們情感的自然流露，這與自然界的竅隙如果遇到氣息就會發出聲響相類似。與「春鳥之嚶」和「有竅則聲」相同，人的精神世界如果產生情感，就會發出吟詠之音，就會產生出詩句來。所謂「有竅則聲，有情則吟；竅而情，人與物同也。」所謂「故詩者，吟之章而情之自鳴者也。」就是說詩歌是情感的自然流露，此即是說詩主情矣。

吟詠之章是「情之自鳴者也」。詩歌的本質是人性情感之表露，這是李夢陽的一貫思想，在《結腸操譜序》中，李夢陽借別人的話亦說詩歌是言情的。他說：

> 陳生曰：鼇（陳生）聞之天下有殊理之事，而無非情之音。何也？理之言常也，或激之乖，則幻化曹測，《易》曰「遊魂爲變」是也。乃其爲音也，則發之情而生之心者也。《記》曰「民有血氣心知之性，而無哀樂喜怒之常，應感起物而動，然後心術形焉」是也。感於腸而起音，罔變是恤，固情之眞也。是故是篇也。鼇始鳴之琴也，泛弦流徽，其聲噍以殺也，知哀之由生也；比之五音黯以傷也，知其音商也，〔註 6〕

引文中之「音」，既指音樂，亦指詩歌。「心術」指人們心中的情感。在這段引文裏，李夢陽認爲；天下有違背世道之理的事情，而永遠沒有違背情感的詩歌。雖然世道之理常定，然而由於人們的思想是多變的，即「遊魂爲變」，因之天下之事也是多變的，理事二者「幻化弗測」。但是，詩歌是「發之情而生之心者」的事物，它依賴於「起物而動」的情感。詩歌和情感二者是一致的。即「天下無非情之音」。李夢陽把事與理的關係和詩與情的關係做對比研究，認爲人事與理沒有同一性。事理經常牴觸，然而詩與情具有同一性，人的情感能在詩歌中眞正表現出來。所以，產生於人心中的詩歌是人情的眞正表現。即「固情之眞也。」

《題東莊餞詩後》是李夢陽寫的一篇詩跋，

> 夫天下有必分之勢，而無能已之情。蓬飛梗流，忽聚忽散，斯其勢能必其不分哉？孔子所謂東西南北之人也。夫既東西南北人

〔註 6〕 李夢陽，《空同集》卷五十一，吉林出版集團有限責任公司出版，2005 年，頁 475。

> 也，於其分不有悵離思合者乎？於是筵於庭、祖於道、觴於郊、嬉於園，不有繾綣、踴躍、踟躕者乎？斯之謂情也。情動則言行，比之音而詩生矣。夏公之撫治鄖陽也，諸公筵之、祖之、觴之者，故無不用其情矣。乃今又喜於吾園，搴初英、扳柔條，驪駒既駕，旌旗向東，不有悵而思者乎？然莫之能留也，故必分者勢也，不已者情也。發之者言，成言者詩也。言靡忘規者，義也，反之後和者，禮也。故禮義者，所以制情而全交，合分而一勢者也。〔註7〕

在此詩跋中，李夢陽對友人送別之時產生惆悵之情的情況進行了全面分析。李夢陽認爲，人於世間相互分別是常見的、必然的，這是世之常事；分別之時人們又必然地要舉行分別儀式，面對分別人們必然地要「繾綣、踴躍、踟躕」，這就是所謂的情了。況且，這情是必然的，「驪駒既駕，旌旗向東，不有悵而思者乎？」分別之時，旌旗向東，友人怎能不惆悵而思潮起伏呢，所以「必分者勢也，不已者情也」，友人分別是客觀現實的必然事實，離情也是客觀現實生活中的必然事實。在對情有了全面分析之後，李夢陽又進一步指出詩歌就是情的表述。他說，「情動則言行，比之音而詩生矣。」其意是：由於有激情的產生，接著便有語言的表述，語言的表述再做音律的調配，詩歌就產生了。李夢陽還說，「發之者言，成言者詩也」，這是對詩歌言情的總結。李夢陽《題東莊餞詩後》中清楚地表述了詩言情的思想。

李夢陽不僅強調詩言情，而且對詩言情認識有理論推究的信念。他認爲詩歌抒情是天經地義的，他認爲詩歌是根本不可能沒有人的情感的。李夢陽常常以詩歌是否言情來判定詩歌創作的成敗。在《陳思王集序》中，李夢陽說：

> 李夢陽曰：予讀植詩至《瑟調》、《怨歌》、《贈白馬》、《浮萍》等篇，暨覩《求試》、《審舉》等表，未嘗不泫然出涕也。曰：嗟呼！植其音宛，其情危，其言憤切而有餘悲，殆處危疑之際者乎？予於是知魏之不竟矣！〔註8〕

此序中李夢陽主要談了對曹植詩歌的感受。其感受有二點，一認爲曹植詩的

〔註 7〕李夢陽，《空同集》卷五十九，吉林出版集團有限責任公司出版，2005 年，頁552。

〔註 8〕李夢陽，《空同集》卷五十，吉林出版集團有限責任公司出版，2005 年，頁471。

內容充滿了悲憤之情，由此可見曹是處在一個危難時代，再由此知魏政權是不會長命的，這是李夢陽詩可以觀的思想認識；二認爲曹植詩充滿了豐富濃厚的感情內容，曹植的詩不時地使他「泫然出涕也」，顯然，李夢陽非常讚賞像曹植這樣其有豐富情感內容的詩歌作品，這是李夢陽詩言情思想的表現。

由於對詩歌言情本質有很深刻的認識，李夢陽亦讚賞民歌能抒眞情，而且謂民歌爲眞詩。他說：「孔子曰：禮失而求之野。予觀江海山澤之民，顧往往知詩，不作秀才語，如缶音是已。」所謂「知詩」，就是知詩詠性情之道理。只要詩有情感「不作秀才語」，「缶音」也是眞正的詩歌。在《詩集自序》中，他借王叔武之語。還說了有相同意義的話，「李子曰：曹縣有王叔武雲。其言曰：夫詩者，天地自然之音也。今途鄂而巷謳，勞呻而康吟。一唱而群和者，其眞也，謂之風也。」由於途鄂、巷謳是「天地自然之音」，其能抒眞情，因此，它們就是詩歌。李夢陽能對民歌有如此認識，亦是建立在詩言情理論之上的文藝觀點。

在詩歌創作方面，李夢陽強調以詩言情爲創作方法，這是李夢陽詩言情思想的又一主要表現。在《潛虯山人記》中，李夢陽說：「夫詩有七難：格古，調逸。氣舒，句渾，音圓，思沖，情以發之。七者備而後詩昌矣」。在這裡，李夢陽認爲詩歌創作有七難，其中前六難必須浸透在「情」之海洋之中，第七難「情以發之」最爲重要，所以，他把「情以發之」列爲殿軍，以督前者。李夢最是詩人，他知道詩人做詩主要是依靠情感的，當客觀事物激發了詩人的情感時，詩人才能產生詩的靈感，才能產生豐富的詩意。當情感橫溢之時，做詩也是幾分鐘的事情，對於眞正的詩人來說，也是很容易的事情。李夢陽經常做詩，他對詩之特點有深刻體會。他理解情感是詩之生命的道理。所以，他對詩與情的關係，才有上述深刻認識。

詩歌表現情感是比較普遍廣泛的文藝觀點。李夢陽主張文學復古運動之後，明代「後七子」、唐宋派、公安三袁都也主張詩歌是吟詠性情的，這是對李夢陽詩言情文學思想的繼承。今天，我們很多人也認爲詩歌是情感的顯現。

在中國文學史上，很早就有詩歌言情的觀點。《尚書》中有「詩言志」之語。「志」指人的思想精神狀態，與「情」有相通之義。「詩言志」其實就是詩詠性情之理論。《禮記．樂記》中說：「凡音者，生人心者也。情動於中，故形於聲，聲成文，謂之音。」「音」既指音樂，也指語言文學。這裡所談的亦是詩詠性情的道理。魏晉六朝時期，文藝理論家都講詩歌是言情的。鍾嶸就非常重視詩歌的言情特徵，在《詩品序》中鍾嶸說：「感蕩心靈，非陣詩何以展其義，非長歌何以騁其情。」宋代嚴羽也明確地提出：「夫詩，吟詠性情也。」和文主言理的理論繼承關係一樣，李夢陽之詩歌言情理論是對古之詩歌言情理論的繼承。但是，李夢陽的詩歌言情理論與古之詩歌言情理論又有完全不同的時代意義，李夢陽的詩言情理論有力地支持了明代前七子的復古運動。馬克思主義文藝理論認為，文學本質是社會意識形態，是一種社會反映。從邏輯的角度講，文主言理、詩主言情，未能概括文學的本質特徵。但是，從情與理的屬性來分析，情與理亦是思想範疇，屬社會意識形態，文主言理、詩主言情，暗含了文學是社會意識反映的意義。所以文主言理、詩主言情的文藝思想在一定意義上也表現了詩與文的本質特徵，它包含有科學的因素。因此，我們說，李夢陽的詩文本質觀點然未能概括文學的本質特徵，但是，它包含了現代文藝理論關於文學本質的通俗認識，它仍不失為正確的文學本質觀，李夢陽判定詩歌的本質是以情感這內容的思想是有一定科學意義的。

三、史、志以存往訓來

「僕嘗思作史之義，昭往訓來，美惡具列，不勸不懲，不之述也。」這是李夢陽對歷史的概念。史、志是指歷史著作，關於歷史與文學的關係經常發生爭議，人們對歷史著作的意義如何認識也是人們的文學觀點表現之一。李夢陽是把歷史當作文學作品來看待的，用今天的話講，李夢陽認為歷史的範本應該是歷史文學。

今天，我們把歷史、文學與哲學分為三大人文學科，建立了各自獨立的理論體系，然而，歷史、文學與哲學都是人們的思想觀念，它們之間從來就沒有完全分離過。在社會文化意義的一些方面，三者之間必然有其聯繫。明代封建社會時期的李夢陽對此也作了某些思考和判斷，其判斷表現了李夢陽對歷史的思想觀點蘊藏包含有文學思想內涵。

李夢陽首先認為歷史與哲學有本質上的同一性。他有數篇關於歷史著作的專門論述，《作志通論》就是其一。《作志通論》全文如下：

> 夫述者，存往者也；作者，訓來者也。存以比事，訓以闡義，事以史著，義以經現，二者殊同而同歸一焉。然自皇帝王伯之世，

更丘墳謨誥不陳，雅頌之音弗聞於世，於是，聖賢君子，託述作以寓志，故曰周東遷而春秋作，宋南渡而綱目修。所謂其文則史，其義則丘，竊取之者，嗚呼！微哉！然要有傷之焉。夫志者，史之流也，分例祖諸禹貢，屬事本之周禮，褒貶竊春秋之筆，風俗寓同一之制，宮室取大壯之義，歌詩繫觀風之意。夫史者，備辭跡昭鑒戒存往詔來者也。是以分例屬事，善惡備列，褒貶見之矣。五方異姓則風俗雜糅，宮室不自立例，藝文但標其目，彰善諱惡，忠厚之道也，故稱志焉。夫志者一郡一邑之書也，史者天下者也。小故詳大則概，然其義悉於經祖焉，所謂殊途而同歸者也。〔註9〕

《作志通論》全文是解釋歷史著作意義的。李夢陽首先把文化典籍分爲兩類，一是「述者」，二是「作者」。「述者，存往者也」，指歷史著作，「作者，訓來者也」，指儒家經典《論語》等哲學學術著作。其次，李夢陽認爲這兩類著作的文字特點不同，「述者」的特點是「存以比事」和「事以史著」；「作者」的特點是「訓以闡義」和「義以經現」。再次，在敘述了史、經的文字特點之後，李夢陽又提出了自己對史和經的認識，他認爲史、經「二者殊同而同歸一焉」。同歸之意是「訓來者也」。經是指儒家經典哲學著作，在這裡李夢陽明確指出歷史和哲學的意義一樣，都是以教育爲目的的。顯然，李夢陽對歷史的定義是以人們的行爲目的爲概念內涵要義，而把歷史的「存往者也」意義作爲歷史的次要內涵意義。把歷史與哲學綜合起來研究其本質意義，認爲歷史應該以教育目的規定其意義，這是一種具有社會文化意義的觀點。從社會文化意義方面來分析，文學主要功能是發揮其教育作用，文學、哲學、歷史三者都具有教育作用，在李夢陽看來，其實文、史、經三者是「殊同而同歸一者」的。歷史不僅與哲學有相通之處，歷史與文學亦有相通之處，這是李夢陽把歷史作爲文學意義的著述來認識的思想。

其次，李夢陽認爲歷史與文學有本質上的同一性。今天，我們有了文學這個概念，對文學有了更深入的研究，其研究的結果對文學與歷史的概念分別做了精確定義，人們都要知道文學與歷史不同，歷史是記載歷史事實的，是眞實的事實；文學是藝術，是虛構的事實，文學與歷史是不能混爲一談的。另外，對於一些既有歷史特徵又有文學特徵的作品，如《史記》、《三國演義》

〔註 9〕 李夢陽，《空同集》卷五十九，吉林出版集團有限責任公司出版，2005年，頁547。

等，現代文學理論則又混合文學與歷史的概念，建立了傳記文學或歷史文學的概念，傳記文學或歷史文學的概念是文學與歷史之間的一個交叉界域。現代文學理論的上述結論使其理論顯現出兩個特色，其一是建立了純粹文學與純粹歷史的概念；其二是建立了文學與歷史交叉界域的文學概念。兩個特色之中第二個特色是附屬於第一特色的，現代文學理論建立了純粹文學與純粹歷史概念是對文學與歷史的基本認識。然而，文學和歷史從來就沒有獨立過，文學和歷史的意義也從來就沒有獨立過。文學和歷史的意義是由人們的認識決定的。古代的文人沒有傳記文學或歷史文學這樣的概念，由於基本概念的不相支持，他們的觀點與我們的觀點截然不同，李夢陽認爲經、史「二者殊同而同歸一」，這與我們今天對歷史的認識有差異，李夢陽就是一位對歷史有獨立看法的思想者。

李夢陽對歷史著作有深入研究，他認爲歷史不是純粹的歷史，歷史是具有教育和審美意義的。用今天的語言來講，他認爲歷史不是純粹的歷史，歷史是具有文學意義的歷史。《論史答王監察書》是李夢陽一篇論述歷史與文學關係的一篇書信，全文如下：

> 僕嘗思作史之義，昭往訓來，美惡具列，不勸不懲，不之述也。其文貴約而該。約則覽者易遍，該則首尾弗遺。古史莫如《書》《春秋》，孔子刪修，篇寡而字嚴。左氏繼之，辭義精詳，遷、固博采，簡帙省縮，以上五史，讀者刻日可了，其冊可挾而行，可箱而徙。後之作者，本乏三長，竊名效芳，輒附筆削，義非指南，辭殊禁臠，傳敘繁蕪，事無斷落。范曄後漢亦知史不貴繁，然剜精鏟採，著力字句之間，其言枯體晦，文之削者也。蓋不知古史文約而意完，非故省之，言之妙耳。下逮三國南北諸史，遠不及曄，漫浪難觀，晉書本出群手，體制混雜，俗雅錯棼，歐陽人雖名世，《唐書》新靡加故，今之識者購故而廢新。《五代史》成一家之言是矣，然古史如畫筆，形神具出，覽者踴躍卓如，見之歐無此也。至於宋元二史，第據文移，一概抄謄，辭義二蔑，其書各逾百帙，觀者無所啓發，展卷思睡矣，得其書者往往束之高閣。僕謂諸史，他猶可耳？晉宋元三史，必修之書也。若宿學碩儒，才敵班馬，後漢而下種種筆削誠萬世弗刊之典，或憚其難，止取三史，約而經之，亦弘文之嘉運，昭代之景勳。管豹井天，私蓄素矣，幸公有問，輒吐布以聞，伏俟

大君子教焉。〔註 10〕

李夢陽的這篇書信詳細地論述了他對歷史著作本質意義的認識，文中包含了以下幾點思想。(1) 對歷史著作的本質特點做了定義。李夢陽認爲歷史的本質是「昭往訓來」，昭往即是記載歷史，訓來即是教育讀者，這是歷史著作的歷史意義，「昭往訓來」不是純粹的歷史概念，訓來有文學和哲學目的的含義。由於以「訓來」者爲本質意義之一，所以，李夢陽則又認爲歷史的文體特徵應該是「美惡具列，不勸不懲，不之述也」，並且文筆應該是「文貴約而該，約則覽者易遍，該則首尾弗遺」。以勸、懲爲中心而不是以存往爲中心的思想認識是文學思想，這是李夢陽把歷史當作文學作品來認識的具體表現。在認爲歷史是「訓來」者的思想基礎上，李夢陽又對歷史的文筆特點提出了更具有文學性的要求，他說，「然古史如畫筆，形神具出」，這顯然是以文學作品的形象性來來對歷史作文學評論了。由於當時人們的文化思想上沒有文學概念，李夢陽沒有具體說明歷史就是文學，當然，歷史不是文學，但是，李夢陽以文學作品的文學性來規範歷史著作的思想內容和文體、文筆的特點，這不是把歷史當作歷史來認識，而是把歷史當作歷史文學來認識的，這也就是說，歷史應該做成歷史文學，這就是李夢陽對歷史的基本認識。(2) 崇尚古典五史，這是李夢陽在這篇書信中後部分的思想。由於對歷史有文學標準的規範思想，所以，李夢陽文學性來評價歷史著作的品格。他認爲，「古史莫如《書》、《春秋》，孔子刪修，篇寡而字嚴。左氏繼之，辭義精詳，遷、固博采，簡帙省縮，以上五史，讀者刻日可了，其冊可挾而行，可箱而徙。」這是李夢陽對古典歷史的認識，也是李夢陽文學思想的表現之一。(3) 批判《漢書》以後歷代諸史。李夢陽在崇尚古典五史的思想中，也包含了對後代歷史著作的批判，他認爲五史以後基本上沒有成功之。李夢陽對後代歷史逐一進行了批判，他認爲《後漢書》「其言枯體晦，文之削者也」；認爲新舊《唐書》、前後《五代史》都不是很好的著述；對歐陽修的《後五代史》，李夢陽也認爲是不夠品格，他說，「《五代史》成一家之言是矣，然古史如畫筆，形神具出，覽者踴躍卓如，見之歐無此也。」句中「見之歐無此也」是歐陽修著述的批判；認爲「晉宋元三史，必修之書也」，李夢陽希望有人對晉宋元重新修訂，這也對晉宋元三史的批判。以上李夢陽對歷史著

〔註 10〕李夢陽，《空同集》卷六十二，吉林出版集團有限責任公司出版，2005 年，頁 576。

述的文學概念化觀點。

歷史著述在文字表述上要追求藝術性，但是，歷史其必竟還是歷史。史家歷來重信史，歷史撰述只有在反映了眞實的歷史面貌時，它才是科學的。歷史借助於種種直觀語言或生動形象來反映歷史，並不能認爲這樣的歷史就是文學。李夢陽對歷史的文學概念化觀點反映了李夢陽偏愛文學的思想心態。

四、詩文本質即形象組合

「古詩妙在形容之耳。」這是李夢陽對詩歌本體特徵的認識。李夢陽認爲詩文是由事物形象建構的，形象性是詩文的基本特徵。他認爲優秀的詩與文等文學作都表現了豐富的形象性。《論學》中多有李夢陽的這一文學思想，在《論學・上篇》中。他說：

> 知《易》者，可與言詩。比興者，懸象之義也。開闔者，陰陽之例也。發揮者情，往來者時，大小者體。悔吝者，驗之言。吉凶者，察乎氣。〔註11〕

《周易》中有哲學思想。對於深奧的哲學思想，《周易》巧妙地立象以表義。開闔、往來、發揮、大小、悔吝、吉凶諸現象都是陰陽之道，《周易》把這些陰陽之道都用各種自然現象加以表述，例如乾卦中用「潛龍勿用」、「見龍在田」、「或躍在淵」、「飛龍在天」、「亢龍有悔」、「群龍無首」等六種龍的形態來形容一事物發展的完整過程。就形象性之一特點來講，《周易》用形象表示抽象的哲學道理，詩歌用形象表示情感，二者有相通之外。李夢陽把詩歌與《周易》做比較，看到了形象在《周易》與詩歌中都占在非常重要的地位，所以，他認爲：「知《易》者，可與言詩」。比興是詩歌藝術的基本方法，就其本質來說，這也是一種用形象來說明問題的方法，這和《周易》立象表意是一樣的方法，所以，「比興者，懸象之義也」。形象性是詩歌的最本質特點，「知《易》者，可與言詩」。說明李夢陽抓住了詩歌的精髓。

在《論學・下篇》中，李夢陽還說：

> 古詩妙在形容之耳。所謂水月鏡花，所謂人外之人、言外之言，宋以後則直陳之矣。於是，求工於字句。所謂心勞日拙者也。形容

〔註11〕李夢陽，《空同集》卷六十六，吉林出版集團有限責任公司出版，2005年，頁611。

之妙，心了了而口不能解，卓如躍如，有而無，無而有。〔註12〕

引文中的「形容」即是形象之義。所謂「古詩妙在形容之耳」就是說古詩好就好在具有形象性。宋代人做詩，只言理性，不述形象，其作品缺少形象之妙已被歷史做了定論，李夢陽是極力貶斥其宋詩缺乏形象性的。形象手法的特點是不直接敘述思想意義，如水月鏡花一樣，有非月非花的另一方面意義，這要讀者去體會理解，這種理解「心了了而口不能解，卓如躍如，有而無，無而有。」其具有審美意義，李夢陽對此非常重視。

李夢陽不僅僅認爲詩歌具有形象性，而且還認爲散文也應具有形象性。在《論學・上篇》中，他說：

宋儒興而古之文廢矣，非宋儒廢之也，文者自廢之也。古之文，文其人如其人，便了如畫焉，似而已矣，是故賢者不諱過，愚者不竊美。而今之文。文其人無美惡，皆欲合道，傳志其甚矣。是故考實則無人，抽花則無文。古曰：宋儒興而古之文廢矣。〔註13〕

引文中的「古之文」是詩歌以外的散文，李夢陽認爲散文也不能沒有形象性。古之文「賢者不美過，愚者不竊美」，具有眞實生動性。如同圖畫一樣，逼眞神似。宋人之文章描寫人物、敘事說理，皆欲合道，沒有眞實生動的形象性，即沒有把握住藝術的基本特徵。所以，「宋儒興而古之文廢矣。」

在評論歷史著述時，李夢陽一樣的以文學形象性來規範其藝術方法。在《論學・上篇》中他說：

夫文者，隨事變化錯理以成章者也。不必約，太約傷肉，不必該，太該傷骨。夫經史體殊，經主約，史主該，譬之畫者，形容之也，貴意象，具且如，如麗姬食不甘味，寢不安枕之類是也。經者，文之要者也，曰安而食寢備矣。自檀公文極之論興，而天下好古之士惑。於是惟約之務，爲湔洗，爲聱牙，爲剜剔，使觀者知而爲不知所以，事無由彷彿其形容。西京之後作者無聞矣。〔註14〕

引文中之「文」不單指散文，文指與詩相對應的文章，主要包括儒經和歷史

〔註12〕李夢陽，《空同集》卷六十六，吉林出版集團有限責任公司出版，2005年，頁614。

〔註13〕李夢陽，《空同集》卷六十六，吉林出版集團有限責任公司出版，2005年，頁613。

〔註14〕李夢陽，《空同集》卷六十六，吉林出版集團有限責任公司出版，2005年，頁611。

著述。引文中之「形容」、「意象」，均表示形象之意義。在這段引文中，李夢陽認爲：儘管經史殊體，經主約，史主該，但是，它們都不應該太該、太約。太約、太該都要損傷藝術形象，文章就沒有了眞實性，也就沒有了美感。它們都應該像繪畫一樣，要有形象性，要追求其形象的逼眞和神似。「西京之後作者無聞矣」，李夢陽認爲文必秦漢，漢以後無文，其主要原因就是漢以後歷史著述沒有形象性。經雖然有別於詩文藝術，但是，從廣義的藝術觀點講，它們也是一種藝術，它們也應該具有形象性。李夢陽評論經義著述，亦講形象性，他認爲漢以後的經義著述也沒有形象性。由此可見，李夢陽對於文學藝術之本質特徵形象性有相當深刻的認識。

《缶音・序》是李夢陽表述詩歌認識的一篇重要文章，其中有李夢陽對詩歌形象性的深刻認識，《缶音・序》文如下：

《缶音・序》

詩至唐，古調亡矣！然自有唐調可歌詠，高者猶足被管絃。宋人主理不主調，於是唐調亦亡。黃、陳師法杜甫，號大家，今其詞艱澀，不香色流動，如入神廟坐土木骸，即冠服與人等，謂之人可乎？夫詩比興錯雜，假物以神變者也，難言不測之妙。感觸突發，流動情思，故其氣柔厚，其聲悠揚，其言切而不迫，故歌之心暢，而聞之者動也。宋人主理，作理語，於是薄風雲月露，一切鏟去不爲，又作詩話教人，人不復知詩矣。詩何嘗無理，若專作理語，何不作文而詩爲耶？今人有作性氣詩，輒自賢於「穿花蛺蝶」、「點水蜻蜓」等句，此何異癡人前說夢也。即以理言，則所謂「深深」「款款」者，何物邪？詩云：「鳶飛戾天」，「魚躍於淵」，又何說也？孔子曰：「禮失而求之野。」予觀江海山河之民，顧往往知詩，不作秀才語，如缶音是已。

《缶音》，歙處士佘存修作。處士商宋梁間，故其詩多爲宋梁人作。予遊大梁，不及見處士，見其子育處士，有文行。育嗜學文雅，亦善詩。傳曰：「是父是子」，此之謂邪？育以疾不遊，反其鄉，數年矣，以書抵予曰，育恒懼先大人之作泯沒，不見於世也。幸子表之，予於是作《缶音・序》。處士行詳見志表，予故不述，第述作詩本旨焉。〔註15〕

〔註15〕李夢陽，《空同集》卷五十二，吉林出版集團有限責任公司出版，2005年，頁483。

這篇序如李夢陽所說是談詩歌的創作目的的。李夢陽認爲詩歌的目的是爲了「主調」，主調即是要表現調，調是一個美學範疇，所以，「主調」意義是要求創作要表現美，這是在強調詩歌要以美爲目的。

如何來主調，如何來表現美，李夢陽在《缶音序》提出了以形象爲要點的詩歌構成論。李夢陽認爲詩歌是以物象構成的，所謂「夫詩比興錯雜，假物以神變者也，難言不測之妙。」是對詩歌構成的解釋。「比興」就是形象代表的比興；「假物」就是借用物象來表意，詩歌是由「比興」和「假物」組合的，詩歌的本質就是形象的組合，詩歌的構成即此，這也是詩歌的本質。由於詩歌由形象組合，所以審美情感才能得以表現，才能有「難言不測之妙」。《缶音序》中還對宋詩做了評論，李夢陽認爲「宋人主理，作理語，於是薄風雲月露，一切鏟去不爲，又作詩話教人，人不復知詩矣。」這是說宋人把詩歌的形象要素「風雲月露」一概剷除了，宋人是不懂得詩歌的。李夢陽又說：即以理言，則所謂「深深」、「款款」者，何物邪？詩云「鳶飛戾天」、「魚躍於淵」，又何說也？李夢陽以《詩經》爲例，進一步說明詩歌是要有形象性的，「鳶飛戾天」，「魚躍於淵」是對自然形象的描寫，如果詩歌不是形象的組合，這些自然形象是做何用的呢？李夢陽堅定地認爲詩歌是以物象構成，詩歌的本質是形象組合，《缶音序》表述了李夢陽的這一文學思想。

中國古代之文藝理論，無論是教化派，還是美悅派，都是講談文學功用者。孔子、韓愈、白居易、歐陽修諸位偏於談教化；莊子、鍾嶸、皦然、司空圖、蘇軾等嚴羽諸位偏於談美悅，他們都對於藝術本質的形象性特徵探討較少。從教化、美悅諸功用的角度論藝術，這都是對文學外向作用的認識，這不是文學本質意義的分析，這是古人藝術觀的不足之處。現代文藝理論認爲，文學藝術作品，首先是事物形象，是客觀世界在人們思想意識中的反映，這是對文學藝術的本質認識。李夢陽談論文學藝術，首先能從藝術的形象性入手，能抓住文學藝術本質特徵，這可算是高人一籌了。李夢陽的這種藝術形象論觀點，不僅在古代文論中稀有少見，而且正好與現代文藝理論相符合，這個觀點是明代文藝思想界的新思想。可惜，人們評論李夢陽的文藝思想卻忽視了這一點，這是一件很遺憾的事情。

第二節　文學功用論

文學，它和世界上存在的每一事物一樣，無論從藝術形式的角度講，還是從思想內容的角度講，總有它存在的功用價值。李夢陽對詩和文的功用特性也有清楚正確的認識，他認爲詩文有三種社會實踐功能。下面我們從反映、教化、美悅三個方面談談他對詩文功用的論述。

一、詩和文的反映功能

就文學的反映功能而論，李夢陽認爲「詩可以觀」。在《敘九日宴集》中，他言道：

> 嘉靖四年九月九日，趙帥觴客於青蓮之宮，歡焉。於是，空同子立韻賦詩焉，眾和之。裒然而珠聚，爛然而錦彰，主人賡焉，鏗然而卒章。賓主既洽氛翳載廓，霜清日晶，臺殿下陰，鈴塔謦風，林影颯瑟，落葉乘之，既昏復白，皎皎布地，蓋不知月之在天也。空同子覽於眾詩，喟然而歎曰：嗟，詩可以觀，豈不信哉！夫天下百慮而一致，故人不必同，同於心，言不必同，同於情。故心者所爲歡者也，情所爲言者也。是故科有文武，位有崇卑，時有鈍利，運有通塞，後先長少，人之序也，直宛區，憂樂殊，同境而異途，均感而各應之矣。至其情則無不同也，何也出諸心者一也，故曰詩可以觀……〔註 16〕

李夢陽在引文中說，九月九日他與同僚於青蓮宮集宴，樂而賦詩。隨後，他觀其同僚所述之詩，突然產生了一個關於詩的靈感，於是，發出感慨：「嗟，詩可以觀。豈不信哉！」爲什麼呢？因爲詩可以反映人的思想感情。今日各人所寫之詩，雖然作者不同，語言也不同。但是，詩中表現的都是今日之思想情感，而些思想情感具有相同性，都表現了賓主融洽的心境。眞可謂「天下百慮而一致」也。李夢陽在這裡所講的「詩可以觀」就是他對文學反映功能的認識。

李夢陽關於「詩可以觀」的方面非常廣泛。

第一，詩可以「觀」之於人，他認爲「詩者，人之鑒也。」在《林公詩序》中，他說：

> 李子讀莆林公之詩，喟然而歎曰：嗟乎！予於是知詩之觀人也。石峰陳子曰：夫邪也，不端言乎？弱不健言乎？躁不沖言乎？怨不

〔註 16〕李夢陽，《空同集》卷五十九，吉林出版集團有限責任公司出版，2005 年，頁 550。

> 平言乎？顯不隱言乎？人烏乎觀也？李子曰：是之謂言也，而非所謂詩也。夫詩者，人之鑒者也。夫人動之志，必著之言，言斯詠，詠斯聲，聲斯律，律和而應，聲詠而節，言弗睽志，發之以章，而後詩生焉。故詩者非徒言者也。是故，端言者未必端心，健言者未必健氣。平言者未必平調，沖言者未必沖思，隱言者未必隱情。諦情、探調、研思、察氣，以是觀心，無瘦人矣。故曰：詩者，人之鑒也。〔註17〕

引文中的石峰陳子認為，人的語言不一定能表現人的思想感情，有邪思的人可以說出正派的話來，言行不一是社會生活中的普遍現象，即「人烏乎觀也？」。李夢陽反對石峰陳子的觀點，他認為雖然人的語言不一定能表現人的思想情感，但是，詩歌的語言一定能表現人的思想感情。情思氣調是關於人們思想氣質的表現，它們代表著一個人的本質形象。詩人做詩，其情思氣調必然滲透在詩歌之中。詩不象生活中的語言，可以說假話，做假樣子。所以，只要「諦情、探調，研思、察氣，以此觀心，無瘦人矣。」因此，他得出結論：「詩者，人之鑒也。」

正因為李夢陽對「詩者，人之鑒也」有深刻認識，所以他在評價唐代詩人王維的為人與其作品時，只用了相當精練的一句話：「王維詩高者似禪，卑者似僧，奉佛之應哉。」（《論學・上篇》）他從王維詩中看出了王維的奉佛思想內容。

第二，詩可以「觀」之於政，李夢陽認為，有政必有風。詩歌可以反映社會政治的思想內容。他在《觀風河洛序》中說：

> 觀風河洛者為巡按譚子而作也。觀風者何？其職也，河洛者方也。譚子之蒞我邦也，度而能貞，肅而有明，潛洞臧否，旁燭冤幽，見之苟直，飈激山屹，利害罔移也，於是，君子佩愛，小人服威，吏憚而縮，民恃而舒。然聲跡泯焉，坐竟日默如也。斯何也，天下有大通焉，觀此也，有大幾焉，風是也，風以幾動，幾以觀通，是故無遁情焉，情者風之所由生也，巡按者，以觀為職者也。即情以察幾，緣幾以廣通，因通以求職，鮮不獲也。故君子謂譚子善為政，雖以天下可也，洛河先之矣。是年譚子實監河南試，大梁士試而中

〔註17〕李夢陽，《空同集》卷五十一，吉林出版集團有限責任公司出版，2005年，頁476。

者十有四人也，十四人者相語曰，我監公何以大通於畿，空同子曰，士讀《易》乎，觀之爲道，人己之道也，然君子觀則先己，故曰知風之自，自我始也，其有職也，則戒之曰，爾惟風；儆之曰，巫風淫風亂風，言其觀貴己也，夫譚子者懋於德者也，德而風故其動，畿動而通故其觀無遁情，是故，以執則貞，以用則明，潛之則洞，旁之則燭，愛孚威行，吏縮而民舒也。斯何也，德者所以爲風者也，情者所以流德者也。畿動於微，通成於廣，職斯獲之矣。故君子謂譚子善爲政，然河洛也，厥方狹矣。諸士曰，古者陳詩以觀，而後風之美惡見也。我監公聲跡泯而其德大通於畿，不謂天下之材乎？於是賦觀風洛河云：洛河者狹之也，冀太師採之，獻諸天子。空同子曰，民詩採以察俗，士詩採以察政，二者殊途而同歸矣。故有政斯有俗，有俗斯有風。〔註18〕

這篇《觀風河洛序》是李夢陽對《觀風河洛》詩集的注釋，巡按譚子（生平不詳）在河洛做官有政績，大梁諸士爲之作詩以頌其功。李夢陽閱讀詩集後，認爲詩歌反映了當時的眞實情況，於是，李夢陽從詩歌的反映功能出發，結合譚子在河南的行爲政績，闡述了一系列詩歌反映社會生活的理論。總之，李夢陽認爲「陳詩以觀，而後風之美惡見也」。在序文的最後，李夢陽還把大梁諸士爲之作詩與民歌作了比較，他認爲雖然士詩與民歌不同，但是，它們在反映功能上是一致的，即所謂「民詩採以察俗，士詩採經察政，二者殊途而同歸矣。」在詩歌與生活的關係上，似乎李夢陽比現代人們的思想更高明，「民詩採以察俗，士詩採以察政」，就是說民詩、士詩都可以反映政治生活內容。今天我們認爲文學是社會生活的一面鏡子是偉大的馬克思主義眞理，然而，李夢陽在那個久遠的時代，就有了詩歌反映社會的認識。在《觀風河洛序》的最後，李夢陽作出了主題句總結，「故有政斯有俗，有俗斯有風。」政、俗是社會生活，風是詩歌；風來自政、俗，這就是詩歌的發生的原理，所以，觀詩即可以知政。

第三，詩「觀」之於情，李夢陽認爲詩歌也可以曲折地反映生活。在《張生詩序》中，他說：

〔註18〕李夢陽，《空同集》卷五十一，吉林出版集團有限責任公司出版，2005年，頁480。

夫詩，發之情乎？聲氣，其區乎？正變，者時乎？夫詩言志，志有通塞，則悲歡以之，二者小大之共由也。至其爲聲也，則剛柔異而抑揚殊，何也？氣使之也。是故秦魏不貫調，齊衛各擅節，其區異也。唐之詩最李杜，李杜者，方以北人也。而張生者，滇產也，其爲詩杜，何也？夫張生者，志非通也。其《春園》之亂曰：「舊醅野客，新蕨盤飧」，茲其情又何歡也？夫雁均也，聲喉喉而秋，雍雍而春，非時使之然邪？故聲時則易，情時則遷，常則正，遷則變，正則典，變則激，典則和，激則憤。故正之世，二南鏘於房中，雅頌鏘於廟庭。而其變也，風刺憂懼之音作，而來儀率舞之奏亡矣。於是考槃、載吟、有詠、北風其涼之篇興。而十畝之間之歌倡矣，斯所謂恬塞棄通，以歡祛悲者也！夫大人尚兼，君子恥獨，故卷阿之章曰：梧桐生矣，于彼高崗。鳳凰鳴矣，于彼朝陽，言士貴及時樹勳也。夫沐、劉、杭三子者，臺鎮之妙英也，其和張生也，弗塞之憐而顧歡之偕，若此則南園公和其子詩，宜倍三子十也，何也，南園者，老而傳者也。〔註 19〕

在《張生詩序》中，李夢陽認爲，「情」與「志」二者都要受到客觀條件時和地的影響。各種不同情調的詩歌，出於不同地域。客觀條件對於詩歌之情調起著決定作用，即所謂「秦魏不貫調。齊衛各擅節」是也。但是，張生者，南方人也，杜甫者，北方人也，杜甫詩的風格是沉鬱頓挫，爲什麼張生之詩近似杜甫之詩呢？那是因爲「志非通也」。張生是一位命運不得志之人，在人生命運上不得志這一點上和杜甫一樣，所以，他們的詩歌才有著相同的傷感悲哀之調。讀張生詩李夢陽還發現了張生的詩的另外一個特點，那就是其詩歌也有一些歡欣辭章，如「舊醅野客，新蕨盤飧」是也，這是與張生詩風格不相一致的地方，爲什麼呢？。李夢陽詳盡地分析了這一現象，他認爲這是「以歡祛悲者也！」他說，「故正之世，二南鏘於房中，雅頌鏘於廟庭。而其變也，風刺憂懼之音作，而來儀率舞之奏亡矣。」詩歌與時代相盛衰是詩歌的一般規律，詩歌反映著時代的正、典、變、激等社會狀況。在《章園餞會詩引》中他還說過「文氣與世運相盛衰」的話，都表現了他對詩歌反映現實深信不疑。然而，《詩經》之中於悲哀之音中也夾帶歡樂之歌，如十畝之間是也。「而十畝之間之歌

〔註 19〕 李夢陽，《空同集》卷五十一，吉林出版集團有限責任公司出版，2005 年，頁 477。

倡矣，斯所謂恬塞棄通，以歡祛悲者也！」其「十畝之間」和張生的「舊醅野客，新蕨盤飧」是一個類型，悲哀詩風中的歡欣辭章是曲折地反映了作者的思想感情。所以，詩歌之思想情調不僅隨地域而變化，而且隨時事亦變化，還隨人的心情表述方式而變化，即所謂「聲時則易，情時則遷」是也。由此可以看出，李夢陽關於詩歌風格的兩面性還有一定程度的辯證認識。

詩可以觀是春秋時代孔子早先提出來的文學理論。此後，歷代文學理論家幾乎都接受了這一觀點，但是，他們一般都是發表隻言片語，沒有長篇大論，李夢陽上述的幾篇文章都是整篇專論，古人沒有像明代李夢陽這樣全面深刻地論述詩可以觀之詩理。李夢陽認爲詩可觀人、觀政、觀俗、觀地、觀時，總之一切都可以觀。他的這一認識，豐富了古人的文藝觀點。現代文藝理論認爲，文學是社會生活的反映，因之它具有認識功能。詩可以觀的理論其實也是反映論的理論，所以，李夢陽的詩可以觀的文藝觀點和現代文藝理論一樣，是具有科學性的文藝理論觀點。

二、詩和文的教化功能

文學可以教化萬民，可以影響人的思想意識，這是文學的又一個重要功用。在《擬趙高答李斯書》中，李夢陽說：「先王幸哀憐黔首，文詩書禮義之教，所以惠來世甚厚。丞相固誦習其說已，乃立義盡焚之。夫詩書何惡於丞相哉？」這段話的意義很明確，他認爲詩書是先輩聖王的教導，是有益於人類社會的。這是李夢陽對文學有教化功用的深刻認識。

具體分析李夢陽關於文學教化功用的認識，有如以下幾點。

首先，李夢陽認爲文有教化民眾以治國安邦之功用。他在《德安府志序》中說：

> 知府馬君侖修其府志成，而謂其同知陶君龍曰：「嗟，志誰序者？」於是同知龍求序李子。李子曰：夫志，觀者三焉而徹於道。夫志必綜古今，該名實，訂核驗識，發之必才。此可以觀學，學以昭事，事以布文，褒貶必眞，臧否以之，義例爛然。此可以觀政，躂適信遠，繼懲繩勸，有類乎史。此可以觀世，昔聖人之於文也，於史焉急。故曰「知我罪我，其惟春秋」，其說禮也，又謂杞宋之不徵也。何也？國非文不興也。郡邑也，固國也，文以足之，學闡政立，因志以彰，民行必興，故曰可徹於道。故政而道則其政義；政

而學則其學據；學而文則其文邃；文而志則其志信……〔註 20〕

德安府在今湖北省安陸區域，在明代屬河南布政使司。李夢陽《德安府志序》對德安府知府馬侖編撰府志非常讚賞，多方面、多層次地給予了極高評價，其主要內容論述了志有三觀，即可以觀學、觀政、觀世。在觀世一段文字中，李夢陽明確指出「國非文不興也」的文藝觀點。李夢陽所說的文，當然不是指今天的文學，其文的意義比今天的文學概念要大，文以興國類似教育興國的意義，但是，其文包含了文學在內的文化典籍，由此可推知「國非文不興也」包含了文學可以興國的思想。正是由於對文學教育功能的重視，所以李夢陽認爲志是貫徹實施道的途徑，「文以足之，學闡政立，因志以彰，民行必興，故曰可徹於道。」文學、文化教育可以使儒家之道義貫徹於民間，進而可以興國。「國非文不興也」，這是李夢陽對文學教化作用的正面肯定。既然文可以興國，那麼，文也就也可以禍國。在《刻戰國策序》中，他講了文學禍國的道理，他說：「或問：周何以有戰國？李子曰：文之禍也。先王以禮之必文也。製辭焉，出乎邇，加乎遠，通乎其事，達諸其政，廣之天下，益矣，於是重辭焉。流之春秋，號曰辭令。其末也弊，巧譎相射，遂爲戰國。」在這裡，李夢陽認爲先王重視文，天下昌明，春秋之時代由於文弊，遂爲戰國，周之所以有戰國之亂是文之禍也。文有教化功用，達乎政可，有益於天下亦可，這是客觀事實。李夢陽能認識到這一點，這是很對的。但是，國家的興與亡，其經濟和政治才是眞正的決定因素。李夢陽認爲文可以興國，也可以亡國，意欲強調文的教化功用，這是可以肯定的。但是，文對於政治、經濟來說畢竟是小事一樁，它們能對國家產生影響，但不可能顛覆國家，這是歷史的事實，李夢陽過分地誇大了文——即文學的教化功用。

前已論及，對於傳人記事之類的歷史，李夢認爲它們存在的價値和詩文是一樣的，即認爲他們都是文學作品，也是其有教化的功用。在其《作志通論》中，敘述的更清楚，他說：

夫述者，存往者也；作者，訓來者也。存以此事，訓以闡義，事以史著，義以經見，二者殊途則歸一焉。然自皇帝王伯之世更，丘墳謨誥不陳，雅頌之音弗聞於世，於是，聖賢君子託述作以諭志，

〔註 20〕李夢陽，《空同集》卷五十一，吉林出版集團有限責任公司出版，2005 年，頁 475。

> 故曰，周東遷而春秋作，宋南渡而綱目修。所謂其文則史，其義則丘，竊取之者。〔註21〕

在這段論述裏，李夢陽說明了史、志的相同性。說明了史、志的特性是「存往，訓來者也」。同時，他還反覆說明了史志與儒家六經一樣具有同一特性。他說「事以史著，義以經見。二者殊途，則歸一焉」，這就是說，經史都具有「昭往而訓來者」的教化功用。所以。無論是丘墳、謨誥、雅頌之音。或是東周之春秋、南宋之綱目，都是「照往而訓來者」的傑作。文學具有重要的教化功用，是古代儒家文藝理論的核心。從春秋孔子到南宋朱子的各代儒士，都偏重於注重文學的教化功用。李夢陽認爲詩歌以諷諭爲上，文學可以興國，亦可以禍國，經史著作也都是爲了「昭往而訓來者」。他的這一文學教化觀，顯然是繼承了儒家的重視教化的傳統文藝思想。

其次，他認爲詩歌有諷諭作用。諷諭作用詩歌的諷刺功能，《毛詩序》言：「上以風化下，下以風刺上，主文而譎諫，言之者無罪，聞之者足以戒，故曰風。」自《毛詩序》諷刺之說起，中國古代文人都繼承了這一思想。諷刺說情結在李夢陽的思想上也是很濃重厚的。

在《秦君餞送詩序》中，他說：

> 夫學者稱餞送率於詩，尚矣。然《烝民》首列乎《崧高》，《韓奕》亦曰：「亦亦梁山」，此何哉？蓋詩者，感物造端者也，是以古者登高能賦，則命爲大夫。而列國大夫之相遇也，以微言相感，則稱詩以諭志，故曰：言不直，遂比興以彰，假物風諭，詩之上也。〔註22〕

春秋時代，士大夫有吟詩詠志之尙。「造端」是產生發生感觸的意思。李夢陽說「詩者，感物造端者也」，其意義是說，詩歌有觀於物而產生的感觸的作用。李夢陽又說古時因外交活動的需要，便以登高能賦、敏於感觸的人命爲大夫；「列國大夫之相遇也，以微言相感」，這是春秋時期的士大夫在外交活動中以微言相感的事實，這也是「詩以諭志」的具體表現。這裡的「志」是意向、意圖的意思。詩歌有比諭詩人意向及意圖，以求感悟他人的功用。李夢陽不

〔註21〕李夢陽，《空同集》卷五十九，吉林出版集團有限責任公司出版，2005年，頁547。

〔註22〕李夢陽，《空同集》卷五十二，吉林出版集團有限責任公司出版，2005年，頁483。

僅認識到了詩歌的「諭志」悟人之功能，而且認爲詩歌的「諭志」悟人的同時還要「諷」。因此他還說：「假物諷諭，詩之上也」。他把諷諭之詩列爲上品，可見他對詩歌的諷諭功能是很重視的。

詩歌有諷刺功能，李夢陽認識到了詩歌功能的這一點，他還認識到其諷刺功是與歷史時代相關聯的。在《張生詩序》中，李夢陽說，「其故聲時則易，情時則遷，常則正，遷則變，正則典，變則激，典則和，激則憤。故正之世，二南鏘於房中，雅頌鏘於廟庭。而其變也，風刺憂懼之音作，而來儀率舞之奏亡矣。」當時代處於腐敗、動蕩之時「風刺憂懼之音作。」這是歷史的事實，李夢陽對文學的思考，當然是以社會現實爲基礎的。

再次，李夢陽認爲音樂與文學一樣具有教育功能。音樂雖然不是文學作品，但是，古人一般認爲琴棋書畫是相互關聯的，它們有著本質上的同一性。古人常把琴棋書畫結合在一起賞析評論。今天我們認爲文學和音樂都是藝術，這和古人的思想是一致的。音樂、文學都有藝術的共性，所以，對音樂、文學的思想認識往往是同一的，一個人對音樂的認識也能反映一個人在文學方面的素養和思想。中國古代的音樂思想主要是「琴之言禁也」，李夢陽對音樂的認識繼承了中國古代文化的傳統觀點，《琴峽居士序》是表現李夢陽音樂觀點的一篇序文，其如下：

> 夫美以類彰，情以物寓，故緣類以彰德則力爲有遁，託物以寓警則怠心靡乘。執遁祛怠，非志罔成，故曰：士尚志。故志者完美而定情者也。夫琴之言禁也，所以遏邪而宣和者也。昔者伯鼓琴也，志在高山，鍾子曰：峨峨乎高山。志在流水，鍾子曰：洋洋乎流水。斯擬之音者耳，志以向之，猶足警寓以彰類。夫峽者山之激也，實擊虛應，不琴而琴，入之耳而會之心，邪有不遏者乎？邪遏則端念生，和宣則躁心平，躁平則情一，端生則美積，二者由於琴而本於心志。故志者完美而定情者也。夫富貴導淫，介胄起忿，忿以躁基，淫由邪作，劉子介胄人也，爲錦衣貴矣。兄弟世祿富矣。謂人曰：呼我琴峽居士。斯人者亦警寓彰類者邪。劉子曰：吳燕人也，嘗登琴峽之上，目之岑巉，聆之泠然，邪消躁蠲，淫忿弗萌，爰契吳志，是故琴峽稱焉，號曰居士。夫德成於警墮於怠，是故是稱也，吾亦效夫警寓而彰類者也。李子曰：事異而同行者也，嘉乎足跡者也，行異而同情者，修乎中者也。夫介胄之於俎豆，富貴之於山林判矣！

劉子曰：吾如此，吾如此者，志爲之本也，亦美之爲彰乎，故曰，完美而定情者存乎志；警寓以彰類者緣乎物。〔註23〕

這篇序文傳記李夢陽好友琴峽居士的，琴峽居士姓劉，燕人也，其生平不詳。李夢陽從劉子對琴峽之山的熱愛這一點出發，對劉子的性格進行了刻畫描寫。在對劉生性格描寫之前，李夢陽先展示了一系列藝術觀點。(1)「美以類彰，情以物寓。」類，比喻之喻體，這裡指事物典型，「美以類彰」與下句「緣類以彰德」的意思一樣，指美存在於相似的事例之中；情以物寓指情包含有於事物之中。李夢夢陽的這一觀點是情、美物寓的觀點。古人說，登山則情滿於山，觀海則情滿於海；現代西方文藝理論有移情說和內模仿說，都說明人情和自然有相互感應的事實。事雖平常，但能認識到其重要性卻不容易。李夢陽論道說理從此起，以文藝規律的基本事實爲出發點思考問題，這可以看出李夢陽的文學藝術思想有其成熟性。(2)「夫琴之言禁也，所以遏邪而宣和者也。」音樂的功能在於教化人們知禮禁邪，以中庸和諧爲美，這是儒家樂教的基本理念。音樂不是語言，但是，它是人們交流思想的非語言信號，而且是非常重要的思想情感信號，古今中外，普通民眾都知道這一道理，所以，歷來思想家都重視音樂的教化功能，李夢陽也是如此，對音樂情有獨鍾。音樂有教育功能，李夢陽在此認識之上進一步看重的是音樂的以和爲最高目的的美育功能。和，不是美的全部，以和爲美是一種美學思想。在這篇序文中，李夢陽把音樂的最終目的確定爲和，反映了李夢陽的美學思想是儒家的中庸思想美學觀。(3)「夫峽者山之激也，實擊虛應，不琴而琴。」這句話的意思是自然界的高山流水也是音樂之琴。是的，大自然也是一把優美的琴弦。伯牙、鍾子期知音相遇的故事在中國廣爲流傳，鍾子期就認爲琴之音就是高山流水。藝術有相通之似，在這篇文中，李夢陽認同劉子的藝術觀點，認爲琴峽是不琴之琴。李夢陽在講述了以上藝術道理之後，引用了劉子的一句自我表白，「劉子曰：吳燕人也，嘗登琴峽之上，目之岑巉，聆之泠然，邪消躁蠲，淫忿弗萌，爰契吳志，是故琴峽稱焉，號曰居士。」對劉子的思想性格進行了解剖，認爲劉子是一個耿介正直之人，即「劉子介冑人也」。最後，李夢陽認爲劉子這所以能夠「淫忿弗萌，爰契吳志」，這是是音樂發揮了巨大的作用。

〔註23〕李夢陽，《空同集》卷五十三，吉林出版集團有限責任公司出版，2005年，頁497。

古琴早就成爲文人的必修樂器。琴音神聖高雅，坦蕩超逸，遠遠超越了音樂的意義。古琴藝術在中國藝術與文化的歷史長河中，它凝聚著中華民族文化精神的內核，體現了中國知識分子修身立業的德行。《琴史》言：「夫琴者，閒邪復性樂道忘憂之器也。」《新論》云：「八音之中，惟絲最密，而琴爲之首。琴之言禁也，君子守以自禁也。大聲不震嘩而流漫，細聲不湮滅而不聞。」「琴之言禁也」一直是中國文化歷史的傳統觀念，這一藝術思想在李夢陽的文學實踐中得到了充分的繼承和發揮。

三、詩和文的美悅功能

李夢陽有詩人直率、熱情的秉性。他是詩人，他必然對美及美的事物有自己的認識，亦有自己的感受和體驗。李夢陽對文學美的感受和體驗是豐富多彩的。

首先，李夢陽體驗到文學形象具有美感。他把這種美感體驗名之爲「妙」。在《論學・下篇》中，他說：

> 古詩妙在形容之耳，所謂水月鏡花，所謂人外之人、言外之言。宋以後則直陳之矣，於是求工於字句，所謂心勞日拙者也。形容之妙，心了了而口不能解，卓如、躍如，有而無，無而有。〔註24〕

此引文中的「形容」指文學形象。在這裡李夢陽把文學的審美特徵總結爲「妙」，妙的本義就是美好，文學形象具有「口不能解，卓如躍如，有而無，無而有」之「妙」的感覺，當然是一種美的感受體驗了。文學形象如果達到了「妙」之境界，它就可以蘊藏難以用語言表述之意味。它就如同「水月鏡花」別有趣味，它就可以描寫人外之人，言外之音。如同今天人們對美的認識一樣，人們對什麼是美總是難以準確定義，李夢陽對「妙」也很難定義。李夢陽說，「形容之妙，心了了而口不能解。」他對文學作品審美特徵如此體驗認識，反映了文學作品的美悅特點，也反映了李夢陽對文學作品美悅內容的重要意義的認識非常清楚。

在中國文學史上，很多人把文學作品的美悅內容稱之爲「妙」，把對文學作品的審美體驗稱之爲「妙契」。唐人司空圖《二十四詩品・形容》中曰，「絕佇靈素，少回清眞。如覓水影，如寫陽春。風雲變態，花草精神。海之波瀾，

〔註24〕李夢陽，《空同集》卷六十六，吉林出版集團有限責任公司出版，2005年，頁614。

山之嶙峋。俱似大道，妙契同塵。離形得似，庶幾斯人。」其中心意義是道存在於自然山水之中，也存在於塵埃之中，道與自然的這種相互包含是一種美妙的契合。宋人秦觀在《和程給事贇闍黎化去之什》詩中說：「早因妙契窺曹洞，竟以清芬繼肇生。」曹洞，乃禪宗之一派，詩中曹洞指代佛門。「早因妙契窺曹洞」的意義是因爲佛教有妙契之美，很早就想往佛門。詩中妙契是對佛教哲學思想美學內含的稱謂。明人唐順之《登孫登嘯臺》詩曰：「清淨同河上，沈冥異竹林，坐超惟默理，妙契守雌心。」詩意爲面對清淨之河上，沈冥之竹林，超然、美悅之心情悠然而生，致至於物我兩忘的境界。詩中妙契亦是對生活環境的審美體驗。妙契是妙的偏意詞，妙與妙契一樣，在中國文學藝術史上是一個常用審美的辭語。

李夢陽不僅對文學作品的美悅內容「妙」有經驗上的體會，他還對美悅內容「妙」的緣起有深刻的思考認識。李夢陽說，「古詩妙在形容之耳」，用今天的話講，就是說文學形象是文學美的根本。這是李夢陽對詩歌本質的認識，也是李夢陽對詩歌美的認識。文學爲什麼不同於歷史，不同於哲學，李夢陽說，「形容之妙，心了了而口不能解，卓如、躍如，有而無，無而有。」文學形象性有妙之美悅感受，其感受難以言表，也就是其美悅內容難以言表。現代文學理論告訴我們，文學以生活形象來表現人們的精神面貌，形象不僅可以說理，形象還可以言情，文學形象可以蘊藏語言難以表達的精神內容，哲學和歷史在這方面的功能相對薄弱，形象性是區別文學與其他語言文字的根本。現代文學理論即是建立在形象理論基礎上的學術，人們以爲形象理論來自西方，其實，李夢陽早在十四世紀就提出了這樣的思想，這可以叫做文學形象論。在中國文學史上，文學言情說一直佔有極強大統治地位，明以前未見有人這樣評述文學，明以後也未見有人對此深入思考並發揮廣大，直到現代文學理論的出現，人們才對文學形象論極爲重視。李夢陽的文學形象論雖然是隻言片語，也未得到人們的重視，但是，李夢陽自己畢竟解說了文學產生美的根本原由，文學形象論的提出應該說是具有歷史意義的創新。

李夢陽多次對詩的美，也就是詩歌的「妙」的認識有多次表述。《缶音·序》是李夢陽的一篇文藝理論著述，在這篇文章中，李夢陽重點論述了詩歌的創作目的和美在詩歌中的重要意義。下面我們對《缶音·序》作一具體分析

《缶音·序》全文見前面散文、詩歌本質論一節。

《缶音・序》之主題言美、意明，全文涉及了以下幾個問題：(1) 認爲詩歌的主要意義是「調」，然而詩歌之古調已消亡。李夢陽在文中所說的「調」是一個美學概念，是指詩歌的美悅感受。他在文中第一句說，「詩至唐，古調亡矣！」並詳細地解釋了這一現象。「然自有唐調可歌詠，高者猶足被管絃。」這是說唐詩在一定範圍內保存了古代詩歌的美悅內容。「宋人主理不主調，於是唐調亦亡。黃、陳師法杜甫，號大家，今其詞艱澀，不香色流動，如入神廟坐土木骸，即冠服與人等，謂之人可乎？」這是說宋代詩歌喪失了古代詩歌的「調」，沒有美悅感受。「宋人主理，作理語，於是薄風雲月露，一切鏟去不爲，又作詩話教人，人不復知詩矣。詩何嘗無理，若專作理語，何不作文而詩爲耶？」這是進一步對宋詩的批判，指明宋人的詩歌沒有古詩那樣的美悅感受。宋詩如此，今之詩歌亦是如此一樣喪失了古調，他說，「今人有作性氣詩，輒自賢於穿花蛺蝶、點水蜻蜓等句，此何異癡人前說夢也。即以理言，則所謂深深、款款者，何物邪？詩云：鳶飛戾天，魚躍於淵，又何說也？」這是說明代詩歌和宋人的詩歌一樣沒有古詩那樣的美悅感受，也喪失了古調。(2) 認爲古調就是詩歌的美悅內容「妙」，這也是詩歌的重要內容。在文中他說，「夫詩比興錯雜，假物以神變者也，難言不測之妙。感觸突發，流動情思，故其氣柔厚，其聲悠揚，其言切而不迫，故歌之心暢，而聞之者動也。」這即是說詩歌的重要意義在於她有有美悅感受，這樣的感受是一種難言不測之美感，可稱之爲美感「妙」，此也是對古調的解釋。當然詩歌的美悅內容有具體的表現，例如還可以表現爲「故其氣柔厚，其聲悠揚，其言切而不迫，故歌之心暢，而聞之者動也。」這是一種和諧之美，是古代詩歌所擅長的古調，也是一種「妙」的感受。(3) 認爲民歌繼承了古代詩歌的特點，具有古代詩歌的「古調」之美。李夢陽對民歌情有獨鍾，他說，「孔子曰：禮失而求之野。予觀江海山河之民，顧往往知詩，不作秀才語，如缶音是已。」這即是對民歌的美悅感受價值的肯定。相比較而言，民歌有自然、眞切、豪放、寬容等美感，李夢陽以此爲例，推崇民歌，這也是對詩歌的美悅主題重要作用的強調。(4) 做出總結，說明詩歌的目的是創造美悅情感。李夢陽在從各個方面說明了詩歌美悅內容的重要意義後，點明了這篇序文的寫作主題。他說，「予於是作《缶音・序》。處士行詳見志表，予故不述，第述作詩本旨焉。」李夢陽的思想很明確，無論是「古調」，或是「妙」這才是詩歌的最終目的。

《缶音・序》中的以上四個方面，表現了李夢陽對美悅情感「妙」的認識。

評論書法藝術，李夢陽也講形象之「妙」。他說：晉人字傳之今，無不精妙者，然比之羲之則下矣，神不如也。羲之字輕重操縱獨神，而十七貼爲最（《論學・下篇》）。此處所談之「妙」、「神」亦是美感體驗，這是李夢陽關於書法藝術形象的感受，這也是一種對於形象之美感的認識。李夢陽評論文學藝術、書法藝術，都能從形象之美著眼，說明了他對藝術形象之美悅功能有深刻認識。

其次，李夢陽認爲文學作品的行文有美感，他把這種美感稱之爲「格」。《答吳瑾書》反映了李夢陽的這一美學思想。《答吳瑾書》文字較短，其文如下。

《答吳瑾書》

> 讀論文一篇，僕竊疑爲足下之意不過執以艱深之詞文淺易之見耳，恐不然。夫文自有格，不祖其格，終不足以知文。今人有左氏、遷乎？而足下以左氏、遷律僕也邪。歐、虞、顏、柳字不同，而同一筆，其不同特肥、瘦、長、扁、整、流、疏、密、勁、溫耳。此十者字之象也，非筆之精也，乃其精則故無不同者。夫文亦猶此耳。足下謂遷不同左氏，左氏不同古經，亦其象耳，僕不敢謂然。幸足下思之，有教再布。〔註25〕

在這篇書信中，李夢陽認爲古文有「格」，並對「格」在文章中有著極其重要的意義。他說，「不祖其格，終不足以知文。」可見，「格」在文章中的意義是最重要的。他又說，「歐、虞、顏、柳字不同，而同一筆，其不同特肥、瘦、長、扁、整、流、疏、密、勁、溫耳。此十者字之象也，非筆之精也，乃其精則故無不同者。夫文亦猶此耳。」這是對格的重要性進一步解釋，李夢陽認爲「格」不是文章的形象內容，「格」是文章之精。古代優秀文學作品的形象內容可以不同，其「格」卻是相同的的。「格」的具體意義是什麼，李夢陽在此並沒有做出解釋，或許，李夢陽認爲沒有必要解釋。從這篇書信的意義上看，李夢陽所謂的「格」是指文學作品的美悅內容。「格」說文解釋爲木長貌，「亦謂樹高長枝爲格。」後來引伸指示文學作品的藝術風格。李夢陽之前

〔註25〕李夢陽，《空同集》卷六十二，吉林出版集團有限責任公司出版，2005年，頁576。

的李東陽就提出了格調說，李東陽在《麓堂詩話》中說，「詩必有具眼，亦必有具耳。眼主格，耳主調，聞琴斷知爲第幾弦，引具耳也，月下隔窗辨五色線，此具眼也。費侍郎廷言嘗問作詩，予曰，試取所未見詩，即能識其時代格調，十不失一，乃爲有得。」李東陽的格調是指文學作品的藝術風格，也指文學作品的美悅內容。李夢陽的古文之「格」與李夢陽的格調意義相似，都是指文學作品的美悅特點。文學作品，也只有其美悅內容最爲重要，「格」只有指示文學作品的美悅內容，別無它指。李夢陽強調文學作品的「格」，即就是強調文學作品的美悅功能，這是李夢陽重視文學作品美悅功能的思想。

再次，李夢陽認爲文學作品的美悅內容是多方面的，不僅僅是「妙」和「格」，李夢陽把文學作品的美悅內容分爲七美。我們知到，事物的美是多樣的，人類的語言不能詳盡表述，「妙」和「格」概念只有限地表述事物之美。正因爲如此，李夢陽對文學作品的美悅內容的認識也是多方面的。在《駁何氏論文書》中，李夢陽說，「故辭斷而意屬者，其體也，文之勢也；聯而比之者，事也；柔澹者，思也；含蓄者，意也；典厚者，義也；高古者格；宛亮者調；沉著、雄麗、清峻、閒雅者，才之類也。而發於辭，辭之暢者其氣也，中和者氣之最也。夫然，又華之以色，詠之以味，溢之以香，是以古之文者，一揮而眾善具也。」在這裡，李夢陽列舉了眾多美悅概念，諸如柔澹含蓄、典厚、高古、宛亮、沉著、雄麗、清峻、閒雅等，這反映了李夢陽對文學作品的美悅內容的深有感觸。李夢陽還認爲這些美感是文學作品生命力，引文最後句末說「是以古之文者，一揮而眾善具也。」表明了這樣的意義。在《潛虬山人記》中李夢陽說同樣的話，他說，「夫詩有七難，格古、調逸、氣舒、句渾、音圓、思沖、情以發之，七者備而後詩昌也。」詩有七難，也就是說詩有七美，詩之七美既有，詩歌就成功了。可見，李夢陽對詩歌的美悅內容的重視程度不同一般。

無論是中國古代或現代的文學理論研究者，他們普遍認爲審美是文學的重要目的，美是文學的生命。李夢陽對文學的美悅功能的重要意義有如此清楚的認識，他如此地重視文學的美悅功能，表現了他有很高深的藝術修養。

第三節　文學創作論

作者根據自己的文學認識論在實踐中不斷地探尋著文學創作的技巧，創作論是作者文學認識論的延伸。文學創作論，對於文學家來說，無疑是非常重要的。創作方法的正確與否，直接影響著一個作家的創作成就。一個作家，無論是在經驗上或在理論上，都有他自己的創作觀點及創作方法。李夢陽在他一生的文學實踐經驗中不斷地探尋著文學創作的技巧，李夢陽對於文學創作方法也有他自己的觀點和論述。其論述不僅是豐富的，而且也有其科學的理論成份。文學創作的方法歷來是不能從根本上解答的，李夢陽對文學創作方法的論述也是一種個人的獨立見解，所以，我們不能說李夢陽的創作理論一定是正確的，或者一定是不正確的。李夢陽在創作方面注重生活實踐的特點有以下幾個方面。

一、情以發之

「情以發之」，即以情主導創作。李夢陽論文學創作十分重視情，在他寫的許多書信詩序中。涉及情者最多。他在談論情時，主要從兩個方面討論情在文學中的特徵。一方面，他認爲文學，特別是詩歌，其內容必須描寫情，這個思想我們在前面的本體論中談到了。另一方面，他認爲作者在進行文學創作時，無論描寫什麼內容，都要以充沛的感情帶動創作，用情來串通創作題材。他在《潛虯山人記》中說：

> 夫詩有七難，格古，調逸，氣舒。句渾，音圓，思沖，情以發之。七者備而後詩昌矣。〔註26〕

這就是說，詩有七難，前六難必須以情貫通之。「情以發之」，即就是以情帶動創作的意義。

《鳴春集序》是李夢陽主要論述創作的序文，李夢陽於其中全面論述了創作必須以情貫通的思想。其序文如下。

> 鳴春集者，集霜崖子之作也。鳴春者何？烏，春則鳴也。不春不鳴乎？鳴殊（熟）乎？春也。天下有竅則聲，有情則吟。竅而情，人與物同也。然必春焉者，時使之也。韓子曰：「以鳥鳴春，以之言使也。」夫竅吾竅，情竅吾情耳。使之者誰也耶？鳴者鳥也，鳴之者鳥也。陰凝氣慘，草木殞零，情者不歡而竅者不聲乎？及柔風敷焉，陽和四布，夫然後在陰者和遷喬者嚶，灌木有喈喈之聞，叢棘

〔註26〕李夢陽，《空同集》卷四十八，吉林出版集團有限責任公司出版，2005年，頁453。

有交交之音，若此者春使之耶，使之春者耶，非春非鳥，以之者誰耶？夫天地不能逆寒暑以成歲，萬物不能逃消息以就情。故聖以時動，物以情徵。竅遇則聲，情遇則吟，吟以和宣。宣以亂暢，暢而詠之，而詩生焉。故詩者，吟之章而情之自鳴者也。有使之而無使之者也，遇之則發之耳，猶鳥之春也，故曰以鳥鳴春。夫霜崖子一命而踣廿十年困窮，固凝慘殞零之侯也。然吟而喧，喧而暢，暢而詠之何也，所謂不春之春，天籟自鳴者耶。抑情以類，應時發之耶！〔註27〕

霜崖子，其人不詳。其序文主要寫霜崖子生活貧困二十多年，他的詩充滿了「凝慘殞零」的情感。什麼原因呢？就是因爲「竅遇則聲，情遇則吟，吟以和宣。宣以亂暢，暢而詠之，而詩生焉。」是作者自己的思想感情蘊育了詩歌的產生。總之，「詩者，吟之章而情之自鳴者也」。所謂「竅遇則聲，情遇則吟」，就是說，作者有了情感時，才會吟詠出詩歌，情感在創作文處於主導地位。所謂「暢而詠之，而詩生焉」，就是說，作者之情感暢通之後，才能吟詠詩歌，才能產生詩歌。總之，這段話的意思是說，詩歌創作，只有在情感來臨之時，創作才有可能，情是詩歌產生的原動力。

李夢陽多次表示了情在詩歌中有主導作用，在《林公詩序》中，李夢陽還說：

後世於詩焉，疑詩者亦人自疑，雕刻玩弄焉畢矣，於是情迷調失，思傷氣離。違心而言，聲異律乖，而詩亡矣。〔註28〕

此段引文的意思是，近世之人作詩，近世之人作詩，雕刻玩弄，違心而言，不通情感，以致作品情調混亂，思氣傷離，詩不像詩，詩道弊矣。「情以發之」，以情貫通創作，作家只有在情感激發時才能進行創作，如果作家情迷調失，那麼詩歌創作的一切就無從談起，詩歌就沒有發展的可能了。以情爲創作的原動力，這是詩歌創作實踐的基本原理，這個道理看來很簡單，一般人也容易忽視，李夢陽能極爲重視這一點，多次講到這一點，可見李夢陽在詩歌創作中對創作實踐的是非常重視的。

〔註27〕李夢陽，《空同集》卷五十一，吉林出版集團有限責任公司出版，2005年，頁480。

〔註28〕李夢陽，《空同集》卷五十一，吉林出版集團有限責任公司出版，2005年，頁476。

二、情感於遭

「情感於遭」，即詩情產生於生活實踐。既然詩歌的描寫內容主要是情，作家的創作要在情感激發時進行。那麼情的產生更爲重要，李夢陽認爲，情不是憑空產生的，它是從生活實踐中產生的。他在《刻戴大理詩序》中說：

聲生於窾，窾激而吟。視形爲巨纖，人之吟，則視所集爲多寡巧拙，然均之情也。情感於遭，故其言人人殊。〔註29〕

「遭」即遇，也就是生活實踐。「情感於遭，故其言人人殊」，意即；每個人的生活經歷道路不同，因之感情的環境不同，情的內容也不同，言情之語言亦不同。「情感於遭」具有唯物主義思想，這是李夢陽創作論理論的核心，也是最具有科學意義的創作理論。

「情感於遭」，詩情產生於生活實踐。李夢陽的這一文藝思想，在《梅月先生詩序》中表述的最爲集中，《梅月先生詩序》全文如下。

《梅月先生詩序》

情者，動乎遇者也。幽岩寂濱，曠野深林；百卉既痱，乃有縞焉之英；媚枯綴疏、橫斜嶔崎、清淺之區，則何遇之不動矣！是故雪益之色動，色則雪；風闡之香動，香則風；日助之顏動，顏則日；雲增之韻動，韻則雲；月與之神動，神則月。故遇者物也，動者情也。情動則會，心會則契，神契則音，所謂隨遇而發者也。梅月者，遇乎月者也。遇乎月則見之目怡，聆之耳悅，臭之鼻安，口之爲吟，手之爲詩。詩不言月，月爲之色，詩不言梅，梅爲之香，何也？契者，會乎心者也。會由乎動，動由乎遇，然未有不情者也。故曰：情者動乎遇者也。昔者逋之於梅也，黃昏之月嘗契之矣，彼之遇猶茲之遇也，何也？身修而弗庸，獨立而端行，於是有梅之嗜；耀而當夜，清而嚴冬，於是有月之吟。故天下無不根之萌，君子無不根之情，憂樂潛之中而後感觸應之外。故遇者因乎情，詩者形乎遇。於乎！孰謂逋之後有先生哉！〔註30〕

〔註29〕李夢陽，《空同集》卷五十二，吉林出版集團有限責任公司出版，2005年，頁485。

〔註30〕李夢陽，《空同集》卷五十一，吉林出版集團有限責任公司出版，2005年，頁478。

李夢陽的這篇詩序主要論述詩歌產生的原因。李夢陽肯定作者之詩情是在生活實踐中產生的，此即「情者，動乎遇者也」。他說「函岩寂濆、曠野深林、百卉既痱」，「則何者遇之不動矣？」這就是說，人們接觸客觀世界之後必然有所感動。他說風、雪、日、雲、月之所以有香、色、顏、韻、神之情，就是因爲作者的感情受到了激動和感染。所以「遇者物也，動者情也」，有了遇者之物，才有動，才有動者之情。此即情動於遇也。

關於作者詩情之萌發，李夢陽不是僅僅注意到了客觀條件這一因素，他還注意到了作者自身之思想情感這一主觀因素。他說，「昔者逋之於梅也，黃昏之月嘗契之矣，彼之遇猶茲之遇也，何也？身修而弗庸，獨立而端行，於是有梅之嗜；耀而當夜，清而嚴冬，於是有月之吟。故天下無不根之萌，君子無不根之情，憂樂潛之中而後感觸應之外。故遇者因乎情，詩者形乎遇。」在這裡，李夢陽認爲詩人爲什麼常常有感於嚴冬之梅與黃昏之月？二者爲什麼會產生相同近似之詩情呢？這是因爲作者有「身修而庸，獨立而端行」之道德品格。他又說，作者感情的激發，不僅僅有外部原因，而且在內部原因。作者自身思想深處之憂樂是作者產生詩情的又一因素。即所謂「天下無不根之萌，君子無不根之情，憂樂潛之中而後感觸應之外。」總之，「遇者因乎情」，作者進行創作之實踐活動與作者本人有密切關係，作者對「遇」的感受及作者詩情的激發依賴著作者內心之情懷及思想。

基於對詩歌產生於生活實踐有深刻的認識，所以，李夢陽在上段引文末尾，做出了一個總結性的結論「詩者形乎遇」，這就是說，詩歌產生於生活實踐。現代文藝理論認爲生活是文學的唯一源泉，所以，作家要重視生活實踐。李夢陽的「情感於遭」，「詩者形乎遇」的文藝思想和現代文藝觀點顯然是一致的。顯然，李夢陽的這一文學思想是正確的。

三、神契則音

「神契則音」與文藝移情論相通。李夢陽在《梅月先生詩序》中，有一段關於創作心理的精闢論述，他說：

> 情動則會，心會則契，神契則音，所謂隨遇而發者也。梅月者，遇乎月者也。遇乎月則見之目怡，聆之耳悅，臭之鼻安，口之爲吟，手之爲詩。詩不言月，月爲之色，詩不言梅，梅爲之香，何也？契

者，會乎心者也。會由乎動，動由乎遇，然未有不情者也。〔註31〕

李夢陽的這段引文有三層意思：(1)「情動則會，心會則契，神契則音，所謂隨遇而發者也。」這是第一層意思，這裡的「會」、「契」是指詩人主觀思想方面之情感與客觀事物之情調的會合。這種會合也就是「契」，它是巧妙地「契」合，所以也是「神契」。「遇」指作者之實踐活動。這段話是說，作者的思想情感與自然之物接觸之後，它就會和自然物之情調發生會契，這種神一般的會契就是詩歌。所以，詩歌是在作者之生活體驗中產生的。這是對創作心理的分析。(2)「梅月者，遇乎月者也，遇乎月則見之目怡，聆之耳悅，臭之鼻安，口之爲吟，手之爲詩。」此是第二層意思。這是說，作者在體察明月之景時，心裏就會發生契會感覺，因之目怡、耳悅、鼻安，用筆把它描寫出來，這就是詩。這是舉例解釋詩歌是由詩人心裏之情會到筆之表現而產生的，亦是舉例解釋創作的心理過程的。(3)「詩不言月，月爲之色，詩不言梅，梅爲之香，何也？契者，會乎心者也。會由乎動，動由乎遇，然未有不情者也。」這是第三層意思。此是說，爲什麼詩人在吟詠出詩歌之前的生活實踐中會感到月有色而梅有香呢？這是因爲詩人心中有主客二者之情調的結合現象，即有「契者，會乎心者也的現象。這種「契」的產生本之於作者的情感有所被激動，作者情感的激動又是由於有自然之物「遇」的存在。作者之「心」和自然之物「遇」，以及作者之心和自然之物的結合過程「遇」無不包含著情感因素。在這裡李夢陽分析了情感與自然現象的契合在詩歌創作過程中的普遍性和重要性。把上述三個意思歸納起來，其就是說作者的創作心理狀態是作者之思想情感與自然物之情調之契合。即「神契則音」。

現代西方文藝理論有移情說和內模仿說。其大意是說人們在藝術創作或欣賞過程，人這個主體與自然客體會發生同一結合的現象，其主體和客體的情緒會發生相互轉移，最終達到物我同一的境界。這種文藝理論產生在西方近代，而且它有強調客觀因素的片面性。可是明代文學家李夢陽早在幾個世紀之前，就對這種藝術創作心理現象作了清楚地描述。他的詩情與自然現象「會」、「契」觀點，既注意到了客觀因素，也注意到了主觀因素，使之成爲具有辯證統一性的創作心理論。這一「情動則會，心會則契，神契則音」的創作心理論，在中國古代文論中也未有人明確提及，在現代中國文藝理論中，

〔註31〕李夢陽，《空同集》卷五十一，吉林出版集團有限責任公司出版，2005年，頁478。

人們還未給於足夠的重視。但是，它具有科學性。所以，李夢陽早在十六世紀就提出的這一創作心理論，在明清以後的中國文學史上發了生重大影響，取得顯著地位，我們可稱之爲「情會說」。

四、詩即比興錯雜

李夢陽的文藝思想，除了注重文學實踐以外，也注意到對文學創作技巧的探索。

李夢陽認爲「夫詩比興錯雜，假物以神變者也」，所以他在論述創作規律時，特別重視文學創作的比興手法。李夢陽在《秦君餞送詩序》中說：「蓋詩者，感物造端者也，故曰：言不直遂比興以彰，假物諷諭，詩之上也。」所謂「言不直遂比興以彰」，就是說做詩直言難以盡意，必須使用比興手法。所謂「假物諷諭」，就是說諷諭之時也要假借事物形象，此所講的亦是指做詩要用比興手法。《詩經》中之國風，漢魏之樂府，大多數都是採自民間，其假物諷諭、比興之義最多，李夢陽最欣賞的就是這一特點。在他看來，比興之義是詩歌創作的最重要的方法之一。

從做詩要有比興方法的觀點出發，李夢陽反對宋儒的做詩風氣。在《缶音序》中，他說：

> 詩至唐，古調亡矣，然自有唐調可歌詠，高者猶足被管絃……夫詩比興錯雜，假物以神變者也。難言不測之妙，感觸突發，流動情思。故其氣柔厚，其聲悠揚，其言切而不迫，故歌之心暢而聞之者動也。宋人主理做理語，於是薄風雲月露，一切鏟去不爲，又做詩話教人，人不復知詩矣……〔註32〕

「調」，可指情調、樂調或音調，這裡指情調。李夢陽認爲宋儒做詩「主理不主調」，其意就是說宋儒做詩主理不主情，所以，宋儒做詩缺乏詩歌的比興之義。詩，就是要「比興錯雜，假物以神變者也」。他認爲通過「假物」之比興手段，可以使詩歌達到神變。可以進一步表達說話時用語言難以講清楚的奧妙，進一步使感於物之情思突然地噴發流動出來。宋詩缺乏比興，「薄風雲月露，一切鏟去不爲」，「其詞艱澀，不香色流動」，就像廟堂上的木偶，沒有神

〔註32〕李夢陽，《空同集》卷五十二，吉林出版集團有限責任公司出版，2005年，頁483。

采，儘管穿著眞人一樣的衣服，是算不得眞人的，宋詩是廟堂上的木偶，是一個假古董。

李夢陽之所以倡導「文必秦漢，詩必盛唐」，謂「詩至唐，古調亡矣」，其原因之一，就是因爲他崇尚古典文學的比興之義。

由於對比興創作方法極爲重視，所以，李夢陽讚賞江海山澤之民歌。在《詩集自序》中，他借王叔武的話講：

> 詩有六藝，比興要焉。夫文人學子，比興寡而直率多，何也？出於情寡而工於詞多也。夫途巷蠢蠢之夫，固無文也，乃其謳也、咢也、呻也、吟也，行咕而坐歌，食咄而寤嗟，此唱而彼和，無不有比焉、興焉，無非其情焉，斯足以觀義矣。〔註33〕

比興手法，大量地存在於民間歌謠之中。在這段引文裏，李夢陽不僅讚賞了民歌有豐富的情感。而且重點讚賞了民歌多有比興的特點。此亦表現了李夢陽對比興創作手法的追求和重視。

五、文必有法式

李夢陽的名句「文必有法式」早已爲人們所熟知，有的人認爲這是模擬思想的表現，我們認爲這不是模擬思想的表現，樹立「文必有法式」的概念，這正是李夢陽追求文學創作技巧的思想動力，是一種立新之舉。尋求文必有之法式，說明了李夢陽非常重視文學創作規律，積極探索文必有之法式表現了李夢陽在研究工作中的進取精神。

然而，實踐是檢驗眞理的必由之路，李夢陽最終沒有成功地樹立「文必有法式」的法式是什麼，他對「文必有法式」之法式的回答是有待商確的，或者說，李夢陽表述的文學創做法式有二點，他對於這兩點都沒有很好地深入研究，以致於他最終沒有確立文學創作的根本之法是什麼。

李夢陽對文學創做法式有兩種表述。一是指文學創作中的文章結構之法。二是指文學創作中的主題表述方法。下面我們對此做一一分析。

（1）文章結構之法。李夢陽在有關「李何之爭」的幾篇論文裏，他反覆強調「文必有法式」。這個文學之「法」指示的是文學創作的什麼法則呢？在《駁何氏論文書》中，他說：

〔註33〕蔡景康，明代文論選，北京：人民文學出版社，1993年，頁102。

古人之作，其法雖多端，大抵前疏者後必密，半闊者半必細；一實者，必一虛；疊景者，意必二。〔註34〕

看來，表現和諧勻稱這就是李夢陽所謂的「法」了。在《答周子書》中。李夢陽再一次明確了這一概念。他說：

今其流傳之詞，如摶沙弄螭，渙無紀律，古之所云開闔照應、倒插頓挫者一切廢之矣。僕竊憂之，然莫之敢告也。〔註35〕

所謂「開闔照應、倒插頓挫」，這也是追求文章和諧美的方法。由此可以看出，李夢陽在這裡所談的文學之「法」是指表現文章和諧勻稱的結構之法。

文學，作爲一種客觀事物，當然有它自己的客觀規律。特別是一篇文章，是由若干思想、事件組合而成的藝術品，當然有它的一般的結構規律。李夢陽強調文學創作要遵循文學作品的組織結構規律，要表現和諧效果，這在一定的範圍內是很客觀也是很正確的創作方法論。

如果要追問尋求文學創作的根本之法，顯然，上述「法」不是正確答案。李夢陽所謂的「法」概念是非常狹小的，是具有非常局限性的，這個創作法式，不是廣義的、根本的文學創作規律。

李夢陽在《駁何氏論文書》中沒有說明白古之法式是什麼，所以，他又寫《再與何氏書》以補充之，這是對「文必有法式」匆匆表述的補救回信。關於「文必有法式」的問題，在這裡只做簡略介紹。筆者將在後邊「李何之爭」一節中還要詳細論述。

（2）主題表述之方法。李夢陽認爲文學創作還要更重要的方法「本諸法而應諸心」。在《駁何氏論文書》中，他說：

故予嘗曰：做文如做字。歐虞顏柳，字不同而同筆，筆不同非字矣，不同者，何也？肥也，瘦也，長也，短也，疏也，密也。故六者勢也，字之體也，非筆之精也，精者何也，應諸心而本諸法也。〔註36〕

這段引文的意思是，從結構規律上講，作文和寫字是一樣的。字或文章的總

〔註34〕李夢陽，《空同集》卷六十二，吉林出版集團有限責任公司出版，2005年，頁573。

〔註35〕李夢陽，《空同集》卷六十二，吉林出版集團有限責任公司出版，2005年，頁577。

〔註36〕李夢陽，《空同集》卷六十二，吉林出版集團有限責任公司出版，2005年，頁575。

體形象，都是要在心中預先形成一個形象，然後再將心中的形象述寫出來。藝術創作的運行必須「應諸心」，即應合心中的想像及情感，這是立意爲先的表現主題思想的方法，也是寫字作文諸藝術的精辟之法，是無論哪一個藝術家都必須遵循的、遠在結構之法之上的最高之法。在這裡，李夢陽把「應諸心」確定爲藝術創作的根本之法，認爲「應諸心」是筆者之精，這是他關於藝術創作論的又一精闢見解。「應諸心」是作者表現主題的根本方法，可惜的是，李夢陽沒有對此做更多的強調發揮這個思想，在他的所有論文中，也只是在此提及，沒有把這個方法定爲主要方法，這說明李夢陽對文學創作有根本方法最終沒有做出結論，他對文學創作的根本方法的追求還是在探索之中。

上面所談，是李夢陽關於創作論的基本論述。他既把情感與生活確定爲文學創作的基礎，也把它確定爲文學創作的根本法則，而且由此建立了「情會說」之創作心理論。他不僅重視比興手法，他還重視結構法式、重視「應諸心」等藝術創作規律。這些文藝思想，雖然是零散論述，但是，它囊括了現代文藝理論中創作論的基本內容。尤其是關於「情會說」的創作心理論，是古今少有的極其寶貴的文藝創作理論。由此看來，李夢陽的文學創作論，是具有科學性的有創新內容的文學創作論。

第六章　李夢陽的美學觀

李夢陽是具有詩人性格的封建文人，其美學觀點在他的詩文論述中有顯明的表現，這個表現就是李夢陽特別地鍾情於和諧美。他認爲，和美是最美的，散文、詩歌都應該以表現和美爲主題。另外，李夢陽推崇民歌，認爲民歌是最具自然美的眞詩，自然美與和諧美是相互通融的，推崇民歌也是崇尙和諧美的一個方面。本章擬對李夢陽的美學觀略作考察。

第一節　崇尙和美

李夢陽重視詩歌的審美內容，故能從美學的角度來評論詩歌創作的成敗得失。他說，「夫詩有七難，格古、調逸、氣舒、句渾、音圓、思沖、情以發之，七者備而後詩昌也。」李夢陽把文學作品的美悅內容分爲七美，這是李夢陽對詩歌美的一種概括認識。在此基礎上，李夢陽又認爲「和諧」是詩歌美的中心。李夢陽說，「夫詩，宣志而道和者也。」「和美」是詩歌美的主體，這是李夢陽詩歌美學思想的要點。

一、詩應表現和美

李夢陽認爲「和美」是文學美中之最美者，「和美」是詩歌七美的主旋律。李夢陽在《與徐氏論文書》中系統表述了他的這一思想。《與徐氏論文書》如下：

《與徐氏論文書》

僕西鄙人也，無所知識，顧獨喜歌吟。第常以不得侍善歌吟。憂閒問吳下人，吳下人皆曰：吳郡徐生者，少而善歌而有異才，蓋心竊嚮往久之。聞足下來舉進士，愈益喜，計得一朝待也。前過陸子淵，子淵出足下文示僕，讀未竟，撫卷歎曰：佳哉！鏗鏘乎古之遺聲邪！方伏謁足下，會足下不以僕鄙薄，幸使使臨教曰：竊欲自附於下，執事即如日休、龜蒙輩。走之願也。僕聞之，悚息不敢出一語應，意者，足下戲邪！居無何，使者三反，於是乃敢布愚悃昌穀足下。《周易》有言曰，鳴鶴在陰，其子和之，故人莫祥於同，莫不祥於異，故同聲者應，同氣者求，同好者留，同欲者趨，何則，感於入也。昔者，舜作股肱卿雲之歌，即其臣臯陶岳牧等賡和歌，當此時，一歌一和，足下以爲奚爲者邪？其後召康公從成王遊卷阿之上，因王作歌，作歌以奉王即王，戚戚入也。足下亦觀諸風乎？瀏瀏焉其被草若木也，渢渢溶溶乎草木之入風也。故其聲軥轚轟砰徐疾行焉，小大生焉。且孔子何人也，與人歌，善矣，必反而後和，何則，未入耳。今足下忘鶴鳴之訓，捨虞周賡和之義弗之式，違孔子反和之旨而自附於皮陸數子又強其所弗入。僕竊謂足下過矣。夫詩，宣志而道和者也，故貴宛不貴險，貴質不貴靡，貴情不貴繁，貴融洽不貴工巧。故曰，聞其樂而知其德。故音也者，愚志之大防，莊詖、簡侈、浮孚之界分也。至元、白、韓、孟、皮、陸之徒爲詩，始連聯鬥押，累累數千言不相下，此何異於入市攫金，登場角戲也？彼睹冠冕佩玉，有不縮腕投竿而走者乎？何也？恥其非君子也。三代而下漢魏最近古，鄉使繁巧險靡之習，誠貴於情質宛洽，而莊詖簡侈浮孚意義殊無大高下；漢魏諸子，不先爲之邪？故曰，爭者士之屑也。然予獨怪夫昌黎之從數子也。請與足下論戰，世稱善戰者非孫武、司馬穰苴輩乎？然特世俗論爾，何則？此變詐之兵也，荀子所謂施於暴亂昏嫚之國而後可者也。僕常謂兵莫善於六韜，仁以漸之，義以斷之，禮以治之，信以驅之，勇以合之，知以行之，蓄之神幽，而動之霆擊。故尚父得之佐武王王天下。夫詩故若是已。足下將爲武與穰苴邪？擬尚父邪？且夫圖高不成，不失爲高，趨下者，未有能振者也，矧足下負於千仞之具哉！

夫狂夫之言，聖人取焉，足下誠幸而不棄，請間伏謁侍，更深有感觸一論，僕至願至願意！〔註1〕

〔註 1〕李夢陽，《空同集》卷六十二，吉林出版集團有限責任公司出版，2005年，頁571。

這篇文章是李夢陽給前七子之一徐禎卿寫的一篇書信。從書信的內容來看，這封信的中心思想是李夢陽對徐禎卿的詩學觀點的批評指點。徐禎卿在與李夢陽的交往中，曾表示對李夢陽尊重推崇，同時也表示甘願做李夢陽這個大詩人的追隨者，像唐代皮日休、陸龜蒙那樣做一名小詩人。李夢陽對此觀點表示反對，他提出了自己對於詩歌批評的基本觀點，他認爲「夫詩，宣志而道和者也，故貴宛不貴險，貴質不貴靡，貴情不貴繁，貴融洽不貴工巧。」他還認爲中唐詩人元、白、韓、孟、皮、陸等的詩歌創作是失敗的，他們的詩喪失了古代詩歌的傳統風格和思想精神，是不值得表彰和學習的。李夢陽從多方面對自己的這一觀點進行了解釋和強調。首先，李夢陽認爲「和」是中國古代詩歌的基本精神狀態。他列舉了四個和美典型，一是《周易》裏的鳴鶴在陰。李夢陽說，「《周易》有言曰，鳴鶴在陰，其子和之，故人莫祥於同，莫不祥於異，故同聲者應，同氣者求，同好者留，同欲者趨，何則，感於入也。」「鳴鶴在陰，其子和之」這是和美的有名詩句，這一生活形象代表了一種自然和諧的美，歷來感化了無數的人們，成爲中國文化的一種積澱，人們自覺或不自覺地接受了這一潛在意識。李夢陽又問，爲什麼呢，他說，「感於入也」，入，是相適應的意義，也就是和的意義。李夢陽認爲「鳴鶴在陰，其子和之」的價值意義就在於「和」，當然，這個價值意義即是美的價值意義。第二個和美典型是卿雲之歌。李夢陽說，「昔者，舜作股肱卿雲之歌，即其臣皐陶岳牧等賡和歌，當此時，一歌一和，足下以爲奚爲者邪？其後召康公從成王遊卷阿之上，因王作歌，作歌以奉王即王，戚戚入也。」。《虞書》載「元首明哉！股肱良哉！庶事康哉！」和「元首叢脞哉！股肱惰哉！萬事墮哉！」二首詩歌。尙書大傳曰：舜時百工相和爲卿雲之歌：「卿雲爛兮，糺縵縵兮；日月光華，旦復旦兮！」股肱、卿雲之歌本身就是一篇美麗的詩，其形象給人一種吉祥幸福、華麗莊嚴的享受，再加上「百工相和」之盛情，更是令人想往不已。李夢陽將此描寫爲「戚戚入也」，戚戚：相親、相愛的樣子。李夢陽認爲昔者「舜作股肱卿雲之歌，即其臣皐陶岳牧等賡和歌」，「其後召康公從成王遊卷阿之上，因王作歌」，同樣是和美的一種表現。第三個和美典型是草木之入風也。李夢陽說，「足下亦觀諸風乎？瀏瀏焉其被草若木也，渢渢溶溶乎草木之入風也。故其聲輷礐轟砰徐疾行焉，小大生焉。」李夢陽認爲自然界的風吹草動，也是一種和美的現象。風吹草動，「其聲輷礐轟砰徐疾行焉，小大生焉。」其意象瀏瀏焉、渢渢溶溶乎，這也是一種和美現象。李夢陽認爲自然之意象尚且如此，人當如何？人更應該以和爲貴。第四個和美典型是孔子的反而後和。李夢陽在文中說，「且孔子何人也，與人歌，善矣，必反而後和，何則，未入耳。」孔子反和概念見於《論語》，《論語・第七述而》中曰：子與人歌而善，必使反之，而後和之。其意義是說，孔子與客人唱歌，如果客人唱得好，他一定要和客人再和唱之。和唱表現了孔子的音樂素養和審美情趣，也反映了孔子有仁愛和親的思想境界。爲什麼還要和唱呢？李夢陽認爲不和唱則不能達到相互和諧的審美境界，即「未入耳」。孔子是儒家思想的靈魂，他的審美思想當然也是其追崇者的典範，也是追崇者的典律，所以，李夢陽用此來規範徐禎卿的詩學思想。李夢陽從以上四個方面表述了和美的在人們生活中的崇高性，其例舉既有詩歌作品，也有生活現象。由於詩歌最適合於表現美的意念，李夢陽在書信中接著表述了自己對詩歌的思考，對詩歌的概念做了一個具有創新性意義的定義，他說，「夫詩，宣志而道和者也，故貴宛不貴險，貴質不貴靡，貴情不貴繁，貴融洽不貴工巧。故曰，聞其樂而知其德。故音也者，愚志之大防，莊詖、簡侈、浮孚之界分也。」其中「夫詩，宣志而道和者也」是詩歌目的的核心，其中「故貴宛不貴險，貴質不貴靡，貴情不貴繁，貴融洽不貴工巧。故曰，聞其樂而知其德。故音也者，愚志之大防，莊詖、簡侈、浮孚之界分也。」是詩歌目的的延伸解釋。該書信的後半部是對中唐詩人元、白、韓、孟、皮、陸等的批判，同時也表述了他崇尚古學的思想。

這篇書信的核心思想是提出詩歌的目的意義，這也是這篇書信有價値意義的原因。「夫詩，宣志而道和者也」，是個有創新意義詩歌觀點。中國古代的詩歌理論主要以「詩言志」爲核心，「詩言志」見於《尙書・虞書・舜典》，也見於毛詩序。《尙書・虞書・舜典》帝曰：夔！命女典樂，教冑子。直而溫，寬而栗，剛而無虐，簡而無傲。詩言志，歌永言，聲依永，律和聲。八音克諧，無相奪倫，神人以和。夔曰：於！予擊石拊石，百獸率舞。這大概是最早的「詩言志」詩歌理論。毛詩序稍晚於《尙書》，其序曰：「詩者，志之所之也，在心爲志，發言爲詩，情動於中而形於言，言之不足，故嗟歎之，嗟歎之不足，故詠歌之，詠歌之不足，不知手之舞之足之蹈之也。」「詩者，志之所之也」，和「詩言志」是一個意思，都表述了詩歌思想內容的規範性。此後，在中國文學理論方面，人們基本上都繼承了這一思想，諸如孔子、文心雕龍、屈原、李白、杜甫、韓愈等，都有過詩言志的表述。然而，歷史的詩歌理論表述忘記了對詩歌的美悅內容的表述。沒有表述，只不過是沒有表述而已，並不是人們在詩歌實踐中沒有重視詩歌的美悅內容，歷史上的詩人、詩歌理論者都有顯明的審美思想。沒有表述詩歌的美悅內容，不僅僅是沒有表述而已，詩歌的最重要意義是要表現美，其定義沒有表述詩歌的美悅內容是詩歌理論研究的一大遺憾。李夢陽的詩歌認識是「夫詩，宣志而道和者也」，這個認識表述了詩歌的思想內容和美悅內容兩個方面。宣志，繼承了中國傳統詩學的詩言志精神；道和，表述了詩歌的審美特點，是李夢陽的創新表述。

今天，人們對於詩歌有各種各樣的表述，但究其科學性，沒有人們共同一致的承認。李夢陽在《與徐氏論文收》中完整地表述了詩歌以宣志道和的思想，其文表述流暢，其意思想明確，是一篇有完整思想的論文。李夢陽的詩歌美思想，規範了詩歌的思想內容和美悅內容兩個方面，可以看作是詩歌的定義，這個定義是既主張詩歌以言志表現思想的觀點，又是主張以「和諧」之美爲文學內容的觀點。「宣志」和「道和」這兩個觀點不僅是定義，也是目的，亦重視文學美悅功能和教育功能，不失爲一種有價值意義的學術思想。

二、和美爲最美

李夢陽不僅僅在《與徐氏論文書》主張詩歌是以宣志而道和的思想的，李夢認爲「和諧」之情是美好的人世之情，因此，李夢陽一再強調詩歌就是要表現這些具有崇高自然美好的「和諧」的內容，李夢陽在《空同集》中有許多文章表述了他的這一思想。從這多次的表述中，我們可以看出，宣志而道和、崇尚和美是的美學思想是李夢陽的美學思想的主體。

在《駁何氏論文書》中，李夢陽說：

> 故辭斷而意屬者其體也，文之勢也；聯而比之者事也；柔澹者思也；含蓄者意也；典厚者義也；高古者格；宛亮者調；沉著、雄麗、清峻、閒雅者，才之類也。而發於辭，辭之暢者其氣也，中和者氣之最也。夫然，又華之以色，詠之以味，溢之以香，是以古之文者，一揮而眾善具也。〔註2〕

在這段引文中，李夢陽對文章（散文）的美悅內容做了詳盡分析。首先，李夢陽認爲文章（散文）的美悅是多方面的，短短上文提及的有十六個美悅概

〔註2〕李夢陽，《空同集》卷六十二，吉林出版集團有限責任公司出版，2005年，頁575。

念。它們是：(1)「故辭斷而意屬者，其體也，文之勢也」。體，亦稱爲文之勢也，這是對文章邏輯思路通順與否的感受。(2) 聯而比之者，事也。聯而比是比喻修辭的問題，事在這裡當形象、眞實的意義講，即眞實美。(3) 柔澹者，思也。柔澹主要表現在思想意識上，如談泊名利。(4) 含蓄者，意也。含蓄主要表現在蘊意上。(5) 典厚者，義也。典厚即是有義氣的精神。(6) 高古者格。高古，是古代的崇高思想精神，格，是品格。高古者格的意思是：崇高思想精神是品格的表現。(7) 宛亮者調。宛亮，是指文章思想的鮮明性，調，指情調風格。宛亮者調的意義是：文章思想的鮮明性表現的是文章有風格。(8) 沉著。一般的美學概念，此與緊下幾個概念無需解釋。(9) 雄麗。(10) 清峻。(11) 閒雅。(12) 而發於辭，辭之暢者其氣也。這句話提出了「氣」這個美學概念，也提出了文章美悅內容的主要中心是氣的觀點。「而發於辭，辭之暢者其氣也」接上文，意指上述美悅內容都要表現在文章的辭句上，辭句的通暢與否表現爲如同氣一樣的性質。在這裡破夢陽引用了傳統文學理論的概念「氣」，同時並且認爲「氣」是文章美悅內容的概括。(13) 中和者氣之最也。中和，即是和諧美，這裡李夢陽認爲和諧美是最美的審美意識。(14) 夫然，又華之以色。色，指形容美。(15) 詠之以味。味，指味覺美。(16) 溢之以香。香，指嗅覺美。李夢陽用上術十六個美悅概念對文章的美悅內容進行了全面分析，當然，這也是全面介紹，全面介紹中必有重點，其中最重要的重點介紹是 (12) 和 (13) 兩點。這兩點認爲：文章的美悅內容綜合表現爲「氣」，「中和者氣之最也」，「氣」的最美者是「中和」，也就是和美。由此可見，李夢陽在《駁何氏論文書》也是崇尚和美的，並認爲和美是最美者。

《林公詩序》是李夢陽給莆林公詩集寫的一篇序文。莆林公 (1512～1545年)，福建省潮安人，明代文學家。在這篇詩序中，李夢陽對莆林公的爲人和詩歌做了批評，其批評也顯露出李夢陽崇尚和美的思想。全文如下：

《林公詩序》

李子讀莆林公之詩，喟然而歎曰：嗟乎，予於是知詩之觀人也，石峰陳子曰：夫邪也，不端言乎？弱不健言乎？躁不沖言乎？怨不平言乎？顯不隱言乎？人烏乎觀也？李子曰：是之謂言也，而非所謂詩也。夫詩者，人之鑒者也。夫人動之，志必著之言，言斯詠，詠斯聲，聲斯律，律和而應，聲詠而節，言弗聯志，(志) 發之以章而後詩生焉。故詩者，非徒言者也。是故端言者未必端心，健言者未必健氣，平言者未必平調，沖言者未必沖思，隱言者未必隱情。諦情探調，研思察氣，以是觀心，無廋人矣！故曰，詩者人之鑒者也。昔者，相如之衷二世也端矣，而忠者則少其竟；躬之爲詞也健矣，而直者則咎其險；謝之遊山沖矣，而恬者則惡其貪；白之古風平矣，而矜者則病其放，潘之閒居矣，而眞者則醜其僞，夫僞不可與樂逸，放不可與功事，貪不可與保身，險不可與匡主，言不竟不可與亮職，五弊興而詩道衰矣，是故後世於詩焉，疑詩者亦人自疑，雕刻玩弄焉畢矣，於是，情迷調失，思傷氣離，違心而言，聲異律乖，而詩亡矣。陳子曰：若是，則子胡起歎於林詩。李子曰：林公者，道以正行，標古而趨，有其心矣；行以就政，執義靡撓，有其氣矣；政以表言，罱華是斥，有其思矣；言以摘志，弗侈弗浮，有其調矣；志以決往，遁世無悔，有其情矣；故其詩玩，其辭端，察其氣健，研其思沖，探其調平，諦其情眞，是故其進也有亮職之忠，匡救之直，有功事之敏，而其退也身全而心休也。斯林公之詩也。陳子聞之，瞿然而作曰：嗟乎，予於是知林公詩，又以知詩之觀人也。林詩一十二卷，凡千八篇，同邑山齋先生所編。〔註3〕

李夢陽的文章構思巧妙、思想鮮明。這篇序文雖然說是序體文格式，但是，作者沒有採用一般序文的套路，也沒有就詩論詩；作者而是別出心裁，攝取了生活中的一個情節作爲序文的描寫內對象，並由此展開了對莆林公詩的評說。李夢陽把詩評鑲嵌在了活生生的生活情節中，使序文顯得格外的生動活潑，別有新意。這個生活情節就是關於詩歌能不能反映人品的爭論。

李夢陽認爲，「夫詩者，人之鑒也」。一位姓陳的儒士對此持有疑意，李夢陽就此進行了詳細說明，陳子終於明白了「夫詩者，人之鑒也」的道理，他最終接受了李夢陽的觀點。

陳子提出人的語言有做假的現象，詩歌未必反映一個人的精神面貌。李夢陽則認爲詩歌和語言是有區別的，人的語言有做假的現象，但是，詩歌沒有做假的現象，詩歌則完全可以反映一個人的思想精神面貌。「夫詩者，人之鑒者也」，是李夢陽於序文中提出的一個關於詩歌屬性的命題。在序文中，李夢陽爲了說明「夫詩者，人之鑒者也」的道理，他列舉了三個事例。第一個

〔註 3〕李夢陽，《空同集》卷五十一，吉林出版集團有限責任公司出版，2005年，頁476。

是關於詩歌原理的，李夢陽說，「夫人動之，志必著之言，言斯詠，詠斯聲，聲斯律，律和而應，聲詠而節，言弗聯志，(志) 發之以章而後詩生焉。故詩者，非徒言者也。是故端言者未必端心，健言者未必健氣，平言者未必平調，沖言者未必沖思，隱言者未必隱情。諦情探調，研思察氣，以是觀心，無廋人矣！故曰，詩者人之鑒者也。」在這段引文裏，李夢陽講了詩歌必然言志的屬性，「言弗聯志，(志) 發之以章而後詩生焉」，這是說當語言不能言志時，才產生了詩歌這樣的言志方式。同時他也講了以詩鑒人的方法，「諦情探調，研思察氣，以是觀心，無廋人矣！」，只要去對一篇詩歌探調察氣，就可以看出一個人的精神面貌。他還講了語言往往不能言志的可能性，「端言者未必端心，健言者未必健氣，平言者未必平調，沖言者未必沖思，隱言者未必隱情。」這是說一個端心、健言、平言、沖言、隱言的人，未必具有端心、健氣、平調、沖思、隱情的心態。語言和詩歌是不是具有言志和非言志這樣的區別，是不是具有反映和不反映心、氣、調、思、情的現象，是不是它們沒有那樣的差別，文學理論對此經常爭論不休。事實上，詩歌以抒情爲要點，語言以表意爲目的，相對於語言表意來說，一個人的情感在詩歌中容易顯露，在散文中則相對隱惑，所以，詩歌比散文較多地包含了一個人的內心世界的情感內容，這表現爲詩歌可以鑒人的事實，李夢陽的觀點是正確的。「夫詩者，人之鑒者也」的第二個事例是關於當時詩歌弊病的。李夢陽認爲世風日下導致了明代當時詩創作的衰敗，李夢陽說，「昔者，相如之哀二世也端矣，而忠者則少其竟；躬之爲詞也健矣，而直者則咎其險；謝之遊山沖矣，而恬者則惡其貪；白之古風平矣，而矜者則病其放，潘之閒居矣，而眞者則醜其僞，夫僞不可與樂逸，放不可與功事，貪不可與保身，險不可與匡主，言不竟不可與亮職，夫僞不可與樂逸，放不可與功事，貪不可與保身，險不可與匡主，言不竟不可與亮職，五弊興而詩道衰矣，是故後世於詩焉，疑詩者亦人自疑，雕刻玩弄焉畢矣，於是，情迷調失，思傷氣離，違心而言，聲異律乖，而詩亡矣。」李夢陽在此認爲當代文人在思想品格上具有僞、放、貪、險、言不竟五弊，由於有這五個弊病，則當代文人錯誤地認爲司馬相如、息夫躬、謝靈運、李白、潘岳的詩歌具有不端、不健、不沖、不平、不眞的表現，於是，當代文人「情迷調失，思傷氣離，違心而言，聲異律乖，而詩亡矣」。李夢陽的言下之意說，由於當代人沒有內心的健氣平調的思情，所以才沒有詩歌的產生，「而詩亡矣」。「夫詩者，人之鑒者也」的第三個事例是莆林公詩的。李夢陽說，「林公者，道以正行，標古而趨，有其心矣；行以就政，執義靡撓，有其氣矣；政以表言，囂華是斥，有其思矣；言以擒志，弗侈弗浮，有其調矣；志以決往，遁世無悔，有其情矣；故其詩玩，其辭端，察其氣健，研其思冲，探其調平，諦其情眞，是故其進也有亮職之忠，匡救之直，有功事之敏，而其退也身全而心休也。斯林公之詩也。」李夢陽認爲莆林公爲人標古而趨、執義靡撓、囂華是斥、弗侈弗浮、遁世無悔，所以其詩氣健、思冲、調平、情眞，莆林公的詩是當代少有的詩歌。

從以上三點的詩論來看，李夢陽論詩以尚美爲中心，以氣、思、調、情的表現爲界分來分析詩歌創作的成敗，以氣、思、調、情等美學概念來鑒定一個人的精神狀態的，李夢陽的「夫詩者，人之鑒者也」的觀點是以審美思想鑒定爲中心的。李夢陽認爲氣健、思冲、調平、情眞的詩歌是眞正的好詩，氣健、思冲、調平、情眞是和諧美的顯現，這正是李夢陽以和美爲最美思想的體現。

《潛虯山人記》是李夢陽給明代徽商兼詩人的佘育寫的傳記，其中有關於詩歌審美內容的論述，論述曰：

> 山人商宋梁時，猶學宋人詩，會李子客梁，謂之曰「宋無詩」。山人於是遂棄宋而學唐。已問唐所無，曰「唐無賦哉」。問漢，曰「無騷哉。」山人於是又究心賦騷於唐、漢之上。山人嘗以其詩視李子，李子曰：「夫詩有七難：格古、調逸、氣舒、句渾、音圓、思冲、情以發之，七者備而後詩昌也。然非色弗神，宋人遺茲矣，故曰無詩。」〔註4〕

對於一篇詩歌的評判，要有一個標準，這個標準當然也就成爲了詩歌創作的標的。李夢陽在《潛虯山人記》中提出，詩歌創作有七個難點，即：「夫詩有七難：格古、調逸、氣舒、句渾、音圓、思冲、情以發之，七者備而後詩昌也。這七個難點即是優秀詩歌的審美標準，也就是詩歌創作的標的。如同李夢陽一慣的詩歌思想一樣，李夢陽在此也是以尚美論詩爲中心，「格古、調逸、氣舒、句渾、音圓、思冲、情以發之」，都是審美概念，這當然是尚美論詩了，同時，我們可以看出，李夢陽的審美觀是以和爲最美的，「格古、調逸、氣舒、句渾、音圓、思冲、情以發之」，都是和諧美的顯現。

〔註4〕李夢陽，《空同集》卷四十八，吉林出版集團有限責任公司出版，2005年，頁453。

李夢陽崇尚和美的表述還很多。例如，民歌多有歡樂、愛情的內容，沒有文人詩那樣多的怨聲怨氣，對民歌的喜愛也是李夢陽崇尚和美思想的表現。民歌也是和美之歌，關於對民歌的審美認識，本文在推崇民歌一節中涉及。總之，崇尚和美的詩學思想是李夢陽的主體思想。

三、和美爲古學之美

前已論及，李夢陽的復古思想是以復興儒家思想文化的復古運動，儒家文化思想是李夢陽的哲學基礎。從哲學角度講，李夢陽的美學思想應該與他的哲學思想是一致的，他的崇尚和美的思想來自於古學之美，李夢陽對文學與的思考以及他的社會實踐證明了這樣的一致性。

儒家思想的核心是仁，儒家其它一切思想原則，一切人生、社會、道德、政治、制度、教育等各方面的世界觀都是圍繞著這個字轉悠，也都從這個「仁」字中生發出來並進行擴展。孔子說「吾道一以貫之」，曾子認爲「夫子之道，忠恕而已」。如果說忠是一種心的堅守，盡心盡力，恕就是心的外推，將心比心。忠恕都發自於仁。孟子說「仁爲安宅，義爲正路」，把義視通往「仁」的道路。其它中庸、禮、智、信、勇、孝、悌、溫、良、恭、儉、讓、寬、敏、惠、敬、和、愛、友、善、遜、廉、正、聰、莊都等等一切道德條目，都從「仁」德中生發擴展並不得與仁德衝突和悖背。「仁」是天道，董仲舒說過：「仁之美者在於天。天，仁也」、「察於天之意，無窮極之仁也」；「仁」更是人道，道本原於天，內在於人，形上與形下，內在與超越融貫打通，人道之「仁」，成於個人，爲聖心仁德，行於社會，爲王道仁政。正心誠意修身養性，是仁道的內在修養，屬於「內聖」，親親仁民愛物和齊家治國平天下，是仁道的外在實踐，屬於「外王」。荀子說「聖者盡倫，王者盡制」就是這個意思。孟子重內聖，傾向內在修養，「善養吾浩然之氣」，荀子重外王，倡導禮制，重視外部教育與規範。兩人側重點不同，統一於仁字旗下，其道一也。儒家的仁具體表現爲中庸思想，中庸之道的主題思想是教育人們自覺地進行自我修養、自我監督、自我教育、自我完善，把自己培養成爲具有理想人格，達到至善、至仁、至誠、至道、至德、至聖、合外內之道的理想人物。「中庸」就是強調「善」「中」是適合，「庸」是按照適宜的方式做事。中庸思想和儒家的仁愛思想是一致的。

儒家文化中的「仁」、「中庸」演變爲更多的中國文化方面，諸如恕道孝道、仁政王道、德治禮制、節欲思想、和諧思想、經權思想、原始民主思想、人道主義思想、大一統思想、大同理想、救世精神、人格獨立學說等等。這些思想在精神上建立了一個「太平和合」理想境界，「太平和合」「仁」、「中庸」在審美觀念上的表現爲一種與萬物共存榮的和諧美。李夢陽的美學思想就是建立在這樣的哲學思想之上的。

李夢陽的崇尚和諧美的美學思想直接來源於儒家經典《禮記》,《禮記・樂記》有言曰：

> 凡音之起，由人心生也。人心之動，物使之然也。感於物而動，故形於聲。聲相應。故生變；變成方，謂之音。比音而樂之，及干戚羽旄，謂之樂。
>
> 樂者，音之所由生也，其本在人心之感於物也。是故其哀心感者，其聲噍以殺；其樂心感者，其聲嘽以緩；其喜心感者，其聲發以散；其怒心感者，其聲粗以厲；其敬心感者，其聲直以廉；其愛心感者，其聲和以柔。六者，非性也，感於物而後動。是故先王愼所以感之者。故禮以道其志，樂以和其聲，政以一其行，刑以防其奸。禮樂刑政，其極一也，所以同民心而出治道也。
>
> 凡音者，生人心者也。情動於中，故形於聲。聲成文，謂之音。是故，治世之音安以樂，其政和。亂世之音怨以怒，其政乖。亡國之音哀以思，其民困。聲音之道，與政通矣。宮爲君，商爲臣，角爲民，徵爲事，羽爲物，五者不亂，則無怗懘之音矣。宮亂則荒，其君驕。商亂則陂，其臣壞。角亂則憂，其民怨。徵亂則哀，其事勤。羽亂則危，其財匱。五者皆亂，迭相陵，謂之慢。如此，則國之滅亡無日矣。鄭衛之音，亂世之音也，比於慢矣。桑間濮上之音，亡國之音也。其政散，其民流，誣上行私而不可止也。〔註5〕

《禮記・樂記》中明確表明「樂者，天地之和也」這是對音樂本質屬性的概括，也是儒家文化對音樂的概括，其意義明顯地表現了和諧美的音樂觀。李夢陽在《與徐氏論文書》說，「夫詩，宣志而道和者也」，李夢陽把《禮記・樂記》中和諧美的音樂觀直接引入詩歌理論，認爲詩歌也是以和諧美爲目的的，這表現了李夢陽的儒家思想的根深蒂固，也表現了根夢陽的詩歌理論的淵源是儒家思想。

〔註 5〕鄭玄，禮記正義，上海：上海古籍出版社，2008年。

總之，儒家文化的哲學理想奠定了李夢陽的詩歌理論的基礎，李夢陽認爲「和諧」之情是美好的人世之情，這與中國傳統儒家思想文化是一致的，他的和美思想來自於古學之美。我們研究李夢陽的文學實踐行爲，只要抓住李夢陽哲學思想要點，就可以理解他的文藝觀點以及文藝觀點的美學核心的意義。李夢陽崇尚和美的意義即是儒家文化的意義，他們的意義是共同的，都是要在現實生活和精神生活中建立了一個「太平和合」理想境界。

四、崇尚和美的影響

李夢陽等前七子倡導的復古運動對明清的詩文發展產生了巨大影響，這是無可爭議的歷史事實。其最大的影響是宣傳了古典詩文的創作成就，樹立了古典詩文在中國文學史上的楷模形象；同時，復古派揭露了當代詩文創作的弊端，爲文學藝術規律做了不少耐心艱難的研究工作，並爲創作優秀詩篇做出了積極的嘗試和努力，這也爲後代樹立了努力學習的榜樣。今天，人們對上述前七了復古派的影響的研究頗爲努力，成就也頗爲顯著，然而，以往的研究工作忽略了對文學家尙美思想的研究。尙美思想是文學實踐的重要內容，它主導著文學理論的建立和詩文創作現象，尙美思想應該是一個文學家或一個文學思潮的核心。所以研究一個尙美現象，可以提領一個複雜的文學現象。李夢陽的尙美思想不僅對自己的文學思想的形成是重要的，其對後代的影響也是非常重要的。李夢陽的崇尚和諧美的思想對明清文學理論以及各文學流派的影響是顯明的。

（1）**對後七子的影響**。後七子是明嘉靖、隆慶年間（1522～1566年）的文學流派。其成員包括李攀龍、王世貞、謝榛、宗臣、梁有譽、徐中行和吳國倫。以李攀龍、王世貞爲代表。後七子的復古主張在很大程度上承接李夢陽等前七子的文學思想。前七子李夢陽論詩主張崇尚和諧美，強調文學美悅內容的格、調。後七子在學古過程中對法度格調的講究更趨於強化和具體化。在這一方面，作爲後七子復古理論集大成者的王世貞，他提出著名文學思想：「思即才之用，調即思之境，格即調之界。」（《藝苑卮言・一》）在這裡王世貞進一步結合才思來談格調。這是後七子尙美特點的代表，顯然，這是繼承了李夢陽的尙美思想。後七子他們復古擬古，主格調，講法度，互相標榜，廣立門戶，聲勢更浩大。後七子在文壇上活躍的時間比前七子長，是後七子把明代文學的復古運動推向了更高潮。

（2）**對唐宋派的影響**。唐宋派是明代後期與後七子同時的文學流派，代表人物有嘉靖年間的王愼中、唐順之、茅坤和歸有光等人。自前七子的李夢陽、何景明等倡言復古之後，散文創作以尙古爲事，缺乏創新思想，又文字佶屈聱牙，流弊甚烈。嘉靖初年，王愼中、唐順之等人力矯前七子之弊，主張學習歐陽修、曾鞏之文，一時影響頗大。後七子李攀龍、王世貞等再次發起復古運動，茅坤、歸有光等繼起與之相抗，認爲前後七子崇拜秦漢是模擬古人。與前後七子不同，唐宋派則既推尊三代兩漢文章的傳統地位，又承認唐宋文的繼承發展。唐宋派變學秦漢爲學歐（陽修）曾（鞏），易佶屈聱牙爲文從字順，是一個進步。唐宋派還重視在散文中抒發作者的思想感情，他們批評復古派一味崇尙古典，主張文章要直寫胸臆，具有自己的本色面目。唐宋派對復古派的批評是很尖銳的，指出其要害在於缺乏自己的思想靈魂。表面看來唐宋派與復古派是對立的，然而，在尙美方面唐宋派多多少少地繼承了李夢陽的一些思想。例如，唐宋派在論文時也談格調。唐順之是唐宋派的代表人物，唐順之認爲「文字工拙在心源」，說作者只要「心地超然」，就是「千古隻眼人」，「即使未嘗操紙筆呻吟學爲文章，但直攄胸臆，信手寫來，如寫家書，雖或疏鹵，然絕無煙火酸餡習氣，便是宇宙一樣絕好文字」；否則，「文雖工而不免爲下格」（《答茅鹿門知縣書二》）。「文雖工而不免爲下格」這句話明顯提出文章要講「格」，可見唐順之也學習繼承了古典文學理論的一些思想，在唐順之思想上也有一個「格」的美學概念。這個「格」概念與李夢陽的尙美概念是一樣的。由此可見唐宋派雖然與復古派對立，但是他們也受復古派的影響，繼承了李夢陽的有關「格」、「調」的美學思想。

（3）**對公安派的影響**。在晚明的詩歌、散文領域中，以公安派的聲勢最爲浩大。袁宗道（1560～1600 年）、袁宏道（1568～1610 年）、袁中道（1570～1623 年）三兄弟，他們是湖北公安人，故稱公安派。「公安三袁」是公安派的領袖，其中袁宏道聲譽最高，成績最大，其次是袁中道。這一派作者還有江盈科、陶望齡、黃輝等。公安派成員主要生活在萬曆時期。明代自弘治以來，文壇即爲李夢陽、何景明爲首的前七子及王世貞、李攀龍爲首的後七子所把持。他們倡言「文必秦漢，詩必盛唐」「大曆以後書勿讀」的復古論調，影響極大，以致「天下推李、何、王、李爲四大家，無不爭傚其體」（《明史・李夢陽傳》）。其間雖有歸有光等「唐宋派」作家起而抗爭，但不足以矯正其流弊。萬曆間李贄針鋒相對提出「詩何必古選？文何必先秦？」和「文章不可得而時勢先後論也」的觀點，李贄實際上是公安派的先導。作爲公安派理論核心的口號是「獨抒性靈、不拘格套」。公安派的「性靈說」融合了鮮明的時代內容，它和李贄的「童心說」一脈相通，和「理」尖銳對立。性靈說不僅明確肯定人的生活欲望，還特別強調表現個性，表現了晚明人的個性解放思想。公安派反對前七子和後七子的擬古風氣，主張「獨抒性靈，不拘格套」，發前人之所未發。所謂「性靈」就是作家的個性表現和眞情發露，接近於李贄的「童心說」。他們認爲「出自性靈者爲眞詩」，而「性之所安，殆不可強，率性所行，是謂眞人」（袁宏道《識張幼於箴銘後》），進而強調非從自己胸臆中流出，則不下筆。因此他們主張「眞者精誠之至。不精不誠，不能動人」，應當「言人之所欲言，言人之所不能言，言人之所不敢言」（雷思霈《瀟碧堂集序》），其包含著對儒家傳統溫柔敦厚詩教的反抗。他們把創作過程解釋爲「靈竅於心，寓於境。境有所觸，心能攝之；心欲所吐，腕能運之」，「以心攝境，以腕運心，則性靈無不畢達」（江盈科《敝篋集序》）。只要「天下之慧人才士，始知心靈無涯，搜之愈出，相與各呈其奇，而互窮其變，然後人人有一段眞面目溢露於楮墨之間」（袁中道《中郎先生全集序》），他們認爲如果能如此寫作，就能實現文學創作的革新和發展。這裡需要說明的是，作爲公安派的核心口號「獨抒性靈、不拘格套」的提出，也是在復古派崇尚格調文學思想的影響下而產生的。公安派只有在對李夢陽等復古派講究格調、崇尚和美的思想進行了深入研究之後，才有可能產生反對格套的思想，才有可能提出「獨抒性靈」的主張。所以，李夢陽的美學思想也影響了公安派的文學思想，並且其影響是關鍵性的。

（4）**對竟陵派的影響**。公安派之後，較著名的文學流派還有「竟陵派」。其代表人物是鍾惺（1574～1642 年）和譚元春（1586～1637 年），二人都是湖北竟陵人，「竟陵派」因此得名。其又稱竟陵體或鍾譚體。鍾惺，字伯敬，號退谷，又號退庵。萬曆三十八年（1610 年）進士。著作有《隱秀軒集》、《史懷》等。他們的文學主張與公安派有近似處，也反對擬古，但強調從古人詩中求性靈，在詩文中開眼界，與公安派的「性靈說」有明顯不同。鍾惺在《詩歸序》中說：「眞詩者，精神所爲也。察其幽情單緒，孤行靜寄於喧雜之中；而乃以虛懷定力，獨往冥遊於寥廓之外。」這種藝術審美品格，形成了這一派文學上「幽深孤峭」的藝術風格。竟陵派與公安派一樣在明後期反擬古文風中有進步作用，對晚明及以後小品文大量產生有一定促進之功。竟陵派如同公安派一樣，他們的文學主張也是復古派的影響下產生的。

（5）**對格調派的影響**。李夢陽復古運動的美學思想對清代詩文也產生了較大影響，首先對格調派產生了較大影響。清朝初期以朝廷重臣沈德潛爲代表的格調派作詩注重「格調」，該派因沈德潛倡導「格調說」而得名。沈德潛在詩文創作態度上，效法漢魏盛唐，但是他僅有少數篇章能反映現實，多數作品因「怨而不怒」而具有濃厚的封建衛道氣息，缺乏新鮮活潑的情致。沈德潛文學理論主要有四點。其一，認爲「溫柔敦厚」是詩歌的「極則」。因爲詩歌的作用是「理性情，善倫物，感鬼神，設教邦國，應對諸侯」，故作詩的態度應該「怨而不怒」、「中正和平」。其二，作詩的方法必須講求比興、蘊蓄，不可「過甚」、「過露」，以致「失實」。其三，特別重視詩歌的法律格調——體制、音律、章法、句法、字法等。其四，不贊成死守詩法，而主張通變。上述這些觀點都散見於沈德潛的詩論專著《說詩晬語》。沈德潛還以他的「格調說」爲標準，選編了《古詩源》、《唐詩別裁》、《明詩別裁》、《國朝詩別裁》。格調派以詩論出名，相比之下，他們的作品成就不高。由於格調說是乾隆「盛世」的產物，適合封建統治的需要，而且其理論比較實在，比較靈活，容易爲人接受，故格調派在乾隆時代影響力很大。從以上可以看出，沈德潛的格調說的審美觀的中心是「中正和平」，此即崇尚和美，這與李夢陽的尚美思想是一致的，我們不能不說沈德潛繼承了前代文人包括李夢陽的美學思想。

（6）**對神韻說的影響**。神韻說是中國古代詩論的一種詩歌創作和評論主張。在清初王士貞所倡導發展，其在清代前期統治詩壇幾達百年之久。神韻說的產生，有其歷史淵源。「神韻」一詞，早在南齊謝赫《古畫品錄》中說已出現。謝赫評顧駿之的畫說：「神韻氣力，不逮前賢，精微謹細，有過往哲。」這裡以「神韻」與「氣力」並舉，並未揭示出「神韻」的意蘊。謝赫還說過：「氣韻，生動是也。唐代張彥遠在《歷代名畫記・論畫六法》中所說「至於鬼神人物，有生動之狀，須神韻而後全」，唐代人詩論也提到了「韻」，司空圖在《與李生論詩書》提出了「韻外之致」之說，他的《詩品・精神》中所說「生氣遠出」，卻可以看作是對「韻」的一種闡發。宋代談「神韻」者歷來以嚴羽爲代表，他在《滄浪詩話》中說：「詩之極致有一，曰入神。」實際上在嚴羽早些時期，范溫的《潛溪詩眼》中就有論「韻」的內容。明清時期，「神韻」一詞在各種意義上被普遍使用。明人胡應麟的《詩藪》有 20 處左右談到「神韻」，如評陳師道詩說：「神韻遂無毫釐。」評盛唐詩說：「盛唐氣象混成。神韻軒舉。」王夫之也多次談到「神韻」，如他在《明詩評選》中評貝瓊《秋懷》時說：「一泓萬頃，神韻奔赴。」在《古詩評選》中評《大風歌》說：「神韻所不待論。」明人徐禎卿是前七子之一，他在《談藝錄》中所談到的「神韻」，都是神韻說的濫觴。王士貞曾說：「余於古人論詩，最喜鍾嶸《詩品》、嚴羽《詩話》、徐禎卿《談藝錄》。」(《帶經堂詩話》王士貞還對司空圖和嚴羽的詩論曾多次表示稱讚，如說「表聖（司空圖）論詩，有二十四品。予最喜『不著一字，盡得風流』八字。又云『采采流水，蓬蓬遠春』二語，形容詩景亦絕妙，正與戴容州『藍田日暖，良玉生煙』八字同旨。」(《帶經堂詩話》）從神韻說的要求出發，王士貞對嚴羽的「以禪喻詩」或借禪喻詩深表贊許，同時更進一步提倡詩要入禪，達到禪家所說的「色相俱空」的境界。他說：「嚴滄浪（嚴羽）以禪喻詩，余深契其說；而五言尤爲近之。如王（維）、裴（迪）《輞川絕句》，字字入禪。」「唐人五言絕句，往往入禪，有得意忘言之妙，與淨名默然，達磨得髓，同一關捩」。還說：「詩禪一致，等無差別。」認爲植根於現實的詩的「化境」和以空空爲旨歸的禪的「悟境」，是毫無區別的。而最好的詩歌，就是「色相俱空」、「羚羊掛角，無跡可求」的「逸品」(《帶經堂詩話》)。從詩歌反映現實不應太執著於實寫這一點講，王士貞的詩論有一定的合理因素。從神韻說的要求出發，王士貞還特別強調沖淡、超逸和含蓄、蘊藉的藝術風格。如他曾讚揚孔文谷「詩以達性，然須清遠爲尚」的主張，於明詩特別推崇以高啓等爲代表的「古澹一派」。在王士貞之前，由於明代前後七子的復古主義運動，言必漢、魏、盛唐，造成了詩歌走向膚廓、貌襲的流弊，而公安派矯正前後七子之失，其弊又流於淺率。王士貞企圖矯正兩派之失，提倡神韻說，倡導詩應清遠、沖淡、超逸，詩歌創作應表現含蓄、蘊藉，出之於「興會神到」或「神會超妙」。翁方綱曾說：「漁洋所以拈舉神韻者，特爲明朝李、何一輩之貌襲者言之。」(《復初齋文集·坳堂詩集序》）沈德潛的神韻說是對詩歌美的追求，這是對李夢陽等復古派詩歌美的糾正之說。和美、神韻都是美悅概念，和美缺少神韻之空靈，神韻包含和美之融洽。和美、神韻的美學觀二者看似貌離，實則相通，神韻說的分門別戶是以糾正復古派詩歌和美觀的條件下產生的，這也說明歷史的影響是具有連續性的，李夢陽的文學觀引發了神韻派的產生。

（7）**對桐城派的影響**。桐城派，即桐城文派，又稱桐城古文派、桐城散文派。因其主要代表人物方苞、劉大櫆、姚鼐均繫安徽省桐城人，故名之。桐城文派是清代文壇最大散文流派，其作家多、播布地域廣、綿延時間久，文學史所罕見。桐城派，有1200餘位桐城派作家、2000多種著作、數以億字的資料，這些數字就是崛起於200餘年前的桐城散文派在200餘年間創造出來的文明成果。桐城派代表人物有戴名世，方苞，劉大櫆，姚鼐，姚瑩，曾國藩，吳汝綸，馬其昶等。桐城派的文論，以「義法」爲中心，逐步豐富發展，成爲一個體系。「義法」一詞，始見於《史記・十二諸侯表序》。表序說「（孔子）興於魯而次《春秋》，上記隱，下至哀之獲麟，約其辭文，去其煩重，以制義法。」方苞取之以論文。他說：「義即《易》之所謂『言有物』也，法即《易》之所謂『言有序』也。義以爲經而法緯之，然後爲成體之文。」（《又書貨殖傳後》）所謂言有物，指文章的內容；言有序，指文章的形式。他的義經法緯之說，是要求內容和形式相統一。又說：「法之變，蓋其義有不得不然者」（《書五代史安重誨傳後》），又認爲形式決定於內容。從「義法」說出發，他主張古文當以「雅潔」爲尙，反對俚俗和繁蕪。劉大櫆著重發展了方苞關於「法」的理論，進一步探求散文的藝術性，並提出了「因聲求氣」說。他說：「作文本以明義理，適世用。而明義理，適世用，必有待於文人之能事。」所謂「能事」，主要是指文章的「神氣」、「音節」問題。他說：「行文之道，神爲主，氣輔之。」「神氣者，文之最精處也；音節者，文之稍粗處也；字句者，文之最粗處也……神氣不可見，於音節見之；音節無可準，以字句準之。」（《論文偶記》）姚鼐是桐城派的集大成者。他一方面針對當時「言義理之過者，其辭蕪雜俚近，如語錄而不文；爲考證之過者，至繁碎繳繞，而語不可了當」的弊病，強調「義理、考證、文章」三者合一，「以能兼者爲貴」（《惜抱軒文集・述庵文鈔序》）；另一方面，他又發展「神氣」說，他說：「凡文之體類十三，而所以爲文者八，曰神、理、氣、味、格、律、聲、色。神理氣味者，文之精也；格律聲色者，文之粗也。然苟捨其粗，則精者亦胡以寓焉！」（《古文辭類纂序》）他把眾多不同的文章風格，歸納爲「陽剛」、「陰柔」兩大類，實際上他們多數人的創作，是偏於「陰柔」之美的，所以又以爲「文之雄偉而勁直者，必貴於溫深而徐婉」（《海愚詩鈔序》）。桐城派的文章，在思想上多爲「闡道翼教」而作；在文風上，是選取素材，運用語言，只求簡明達意、條例清晰，不重羅列材料、堆砌辭藻，不用詩詞與駢句，力求「清眞雅正」，頗有特色。桐城派的文章一般都清順通暢，尤其是一些記敘文，如方苞的《獄中雜記》、《左忠毅公逸事》，姚鼐的《登泰山記》等，都是著名的代表作品。從桐城派的文學實踐來看，桐城派論文學以「義法」爲中心，這以又「神氣」為輔。其「義法」講究言之有物，這是要求詩文要自然眞實的美；其「神氣」講究神、理、氣、味、格、律、聲、色等，認為「神理氣味者，文之精也」，這又是要求詩文要有中和、神韻、性靈之美，這些觀念無疑都是在前代文學理論的基礎上發展而來的。前代對後來的影響是必然的，桐城派文學主張也有李夢陽和美思想的影子。

和美、格調、神韻、性靈等是詩歌美的概念，其概念在中國文學發展史上影響是悠久的，並且是連續不斷的。在明前七子復古運動的影響下，李夢陽崇尚和美的思想在明代以後產生了廣泛的影響，從以上分析我們基本上可看出其影響的軌跡了。

第二節　推崇民歌

中國古代的歷史長河中，詩詞歌賦以及散文歷史成了中國文學的主流，特別是詩詞歌賦成了中國古代文人的象徵，文學家都是以詩詞歌賦為尙，對於民歌則不大關心，這已成為一個歷史習慣。李夢陽在崇尙古代正統文學的同時，認為民歌優於文人學子的詩歌創作，作為一個以倡導復古的人，他能對民歌有如此的激進認識，這說明他的文藝思想是創新的，我們應該對此分析研究。李夢陽推崇民歌的思想在中國文學史上是得到了學者們的大力讚揚。如郭紹虞先生在《中國古代文論選出》說：「（李夢陽）指出人民的歌聲，從未絕息，慨歎於采風無人；而把當時民間流行的俗調俚語，比之於國風，認為是發自性情之眞，因俗成聲，只有古今之殊，而無雅俗之辨。這種見解，足以使人耳目一新。」郭紹虞的見解認為李夢陽崇尙民歌的觀點「使人耳目一新」，這是非常客觀的事實。然而，李夢陽崇尙民歌的思想的意義不僅僅是「使人耳目一新」，在「使人耳目一新」之後，包含著具體的、重要的美學思想。

一、民歌即自然美之歌

李夢陽提出民歌是眞詩的觀點，其態度是非常明確的。這一觀點的提出，主要見於其《詩集自序》。其序全文如下。

《詩集自序》

李子曰：「曹縣蓋有王叔武雲，其言曰：『夫詩者，天地自然之音也。今途咢而巷謳，勞呻而康吟，一唱而群和者，其眞也，斯之謂風也。孔子曰：禮失而求諸野。今眞詩乃在民間。而文人學子，顧往往爲韻言爲之詩。夫孟子謂詩亡然後春秋作者，雅也，而風者亦遂棄而不採，不列之樂官。悲夫！』李子曰：『嗟！異哉！有是乎？余嘗聆民間音矣，其曲胡，其思淫，其聲哀，其調靡靡，是金元之樂也，奚其眞？』王子曰：『眞者，音之發而情之原也。古者國異風，即其其俗成聲，今之俗既歷胡，乃其曲烏得而不胡也？故眞者，音之發而情之原也，非雅俗稱之辯也。且子之聆也，亦其譜，而聲者也，不有卒然而謠，勃然而訛者乎！莫之所從來，而長短疾徐無弗諧焉，斯誰使之也？』李子聞之，矍然而興曰：『漢以來不復聞此矣！』」

王子曰：「詩有大義，比興要焉。夫文人學子，比興寡而直率多。何也？出於情寡而工於詞多也。夫途巷蠢蠢之夫，固無文也，乃其謳也，咢也，呻也，吟也，行呫而坐歌，食咄而寤嗟，此唱而彼和，無不有比焉興焉，無非其情焉，斯足以觀義矣，故曰：詩者，天地自然之音也，」李子曰：「雖然，子之論者，風耳。夫雅、頌不出文人學子手乎？」王子曰：「是音也，不見於世人久矣，雖有作者，微矣！」

李子於是憮然失，已灑然醒也。於此廢唐近體諸篇，而爲李、杜歌行。王子曰：「斯馳騁之技也。」李子於是爲六朝詩。王子曰：「斯綺麗之餘也。」於是爲詩爲晉魏。曰：「比辭而屬義。」於是爲賦、騷。曰：「異其意而襲其言，斯謂有蹊。」於是爲琴操、古歌詩。曰：「似矣，然糟粕也。」於是爲四言，入風出雅。曰：「近之矣，然無所用之矣，子其休矣！」李子聞之，闇然無以難也。自錄其詩，藏篋笥中，今二十年矣，乃有刻而布者，李子聞之懼且慚。曰：「余之詩，非眞也。王子所謂文人學子韻言耳，出之情寡而工之詞多也。」然又弘治、正德間詩耳，故自題曰：弘德集。每自欲改之以求其眞，然今老矣！曾子：「時有所弗及。」學之謂哉。

此集也，凡三十三卷：賦二卷，三十五篇；四五言古體，一十二卷，四百七十二篇；七言歌行，五卷，二百一十篇；五言律五卷，四百六十二篇；七言律四卷，二百八十三篇；七言絕句二卷，二百

二十七篇；五言絕句並六言雜言一卷，一百二十篇。凡一千八百七篇。〔註6〕

這篇《詩集自序》是一篇優美的散文。首先其主題鮮明，序中所論問題是對自己詩歌的評價，其評價認爲自己的詩歌是「文人學子韻言耳」，其詩意義遠遠不及民間之民歌。讀這篇序文，我們極其容易地能認知這個主題。次之其構思巧妙，作者爲了說明上述論點，沒有採取邏輯推理的論說結構，而是採取了生動活潑的記事結構。其事記述了友人王叔武與李夢陽的詩論對話，通過對話李夢陽接受了王叔武的詩論觀點，最終對自己的詩歌做出了是「文人學子韻言耳」的正確認識和評價。

在這篇序文中，作者借王叔武之言表述了自己的詩歌主張，認爲民歌才是眞正的詩，其言曰：「夫詩者，天地自然之音也。今途咢而巷謳，勞呻而康吟，一唱而群和者，其眞也，斯之謂風也。孔子曰：禮失而求諸野。今眞詩乃在民間。」李夢陽認爲，詩經中的風即是民歌，今之途咢、巷謳和風是一樣的，都是天地自然之音，它們不同於文人學子的韻言，是眞正的詩歌。總之，李夢陽認爲民歌是自然美之歌，我們可以稱之爲「民歌眞詩說」。

李夢陽在《缶音序》中也表述了上述觀點。在《缶音序》中李夢陽說：

詩至唐，古調亡矣！然自有唐調可歌詠，高者猶足被管絃。宋人主理不主調，於是唐調亦亡。黃、陳師法杜甫，號大家，今其詞艱澀，不香色流動，如入神廟坐土木骸，即冠與人等，謂之人可乎？夫詩比興錯雜，假物以神變者也，難言不測之妙。感觸突發，流動情思，故其氣柔厚，其聲悠揚，其言切而不迫，故歌之心暢，而聞之者動也。宋人主理，作理語，於是薄風雲月露，一切鏟去不爲，又作詩話教人，人不復知詩矣。詩何嘗無理，若專作理語，何不作文而詩爲耶？今人有作性氣詩，輒自賢於「穿花蛺蝶」、「點水蜻蜓」等句，此何異癡人前說夢也。即以理言，則所謂「深深」「款款」者，何物邪？詩云：「鳶飛戾天」，「魚躍於淵」，又何說也？孔子曰：「禮失而求之野。」予觀江海山河之民，顧往往知詩，不作秀才語，如缶音是已。〔註7〕

〔註6〕蔡景康，明代文論選，北京：人民文學出版社，1993年，頁102。

〔註7〕李夢陽，《空同集》卷五十二，吉林出版集團有限責任公司出版，2005年，頁483。

《缶音序》是李夢陽給別人的詩集做的序，序中李夢陽並沒有對集內之詩多做批評，而是撇開具休的詩評，從詩歌的最本質意義上對當代詩歌進行了分析研究，他說，「宋人主理不主調，於是唐調亦亡。黃、陳師法杜甫，號大家，今其詞艱澀，不香色流動，如入神廟坐土木骸，即冠與人等，謂之人可乎？」這是認為文人詩是假貨。他又說，「予觀江海山河之民，顧往往知詩，不作秀才語，如缶音是已。」這是認為民歌是眞正具有自然美的詩歌。由文中可以處出李夢陽認為民歌是眞詩的思想主要是從民歌的自然美方面來考慮的。

二、崇尚自然美的影響

我們今天認為李夢陽的崇尚自然美的「民歌眞詩說」具有重要的詩歌理論意義，一是李夢陽把中國詩歌從邏輯上分為了二類；二是有力地批判了封建社會封建文人的詩歌創作；三是積極宣揚了自然和諧的美學思想；四是對明清以來的文學流派產生了啓蒙影響。

意義之一：把中國古代詩歌分為二類

李夢陽他推崇民歌，認為民歌是眞正的詩歌，我們稱之為「民歌眞詩說」。表面上看，「民歌眞詩說」表現了作者對民歌藝術價值的肯定，是對民歌的推崇和讚美，但是，從文學歷史的角度看，「民歌眞詩說」打破了傳統詩歌的正統地位，確立了與傳統詩歌相對立的另一面旗幟——民歌旗幟，從而使中國古典詩歌明顯的判別為兩大流派，即文人詩派和人民詩派。文人詩派和人民詩派的劃分，使我們對中國文學，特別是中國詩歌的認識大大提高了一步。

文人詩歌，在李夢陽看來是與詩經裏的國風、漢代的樂府及各個時代的民歌相對立的詩歌，即傳統文人所做的詩，如詩經中的雅、頌等，尤其是指指唐宋以來封建文人的詩歌創作。《詩集自序》中說，李子曰：「雖然，子之論者，風耳。夫雅、頌不出文人學子手乎？」王子曰：「是音也，不見於世人久矣，雖有作者，微矣！」從這裡可以看出，李夢陽把雅、頌是列入文人詩歌的。文人詩歌，是怎樣的特徵呢？文人詩歌在思想和藝術方面顯明地與人民詩歌不同。正如李夢陽借王叔武所說的那樣，「詩有大義，比興要焉。夫文人學子，比興寡而直率多。何也？出於情寡而工於詞多也」。李夢陽說的很正確，他是從思想和藝術兩方面對文人詩歌作出了基本判斷。詩歌是要講審美的，民歌有誇張、浪漫、愛情、滑稽等豐富多彩的審美情趣，然而，文人詩歌一般沒有民歌那樣豐富的審美內容，這就是李夢所說的「比興寡而直率多」；在思想內容方面，民歌愛熱生活，積極向上，有勞而不怨、善良純粹的精神狀態，而文人詩歌往往自私自愛、怨天怨地，悲憤不已，自做多情，所以，在李夢陽看來是「情寡而工於詞多也」，所謂「情寡」即是眞情少而自做多情的現象比較常見。總的看來，李夢陽對文人詩歌的感悟是符合實際情況的。李夢陽分析文人詩歌時說，「夫文人學子，比興寡而直率多。何也？出於情寡而工於詞多也」。李夢陽在這裡他把「比興寡」和「情寡而工於詞」聯繫起來，認爲文人詩歌主要是「情寡」，「比興寡」不過是「情寡」的結果，表面看來李夢陽沒有從思想和審美兩方面來分析，但是，其本質上是從思想和審美兩方面來分析概括的。因爲我們知道，詩歌的思想和審美是一個統一體，他們統一在一個生活現象中，思想表現美，美反映思想，思想和美從來沒有分離過。李夢陽說的「情寡」和「比興寡」，正是把美和思想統一起來看問題了，所以，李夢陽從思想和藝術兩方面對文人詩歌作出了基本判斷。這是李夢陽對文人詩歌的感悟。

人民詩歌，即詩經裏的國風、漢代的樂府及各個時代的民歌。李夢陽認爲民歌是「夫途巷蠢蠢之夫，固無文也，乃其謳也，咢也，呻也，吟也，行呫而坐歌，食咄而寤嗟，此唱而彼和，無不有比焉興焉，無非其情焉，斯足以觀義焉，故曰：詩者，天地自然之音也。」這些認識是以比興爲要點來判斷民歌特徵的。如前所說，民歌在講審美方面有誇張、浪漫、愛情、滑稽等豐富多彩的審美情趣，在思想內容方面，民歌愛熱生活，積極向上，有勞而不怨、善良純粹的精神狀態。這些都是文人詩歌所難能具有的特點。李夢陽把對民歌與文人詩歌對應起來總結其特點，他對民歌的認識表現了這些思想，他認爲民歌沒有上述文人詩歌那樣的缺點，相反民歌有自己的優點，這就是無嬌柔做作之態，民歌是天地自然之音。

李夢陽的民歌眞詩說，不僅是對民歌的讚揚，我們認爲李夢陽從經驗上給中國詩歌畫了兩個圈子。這兩個圈子，一個是文人詩歌，一個是人民詩歌。李夢陽在提出民歌眞詩說的時候，可能沒有想到這個在文學分類研究中的意義，李夢陽以後的文人學子，以及直至今天的研究者也同樣沒有認識到這一點，但是，這個意義是非凡的。因爲在科學研究中，概念的歸類是關鍵性的，也是基本的。所以，把詩分爲兩類是對詩歌認識的一大進步，這對文學史、詩歌史、詩歌創作、詩歌研究等工作也提供了更方便的途徑。

意義之二：反映了崇尚和美的思想

李夢陽推崇民歌的文藝思想與他的美學思想是密切相關的，在這個前提下，我們可以認爲李夢陽推崇民歌的文藝思想表現了他的美學思想，特別是表現了李夢陽崇尙和美的思想。

李夢陽崇尙和美的美學思想前已論及。其結論認爲，崇尙和美的思想是李夢陽美學思想的主體。崇尙和美的主體思想主要來源於李夢陽的儒家思想。儒家文化中的「仁」、「中庸」演變爲諸如恕道孝道、仁政王道、德治禮制、節欲思想、和諧思想、經權思想、原始民主思想、人道主義思想、大一統思想、大同理想、救世精神、人格獨立學說等等。這些思想在精神上建立了一個「太平和合」理想境界，在美學上表現爲一種與萬物共存榮的和諧美。李夢陽的美學思想就是建立在這樣的哲學思想之上的。如同美學思想的產生一樣，李夢陽對於民歌藝術特點的感悟，來自於他的美學思想，也來自於他的崇尙儒家哲學的思想基礎。李夢陽在《詩集自序》中借王叔武之言說：

> 王子曰：「眞者，音之發而情之原也。古者國異風，即其其俗成聲，今之俗既歷胡，乃其曲烏得而不胡也？故眞者，音之發而情之原也，非雅俗稱之辯也。且子之聆也，亦其譜，而聲者也，不有卒然而謠，勃然而訛者乎！莫之所從來，而長短疾徐無弗諧焉，斯誰使之也？」李子聞之，矍然而興曰：「漢以來不復聞此矣！」〔註8〕

在此，李夢陽認爲，民歌的最基本特徵首先是具有眞情，眞情使民歌有各地的俗語俗聲，眞情使民歌有各個時代的俗調俗謠；其次是民歌具有和諧之美，即所謂「長短疾徐無弗諧焉」。讚揚民歌「長短疾徐無弗諧」是崇尙和諧之美，也是對民歌的審美評價，這也是李夢陽對民歌的審美觀。由此可以看出，李夢陽認爲自然美也是和諧美的表現，自然美與和諧美是同一的。所以，李夢陽崇尙民歌的思想也反映了李夢陽崇尙和美的美學思想。

意義之三：奠基了尊唐擬宋的思想

李夢陽的民歌眞詩說還反映了李夢陽的另外一個文學思想，這就是李夢陽在詩歌方面所一貫堅持的尊唐擬宋的思想觀點。在《缶音序》李夢陽說：

> 詩至唐，古調亡矣！然自有唐調可歌詠，高者猶足被管絃。宋人主理不主調，於是唐調亦亡。黃、陳師法杜甫，號大家，今其詞

〔註8〕蔡景康，明代文論選，北京：人民文學出版社，1993年，頁102。

艱澀，不香色流動，如入神廟坐土木骸，即冠與人等，謂之人可乎？……宋人主理，作理語，於是薄風雲月露，一切鏟去不爲，又作詩話教人，人不復知詩矣。詩何嘗無理，若專作理語，何不作文而詩爲耶？今人有作性氣詩，輒自賢於「穿花蛺蝶」、「點水蜻蜓」等句，此何異癡人前說夢也。即以理言，則所謂「深深」「款款」者，何物邪？詩云：「鳶飛戾天」，「魚躍於淵」，又何說也？〔註9〕

李夢陽上文論述了宋詩的基本特徵，其論述是中肯眞切的，也是符合文學歷史眞實的，其觀點早已爲人們所接受。李夢陽在做了上述對宋詩的評價之後，把宋詩和民歌做了比較，他說：予觀江海山河之民，顧往往知詩，不作秀才語，如缶音是已。李夢陽把民歌和宋詩做比較，認爲宋詩沒有民歌那樣的眞情實眞韻，宋詩遠遠比不上民歌的詩美。李夢陽所講是事實，這個事實在今天看來是眞理，人們都要已接受了。但是，在明代那個封建社會，李夢陽提出這樣的觀點是少數人，再有如向王叔武這樣的人，總之很少。

熱愛民歌與尊唐擬宋二者都體現了李夢陽具有相當高的文學鑒賞水平，由此可以看出李夢陽尊唐擬宋的文藝思想與他熱愛民歌也是有聯繫的。有比較才有鑒別，有鑒別才有認識，李夢陽對宋詩的嫌惡正是建立在他對二者比較基礎之上的。所以，李夢陽熱愛民歌的思想也奠基了他尊唐擬宋的思想。

意義之四：影響了明清詩派的萌生

民歌眞詩說的核心是民歌抒發了人性的眞實感情。詩歌的目的之一就是言志，也就是要抒發了人性的眞實感情；詩歌的美味之一也就是因爲她抒發了人性的眞實。李夢陽的民歌眞詩說思想反映了李夢陽的文學思想，同時也反映了詩歌發展的基本規律。由民歌的鑒賞感悟到詩歌以言眞情爲本質，這是李夢陽文學思想的歷程，也是李夢陽對民歌的總結。李夢陽以民歌爲起點，對詩歌進行研究、進而試之實踐。李夢陽由民歌感悟到詩歌應該以抒發眞情爲詩的本質，這爲後代詩歌創作開闢了新思路，對後代詩歌流派的形成起到了積極的啓蒙作用。

首先是對明代公安派的影響。公安派是反對前後七子的，但是，公安派人在詩歌創作方面確繼承了李夢陽的熱愛民歌的思想。公安派認爲「出自性靈者爲眞詩」，而「性之所安，殆不可強，率性所行，是謂眞人。」（袁宏道

〔註9〕李夢陽，《空同集》卷五十二，吉林出版集團有限責任公司出版，2005年，頁483。

《識張幼於箴銘後》)，進而強調非從自己胸臆中流出，則不下筆。因此他們主張「眞者精誠之至。不精不誠，不能動人」，應當「言人之所欲言，言人之所不能言，言人之所不敢言。」（雷思霈《瀟碧堂集序》）這些觀簡直和李夢陽的民歌眞詩說如是同一口出。公安派還推崇民歌、小說，提倡通俗文學。公安派重視從民間文學中汲取營養，袁宏道曾自敘以《打棗竿》等民歌時調爲詩，使他「詩眼大開，詩腸大闊，詩集大饒」，認爲當時閭里婦孺所唱的《擘破玉》、《打棗竿》之類，是「無聞無識眞人所作，故多眞聲」，又讚揚《水滸傳》比《史記》更爲奇變，相形之下便覺得「六經非至文，馬遷失組練。」（袁宏道《聽朱生說水滸傳》）推崇民歌、小說這顯然是與李夢陽的文學思想是一致的。我們不能不說公安派的文學思想與李夢陽的熱愛民歌的思想有關聯。

其次是對唐宋派的影響。唐順之是唐宋派的代表人物，唐順之認爲「文字工拙在心源」，說作者只要「心地超然」，就是「千古隻眼人」，「即使未嘗操紙筆呻吟學爲文章，但直攄胸臆，信手寫來，如寫家書，雖或疏鹵，然絕無煙火酸餡習氣，便是宇宙一樣絕好文字。」唐順之認爲但直攄胸臆便是宇宙一樣絕好文字，這不就是李夢陽的「天地自然之音」的觀點嗎？所以，在詩歌創作方面，唐順之與李夢陽的思想是一致的。

再次，李夢陽的民歌眞詩說對明代的竟陵派，清代的格調派、神韻派、桐城派等都有影響，他們或許是從李夢陽向民歌學習的事例中得到啓發，從而思考、揣摸文學創作的新路子，並建立了自己的文學創作思想，形成了一個又一個的文學流派和文學流派的爭鳴。因爲自前七子之後，中國文學流派叢生如雨後春筍，不斷產生。顯然，李夢影的民歌眞詩說觀點影響了明清詩派的萌生。

第七章　李夢陽的創作實踐

李夢陽的文學創作實踐歷來是一個有爭議的話題。讀李夢陽《空同集》，通觀其作品，分析其散文、詩歌的藝術特點，從而對李夢陽的文學創作成就做一個客觀、恰當的評價，是一件很有意義的工作。

李夢陽的文學創作可分爲散文和詩歌兩大部分。

《空同集》中共有散文 302 篇。其量最大的是序，共 82 篇；其次是墓誌銘 37 篇；雜文總數是 74 篇，但裏面形式比較駁雜，其中有銘、贊、箴、戒、頌、辭、誄、對、解、字義等；書 26 篇；碑文 25 篇；祭文 18 篇；狀疏 4 篇；上書 1 篇，族譜六篇；傳六篇；行實 1 篇。

《空同集》中共有詩歌 2500 首。其量最大的是五言律，514 首；其次是五言古詩 357 首；再次是七言律 346 首；還有七言絕句 275 首；賦 34 篇；古風 63 首；樂府 150 首；雜體詩 43 首；七言古詩 209 首；五言排律 66 首；五言絕句 148 首；七言絕句 275 首；七言排律 6 首；六言、雜言 14 首。

按李夢陽全集的最早刻本是嘉靖九年（1530 年）由黃省曾在蘇州所刊刻的《空同集》，共六十三卷。書前有黃省曾所寫的序。稍後，嘉靖十一年（1532 年），由李夢陽的外甥曹嘉根據黃省曾的刻本再刊印《空同集》，共六十三卷。明萬曆三十年（1602 年）到三十一年（1603 年），鄧雲霄、潘之恒所刊之刻本最爲完備，詩文共六十六卷附錄二卷。書前並有黃省曾、鄧雲霄等諸人序作。《四庫全書》所著錄的《空同集》版本即六十六卷本，但刪去了李夢陽《詩集自序》和其他諸人序作以及附錄。本章的研究即以《四庫全書》所收錄的《空同集》爲底本。

第一節　散文的藝術特點

李夢陽是明中葉文藝壇上復古派前七子的領袖，力主文必秦漢，影響頗大，在中國文學批評史上有一定的地位。明清文人比較重視他的詩歌創作，如清人沈德潛編選的《明詩別裁集》中就選錄了他的詩作四十七首。相對詩歌而言，後人對李夢陽的古文卻不夠重視，即使有人偶而提及，也多持貶抑態度。其實，李夢陽的散文寫得很有特色，其藝術品位甚至超過了他的詩歌，具體分析有以下特點。

一、現實主義風格

李夢陽的古文創作有較高的思想內容和藝術價值。李夢陽的古文在思想內容方面，表現有鮮明的現實主義特點。最引人注目的有三點：

（一）深刻的政治見解

李夢陽處在明王朝建立後一百多年的承平時代。明初統治者吸取前朝傾覆的經驗，爲鞏固自己的統治，在政治上、經濟上採取了一系列措施，使政治相對穩定，經濟有所發展。當時雖然農民起義時有發生，但就全國總的形勢來講，在一個較長時期內，戰火消弭了。由於承平日久，官僚們多不以國事爲重，只醉心於功名利祿，包括皇帝在內，多沉湎於聲色狗馬、酒宴玩樂之中。這樣的政治局面反映在文學上，則是以歌功頌德、粉飾太平爲主旨的，以平庸、空洞爲特點的所謂「雍容典雅」的「臺閣體」風氣。「臺閣體」這種創作風氣，只糾纏在應制唱和、頌聖與應酬題贈上，不痛不癢無病呻吟，於政治無補，於民生無益，於教化無用，於陶冶性情無功。李夢陽於這表面一潭死水的現實中，看出了官場上的角逐傾軋與幽深處的暗流。政治現實使他警覺憂慮，「臺閣體」的萎弱文風氣層使他感到窒息，忠君的儒學正統教育使他不能不對這種現狀無動於衷。於是，他一方面以復古爲宗旨，起而反對「臺閣體」文風；一方面操起犀利之筆，刺向弊政，寫下了《上孝宗皇帝書稿》、《代劾宦官狀稿》等言詞激切、分析深刻的好文章。

《上孝宗皇帝書稿》是李夢陽政治見解的薈萃。明人湯賓尹在《空同文選評林》中評這篇文章：「識體如賈長沙，鯁直如汲長孺，此皇朝有用文章。」這是十分精當的。在這篇疏文中。他以直臣的的忠心與政治家的膽識慷慨陳詞，指出危及國家生存的「二病、三害、六漸」，他認爲扭轉這種危險局面的原則應是扶正抑邪，「拔廉直、獎忠鯁、斥無恥，大臣進廬扁之佐。」他提出抑制宦官權勢的辦法，也頗爲得力：「今誠欲腹心安。莫如鏟內官之權，欲鏟內官之權，莫如有罪不赦，有缺不補。」他還提出了「急選良有司，恤饑賑寒，以安民心」的主張。這些都是李夢陽遠大、深邃、敏銳的政治目光的反映。

李夢陽古文中的政治見解還有辯證法思想。他在《河中書院賦》中所說，「二氣推蕩，禍福倚伏，時罔常泰，日中乃仄」。這段話的思想如同老子的道德經思想。他還說，「天下一政，因地異施。故政以位殊，位由體立，立體顯用，藏諸其能」。這樣的思想反映了李夢陽實事求是的哲學思想，這當是李夢陽能有深刻的政治見解的思想基礎。

李夢陽還認識到教育爲政治服務的重要性，在他許多涉及教育的言論中，可以看出他的教育思想。例如他在《河中書院賦》序中說，「驅邪以端，拔怪以常，伐慝以昭，破淫以的，是故君子之於邦也，不患不從，而患弗躬。躬義布昭，敷常表端，以是而教，鮮不率矣。何也？四者其本也。然又斷之以獨，協之以同，行之以勇，乃奚往不濟矣。」再例如他在《河中書院》中說，「端物者端己，治人者自修」。這些思想都表現了李夢陽重視教育的政治遠見

李夢陽在《送陳公赴貴州序》、《送右副都御史臧公序》、《送童公赴京尹序》、《送陳公序》、《送右副都御史孫公序》、《送李德安序》、《贈郭侯序》、《李君升按察司僉事兵屯穎上序》等送別序文中集中分析時勢、議論政治，頗多精深的見解，這些序文都是李夢陽言之有物的好文章。

（二）以身許國的政治抱負

李夢陽爲了國家利益，即使對皇帝的過錯，也敢直言指出。他認識到危及封建統治的根源在皇帝身上，於是他敢於以堯舜爲帝王的表率去規範當今皇帝，並敢於單刀直入地指責當今皇帝。李夢陽說，「蓋直言之臣，秉性樸實而不識忌諱。睹事積憤，誠激於中。義形於詞，故其言剴切而無回互，藥石而鮮包藏。」他還說，「夫易失者勢，難得者時，今睹可畏之勢而遇得言之時，使仍緘默退縮以爲自全苟祿之計，是懷不忠而欺陛下耳。」（《上孝宗皇帝書稿》）在《代劾宦官狀稿》中李夢陽又說，「臣等幸待罪股肱之列，値主少國疑之秋，仰觀乾象，俯察物議，瞻前顧後，心焉如割。至於中夜起歎，臨食而泣者屢矣！臣等伏思：與其退而泣歎，不若昧死進言，即使進言以死，不

猶愈於緘默苟容乎！此臣之志，亦臣之職也。」這些言語，充分表達了李夢陽的耿介之志，懇切之心。李夢陽《上孝宗皇帝書稿》向皇帝表述自己的政治理想，他指責孝宗皇帝濫赦罪犯，就是「縱罪」、「長奸」，以致釀成弛法令之漸；黜陟失制，賞罰不明，則形成壞名器之漸，並義正詞嚴地說，「蓋法者，公之天下，受之祖宗者也，掌於士師，士師不得專也；出於天子，天子不得專也。是故士師可以執天子之父，而爲舜者不可私其親。」這些都是李夢陽在《上孝宗皇帝書稿》中表現的忠君愛國、秉性忠厚剛直、不阿附權貴等思想內容。

李夢陽在《邃菴先生書》中自述抱負說，「某少耽章句，曲荷陶成，迂執忤時；中歲淪斥，無由操策轅門，侍聆邊略。然金鼓之音，旌旗之色，恒若親之。雖想像之餘，亦聞之素心。」這些言語都表現了李夢陽具有憂國憂民、許身許國的政治抱負。當他看到戶部尚書韓文常爲宦官專權而憂憤泣涕時就說：「公，大臣也，義共國休戚，徒泣何益？」（見《代劾宦官狀稿》後秘錄）李夢陽的以天下爲己任的大丈夫胸懷，在這寥寥數語中，表露得多麼充分！

李夢陽在《答左使王公書》中說：「某自沾餘馥以來，廿年於茲，恒懼玷點名教，忝違訓旨，每以不欺師君，實不以死生富貴陽市動心。」這種以身許國，大義爲先的品德、氣派，是令人景仰的。

（三）強烈的現實主義精神

由於李夢陽出身寒微，所以，他對農民的疾苦頗爲同情。他在《上孝宗皇帝書稿》中指出，由於天子的縱容，「貪墨在位」，皇親家巧取豪奪，農民已處於水深火熱的境地中，「男不秉耜，女不上機，賣男鬻女，弱者轉而死泥塗者過半矣。」對於官民爭地的糾紛，他認爲「萬無百姓侵官之理」，說得斬釘截鐵，簡直是在擊鼓鳴鐘，爲百姓的冤屈大聲疾呼了。

他認爲盜起於民窮，窮極生變，故而競相鋌而走險。要弭盜消匪，非「恤饑賑寒」不可。又在《隱亭先生墓誌銘》中揭露了社會的黑暗和人民生活的悲慘。老百姓餓得無法，只好去掘屍，剝吃殘留在骨頭上的腐敗的人肉，而統治者卻要把這樣的可憐人分屍棄市。李夢陽滿含悲憤地責問：「不能使之不饑，而能使之不齧乎？」其尖銳與警厲，直可與杜甫的「朱門酒肉臭，路有凍死骨」相頡頏了。

除以上三點外，還有表現閒適情致的山水遊記和一些雜文。雜文中內容包羅萬象，其天文、地理、歷史、哲學、文學、教育、自然、音樂、美術，題材紛雜，信手拈來，縱橫捭闔，議論風生，涉及面相當廣。反映出李夢陽淵博的學識，廣泛的興趣。抒發了作者複雜的感情，表現出一些傑出的見解。

李夢陽古文的藝術特色，除了上述顯明的現實主義特點外，在審美、和表現手法上還有其他特點。李夢陽的文章的特色是氣勢雄壯、表意直率、文情高雅、詳略得宜，同時，也具有哀怨柔婉、清麗活潑的一面。

二、長於敘事，善於寫人

李夢陽是敘事的能手。他的古文，一大半是敘事體的。大都寫得十分得體，鋪敘自然，章法錯落，形象鮮明，生動傳神，意富文約，毫無雜沓之處。有許多篇幅，堪稱敘事佳品。如《族譜・大傳》中對主文公（李夢陽之伯父）的描寫，「頯而鬚髯，然爲人使氣尚力……而軍漢公在軍中乃私券我產，給其直，酒之。人即持券來收我產。主文公怒，不言，第礪利刃，然色常在持券人。持券人覺之走，主文公乃憮然曰：『咍，此奴走矣！』已，復大罵跳，伏地死。券者大懼，呼天曰：『天，天，寧主文生，不願得屋直！』頃之，主文蘇，券者乃卒不敢復言直矣。」這一百多個字，把持券人來收產業，主文公如何對付的整個過程，十分生動地寫了出來，而主文公「使氣尚力」的性格也被刻畫得惟妙惟肖。

李夢陽寫他的弟弟孟章曰：「弟生而巨口，高顴骨，隆隆起發際，名爲伏犀，七、八歲時猶啖乳，有氣力，然矯捷善戲，善打球綴幡、騎竹馬，群兒莫先也。弟又好舔竿擊、撲蟬、打蜻蜓，又放風鳶。父母以其有奇氣，時時折辱之，不可下。」一個驕悍、頑皮的小孩子形象，活脫脫地朝讀者撲來。

李夢陽寫高處士說，「長而喜誦書史、說先王，然不務裘馬，不喜酒，不畜媵婢。嘗歲暮出取負欠割券，馳一空車歸。里人望見盡笑之，處士不較也。」（《高處士合葬誌銘》）其描寫的扃高處士形象也頗生動可愛。

《邵道人傳》、《寄傲先生墓誌銘》、《明故王文顯墓誌銘》、《鮑允亨傳》、《尚書黃公傳》、《隱亭先生墓誌銘》、《處士松山先生墓誌銘》、《梅山先生墓誌銘》等篇，都頗具傳奇色彩，是很好的記敘描寫文字。李夢陽的志傳散文，其個個人物都有鮮明的個性。寫法上也富於變化，不拘一格。這樣的文章，讀來饒有興味，不覺枯燥，值我們學習。

三、個性化的人物語言

在記敘人物中，李夢陽很會抓住最能體現人物性格的言語。如在《明故王文顯墓誌銘》中寫商人王文顯的爲人有這樣的描寫：

> 文顯之爲商也，善心計，識輕重，能時低昂，以故饒裕。與人信義秋霜，能析利於毫毛，故人樂助其資斧〔註1〕；又善審勢伸縮，故終其身弗陷於阱羅。

記王文顯的語言則曰：

> 文顯常訓諸子曰：夫商與士異術而同心。故善商者處財貨之場而修高明之行。是故雖利而不污；善士者引先王之經而絕貨利之徑，是故必名而有成。故利以義制，明以清修，各守其業，天之鑒也。〔註2〕

這些話，就是王文顯一生行爲的準則。聽其言，觀其行，更能加深人們對所寫人物的印象。

人物對話，在李夢陽筆下寫得活潑有趣。在《高處士合葬誌銘》中，有李夢陽描寫高處士的一段文筆。高處士之子高珣任東明縣丞，硬把老頭子接到官邸去住，老頭子「蹙額曰：『吾自不入公府，今公府居邪！』」當舊縣令將離任時，「問處士曰：『我孰與新令賢？』處士默默孰視之，已而曰：『君似弗如也。』令歎服其直。」這短短幾行文字，把舊縣令沽名釣譽，巴望高處士說他好話的神情描寫得活靈活現。這幾句對話也把高處士寫活了，高處士厭惡這庸俗之輩，欲不搭理，又覺得不能盡宣胸中鄙薄之氣，高處士端詳了舊縣令之後，沈穩地吐出了這千錘百鍊的五個字「君似弗如也」，這五個字像一冰水，兜頭澆在了這個希望聽到恭維話的舊縣令身上。讀到這裡，讓人覺得著實痛快，不禁拍手叫絕。

又如，李夢陽寫與他的梅山先生的久別重逢時有這樣的文字，「秋，梅山子來，李子見其體腴厚，喜握其手曰：『梅山肥邪！』梅山笑曰：『吾能醫。』曰：『更奚能？』曰：『能行家者流。』曰：『更奚能？』曰：『能詩。』李子

〔註1〕資財，《易・旅》：「得其資斧。」程頤傳：「得貨財之資，器用之材。」宋王讜《唐語林・補遺一》：「王公戚屬，相攜而至者，藍縷膩囊，繈負鱗次，竭其資斧，親自贍恤。」茅盾《新疆風土雜憶》：「但既至鎮西或迪化，往往資斧已罄，不能再販土產歸來。」

〔註2〕李夢陽，《空同集》卷四十六，吉林出版集團有限責任公司出版，2005年，頁426。

乃大詫喜，拳其背，曰：『汝吳下阿蒙邪！別數年，而能詩，能醫，能形家者流！』」（《梅山先生墓誌銘》）李夢陽把老朋友間那種親密無間的情誼、詼諧灑脫的風度、談笑風生的情趣，在對話中如汩汩清泉地流瀉了出來，其充滿了生活氣息。

有的文章，李夢陽甚至通篇採用對話的形式寫出，一來一往，或問或答，或反覆辯難，把議論寫活了。如《送李德安序》、《結腸操譜序》、《詩集自序》、《德安集志序》、《林公詩序》、《觀風亭記》、《懼問記》等篇，都是採用問答體形式，把長篇大論化整為零。步步設疑，層層剝進，針線綿密，天衣無縫。

四、崇尚眞實的史家筆法

李夢陽寫文章，目的明確，他不爲阿附權貴而而自描媚態，不爲牟取黃白而諛飾死人，以表現眞實爲目的。他說過，「作史之義，昭往訓來，美惡具列，不勸不懲，不之述也。其文貴陽市約而該，約則覽者易遍，該則蒼末弗遺。古史莫如《書》、《春秋》，孔子刪修，篇寡而字嚴；左氏繼之，辭義精詳；遷、固博采，簡帙省縮。以上五史，讀者刻日可了，其冊可挾而行，可箱而徒。」（《論史答王監察書》）這些議論，是很有道理的。李夢陽爲文，頗具這種史家筆法。再加上他學識淵博，古文功力深厚，就能以極約之文，包極博之事，使文章毫不「嘽緩冗沓」，這也許就是他學古的結果。先秦兩漢之文，上乘之作，不少是史書。《尚書》、《春秋》、《左傳》、《史記》、《漢書》就是古文典範。從李夢陽的主張和作品來看，他的學古，主要傾向是繼承古代優秀的文化遺產，是吸收其有用的精華。李夢陽的古文也表現了他的古文功力非同一般。

李夢陽史家筆法的另一表現是不隱惡。即使是本族至親也不例外。如他寫叔祖，「軍漢公則嗜酒不治生，好擊雞、走馬、試劍。」寫他堂叔，「曰璡者，軍漢公子，善機詐，把持人。」寫他親叔父陰陽公，「則日弄酒狎侮諸吏士，奴僇之。諸吏士不堪也，乃於是盛惡陰陽公。於其將，把其短，將懼，逐之還。（《族譜・外傳》）」在《封丘順僖王墓誌銘》中，他不隱順僖王荒淫之短。作爲一個文人，如果沒有氣節、德行，在混沌之世，要做到這一點是很困難的。李夢陽這種求實精神是由他剛直、誠信、爽快的性格所決定的。

五、濃烈的抒情味

李夢陽有著深厚、眞摯的感情。李夢陽的詩、賦以感情的深厚、眞摯見長。而在他的古文中，當首推《封宜人亡妻左氏墓誌銘》了。平時常在一起，尙不覺得妻子有多麼可親，以至須臾不可離得，一旦永別，孑然一身時，二十六年共同生活中妻子的種種好處就紛至沓來、湧上心頭。李夢陽仕途坎坷，妻子始終伴隨著他，歷盡顚沛。有了妻子，他便無後顧之憂，專心爲事業操勞；而今妻子去了，陡然一切都要變了。在《封宜人亡妻左氏墓誌銘》中，李夢陽曰：

> 李子哭語人曰：「妻亡而予然後知吾妻也！」人曰：「何也？」李子曰：「往予學若官，不問家事，今事不問不舉世矚目矣；留賓酒食，稱賓至，今不至矣；往予不見器處用之具，今器棄擲弗收矣，然又善碎損；往醯醬鹽豉弗乏也，今不繼舊矣；雞鴨羊豕時食，今食弗時，瘦矣；妻在，內無嘻嘻，門予出即夜弗扃也，門今扃，內嘻嘻矣；予往不識衣垢，今不命之澣不澣矣；縫剪描刺，妻不假手，不襲巧，咸足師，今無足師者矣，然又假手人；往予有古今之慨，難友言而言之妻，今入而無與言者。故曰：妻亡，而吾然後知吾妻也。」〔註3〕

這樣的墓誌銘，正如湯賓尹所評，是「如泣如訴，如怨如慕」，說到痛切處，則「悽悽切切，似秋夜塞笳，一聲一淚。」這淚，是從澄徹的感情之泉湧出的，是聖潔晶瑩的，一點淚一顆珠，讀來令人肝腸絞結，心縮氣咽。是痛哭，是絕唱。誌銘至此，可謂情之至矣！

此外，《亡弟汝含祭文》、《結腸操譜序》、《李員外祭文》等篇，均屬通篇充溢著作者悲悼之情的作品。還有許多篇章，時時流露出作者分明的愛憎，有衷心讚揚，有憤怒斥罵，有長籲短歎。如罵閹官爲「陰性狼貪之徒」；稱特務機構錦衣衛爲「爪牙之司」；李夢陽反對佛、道方術，稱道人爲「酒肉粗俗道士」；劾壽寧侯「招納無賴，罔利而賊民……橫行江河，張打黃旗，勢如翼虎」；劾宦官之罪，認爲「雖將此輩齏粉葅醢，何補於事」，其激憤仇恨之情，多麼強烈！他在《送陳汝州序》中說，「孔子曰：『富與貴，此人之所欲也。』

〔註3〕李夢陽，《空同集》卷四十五，吉林出版集團有限責任公司出版，2005年，頁417。

且今人孰不欲富貴？假令陳子巧詐善宦，卑卑與世浮沉，或富貴多金玉貨財，無論一知州，即令立致卿大夫，余何所喜幸焉！陳子人品，誠足爲天下喜幸，即令隱約終身，予願爲之執鞭不辭，矧今爲知州，矧將彰而爲相大夫！」作者對陳子的道德人品的仰慕敬佩之情，表露得多麼明朗，多麼眞率！這與李夢陽的品德正相吻合。

李夢陽在記寫少保兵部尚書于謙時，他感歎道：「予觀今人論肅愍公事，未嘗不酸鼻流涕焉，蓋傷臣不易云。」（《少保兵部尚書於公祠重修碑》）這其實就是李夢陽自己敬仰於公、并悲歎自身而「酸鼻流涕」的寫照。由於時乖運蹇，李夢陽多有懷才不遇的憤慨的對世態炎涼的悚懼。看看李夢陽的《端本策序》，可知李夢陽對君臣遇合之的概歎。《懼問記》則反映了李夢陽對「叔季之世，鈎織起焉」那種社會政治現狀感到不寒而慄。這些都是動心蕩魄之作。《尚書黃公傳》、《封徵士郎中書舍人何公合葬志》則又浸透著李夢陽對黃公和何景明之父親的爲人的敬仰之情。

從以上可以看出，李夢陽爲文，或褒或貶，或喜或惡，或贊成，或反對，態度明朗，絕不隱晦曲折，閃灼其詞。有其人必有其情，有其情必有其文。這就是李夢陽的文章都有較強的感染力。

六、精於議論，長於雄辯

李夢陽學富才高，精孰六藝典籍，嫻於各種文體、詩體，堪稱通才。作文尤長於議論。隨手摭取一個題材便能左右逢源，議論風生。或長篇大論，或短章小析，無不如此。李夢陽在議論中喜歡用頂針績麻格的修辭手法。例如語句：「夫妻士群居則雜，雜則亂志，志亂則行荒……」（《東山書院重建碑》）「豪不奪則民志一，民志一則重犯法，重犯法則獄省，獄省則賦可允，賦可允則盜賊不作，盜賊不作則兵戢而無用，此大臣之業而巡之良也。」（《送右副都御史孫公序》）「天下有必賢者也，賢之則慕，慕之則思。思之不見則悲，悲之則吟，吟之則音，音之則詩……」（《柏溪君哀序》）頂針績麻格這種修辭方法，環環緊套，用於議論，使推理實分嚴密，前因後果，清清楚楚，一絲不亂，簡潔明快，緊湊自然。因文章中常常有許多環節肩負著承上啓下的任務，上句爲下句之果，下句爲上句之因，次序嚴格，絕對不能易位，所以，這種技巧用得恰當，可以使文章生色。但是，如果思路紊亂，因果纏夾不清，就容易攪成一鍋粥或得出荒謬的結論。倘若對事理審度不嚴、不精、不詳，則很難應用此法。而李夢陽則駕馭得是那麼嫺熟自如，在他的古文時裏，這類例子比比皆是，由此可見李夢陽的文章功力之一斑。

七、千姿百態，色彩斑斕

李夢陽的古文不僅嫺於素描，還精於渲染，李夢陽常常根據不同題材需要，點染出斑斕色彩。千姿百態的渲染，豐富了表現力，增強了感染力，開拓了李夢陽古文的境域。翻開《遊廬山記》、《遊輝縣雜記》、《華池雜記》、《賓貢圖記》、《三渠陳氏家園一覽圖記》這幾篇文章，它們均給人以清心、悅目、怡神的感覺。這其中以《遊廬山記》爲最佳，其文洋洋一千三百八十字，詳細、準確地記敘了廬山上的勝景、文物古跡和名人傳說。對山勢脈絡，溪水源流，備考有辯。這篇文章除具有地理史料的科學價值外，字裏行間洋溢著詩情畫意。如寫白鹿洞：「此鎖澗口者也。群峰夾澗峭立，而巨石、怒撐，交加澗口。水湍激，石蹦旁有罅，人傴僂穿之行，此所謂白鹿洞云。」寫水簾：「水簾者，俗所謂三級泉也。然路過洞愈險澀，行蛇徑鳥道石罅間，人跡罕至矣。水簾掛五老峰，皆懸崖而直下，三級而後至地，勢如遊龍飛虹，架空擊霆，雪翻谷鳴，此廬山第一觀也。」李夢陽是詩人，爲文也有詩意，這篇文章寫得如詩如畫。

《哭白溝文》是一篇很出色的駢文，其描寫古戰場的陰森愁慘、廝殺的殘酷激烈，令人毛骨悚然。字裏行間似乎嘈雜著刀槍劍戟的格鬥撞擊聲，喧騰著哭喊吆喝聲，堪於李華的《弔古戰場文》相媲美。《哭白溝文》對古戰場濃墨重彩地渲染，給人以崇高、悲壯的美感。

由於體裁不同，題材各異，李夢陽的古文也不乏細膩纏綿的情味，《結腸操譜序》就是最典範的代表。如他敘寫《結腸操》的思想狀態：「曩予有內之喪，親睹厥異，傷焉，警焉，吟焉，泳焉！於是援筆而布辭，疏鹵荒鄙之音，聊泄憒憒、悶悶、汶汶焉！……予爲此篇也，長歌當哭焉矣！知其思索以悲，忉別怲離，若逐臣懷沙，迷弗知知其所之。」當寫到睹物傷情時，李夢陽說，「予有琴二具，而不解一彈。內人未亡也，見琴則每短予曰：『汝不琴亦能詩邪？』內人則手自撫弄，亦每悠揚成音。嗟，陳生，予何能聽澤琴！」這樣的文字，回憶妻子和自己生活的細節，勾起無限情思，一句一重悲哀，一字一滴淚珠。這樣的文章，多麼淒惋悲痛！其具有攪碎心肝、撕斷柔腸的力量。這種哀傷、悲涼的情調，更能引起讀者感情的共鳴。

李夢陽的古文也存在一些缺點。

李夢陽的文章，並不是說沒有缺點，李夢陽的文章有時流露出一些邏輯不通的毛病，例如在李夢陽與何景明的爭議中，李夢陽的文章就寫得不怎麼瀟灑。何景明在《與李空同論文書》中，沒有提出文章有沒有法式的問題，何景明認爲文章應該具有法式，認爲「辭斷而意屬，聯類而比物」是作文法式，還提出對於文章之法式應該靈活運用之，此即「擬議以成其變化也」，這也可以算做是一個比前者更重要的法式。而李夢陽在《駁何氏論文書》中則一再表述自古以來寫文章必有法式，這是所辯非所爭的答辯；另外，李夢陽一再強調作文必有法式，但未提及他所謂的法式是什麼，這是所辯無例證。後來，李夢陽在《再與何氏書》才補充表述了李所謂的的法式是「前疏者後必密，半闊者必半細，一實者必一虛，疊景者意必二。」這其實也不算是什麼作文法式的。李夢陽在李何之爭中的文章表現出了一些思維混亂的缺點和不肯服人的義氣。

第二節　詩歌的藝術特點

李夢陽一生創作詩歌二千餘首，王世貞稱他是一代詞人之冠，《明詩別裁集》收明三百多名一千零二十餘首詩，李夢陽的詩歌名列第二，《明詩蹤》收詩凡二千四百餘家，李夢陽詩歌名列第三。足見人們對李夢陽詩歌的重視。

李夢陽創作的樂府和古詩較多，其中有不少富有現實意義的作品，且寄寓了作者力求有所改革的政治理想。《朝飲馬送陳子出塞》揭露了明朝軍隊的腐敗：「萬里黃塵哭震天，城門晝閉無人戰」；還描寫了勞動人民的悲慘處境：「今年下令修築邊，丁夫半死長城前。」筆力頗爲蒼勁沉重。《君馬黃》刻畫宦官的驕橫，也栩栩如生。坐車的宦官由於「前徑狹以斜，曲巷不容車」，竟然下令拆房毀屋，於是「大兵拆屋梁，中兵搖楣櫨，小兵無所爲，張勢罵蠻奴」，暴露了封建統治集團的罪惡。《空城雀》通過對群雀啄麥、坐享其成的描繪，表示了對既無利彈、又蔑網羅的貧苦「翁嫗」的同情，很有深意。《玄明宮行》鋪敘了宦官住地的盛衰，抨擊了他們的窮奢極欲，更嘲諷了這些傢夥頃刻煙消雲滅的可悲下場。李夢陽的樂府、歌行在藝術上有相當成就。他善於結構、章法，如《林良畫兩角鷹歌》從畫說到獵、從獵生發議論，後畫獵雙收，很見功力。但時有雕鑿之痕，並未臻於自然流轉的神境。另有部分樂府有模擬現象，不足取。除樂府、歌行之外，李夢陽的七律也有特色。他專宗杜甫，七律多氣象闊大之辭。如《臺寺夏日》對臺寺的描繪，很有磅礴飛動的氣勢，並蘊藏著鑒古知今的情思。他創作七律，也能注意開闔變化。王維禎認為：「七言律自杜甫以後，善用頓挫倒插之法，惟夢陽一人。」但也應看到，李夢陽的七律並非全是雄渾健拔之作，還有少數興象飄逸、風味盎然的詩篇。如《春暮》「荷因有暑先擎蓋，柳為無寒漸脫綿」，用詞精警而自然，情趣橫生而不落俗套，別具一番風味。

如果要對李夢陽的詩歌有所眞正的瞭解，必須對他的詩歌的藝術特點做一分類分析。下面我們對李夢陽的詩歌按體裁做一分類分析。

一、賦

李夢陽的賦共十四篇，主要的篇目有：《疑賦》、《鈍賦》、《宣歸賦》、《弔申徒狄賦》、《弔康王城賦》、《弔於廟賦》、《大復山賦》、《哀郢賦》、《惡鳥賦》、《述征賦》等。如屈原、賈宜的賦的特色一樣，李夢陽賦大多表現了他憤世嫉俗的思想。《述征賦》如下。

《述征賦》

正德四年夏五月北行作

仲夏赫炎兮，草木畢揭。

羈緤赴徵兮，夜發梁國。

抑情順志兮，強食自解。

亂流渡河兮，忽焉而寐。

所以懭悢揮霍兮，中情菀而內傷。

明星散而交加兮，翩冥冥吾以行。

覽眾芳而橫涕兮，莽皇皇莫知所投。

暾杲杲方上進兮，雲披離而蔽之。

飄風磕而會波兮，湖水激而震蕩。

慨川廣而難越兮，朝余翺翔乎河上。

既涉衛以奔騖兮，又逾淇而渡漳。

去故鄉以就遠兮，沾余襟兮浪浪。

山峻高而造天兮，又陰晦而多雨。

覿蘊蟲之相摶兮，忳鬱邑漢又交下。

哀人命之有當兮，禍福杳其無門。
孰非義之可蹈兮，焉作忠而顧身。
余獨怪夫謇博之罹患兮，親好修而逢殆。
箕子狂而悲歌兮，彼比干固以菹醢。
觀前世誰不然兮，矧吾懷愆而造尤。
聊周張以嬋娟兮，盍不忍此心之常愁。
涉湯陰余愴怳兮，乃又瞻茲羑里。
鄂廟屹而傍路兮，駟超軼而過止。
懷誠有離憫兮，任道有承。
尤侍中顛隕兮，扁鵲被劉。
專惟君而遘映兮，眩吾不知其何謂。
極終古而長憤兮，羌炯炯其猶未昧。
翼綿綿之無聊兮，眇翩翩莫知所騁。
憂悄悄之悶瞀兮，歷山川余弗省。
跡有隱而難察兮，物有微而先彰。
負蚊蟲以抗山兮，因切人之未量。
欲結言以自明兮，拙而莫之謀也。
將會舉以遠群兮，又絆而莫之能也。
經溝瀆吾不悅兮，亦何必爲此行也。
謇相羊以俟止兮，莫好修之證也，
路逴卓之裔裔兮，埃風旋而簸揚。
煙液蒸而練練兮，夕吾次於沱陽。
嶺嵂曲以斂容兮，原曖暗而塘塝。
風草剡而冥冥兮，狼狸號而夜鳴。
指黃昏以爲期兮，駗駸駸又夜行。
曰雷霆不可玩兮，孰刑人而不戒。
悲轅馬之喘噎兮，常十策而九退。
朝攬木末之清風兮，夕瞻明月指列星。
我既處幽羌誰告兮，魂中夜之營營。
欲展詩以儆志兮，恐增愆而倍尤。
眾聚觀而潛誶兮，或掩涕爲予乎淹留。

予朝餐中山之初蕨兮，暮挈易之香莽。
睇北山而不見兮，彼南州又藐焉而弗予睹。
氣怦怦而絓結兮，心緯繣而弗怡。
紛流目相覿兮，見金臺之崔嵬。
軫雄虹之迅光兮，慨烏白與馬角。
燕昭既劇該輔兮，厥躬亡而國削。
何秦嬴之虎視兮，厥二世之不祿。
因盈虛之環沓兮，春秋奄其代續。
自前代乃已然兮，吾又何怨乎人心雜。
亂反覆豈畢究兮，由邃古而至今。

重曰：

隆隆三伏，鑠金石兮。
如羹如沸，行路喙兮。
道思作誦，軫爾類兮。
南有喬木，不可以憩兮。
念我徂徵，日憔悴兮。
含精內蝕，世莫可說兮。

亂曰：

已矣哉，鳳鳥之不時與燕雀類兮。
橫海之鯨固不爲螻蟻制兮。
誠解三面之網，吾寧溘死於道路而不悔兮！〔註 4〕

1506 年，正德元年，明武宗繼位以後，李夢陽升任戶部郎中。大學士劉健、謝遷，戶部尙書韓文等大臣聯名上疏彈劾以劉瑾爲首的「宦官八虎」，試圖除掉他們。李夢陽積極參與這次活動並代草疏文。後因消息泄露，劉瑾先發制人，韓文等均被劉瑾殘酷迫害。韓文被趕出朝廷，李夢陽被強令辭官。正德三年（1508 年）五月，劉瑾又矯旨將夢陽下獄，並捏造罪名，必欲殺之而後快，幸虧康海等人聯名上奏營救，李夢陽才幸免於死難。明朱安涎在《李空同先生年表》，記載：「三年戊辰，公年三十七歲。逆瑾蓄憾未已，必欲殺公以攄其憤，乃羅織他事械繫北行，矯詔下錦衣衛獄。」這篇賦寫於正德四年，記述了先一年作者「械繫北行」時的心情。

〔註 4〕李夢陽，《空同集》卷一，吉林出版集團有限責任公司出版，2005 年，頁 9。

《述征賦》開頭「仲夏赫炎兮，草木畢揭。羈縲赴徵兮，夜發梁國。」至「觀蘊蟲之相搏兮，忳鬱邑漢又交下。」是第一個自然段。在這一段作者寫景抒事，其狀物淒涼，情景交融，充分抒發了自己遭受到迫害的悲憤心情。「去故鄉以就遠兮，沾余襟兮浪浪。」就是李夢陽發自內心的哭號。

「哀人命之有當兮，禍福杳其無門。」至「極終古而長憒兮，羌炯炯其猶未昧。」爲第二個自然段。在這一段作者列舉了古代忠良志士箕子、比干的悲慘命運，以再一次抒發自己的悲憤心情。「箕子狂而悲歌兮，彼比干固以菹醢。觀前世誰不然兮，矧吾懷愆而造尤。」古代歷史上的忠臣都遭遇了不幸的命運。李夢陽在對自己遭遇傷感的同時，又引以古代忠良的不幸命運以自我寬慰，這更表現了李夢陽的悲慘憤之情。

「翼綿綿之無聊兮，眇翩翩莫知所聘。」至「我既處幽羌誰告兮，魂中夜之營營。」爲第三段。在這一段李夢陽描寫了自己命運面前的社會環境。如同屈原的時代一樣，李夢陽時代的政治局勢也是無比黑暗的。「風草剡而冥冥兮，狼狸號而夜鳴。」就是那個時代的寫照。在這樣的時代，李夢陽無以展示自己的才華，「欲結言以自明兮，拙而莫之謀也。將會舉以遠群兮，又絆而莫之能也。」正直的人只有世俗被排擠和迫害。世風日下，李夢陽倍感孤獨，「我既處幽羌誰告兮，魂中夜之營營。」表示了李夢陽內心有著的無限傷痛。

「欲展詩以儆志兮，恐增愆而倍尤。」至「誠解三面之網，吾寧溘死於道路而不悔兮！爲最後後一段。」在這一段李夢陽再一次抒發自己對人世的感歎，他有訴說不完的悲憤和怨恨，「氣怦怦而絓結兮，心緯繣而弗怡。」痛苦他只有在內心纏繞。痛苦的不是自己的生死安危，他憂慮的是國家的前途命運，「何秦嬴之虎視兮，厥二世之不祿。」秦國的滅亡的歷史是不是要在大明王朝重演，李夢陽對此憂慮不已。「因盈虛之環沓兮，春秋奄其代續。」歷史是必然的，世俗也是必然的。「自前代乃已然兮，吾又何怨乎人心雜。」我們毋須太多牢騷。「道思作誦，軫爾類兮。」我們要獨立自重，堅持呵護自己的人生理想。李夢陽就是這樣的熱愛國家，熱愛人民，憂國憂民，永不言悔。

如屈原的《離騷》一樣，《述征賦》末也有一段亂詞，其詞曰：「誠解三面之網，吾寧溘死於道路而不悔兮！」此爲《述征賦》之主題思想，這句話強烈地表現了李夢陽的堅強意志和視死如歸的英雄精神。詩賦作爲表達思想的藝術，目的是展示作者自己的激情，李夢陽在此做到了，詩歌在李夢陽筆下發揮了眞正的意義。

李夢陽的這篇長賦，最大的特點是「憤世嫉俗」的主題思想突出顯明。《述征賦》的每一句，都表現了李夢陽「憤世嫉俗」的悲憤情緒。如果說文章的開頭和結尾對於表現主題是重要的話，那麼《述征賦》是體現了這一點。《述征賦》的開頭「仲夏赫炎兮，草木畢揭。羈縲赴徼兮，夜發梁國。」這幾句寫景敘事就蘊藉了無限的悲憤之情意；末尾一句「誠解三面之網，吾寧溘死於道路而不悔兮！」更是如電掣當空，突出表現了悲憤之情的強烈。如果說文章的中腹對於表現主題是重要的話，那麼《述征賦》也是體現了這一點。《述征賦》65 行，944 字，中間是作者對現實生活到古典歷史的反覆思想、感歎，眞所謂一唱三歎也。這綿綿不斷地泣歎，給人以長久的情緒和思考，這同樣地突出了「憤世嫉俗」的主題思想。

由於《述征賦》是作者寫的自己的生活經歷，所以，《述征賦》還有一種極其自然眞實的感受。《述征賦》是作者自己思想的自然流露，沒有雕飾的痕跡，這是《述征賦》的第二個特點。《述征賦》有了這兩個特點就足夠是一篇優秀的詩篇了。

二、樂府

李夢陽《空同集》中有樂府詩 150 首，其中有《叫天歌》、《內教場歌》、《豆娘子》等名篇。《採菇曲》是一篇比較有特色的詩篇。

《採菇曲》

其一

眾星欲沒月模糊，
人家河上起相呼。
相呼相喚採秋菇，
問渠早起緣何事。
此草日出化作田中枯。
採菇採菇君早歸，
霜寒露重濕人衣。
藍田白玉非無種，
不似商山好蕨薇。

其二

白如白玉簪，

香如玉田禾。

行人且莫行，

聽我採菇歌。

儂家住在黃河曲，

一日波濤怨殺河。

河來有魚去有麥，

麥下秋霜菇菜多。

不求河向城南去，

只願年年河不波。〔註 5〕

《採菇曲》兩首，前一首寫了兩層情思，一層描寫採菇的一個生活場景，採菇女相呼相喚、起得早、不怕霜寒露重，表現了採菇女喜歡採菇的喜悅心情。二層兩句話，「藍田白玉非無種，不似商山好蕨薇。」寫採菇女認爲秋菇如商山的好蕨薇一樣，表現了採菇女對秋菇的珍愛感情。其詩意自然流暢，有一種純樸自然之美。

《採菇曲》後一首亦然是寫採菇女的對秋菇的喜愛，「麥下秋霜菇菜多。」就這麼簡簡單單一句話，表現了採菇女對秋菇的喜愛心情。「只願年年河不波。」也是希望來年有更多的菇菜生長並能收穫。如同前一首一樣，《採菇曲》二也表現了表現了採菇女對秋菇的珍愛感情。其詩意自然流暢，有一種純樸自然之美。

《採菇曲》是一首風格明亮的樂府詩。從中可以看出來，李夢陽的樂府詩有一種民歌風味，有一種純樸自然之美。

三、五言古詩

《空同集》中有五言詩 357 首。李夢陽五言古詩多抒懷、送別之作。其名篇有：《述憤》十五首、《離憤》五首、《自往廣信完卷述懷》十首、《廣獄成還南昌候了》十首、《乙丑除夕追往寫憤五百字》、《雜詩》三十二首，以及爲數不少的送別詩。《歲暮》是一首寫得比較好的一篇抒懷之作。

〔註 5〕李夢陽，《空同集》卷七，吉林出版集團有限責任公司出版，2005 年，頁 55。

《歲暮》

軒座意悄悄，感此歲年暮。

一氣有肅殺，昊天縱霜露。

衰容搖萬物，日月立復度。

赤驥初長成，自謂中君御。

揚鞭過都市，萬馬不敢步。

天寒草蕭瑟，側塞在中路。

良辰不再至，我髮忽已素。

不見古賢達，盡被名所誤。

沉吟惜蟋蟀，延佇羨鷗鷺。

終然託遠適，餘者豈足顧。〔註 6〕

從詩的內容來看，《歲暮》是李夢陽晚年的一篇。作者在全篇通過對青年時代的回憶和對歲月流失的感歎，抒發了壯志不已的進取精神。「良辰不再至，我髮忽已素。」時間忽已失過去了很多，暮年將至，珍惜、悔恨之情充滿詩句之中。「沉吟惜蟋蟀，延佇羨鷗鷺。」雖然暮年將至，但是，作者的理想永遠不會磨滅，全詩表現了這樣的壯志不已的主題思想。

從詩的藝術特點來看，這篇《歲暮》也寫得通俗自然緊湊，主題思想明朗，其柔和之情中包含有一種雄壯豪邁之氣。

四、七言古詩

《空同集》中有七言詩 209 首。

如李夢陽的五言古詩一樣，李夢陽七言古詩也多抒懷、送別之作。例如，《結腸篇》、《石將軍戰場歌》、《玄明宮行》都是比較好的抒懷詩。《白鹿洞別諸生》、《送田生赴京歌》、《送仲副使赴陝西》、《張將軍塞獵歌》等也是比較好的送別詩。除了抒懷、送別之作以外，李夢陽的七言古詩裏多了一些題畫詩，如《林良畫兩角鷹歌》、《鄭生畫像歌》、《畫魚歌》、《畫馬行》、《李進士醉歸圖歌畫馬行》、《畫竹行》、《吳偉松窗讀易歌》、《西山圖春遊歌》等。

相對於抒懷、送別之作，李夢陽的的題畫詩寫得更有特色，下面我們看看李夢陽題畫詩的風采。

〔註 6〕李夢陽，《空同集》卷十五，吉林出版集團有限責任公司出版，2005 年，頁 111。

《畫馬行》

嗚乎驊騮不可見，世人任耳不任目。

玉勒金羈滿地行，可道中無千里足。

君收此馬畫者誰，凝毫苦意求其骨。

尺縑颯爽毛鬣動，淩風似欲眞馳突。

曹霸畫馬無此精，拂拭慘澹神氣生。

細觀決非近代物，印押剝落無姓名。

四海只今多戰爭，安得此馬一敵萬。

絡頭騎出千人警，擒戎破虜任橫行。〔註7〕

《畫馬行》是對一副古畫馬的描寫。「嗚乎驊騮不可見，」好久沒有見到淩風馳志的千里馬了。「細觀決非近代物，印押剝落無姓名。」其畫作者不知是誰，年代不知道。雖然畫的年代不知，但是，其畫的風采亦然靈利動人。「尺縑颯爽毛鬣動，淩風似欲眞馳突。」馬的毛鬣都在晃動，奔騰的氣勢淩風即來，這一句詩對馬的描寫眞是生動極了。此畫的馬有一種所當無敵的氣勢，「絡頭騎出千人警，擒戎破虜任橫行。」馬雖然是紙上之馬，但是其精神卻是眞實警人的，李夢陽用誇張想像的手法描寫了馬的雄偉風度。

詩歌和繪畫都要是藝術，繪畫可以畫出有神意有骨氣的馬，詩歌也可以畫出有神意有骨氣的馬，李夢陽的《畫馬行》也畫出了一匹神奇之馬，「尺縑颯爽毛鬣動，淩風似欲眞馳突。」和「絡頭騎出千人警，擒戎破虜任橫行。」兩句詩，便是李夢陽的神奇之筆。

李夢陽的《畫馬行》寫得簡明緊湊，表現出了一種自然、飄逸的風格。

《畫魚歌》

呂公手持畫魚障，清晨掛我北堂上。

島嶼晴開雲蕩蕩，眾魚出沒隨風浪。

四壁蕭蕭起寒漲，嗟此數尺障，天機妙入神。

信手掃絹素，慘淡開金鱗。

濠梁斷裂東津遠，任公掣釣滄溟晚。

此時天黑眾魚出，黿鼉徒穴蛟龍返。

或言乘潮萬魚集，細小亦趁雲雷入。

〔註7〕李夢陽，《空同集》卷二十二，吉林出版集團有限責任公司出版，2005年，頁174。

咫尺波濤有得失，崛強泥沙恐難立。

細觀又似洪河風，崑崙既道龍門通。

霹靂殷殷行地中，鯉眼下射盤渦紅。

非獨一身生羽翼，亦有數子隨飛龍。

山根小魚更無數，鱣鮪昂藏噴煙霧。

美人修竹淇水闊，漁子孤舟洞庭暮。

我生好奇古，覽畫心不動。

呂公此障誰爲之，令我一見神色竦。

想當經營始，筆端萬鈞力。

五湖齊傾四海立，空窗滾滾撥浪急。

陽侯逆走天吳泣，不然千魚萬魚何由集。

我聞神怪物，變化不可料，點睛破垣古有兆。

既恐風雷就壁起，褰人揮刀莫相笑。〔註8〕

《畫魚歌》也是李夢陽對一副古畫的讚賞。一位姓呂的朋友拿來一副魚畫，李夢陽見了無比地興奮。「呂公此障誰爲之，令我一見神色竦。」於是，李夢陽對魚畫的藝術性評說了一番，再現了畫中的風雲、波浪、群魚、孤舟、島嶼、修竹等豐富多彩的藝術形象。「信手掃絹素，慘淡開金鱗。」慢慢地打開畫面，金鱗躍躍閃動，隨之而來的是，「島嶼晴開雲蕩蕩，眾魚出沒隨風浪。」魚兒在風波中自由飄遊。「非獨一身生羽翼，亦有數子隨飛龍。」畫中的魚兒是極其活潑生動的，好像是長了羽翼一樣輕盈靈敏。魚兒也像飛龍一般地遒勁有力，「霹靂殷殷行地中，鯉眼下射盤渦紅。」畫魚兒也畫出了大海的力量。「想當經營始，筆端萬鈞力。」魚兒了畫家筆端的萬鈞力之力。

除了畫中主題魚兒以外，畫面是還有主題背景，「美人修竹淇水闊，漁子孤舟洞庭暮。」美人、修竹畫得也是悠美柔和。「五湖齊傾四海立，空窗滾滾撥浪急。」湖海廣闊，浪濤滾滾，畫面上的水光風色也是眞實的。「陽侯逆走天吳泣，不然千魚萬魚何由集。」波濤之神陽侯，綠水之神天吳也隱隱地表現在畫面上了。

當然，最突出的藝術形象畢竟是魚兒。「我聞神怪物，變化不可料，點

〔註8〕李夢陽，《空同集》卷二十二，吉林出版集團有限責任公司出版，2005年，頁171。

睛破垣古有兆。既恐風雷就壁起，饔人揮刀莫相笑。」古有畫龍點睛之故事，今天，魚兒眞就要破壁而出了，廚師傳來揮刀就職，那也是情理之中的事了。

李夢陽的書畫鑒賞能力極強，他能看出繪畫所表現的眞正意味，因而也能寫出表現繪畫主題的詩歌來。《畫魚歌》寫出了魚兒的力量和精神，也寫出了畫面的豐富多彩，使魚畫如展現在我們面前一樣。《畫魚歌》是一篇生動的繪畫鑒賞詩。

五、五言律詩

《空同集》中收錄有五言律 514 首，五言排律 66 首。詩歌的本職意義是抒懷、送別，李夢陽的五言律詩亦然是以抒懷、送別爲主。詩以詠物抒懷，詠物詩也是抒懷，或者說是間接地抒懷。李夢陽的詠物詩也寫得不錯，下面我們看看李夢陽的一首抒懷詩《思童日》和一首詠物詩《詠菊》。

《思童日》

乙丑逢先大夫誕辰，是歲適蒙恩詔加贈，製字四十，用寫哀痛。

老大思童日，詩庭嚴昔趨。

羈孤萬里外，優渥死生俱。

寂寞臨花誥，幽冥列大夫。

西雲白蒼莽，灑血望松梧。〔註 9〕

詩的內容是：今天，是父親的誕辰，回憶起童年時期的歲月，父親對我嚴加教導，那樣的規訓之恩，難以忘懷，如今我遠離家鄉，羈絆官場，人活著有什麼意思呢？周圍樹木，幽靜寂寞，遙望西方天空那飄飄白雲和遠方的松梧，那是我的家鄉，是我的童年，那是我父親永遠活著的地方。「松梧」是崇高的象徵，每當我想起父親，我就淚流滿面！

《思童日》寫得言簡意賅，「老大思童日，詩庭嚴昔趨。」是一句回憶，回憶兒童時期在嚴父教導下學詩的情景，表示了無限的傷思；「西雲白蒼莽，灑血望松梧。」一句思念，思念遠在故鄉的父母忘靈，使人心酸眼惺，這表達了對父母的無限崇敬。此詩格律也極其嚴格，首句起題，中間兩句對仗，末句點題結束。《思童日》可算是李夢陽的五律佳品了。

〔註 9〕李夢陽，《空同集》卷二十八，吉林出版集團有限責任公司出版，2005 年，頁 236。

《詠菊》

菊時一種數本，其一逾秋獨妍，爰及至日，黃花韡然當庭，見者駭歎，攜酒來賞，余賦二詩記之。

其一

節過諸芳盡，冬深爾獨妍。
那知冰雪候，復敞菊花筵。
蕊凍花逾嫩，枝疎綠更鮮。
試令彭澤見，應賁掇英篇。

其二

色正干嚴候，殊枝破暮寒，
名韻梅自妒，節晚竹同看。
歲月陽回易，冰霜爾立難。
無言載酒客，繾綣近闌干。〔註10〕

《詠菊》二首寫菊花清高獨立的性格。「冬深爾獨妍」寫菊花高傲不群的品德，「色正干嚴候」寫菊花不畏嚴寒的勇敢精神，「節晚竹同看」寫菊花有純潔、清秀的氣節。古往今來，寫菊花的詩歌很多，李夢陽的能再出《詠菊》新詩，並能寫出了菊花的意境，寫出了菊花的清高獨立和平談自然的精神，表現了李夢陽對詩歌藝術的嫺熟。

李夢陽的詠菊詩還有幾首，也都寫得不錯。寫《菊花》這其實是對自己的正直剛強性格思想感情的表露。

六、七言律詩

李夢陽創作的七律詩有 346 首。在李夢陽創作的詩歌中，七言律體裁是比較多的一種，下面我們分析二首李夢陽的七言律詩。

《初度懷玉山有感》

年今四十身千里，生日登臨寓此中。
憂國未收南望淚，思家猶阻北來鴻。
寒冬白霧峰巒隱，車馬深山道路通。
學海久傷青鬢改，振衣眞愧玉岩峰。〔註11〕

〔註10〕李夢陽，《空同集》卷二十八，吉林出版集團有限責任公司出版，2005 年，頁 239。

懷玉山在江西省東北部，又稱玉山，此詩大概是李夢陽在任提學副使時所做。此詩大意是登懷玉山上，這天正是生日。玉懷山雖然美麗，但是，心中沒有玩賞風景的樂趣。相反，看到滿目青山，心中還便想起了國家衰頹、官僚墮落、人民陷於水深火熱之中的現實，憂愁難於揮去。還想起了家鄉的親人好友，念憐之情湧現不已。想想自己，幾十年來苦於書窗，兩鬢已斑斕花花，然而，今天卻一事無成，眞上愧對祖國的大好河山呀！可能是李夢陽在江西任時從來沒有心情舒暢過一天，所以詩中充滿了憂愁和憤慨之情。「學海久傷青鬢改，振衣眞愧玉岩峰。」表現了李夢陽壯心不已的意志精神。

七言律《初度懷玉山有感》詩歌寫得宏大典雅，反映了李夢陽詩歌中有雄壯渾厚的一面。

《憶西南陂九日之泛》

一游水亭心自牽，沙色湖風常眼前。

蕩搖每疑菊在把，出沒似有鷗隨船。

冥冥浦溆幾落日，蒼蒼蒹葭時遠天。

頻來此地亦可借，恨無好詩酬紫煙。〔註12〕

這首詩大概也是李夢陽在江西時所做，因爲詩中一片湖光水色。遊覽湖泊，湖泊則給人以美麗的回憶。李夢陽把美麗的湖畔風光寫在詩篇中，「蕩搖每疑菊在把」以菊比水，寫出了湖水那清瑩淑芳的品格。「出沒似有鷗隨船」，以「似」字表現鷗鳥忽現忽去驚覺，使人如處其境，眞是妙極了。「冥冥浦溆幾落日，蒼蒼蒹葭時遠天。」寫出了湖畔那遙遠又蒼茫的美麗，這與「落霞與孤鶩齊飛，秋水共長天一色。」的意境不差上下。「恨無好詩酬紫煙」更是誇張地描寫了湖泊的美麗景色。

李夢陽倡言「詩必盛唐，文必秦漢」，在詩歌方面無疑是要以唐詩爲楷模了。暫且不論其思想內容方面的學習收穫，僅就唐詩格律方面來說，李夢陽是學有成功的。上兩首詩的格律都是嚴格遵守規格的，每首詩的中間兩副對聯極其工整，詩的平仄韻腳也都一絲不苟。看來李夢陽的七言律要比一般文人好一些了。

〔註11〕李夢陽，《空同集》卷三十二，吉林出版集團有限責任公司出版，2005年，頁279。

〔註12〕李夢陽，《空同集》卷三十二，吉林出版集團有限責任公司出版，2005年，頁283。

七、絕句

李夢陽創作的絕句也爲數不少，五言絕句 148 首，七言絕句 275 首。李夢陽的五言絕句我們忽略不做分析了，現在我們看看他的一組七言絕句《喜雨》。

《喜雨》

一

破到榴花今日雨，向來紅紫可憐吟。

蝶沾蜂濕徒增忌，杏綠梅黃亦苦心。

二

二麥臨河半欲黃，一夜生長誰禁當。

揮鋤荷笠能辭苦，浪潑雲翻慮爾忙。

三

不缺沙干燕隻忙，交交鶯羽悶無光。

今晨底恁穿楊急，拍拍銜泥向我堂。〔註 13〕

李夢陽的《喜雨》三章，寫春雨之後的愉快改情。一章寫終於等到了春雨發生，人們高興得歡天喜地，連那被雨淋濕的蜂蝶都有些嫉妒，更不要說那黃梅綠杏了，亦是嫉妒得心裏不舒服，這是使用擬人手法反襯人們的喜悅心情。二章正面描寫雨後麥苗的長勢兇猛，並寫農民雨中勞動、不辭辛苦的喜悅心情。三章寫雨前鶯燕和雨前鶯燕的形象變化，前者煩燥、疲憊，後者激動、忙碌，鶯燕也在雨後高興得不得了。

《喜雨》三章的詩意明朗，詩的字裏行間充滿了「喜」的氣氛，詩的語言也自然通俗，毫無雕飾的痕跡。《喜雨》三章以生活細節入詩，表現了李夢陽熱愛生活、勤於思考、善於觀察的藝術思想水平超乎常人。《喜雨》三章寫得明快活潑，有聰明靈秀的韻味，是李夢陽難得的一種另類風格。

李夢陽還有一些七言排律、雜言等，但其數量不多。上面介紹的是李夢陽詩歌中有較高藝術價值的一些詩歌。

李夢陽《空同集》中收詩 2500 餘首。如果在這麼多的詩篇中挑選幾首比較好的有藝術價值的詩歌來還是容易的，上面的介紹就是這樣性質的工作。我們不能以挑選的個別詩篇來概括李夢陽的創作是優秀的。總觀李夢陽的

〔註 13〕李夢陽，《空同集》卷三十六，吉林出版集團有限責任公司出版，2005 年，頁 323。

2500 餘首詩歌，其大部分是一般的，或者說其庸品還是較多的。下面試舉二例。

《泰山》

俯首元齊魯，東瞻海似杯。

斗然一峰上，不信萬山開。

日抱扶桑躍，天橫碣石來。

君看秦始後，仍有漢皇臺。〔註 14〕

這首詩作者首先寫的是泰山的氣勢，他說「東瞻海似杯」，這樣描寫在山上對大海的感受就太沒有感覺了，大海畢竟是大海，她不會是那麼個小法。山上看大海，我們更能看見大海的廣闊與無限，這和我們「一覽眾山小」是一樣的，「一覽眾山小」是因爲天下更大，是我們的視覺擴張了，而不是山更小。我們的審美觀念是向外擴張的，「東瞻海似杯」，向內收縮意象，不是恰當的比喻，如同兒戲一般。

「君看秦始後，仍有漢皇臺。」寫秦始皇和漢武帝都要曾在此封禪並產生了追求長生不老的想法，其隱含了對他們封禪之舉以及執迷長生的嘲諷。這個意思與泰山的雄風氣韻毫無關係，批判封建皇帝的意義使詩歌產生了又一個主題思想，使《泰山》詩沒有明確的主題，亂彈琴也。另外，執迷長生本是一種誇張浪漫的思想，登泰山應該有小天下和小人生的收穫，秦始皇和漢武帝都是豪放浪漫之人，脫離現實生活發揮想像才是應該的，他們執迷長生，「自信人生二百年」才正好是泰山的風格。李夢陽在此批判執迷長生，是教條的現實主義思維方式，他愧對泰山矣！所以，這篇《泰山》詩主題矛盾，表現了一種狹隘感受，不是一篇好作品。

《秋望》

黃河水繞漢邊牆，河上秋風雁幾行。

客子過壕追野馬，將軍韜箭射天狼。

黃塵古度迷飛挽，白月橫空冷戰場。

聞道朔方多勇略，只今誰是郭汾陽？〔註 15〕

〔註 14〕李夢陽，《空同集》卷二十七，吉林出版集團有限責任公司出版，2005 年，頁 226。

〔註 15〕李夢陽，《空同集》卷三十二，吉林出版集團有限責任公司出版，2005 年，頁 286。

《秋望》這首七律詩歷來被選入教科書，並給予了很高的評價，其實，這是不符合實際情況的。《秋望》前三句是景物描寫，寫秋日邊塞的風光。其景象則曰：黃河之水，奔騰東去，廣漠雄渾，秋風瑟瑟，大雁南飛，遊氣飄揚。整個畫面充滿了美麗與豪放、雄渾與勇敢，是一副雄風圖。在《秋望》前三句裏，除了對大自然的描寫以外，李夢陽還對邊塞將士進行了著意刻畫，他說「將軍韜箭射天狼」，這是寫將軍佩箭帶眾時刻準備抵杭外來之敵，「射天狼」的氣概橫貫大漠。「黃塵古度迷飛挽」，這是寫戰車在古渡和在塵土飛揚中急速奔馳，「迷飛挽」表現了戰士們積極應戰的愛國精神。《秋望》前三句是李夢陽對邊塞風光及軍民精神面貌的讚美，其精神是勇敢無敵的。

然而，作者筆峰突然一轉。「聞道朔方多勇略，只今誰是郭汾陽？」這是說當今世上無英雄，我憂慮煩惱，希望有像郭子儀那樣的英雄再現眼前。前面既說男塞軍民是英雄，轉眼又說他們是小人，不知李夢陽是讚揚還是批判，是寫自信還是寫憂愁。其實，兩者都寫了，只不過是作者向讀者交待了一個混亂的、矛盾的、表面豪放實則懦弱的思想。做詩最大的要點是詩意要顯明純潔，風格要顯明強烈，李夢陽的《秋望》思想矛盾、風格差位，無論無何也算不上是什麼有較高的藝術成就的詩作。

李夢陽的詩歌大致如此：佳品較少，庸品較多。

第三節　創作成就評價

如前所述，李夢陽的文學創作歷來是一個有爭議的話題，讀李夢陽的《空同集》，縱觀李夢陽的作品，給李夢陽的文學創作成就做一個恰當的評價，是一件很有意義的文藝研究工作。

讀李夢陽的《空同集》，我們大體上可以得到三個結論：（1）李夢陽的文學創作本質上是封建社會裏的儒士文學；（2）李夢陽的散文比詩歌寫得好，文學成就三分優秀、七分平庸；（3）李夢陽文學實踐七分平庸的原因。

一、典型的儒士文學

李夢陽的文學創作本質上是封建社會裏的儒士文學。

和其他封建文人一樣，李夢陽也極力追求三代之治的理想社會，並對現實社會強烈不滿。李夢陽的文學作品，無論是散文還是詩歌，在思想內容上都是崇尚儒教、憤世嫉俗、抒發怨恨的，這一思想內容就決定了李夢陽的文學作品的本質和意義。伴隨著崇尚儒教、憤世嫉俗的思想，李夢陽的儒士文學也表現出了崇尚敦厚和諧的和美意識。這就李夢陽文學創作的意義。

儒士文學在中國傳統文化上是高雅文學。在中國文學的傳統觀念中，以詩文為代表的高雅文學一向是文學正宗；小說、戲曲等通俗文學被視為鄙野之言，甚至是淫邪之辭。由此原因，中國古代文學可模糊地劃歸兩個大的類別，一是高雅文學，一是通俗文學。高雅文學也可稱之為儒仕文學，通俗文學也可成之為人民文學。儒仕文學有個五特點：（1）作者及文學交往的群體是少數封建社會裏的讀書人，他們熟知先秦時期創建的傳統文化典籍《詩》《書》《禮》《易》《春秋》等，有較高的封建傳統文化素養，他們在封建社會裏或做官，或隱退，但都屬封建社會中的中上層人物。（2）作者及作品的思想都忠誠封建君主，剛正直率，怨天尤人，奮世疾俗，理想遠大，總想為封建君主建功立業，內容多是封建社會裏的權利衝突。（3）作品內容的美感特點是激烈、亢奮、悲哀。（4）語言規範、深奧、文雅。（5）成就顯著，作品有諸子散文、歷史散文、楚辭、漢賦、唐詩、宋詞等。

與儒士文學相反的是通俗文學。通俗文學的內容有民歌、小說、歷史、戲曲等。這些文學作品在內容上反映人們的現實生活，熱愛勞動、思想積極、勇敢頑強，伴隨著熱愛勞動、思想積極的思想，通俗文學審美上則表現的是樂觀、有趣、浪漫等。通俗文學也可以總結一些特點：（1）作者及文學交往的群體是大多數封建社會裏的勞動人民，他們少有封建傳統文化知識，但他們有豐富多彩的生活經驗。（2）作者及作品的思想多關切社會勞動生活實際，沒有遠大的抱負，樂觀大度，勞而不怨，內容多是愛情、日常生活等。（3）作品內容的美感特點是浪漫、安逸、和諧、歡樂。（4）語言自由、簡明、通俗。（5）成就亦然顯著，作品有神話、詩經、樂府、元曲、小說、戲劇等。

通俗文學在明代大踏步地登上文學殿堂，這是一個巨大的文學歷史性轉折，在這樣的歷史性轉折中，明代的中下層文人發揮了重要作用。

在理論上比較明確地肯定通俗文學的價值是從李夢陽、何景明等人。他們都讚揚民間歌謠，李夢陽還第一次將《西廂記》與《離騷》並列。（徐渭《曲序》）到嘉靖年間，王愼中、唐順之等一批名士，又將《水滸》與《史記》並稱。（李開先《詞謔》）後李贄、袁宏道、湯顯祖和馮夢龍等人進一步為俗文學大聲疾呼，對於提高小說、戲曲的地位，打破傳統的偏見起了十分重要的作用。李贄認爲，一代有一代的文章，《西廂記》、《水滸傳》就是「古今至文」，（《焚書》卷三《童心說》）又將《水滸傳》與《史記》、杜詩等並列爲宇宙內「五大部文章」。（周暉《金陵瑣事》）袁宏道繼之而將詞、曲、小說與《莊》、《騷》、《史》、《漢》並提，稱《水滸傳》、《金瓶梅》爲「逸典」。（《觴政》）在《聽朱生說〈水滸傳〉》中，他又從藝術的角度說《六經》和《史記》都不如《水滸傳》:「《六經》非至文，馬遷失組練。」湯顯祖在《宜黃縣戲神清源師廟記》等文中詳細地論述了戲曲具有強烈的藝術感染力和巨大的社會教化作用，認爲是「以人情之大竇，爲名教之至樂」。馮夢龍的《古今小說序》也從教化功能出發，認爲《論語》、《孝經》等經典的感染力都不如小說「捷且深」。他對民歌同對戲曲、小說一樣傾注了極大的心力，認爲「但有假詩文，無假山歌」，在整理編輯民歌時明確地抱著「借男女之眞情，發名教之僞藥」《序山歌》）的宗旨，把矛頭直指封建禮教的虛僞性。上述明代文人的這些言行，在當時具有震聾發聵的意義，在中國文學史上第一次形成了爲小說、戲曲、民間歌謠等俗文學爭文學地位的歷史現象。這自然地促進了民歌、小說、戲曲和各類通俗文學創作和傳播的繁榮。

在各類通俗文學中，小說的勃興最爲引人注目。特別是章回小說的發展和定型，是明代對中國文學做出的最爲寶貴的貢獻。章回小說是在宋元講史等話本的基礎上發展而成的。它的特色是分章敘事，分回標目，每回故事相對獨立，段落整齊，但又前後勾連、首尾相接，將全書構成統一的整體。今見最早的嘉靖壬午（1522年）刻本《三國志通俗演義》，每回標題都是單句七字。《水滸傳》每回的標題已是雙句，大致對偶。崇禎本《金瓶梅》，回目已十分工整完美。除分回立目之外，章回小說還保存了宋元話本中開頭引開場詩，結尾用散場詩的體制。正文常以「話說」兩字起首，往往在情節開展的緊要關頭煞尾，用一句「欲知後事如何，且聽下回分解」的套語，中間又多引詩詞曲賦來作場景描寫或人物評贊等。明代章回小說在體制上得以定型的同時，在藝術表現方面也日趨成熟。以《三國志通俗演義》、《水滸傳》、《西遊記》、《金瓶梅詞話》「四大奇書」爲主要標誌，清晰地展示了長篇小說藝術發展的歷程。與章回小說交相輝映的是，明代中後期的白話短篇小說在宋元「小說」話本的基礎上也出現了一個鼎盛的局面，發展得更爲精緻；文言小說在話本化的道路上也有新的變化。因此，人們常把小說作爲明代最具時代特徵的文學樣式。

明代通俗俗文學興盛的另一個重要標誌是明代戲曲。戲曲在元代高度繁榮的基礎上又形成了一個新的高潮。明代戲曲的主流是由宋元南戲演變而來的傳奇。明代前期的傳奇儘管也出現了一些好的作品，但總的色彩比較黯淡。嘉靖以後，《寶劍記》、《鳴鳳記》，以及第一次用崑腔曲調寫作的《浣紗記》陸續問世，標誌著以崑腔爲主導的傳奇的繁榮時期到來。崑腔是元末明初流行於崑山一帶的地方聲腔，嘉靖初年，經魏良輔改造後，聲調紆徐宛轉、悠揚細膩，兼用笛、簫、笙、琵琶等樂器伴奏，加之舞蹈性強，表現風格優美，成爲我國古代戲曲史上一種最爲完整的表演藝術體系，因而在城市舞臺上長期居於霸主的地位。直到清代乾隆以前，一些著名的傳奇作家幾乎都是用崑腔來寫作的。明代中期以後的傳奇，以崑山腔、弋陽腔爲主，造就了湯顯祖、沈璟、屠隆、王驥德、呂天成、高濂、周朝俊、馮夢龍、祁彪佳、吳炳、袁于令、孟稱舜等一大批劇作家和曲論家。他們或主才情意趣、詞采奇麗；或重格律嚴峻、語言本色；或求文辭駢綺、堆垛典實，形成了不同流派爭妍鬥豔的局面，創造了明代戲曲的一個黃金時期。南戲傳奇的繁榮，促進了北曲雜劇的蛻變。明代前期的雜劇作家在固守元劇體制的同時，個別人在形式上已有所突破，如朱有敦的劇作打破了一本四折的慣例，採用了對唱、合唱、接唱等形式，甚至出現了南北合套的體式；王九思的《中山狼院本》以一折爲一本，開啓了短劇創作的先風。至明代中期，以徐渭的《四聲猿》爲代表，用南曲寫雜劇的風氣大興，形成了明代後期雜劇普遍南曲北化的獨特風貌，將元雜劇中一本四折、一人主唱等格局全部打破。中國戲曲在明代得到了長足發展。因此，人們也常把戲曲作爲明代最具時代特徵的文學樣式。

李夢陽創作的文學作品，即李夢陽的文學創作，是一個具有封建儒仕文化本質的儒仕文學現象；在明代，自小說、戲曲等通俗文學興旺發達以後，中國的封建儒仕文學自此一厥不振，再也沒有輝煌的現實了，李夢陽的文學實踐代表了這個時代，代表了封建儒仕文學走向衰微的歷史。

二、散文優於詩歌

李夢陽的散文比詩歌寫得好，文學成就三七開。

對李夢陽的文學創作進行評估，除了進行定性分析以外，還應該進行定量分析。當然，對文學作品進行定量分析，也只能人力模糊化爲之。李夢陽的文學作品大概是散文的好作品比較多，詩歌的好作品比較少；散文的好作品質量高，詩歌的好作品比較高。從數量上來說，《空同集》中的優秀作品點總數的十分之三，較差的作品點十分之七。這就是李夢陽文學創作的成績。

李夢陽的文學創作的成就是顯明的。李夢陽的優秀散文有《上孝宗皇帝書稿》、《代劾宦官狀稿》、《送陳公赴貴州序》、《送右副都御史臧公序》、《送童公赴京尹序》、《送陳公序》、《送右副都御史孫公序》、《送李德安序》、《贈郭侯序》、《李君升按察司僉事兵屯穎上序》、《河中書院賦》、《隱亭先生墓誌銘》、《高處士合葬誌銘》、《邵道人傳》、《寄傲先生墓誌銘》、《明故王文顯墓誌銘》、《鮑允亨傳》、《尚書黃公傳》、《隱亭先生墓誌銘》、《處士松山先生墓誌銘》、《梅山先生墓誌銘》、《論史答王監察書》、《封宜人亡妻左氏墓誌銘》、《亡弟汝含祭文》、《結腸操譜序》、《李員外祭文》、《少保兵部尙書於公祠重修碑》、《東山書院重建碑》、《哭白溝文》《遊廬山記》、《遊輝縣雜記》、《華池雜記》、《賓貢圖記》、《三渠陳氏家園一覽圖記》等。這其中以《上孝宗皇帝書稿》、《代劾宦官狀稿》、《封宜人亡妻左氏墓誌銘》、《結腸操譜序》最爲有名。

李夢陽還寫了大量的詩歌評論，如《詩集自序》、《缶音序》、《張生詩序》、《與徐氏論文書》、《潛虯山人記》、《答周子書》、《答吳謹書》、《做志通論》、《梅月先生詩序》、《敘九日宴集序》《駁何氏論文書》、《再與何氏書》等，這其中以《詩集自序》、《缶音序》、《駁何氏論文書》最爲有名。

李夢陽的散文有許多特點：（1）長於敘事，善於寫人；（2）個性化的人物語言，生動傳神的對話；（3）簡潔凝練，崇尙眞實的史家筆法；（4）濃烈的抒情味；（5）精於議論，長於雄辯；6）千姿百態，色彩斑斕。

夢陽的優秀詩歌主要是古賦。李夢陽的賦共十四篇，主要的篇目有：《疑賦》、《鈍賦》、《宣歸賦》、《弔申徒狄賦》、《弔康王城賦》、《弔於廟賦》、《大復山賦》、《哀郢賦》、《惡鳥賦》、《述征賦》等。如屈原、賈宜的賦的特色一樣，李夢陽賦大多表現了他憤世嫉俗的思想，其中《述征賦》、《宣歸賦》表現了屈原、賈宜的特色。除了賦體詩以外，李夢陽的其他詩篇相對來說稍遜風騷。

李夢陽的文學創作早就有平庸之嫌疑流言，其主要在詩歌方面。李夢陽的詩歌的確平庸較多，這在前文已詳細論及。

李夢陽的散文瑕玷相對較少，比較突出的嫌疑是《駁何氏論文書》中有說理不通之處。例如在李夢陽與何景明的爭議中，李夢陽的文章就寫得不怎麼瀟灑。何景明在《與李空同論文書》中，沒有提出文章有沒有法式的問題，何景明認爲文章應該具有法式，認爲「辭斷而意屬，聯類而比物」是作文法式，還提出對於文章之法式應該靈活運用之，此即「擬議以成其變化也」，這也可以算做是一個比前者更重要的法式。而李夢陽在《駁何氏論文書》中則一再表述自古以來寫文章必有法式，這是所辯非所爭的答辯；後來，根夢陽在《再與何氏書》才補充表述了李所謂的的法式是「前疏者後必密，半闊者必半細，一實者必一虛，疊景者意必二。」其實，這也不算是什麼作文法式的。李夢陽《駁何氏論文書》中表現出了一些思維混亂的缺點和不肯服人的狹隘思想境界，這給評論李夢陽主張模擬的影響留下了不良因素。

李夢陽《空同集》中的詩歌 2500 餘篇，除了十幾篇優秀的賦體詩和上述挑選的少數藝術價值較高以外，其餘多為庸俗之作。特別是李夢陽的《泰山》和《秋望》是極其顯著的敗筆，這代表了李夢陽大部分詩歌的眞實面貌。

李夢陽的散文寫得好，他的文藝評論也有思想深度，他應該是一位有較高成就的文人，然而，李夢陽沒有寫出豐富的優秀的詩篇，他自己還在《空同集》中收錄了那麼多庸俗之作。由於李夢陽是詩人，他的創作與他的努力不相稱，所以，我們給他三七開，認為他在文學創作上是優秀三分，平庸七分，李夢陽的文學創作的實踐是失敗的。

三、創作平庸的原因

我們認為李夢陽的文學實踐是失敗的，是以他的優秀的文學作品的多少為依據的。李夢陽的文學作品有七分平庸之作，這便是他文學創作失敗的事實。

前面我們通過分析，認為李夢陽在文學理論上有許多建樹，他對詩、文的本質有清楚的認識；他注重體驗生活，勤於思考；他熱愛民歌，在創作上注重美的表現，由此認為他是中國古代最有文學理論水平的封建文人之一。現在，我們又認為李夢陽的文學創作實踐是失敗的，擺出了李夢陽平庸之作較多的事實。為什麼會產生這樣的歷史事實呢？實踐是檢驗眞理的必由之路，李夢陽創作敗績的原因只有一個，那就是他平常認為正確的理論其實不是眞理。

文學理論不是一個成熟的理論，在今天這也是事實。回顧一下我們的學習、研究情況。顯然，我們對文學概念的理解是有異議的，文學理論不是一個已經解決了的問題。從古至今，從國外到國內，有關文學概念的解釋很多很多，有專門的文學理論論著對文學概念進行描述。這麼多的對文學概念的定義不能說服廣大讀者，標準化的詞語字典的解釋也不能令人滿意。1996 年新版《現代漢語詞典》中對文學做出了這樣的解釋：「以語言文字爲工具形象地反映客觀現實的藝術，包括戲劇、詩歌、小說、散文等。」這個解釋把文學解釋爲藝術，文學是藝術，這樣解釋應該說是可以的，但是這樣的解釋不能說明人們對文學已經認識清楚了。因爲，這樣解釋把文學藝術又定義爲是「形象地反映客觀現實的」，由我們的經驗可知「形象地反映客觀現實的」不是文學藝術的唯一目的，「客觀現實的」也不是文學藝術的內容的要點，所以，《現代漢語詞典》中對文學概念的概括未免過於廣泛，同時也使人迷惑。

目前沒有一種文學定義是完全科學性的，這個結論倒是人們一致公認的。由陶東風主編，北京大學出版社出版的《文學理論基本問題》一書中這樣認爲：「……『什麼是文學』是文學理論的起點性問題，也是文學理論作爲一個獨立學科而存在的總問題。文學理論的基本性質和體系構成，都取決於對這一問題的思考和回答。在文學理論已經充分發展的今天，文學研究中也存在著文學品性的喪失和概念過度闡釋的問題，文學理論重新面臨著自我審視……文學概念面對著重新詮釋的需求。」另外，在百思不解、百般無奈的情況下，人們只有痛苦地容忍這個現實。由周憲主編南京大學出版社出版的《文學理論研究導引》一書中考察了國內外近代以來的多種形態的文學理論，並把它們總結爲四種模式：（1）意識形態本性論的文學理論；（2）形式主義的文學理論；（3）以文學活動中的「基本問題」爲中心的文學理論；（4）文化論的文學理論。他們還認爲：「我們認爲，文學理論研究的模式、形態、觀念與技術應當多樣化，無論是上述四種體系化的文學理論及其各種結合體或變體，還是各種個性化的文學理論研究，完全可以並存，都應當在文學理論研究中有一席之地。」

既然自古至今文學理論不是一個成熟的理論，那麼，我們就要對李夢陽的文學理論有一個總體把握，就應該認識到李夢陽的文學理論和我們所謂的正確的文學理論都不是文學世界裏的必然規律，我們所謂的正確的理論都是有條件的，都是對文學現象的側面認識。我們應該認識到我們的理論水平還不是完美的。

李夢陽在文學實踐上的失敗，也可能是我們未來文學實踐的先例，我們絕大多數人現在都繼續在走著李夢陽的路子，將來還要走這樣的更長的路。李夢陽在文學實踐上的失敗是普遍正常的，這不影響李夢陽在中國文學歷史上是一個優秀的文學家地位。

有句名言「理論是灰色的」，通過對李夢陽文學實踐的研究，我們認識到了我們對文學的學習和研究遠遠不夠；我們每個人都有文學藝術的完美基因，文學理論、文學概念它不是經院哲學，不應該是一個深奧的秘密。以後，我們應該努力學習，努力去研究問題，去創造一個自由的文學世界。

第八章　李何之爭公案探討

李何之爭在中國文學史上是一件很有意義的文藝趣事。明代中葉，李夢陽與何景明都是當時文壇上的活躍人物，二位文士都是前七子文學運動的領袖。弘治年間，在他們倆之間發生了一場不大不小的爭論。現存何景明的《與李空同論詩書》和李夢陽的《駁何氏論文書》、《再與何氏論文書》及《再與周子書》等四篇文章，是當時他們進行爭論的有關書信。這四篇書信反映了李何之爭的具體內容，也反映了李夢陽、何景明的文學思想，其中主要地反映了李夢陽的文學思想。李何之爭後，人們對此多有評說，並形成中國古代文學歷史研究中的主要話題。李何之爭的發生是偶然的，這個偶然事件在中國文學批評史上有趣地產生了比較廣泛的影響。

在李何之爭過程中，李夢陽在文學創作方面曾堅持要尊守不變之創作法式，這給他的文學思想蒙上了一層守舊模擬的陰影。在中國文學史上，後來人多認爲李夢陽給何景明的書信表現了他的文學守舊模擬思想，指責李夢陽是有「刻意古範，鑄形宿模」的創作行爲。

《明史・文苑傳・李夢陽》有指責李夢陽模擬之說。《明史》說，「夢陽才思雄鷙，卓然以復古自命。弘治時，宰相李東陽主文柄，天下翕然宗之，夢陽獨譏其萎弱。倡言文必秦、漢，詩必盛唐，非是者弗道。與何景明、徐禎卿、邊貢、朱應登、顧璘、陳沂、鄭善夫、康海、王九思等號十才子，又與景明、禎卿、貢、海、九思、王廷相號七才子，皆卑視一世，而夢陽尤甚。吳人黃省曾、越人周祚，千里致書，願爲弟子。迨嘉靖朝，李攀龍、王世貞出，復奉以爲宗。天下推李、何、王、李爲四大家，無不爭傚其體。華州王維楨以爲七言律自杜甫以後，善用頓挫倒插之法，惟夢陽一人。而後有譏夢陽詩文者，則謂其模擬剽竊，得史遷、少陵之似，而失其眞云。」其末句「而後有譏夢陽詩文者，則謂其模擬剽竊，得史遷、少陵之似，而失其眞云。」是對歷史現象的描寫，應該說後人責難李夢陽是有歷史事實的。

明末清初文人錢謙益在《列朝詩集小傳·李夢陽副使》中說，「獻吉以復古自命，曰古詩必漢魏，必三謝；今體必盛唐，必杜，捨此無詩焉。牽率模擬剽賊於聲句之間，如嬰兒之學語，如童子之洛誦，字則字，句則句，篇則篇，毫不能吐其心之所言，古之人固如此乎？」顯然，錢謙益認爲李夢陽是有「模擬剽賊」文學創作行爲的。

游國恩主編《中國文學史》中亦說，「在文學方面，他們倡言『文必秦漢，詩必盛唐』，反對『臺閣體』，一時起了很大的影響。他們使人知道，在『臺閣體』和『八股文』之外，還有傳統的、優秀的古代文學……但是他們拋棄了唐宋以來文學發展的既成傳統，走上了盲目尊古的道路。他們創作一味以模擬剽竊爲能，成爲毫無靈魂的假古懂。」今人游國恩等也認爲李夢陽是有文學模擬思想和模擬創作行爲的。

在李何之爭過程中，李夢陽在文學創作方面曾堅持要尊守不變之創作法式，這給他的文學思想蒙上了一層守舊模擬的陰影。那麼，李何之爭中李夢陽的文學思想是不是模擬剽竊的文學思想，就成了澄清李夢陽文學思想的關鍵之處。本章對李何之爭做具體分析，以澄清李夢陽的文學思想的性質和意義。

第一節　書信原文解析

分析問題最關鍵的是要對原著有正確理解，因此，有必要對有關李何之爭的四篇書信做一深刻領會。

一、《與李空同論詩書》解析

《與李空同論詩書》是李何之爭的開始，我們首先分析何景明的《與李空同論詩書》，其全文如下。

《與李空同論詩書》

(1) 敬奉華牘，省誦連日，初憮然若遺，既渙渙然若有釋也。發迷徹蔽，爰助激成，空同子功德我者厚矣！僕自念離析以來，單處寡類，格人遜德，程缺元龜，去道符爽；是故述作靡式，而進退失步也。空同子曰：子必有諤諤之評。夫空同子何有於僕諤諤也，然僕所自志者，何可弗一質之。

(2) 追昔爲詩，空同子刻意古範，鑄形宿鏌，而獨守尺寸。僕則欲富於材積，領會神情，臨景構結，不仿形跡。詩曰：「惟其有之，是以似之。」以有求似，僕之愚也。近詩以盛唐爲尚，宋人似蒼老而實疏鹵，元人似秀峻而實淺俗。今僕詩不免元習，而空同近作，間入於宋。僕固蹇拙薄劣，何敢自列於古人？空同方雄視數代，立振古之作，乃亦至此，何也？凡物有則弗及者，及而退者，與過焉者，均謂之不至。譬之爲詩，僕則可謂弗及者，若空同求之則過矣。

(3) 夫意象應曰合，意象乖曰離，是故乾坤之卦，體天地之撰，意象盡矣。空同丙寅間詩爲合，江西以後詩爲離，譬之樂，眾響赴會，條理乃貫；一音獨奏，成章則難。故絲竹之音要眇，木革之音殺直。若獨取殺直，而並棄要眇之聲，何以窮極至妙，感情飾聽也？試取丙寅間作，叩其音，尚中金石；而江西以後之作，辭艱者意反近，意苦者辭反常，色澹黯而中理披慢，讀之若搖鞞鐸耳。

(4) 空同貶清俊響亮，而明柔澹沉著含蓄典厚之義，此詩家要旨大體也。然究之作者命意敷辭，兼於諸義不設自具。若閒緩寂寞以爲柔澹，重濁剜切以爲沉著，艱詰晦塞以爲含蓄，野俚輳積以爲典厚，豈惟繆於諸義，亦並其俊語亮節，悉失之矣！

(5) 鴻荒邈矣，書契以來，人文漸朗，孔子斯爲折中之聖，自餘諸子，悉成一家之言。體物雜撰，言辭各殊，君子不例而同之也，取其善焉已爾。故曹劉阮陸，下及李杜，異曲同工，各擅其時，並稱能言。何也？詞有高下，皆能擬議以成其變化也。若必例其同曲，夫然後取，則既主曹劉阮陸矣，李杜即不得更登詩壇，何以爲千載獨步也？

(6) 僕嘗謂詩文有不可易之法者，辭斷而意屬，聯類而比物也。上考古聖立言，中徵秦、漢緒論，下採魏晉聲詩，莫之有易也。夫文靡於隋，韓力振之，然古文之法亡於韓；詩弱於陶，謝力振之，然古詩之法，亦亡於謝。比空同嘗稱陸謝，僕參詳其作：陸詩語俳，體不俳也；謝則體語俱俳矣：未可以其語似，遂得並例也。故法同則語不必同矣。僕觀堯舜周孔子思孟氏之書，皆不相沿襲，而相發明，是故德日新而道廣，此實聖聖傳授之心也。後世俗儒，專守訓詁，執其一說，終身弗解，相傳之意背矣。今爲詩不推類極變，開其未發，泯其擬議之跡，以成神聖之功，徒敍其已陳，修飾成文，稍離舊本，便自杌隉。如小兒倚物能行，獨趨顛仆。雖由此即曹劉，即阮陸，即李杜，且何以益於道化也？佛有筏喻，言捨筏則達岸矣，達岸則捨筏矣。

(7) 今空同之才，足以命世，其志金石可斷，又有超代軼俗之見。自僕遊從，獲睹作述，今且十餘年來矣。其高者不能外前人也，下焉者已踐近代矣。自創一堂室，開一户牖，成一家之言，以傳不朽者，非空同撰焉，誰也？《易・大傳》曰：「神而明之」，「存乎德行」，「成性存存，道義之門」。是故可以通古今，可以攝眾妙，可以出萬有；是故殊途百慮，而一致同歸。夫聲以竅生，色以質麗，虛其竅，不假聲矣，實其質，不假色矣。苟實其竅，虛其質，而求之聲色之末，則終於無有矣。

北風便，冀反覆鄙說，幸甚！〔註1〕

第一段意義。《與李空同論詩書》的第一段是客套語，何景明述過友誼謙讓之詞後說，李夢陽對我有直言，我也就不客氣了，也就直言自己的看法了。

第二段意義。何景明在第二段表述李夢陽的創作方法是「刻意古範，鑄形宿鏌，而獨守尺寸」，表述自己的創作方法是「富於材積，領會神情，臨景構結，不仿形跡」。並認爲李夢陽的創作和自己的創作在實踐中都要是失敗的，他們都要沒有寫出好詩歌來。

第三段意義。在第三段裏，何景明繼續批評李夢陽的詩歌創作，認爲李夢陽的詩歌創作是失敗的。

第四段意義。何景明表述李夢陽有「貶清俊響亮，而明柔澹沉著含蓄典厚之義」的審美追求，並進一步詳細地分析李夢陽在創作上的失敗是在創作中沒有表現出「柔澹沉著含蓄典厚之義」。

第五段意義。在第五段裏，何景明提出文學創作要「擬議以成其變化

〔註1〕李夢陽，《空同集》卷六十二，吉林出版集團有限責任公司出版，2005年，頁573。

也」，這是要求文學創作在審美追求上要有變化，不要以「柔澹沉著含蓄典厚」爲專營，要有變化創新。「擬議」，指揣度議論，多指事前的考慮。「擬議」出自《易‧繫辭上》，《易‧繫辭上》有言曰「擬之而後言，議之而後動，擬議以成其變化。」何景明在這裡引用古語是爲了說明文學審美方面要有變化創新。

第六段意義。何景明提出了自己所尊循的創做法式，「僕嘗謂詩文有不可易之法者，辭斷而意屬，聯類而比物也。」辭斷而意屬是要求文章要通順之義，聯類而比物是要求文章要有形象性之義。同時，何景明還貶抵了其他創做法式，這其中隱含地貶抵了李夢陽的創做法式。

第七段意義。鼓勵李夢陽努力創作，開一戶牖，成一家之言。

從以上分析可知，何景明在《與李空同論詩書》中主要表述了以下思想。

（1）認爲李夢陽在創作上「刻意古範，鑄形宿鏌，而獨守尺寸」，並因此而未有創作成就。

（2）認同李夢陽的美學追求是正確的。「柔澹沉著含蓄典厚」是李夢陽在創作上的美學追求。何景明說，「空同貶清俊響亮，而明柔澹沉著含蓄典厚之義，此詩家要旨大體也。」其意包含是對李夢陽美學思想的贊同。何景明還認爲在審美追求方面，不應該以「柔澹沉著含蓄典厚」爲專營，要有變化創新。

（3）提出了自己的創做法式是「辭斷而意屬，聯類而比物也」。

（4）鼓勵李夢陽努力創作，開一戶牖，成一家之言。

另外，由於李夢陽給何景明的第一封書信已丟失，我們今天無從知道李夢陽給何景明信的詳細內容，但是，從何景明的這封回信中，我們可以看出，李夢陽在給何景明的信中，表述了自己的創做法式，並批評了何景明的詩歌創作，認爲何景明的詩歌創作是失敗的。

二、《駁何氏論文書》解析

《駁何氏論文書》

（1）某再拜大復先生足下：前屢覽君作，頗疑有乖於先法，於是爲書，敢再拜獻足下，冀足下改玉趨也。乃足下不改玉趨也，而即摘僕文之乖者以復我，其言辯以肆，其氣傲以豪，其旨軒翕而俸嵺。僕始而讀之，謂君我恢也；已而思之，我規也，猶我君規也。夫規人者，非謂其人卑也，人之見有同不同，僕之才不高於君，天下所共聞也。乃一旦不量，而慮子乖於先法，兹其情無他也。

(2)子摘我文曰:「子高處是古人影子耳,其下者已落近代之口。」又曰：「未見子自築一堂奥，自開一户牖，而以何急於不朽？」此非仲默之言，短僕而諛仲默者之言也。短僕者必曰：「李某豈善文者，但能守古而尺尺寸寸之耳。必如仲默，出入由己，乃爲捨筏而登岸。」斯言也，禍子者也。古之工，如倕如班，堂非不殊，户非同也，至其爲方也，圓也，弗能捨規矩。何也？規矩者，法也。僕之尺尺而寸寸之者，固法也。假令僕竊古之意，盜古之形，剪裁古辭以爲文，謂之「影子」，誠可；若以我之情，述今之事，尺寸古法，罔襲其辭，猶班圓倕之圓，倕方班之方。而倕之木，非班之木也，此奚不可也。夫筏我二也，猶兔之蹄，魚之筌，捨之可也。規矩者，方圓之自也，即欲捨之，烏乎捨！子試築一堂，開一户，措規矩而能之乎？措規矩而能之，必並方圓而遺之可矣。何有於法！何有於規矩！故爲斯言者，禍子者也；禍子者，禍文之道也。不知其言禍己與文之道，而反規之於法者是攻，子亦謂操戈入室者也。子又曰：「孔、曾、思、孟，不同言而同至，誠如尺寸古人，則詩主曹、劉、阮、陸足矣，李杜即不得更登於詩壇。」《詩》云:「人知其一，莫知其他。」予之同，法也。堯舜之道，不以仁政，不能平治天下者也。子以我之尺寸者言也。覽子之作，於法焉蔑矣，宜其惑之靡解也。阿房之巨，靈光之巋，臨春、結綺之侈麗，揚亭、葛廬之幽之寂，未必皆倕與班爲之也；乃其爲之也，大小鮮不中方圓也。何也？有必同者也。獲所必同，寂可也，幽可也，侈以麗可也，巋可也，巨可也。守之不易，久而推移，因質順勢，融熔而不自知。於是爲曹爲劉，爲阮爲陸，爲李爲杜，既令爲何大復，何不可哉！此變化之要也。故不泥法而法嘗由，不求異而其言人人殊。《易》曰：「同歸而殊途，一致而百慮」，謂此也。非自築一堂奥，自開一户牖，而後爲道也。

(3) 故予嘗曰：作文如作字，歐、虞、顏、柳字不同而同筆，筆不同非字矣。不同者，何也？肥也，瘦也，長也，短也，疏也，密也。故六者勢也，字之體也，非筆之精也。精者，何也？應諸心而本諸法者也。不窺其精，不足以爲字，而矧文之能爲！文猶不能爲，而矧道之能爲！仲默曰:「夫爲文，有不可易之法，辭斷而意屬，聯物而比類。」以茲爲法，宜其惑之難解，而�之者易搖也。假令僕即今爲文一通，能辭不屬，意不斷，物聯而類比矣，然於情思澀促，語嶮而硬，音失節拗，質直而麄，淺譾露骨，爰癡爰枯，則子取之乎？故辭斷而意屬者，其體也，文之勢也；聯而比之者，事也；柔澹者，思也；含蓄者，意也；典厚者，義也；高古老，格也；宛亮者，調也；沉著、雄麗、清峻、閒雅者，才之類也。而發於辭，辭之暢者其氣也中和。中和者氣之最也。夫然，又華之以色，永之以味，溢之以香，是以古之文者，一揮而眾善具也。然其翕闢頓挫，尺尺而寸寸之，未始無法也，所謂圓規而方矩者也。且士之文也，猶醫之脈，肌之濡弱、緊數、遲緩相似，而實不同，前予以柔澹、沉著、含蓄、典厚諸義，進規於子，而救俊亮之偏。而子則曰：「必閒寂以爲柔澹，濁切以爲沉著，艱窒以爲含蓄，俚輳以爲典厚，豈惟謬於諸義，並俊語亮節悉失之矣。」吾子於是乎失言矣。子以爲濡可爲弱，緊可爲數，遲可爲緩耶？濡弱、緊數、遲緩不可相爲，則閒寂獨可爲柔澹，濁切可爲沉著，艱窒可爲含蓄，俚輳可爲典厚耶？吁！吾於於是乎失言矣！

(4) 以是而論文，子於文乎病矣。蓋子徒以僕規子者過言靡量，而遂肆爲倖嵺之談，摘僕之乖以攻我，而不知僕之心無他也。僕之文，千瘡百孔者，何敢以加於子也，誠使僕妄自以閒寂、濁切、艱窒、俚輳爲柔澹、沉著、含蓄、典厚，而爲言黯慘，有如搖鞞擊鐸，子何不求柔澹、沉著、含蓄、典厚之眞而爲之，而遽以俊語亮節自安耶？此尤惑之甚者也。

(5) 僕聰明衰矣，恒念子負振世之才，而僕叨通家骨肉之列，於是規之以進其極，而復極論以冀其自反，實非自高以加於子。《傳》曰：「改玉改行。」子誠持堅白不相下，願再書以覆我。〔註2〕

如同前面分析方法，我們對李夢陽的文章逐段解析。

第一段意義。敘述這封回信的原因，並表示客套、謙讓的態度。

第二段意義。強調對於寫作來說，法式是必然存在的。李夢陽多方面地比喻、解釋寫做法式存在的必然性。李夢陽用建築工程來說明寫作要有法式，

〔註 2〕李夢陽，《空同集》卷六十二，吉林出版集團有限責任公司出版，2005 年，頁 573。

但是，他並未說明建築工程的法式是什麼，也沒有說明寫做法式是什麼。李夢陽把文學創作與建築工程做比較，其思想上的確有崇拜古典文學創作技巧的思想。

第三段意義。用書法進一步說明寫做法式是存在的，同時批評否定何景明的所謂法式是錯誤的。李夢陽講，「故予嘗曰：作文如作字，歐、虞、顏、柳字不同而同筆，筆不同非字矣。不同者，何也？肥也，瘦也，長也，短也，疏也，密也。故六者，勢也，字之體也，非筆之精也。精者，何也？應諸心而本諸法也。不窺其精，不足以爲字，而矧文之能爲！文猶不能爲，而矧道之能爲！」在這段文字裏，李夢陽說寫字是爲了造勢，並認爲勢不是筆之精，同時他沒有說明寫字的法式是什麼，也沒有說明寫作的法式是什麼，大概其法式是後來說的前密者後必疏之類。然而，李夢陽在這裡提出了比法式更爲重要的寫作密決：「應諸心而本諸法」。李夢陽把此稱之爲「筆之精」。可惜的是，李夢陽對此沒有大大地發揮之，並把這樣的法式遺忘了，後來，在《再與何氏書》中取而代之爲「前疏者後必密，半闊者必半細，一實者必一虛，疊景者意必二」。

第四段意義。規勸何景明在寫作方面追求「柔澹、沉著、含蓄、典厚」等美學意境。

第五段意義。客套語，表示謙讓的態度。

把以上的意義總結一下，我們認爲李夢陽的《駁何氏論文書》主要表述了三個思想內容。

（1）李夢陽的這篇書信的主要思想目的是強調寫作有法式的，他用建築、書法爲例來說明法式的存在性，但是，他沒有指明建築、書法的法式究竟是什麼。

（2）李夢陽提出了「筆之精」的寫作之要法，但是，他中是提及，並未發揮其意義。

（3）李夢陽崇尚和諧美，他認爲「柔澹、沉著、含蓄、典厚」是寫作的美學目的。

三、《再與何氏書》解析

或許是由於李夢陽自己感悟到在《駁何氏論文書》沒有說清楚寫作的法式是什麼，並且認爲說清楚寫作的法式是什麼是個關鍵問題，所以，李夢陽採取了補救措施，又再一次給何景明寫了一封書信，以說明寫作之法式是什麼。下面我們來解讀李夢陽的《再與何氏書》。

《再與何氏書》

(1) 前書與子論文備矣，然僕猶謂不證諸事則空言不切，不切不信。夫子近作，乖於先法者，何也？蓋其詩讀之若摶沙弄泥，散而不瑩，又粗者弗雅也。如月蝕詩「妖遮赤道行」是耳，然闊大者鮮把持，又無針線。

(2) 古人之作，其法雖多端，大抵前疏者後必密，半闊者必半細，一實者必一虛，疊景者意必二。此予之所謂法圓規而方矩者也。沈約亦云：「若前有浮聲，後必有切響，一簡之內，音韻盡殊，兩句之中，輕重悉異。」即如人身，以魄載魂，生有此體，即有此法也。詩云「有物有則」，故曹、劉、阮、陸、李、杜能用之而不能異，能異之而不能同。今人止見其異，而不見其同，宜其謂守法者爲影子，而支離失眞者以捨筏登岸自寬也。夫文與字一也，今人模臨古帖，即太似不嫌，反曰能書，何獨至於文，而欲自立一門戶邪？自立於門戶，必如陶之冶，冶之不匠，如孔子不墨，墨之不楊邪！此亦足以類推矣！(錯)

(3) 且仲默神女賦帝妃篇「南遊日」，「北上年」四句接用，古有此法乎？「水亭菡萏」，「風殿薜蘿」意不一乎？蓋君詩徒知神情會處，下筆成章爲高，而不知高而不法，其勢如搏巨蛇，駕風螭，步驟即奇，不足訓也。君詩結語太咄易，七言律與絕句等更加不成篇，亦寡音節。「百年」，「萬里」何其層見而迭出也。七言若剪得上二字，言何必七也。

(4) 僕非知詩者，劇談偏見，君自栽之耳。君必苦讀子昂、必簡詩，庶獲不遠之復，亦知予言不妄。不然，終身野狐外道耳。狂悖弗自覺，縷縷至此，悚懼，悚懼。〔註3〕

李夢陽在《再與何氏書》中表述了如下意義。

第一段意義。述本篇書信的目的是爲了繼續審明自己的觀點，並附帶批評何景明的詩歌創作有乖於先法。

〔註3〕 李夢陽，《空同集》卷六十二，吉林出版集團有限責任公司出版，2005年，頁575。

第二段意義。李夢陽表明自己所謂的法是：「前疏者後必密，半闊者必半細，一實者必一虛，疊景者意必二。」在這段文字中，李夢陽反對自立門戶，提出了在創作方面反對創新的觀點。至此，我們終於知道了李夢陽的創做法式是什麼了，他的這個創做法式不過是在文章中表現和諧美的方法，這個方法實在不是什麼重要的創作方法。

第三段意義。批評何景明的詩歌創作有乖於先法，認為何景明的創作是失敗的。

第四段意義。自表謙虛，繼續規勸何景明。

從上述分析可以看出，由於李夢陽在上次書信中沒有說明文學創作的法式是什麼。李夢陽在《再與何氏書》中主要表述了自己關於法式的概念，李夢陽的所謂法，是關於文章均衡美的表現方法。另外，李夢陽在《再與何氏書》提出了反對自立門戶、反對創新的觀點，這顯然是錯誤的。

李夢陽認為文學創作的法式是表現均衡的方法，這是對文學創做法式的錯誤理解，是淺顯、狹隘的。李夢陽在後來的《答周子書》中再次表述了他關於法的認識。在《答周子書》中，李夢陽關於法式的理解與此大致相同。

四、《答周子書》解析

《答周子書》是李夢陽晚年給他的追隨者浙江紹興人周祚寫的一封書信，在《答周子書》中，李夢陽再次提出了自己對文學創做法式的理解。《答周子書》全文如下。

《答周子書》

（1）往聞稽山之陰，大渤之濆，多嗜古篤行獨立勇往人者。然僕北人也，莫之能知也，日者乃奉遐訊，拜腆儀，激發之音，玄要之旨，高卓之識，慷慨之義，有曠世之大感，閔俗之重悲。僕捧而讀之欽羨慚惋，內懷彌日。曰：古哉周子，篤行哉！獨哉！勇哉！易曰：同聲相應，同手相求。僕北人也，嗜古無成，行之寡效，力之罔獨，往之鮮勇。足下乃奚取於僕而有斯求也，又奚所應而同僕之聲也？

（2）僕少壯時，振翮雲路，嘗周旋鵷鸞之末，謂學不的古，苦心無益。又謂文必有法式，然後中諧音度。如方圓之規矩，古人用之，非自做作之，實天生之也。今人法式古人，非法式古人也，實物之自則也。當此時，篤行之士，翕然臻向，弘治之間，古學遂興。而一二輕俊，恃其才辯，假捨筏登岸之說，扇破前美。稍稍聞見，便橫肆譏評，高下古今，謂文章家必自開一門户牖，自築一堂室。謂法古者爲蹈襲，式往者爲影子，信口落筆者爲泯其比擬之跡。而後進之子，悅其易從，憚其難趨，乃即附唱答響，風成俗變，莫可止遏，而古之學廢矣。今其流傳之詞，如摶沙弄螭，渙無紀律，古之所云開闔照應、倒插頓挫者一切廢之矣。僕竊憂之，然莫之敢告也。又每竊歎獨立之鮮，勇往之寡；又每傷世之人，何易之悅而難之憚也，不而易之悅者，乃又不自謂其易之悅也，曰：文主理已矣，何必法也？吁，言之無文，行而弗遠。玆非孔子言邪，且六經者，何者非禮，乃其文何者非法也。斯言也僕懷之稔矣，然莫之敢告也。今足下既有同應之聲，以相求也，僕安敢終默也？且人情未有不忽近而務遠者，何也？知其實者少，而徇乎名者多也。世遠則論定，持定採明名，則曠世相慕，故漢文帝拊髀思頗、牧，而不知李廣、魏尚者，以其近也。近則疑，疑則實味，實味則忽之矣。斯時俗之重悲也。

(3) 今足下於僕同時最近，涉疑而不疑，又無傾蓋之談，接袵之雅，乃一旦走千里之使，聲應而手求之，僕以此知足下立之獨而往之勇也，以此而的古，何古之不的矣。諺有之曰：一年二年與佛齊肩，三年四年。佛在一邊。言志之難久也。幸足下無悅其易，無憚其難，積久而用成，變化叵測矣，斯古之人始同而終異，異而未嘗不同也，非故欲開一户牖、築一堂室也。足下誠不棄芻蕘，幸採焉察焉。墨本賦一通，戰國策一部，附獻左右者。〔註4〕

我們還是採取前面的分析方式，逐段對《答周子書》進行理解。

第一段意義。表示對山陰周祚的賞識。

第二段意義。回顧文學復古的歷史，強調復古是學業的必經之路。再一次強調文必有法式的觀點，並再一次表明古文法式是「開闔照應、倒插頓挫」。需要指出的是，這個「開闔照應、倒插頓挫」與前《再與何氏書》中的「前疏者後必密，半闊者必半細，一實者必一虛，疊景者意必二」是一樣的，都是創作文章均衡美的方法。如前所述，這個創作文章均衡美的方法不是文學

〔註 4〕李夢陽，《空同集》卷六十二，吉林出版集團有限責任公司出版，2005 年，頁 577。

創作的重要方法，更不是什麼法寶了。

第三段意義。勉勵周祚在復古事業上努力進取。

在《答周子書》中李夢陽再一次強調文必有法式的觀點，並再一次表明古文法式是「開闔照應、倒插頓挫」。《答周子書》是李夢陽對自己創做法式是什麼的再一次申辯。

分析問題最關鍵的是要對原著有正確理解，在有了對李何之爭四篇文章的理解之後，我們就可以對李何之爭做具體分析了。

第二節　李何爭論分析

從李何之爭的這四封存書信中可以看出，何景明只是提出了爭論的議題，何景明只有一封書信給李夢陽。李夢陽則是對何景明的議題進行申辯，李夢陽有三封書信對自己的觀點進行了申辯，李夢陽是李何之爭的主角。何景明提出的主要議題有三，一是批評了李夢陽的詩歌創作，認爲李夢陽的詩歌創作是失敗的；二是何景明還認爲在審美追求方面，不應該以「柔澹沉著含蓄典厚」爲專營，要有變化創新；三是何景明認爲創作的法式應該是「辭斷而意屬，聯類而比物」。面對何景明提出的議題，李夢陽表述了自己的觀點，李夢陽提出的申辯觀點亦有三點，一是李夢陽在創作成就評價上與何景明對抗，認爲何景明的創作有乖先法，在創作上沒有創作成就；二是李夢陽一再地表述強調文學創作有法式存在，何景明沒有表態文學創作沒有法式，何景明認爲文學創作是有法式的，李夢陽的這一表述是爭議題外之事；三是李夢陽認爲作文之法式是「開闔照應、倒插頓挫」。李夢陽是李何之爭的主角，李夢陽的觀點是李何之爭的主題，他夢陽所申辯的主題是寫作有法式存在，其法式是「開闔照應、倒插頓挫」，這就是李何之爭中李夢陽所表現的思想主題。李夢陽所爭辯的核心是創作有沒有法式和什麼是法式的問題，顯然，李何之爭的問題根本不是什麼要不要模擬的議題。

李何之爭的具體問題我們詳細總結如下。

一、共同點：文有法式

李何二人的爭論：在主張文學復古的同時，都確認作文有不可改變的法式。何景明在《與李空同論詩書》中說：「僕嘗謂詩文有不可易之法者，辭斷而意屬，聯類而比物也。上考古聖之言，中徵秦、漢緒論，下採魏、晉聲詩，莫之有易也。」

何景明的觀點很清楚，他不僅認爲詩文有不可易之法，而且「上考古聖之言，中徵秦漢緒論，下採魏晉聲詩，莫之有易也。」

李夢陽亦認爲詩文有法。在《駁何氏論文書》中，他說：「古之工，如倕如斑，堂非不殊，戶非同也，至其爲方也圓也，弗能捨規矩。何也？規矩者，法也。僕之尺尺而寸寸之者，固法也。假令僕竅古辭以爲文，謂之影子誠可。若以我之情，述今之事，尺寸古法，罔襲其辭，猶斑圓倕之圓，倕方班之方。而倕之木非班之木也，此奚不可也？夫筏我二也，猶兔之蹄，魚之筌，舍之可也。規矩者，方圓之自也，即欲捨之，烏乎捨？子試築一堂、開一戶，措規矩而能之乎？」

在這段引文裏，李夢陽用木匠之「方圓規矩」比喻「法」的客觀性，是爲了說明文必有法式這一客觀事實的。

李夢陽反覆地論說了法式存在的客觀性。他說法式是方圓規矩，班能用之，倕亦能用之，它的應用具有永久性，它不能像兔蹄、魚筌一樣可以捨去的。他還說，房子不是一堆材料的堆集，它們是依照方圓規矩結構起來的事物，如果沒有法式，便一事無成。總之，李夢陽認爲一篇文章和一座房子一樣，無法式是不可能的。

由此看來，李夢陽和何景明都是承認文必有法式的。文學，作爲一種客觀事，當然有它自己的客觀規律，暫且不論李夢陽、何景明所謂之法式是什麼，就他們能認識到文學作品自有規律這一點而論，這是沒有什麼錯誤的。

任何人搞文學創作，都有自己的心得體會，乃至更有大法技巧。那麼，寫文章知有方法僅是開始，選擇何者爲法才是最重要的問題。所以，文學創作有沒有法式的問題是一個不必爭論的問題，關於這個問題沒有深入研究的必要，然而，李夢陽在書信中反覆強調創作要有法式，並對此高談闊論，這是多費筆墨的文字，我們不要以爲這是李何之爭主題了。

二、分歧點：法式不同

李何二人，他們在以何者爲法的問題上存在著尖銳分歧。

前面說過，文學作爲一種客觀事物，當然有它自己的客觀規律。李何二人都主張文學創作要遵循文學的客觀規律。這是沒有什麼錯誤的。但是，把什麼當作文學創作必須依循的法則，卻是有關文學創作的關鍵問題，他們的觀點也就不一定沒有問題了。

何景明在《與李空同論詩書》中說：「僕嘗謂詩文有不可易之法者，辭斷而意屬，聯類而比物也。」何景明說的很乾脆、很清楚，他一貫堅持的詩文之法就是「辭斷而意屬，聯類而比物」。原來如此，怪不得李夢陽反對他的觀點，因爲他的這個「不可易之法」意義一般，它不過是一種關聯、比喻之類的修辭之法罷了。

李夢陽反對何景明把「辭斷而意屬，聯類而比物」作爲詩文之法。在《駁何氏論文書》中，他說：「仲默曰：夫文有不可易之法，辭斷而意屬，聯類而比物，以茲爲法，宜其惑之難解，而諛之者易搖也。假令僕即今爲文一通，能使辭不屬，意不斷，物聯而類比矣，然於中情思澀促，語險而硬，音生節拗，質直而粗，淺谫露骨，爰癡爰枯，則子取之乎？」在這裡，李夢陽反覆述說「辭斷而意屬，聯類而比物」不應該作爲詩文之法。他說即使一篇文章「辭不屬，意不斷，物聯而類比」，若於中情思不通，語言生硬，直率而淺薄，枯燥而乏味，它就不是一篇好文章，他從正反兩個角度否定了何景明的詩文之法。

然而。李夢陽以什麼爲作文之法呢？李夢陽認爲，文學作品的結構之法才是詩文的眞正之法，在爭論補充書信《再與何氏書》中，他說：「古人之作，其法雖多端，大抵前疏者後必密；半闊者，半必細；一實者，必一虛；疊景者，意必二。此予之所謂法，圓規而方矩者也。」

在《答周之書》，他又說：「今其流傳之辭，如摶沙弄螭，渙無紀律。古之所云開闔照應，倒插頓挫者，一切廢之矣。」

上述兩段引文就是李夢陽對他的詩文之法的表述。他認爲「前流者後必密，半闊者半必細，一實者，必一虛，疊景者，意必二」，「開闔照應，倒插頓挫」就是正確的詩文之法。可以看出，李夢陽所謂的這些「法」，其實是詩文作品的結構之法，是追求和諧均衡美的方法。在這裡，李夢陽所說是有一點兒道理的，因爲在文學創作過程中，一篇文章的審美追求是主要的，其構思也是主要的，它是謀篇的關鍵。結構之法顯然要比修辭之法重要了。

李夢陽的結構之法與何景明的修辭之法顯然對立，因此，關於文學之法的爭論也就難以避免了。其實，對於文學創作來說，結構之法和修辭之法都是文學創作的方法之一，但不能把它們看成金玉科律。李何二人，對文學作品之法的爭辯，一方面反映了文學創作方法在文學實踐中是非常重要的，另一方面反映了他們是積極追求理想的，其精神可佳。那麼，什麼是文學創作的根本之法呢？我們說，文學創作的根本法則，是文藝的本質問題。只有搞清了文藝的本質規律，我們才能自由的創作。現代文藝理論認爲，文學是生活形象，是反映美的藝術品，所以，文學創作要描寫形象，要創造美，這才是文學的根本法則。相對來說。關聯修辭、追求和美的結構之法在文學創作的過程中，僅是屬於細枝末節，而且也不是絕對的。所以，關聯修辭之法、追求和美的結構之法與文藝創作的根本法則是不同層次的文學規律。無論是何景明還是李夢陽，他們所謂的法都不是什麼有重要意義的法式。現代人們對文學研究亦然熱情不減，論著層出不窮，對於文學創作的法式的追求永遠是一個難題。

三、李夢陽忽視「筆之精」

李夢陽忽視了自己的寶貴的文學創作經驗。在《駁何氏論文書》中，爲了說明寫作之法式是存在的，李夢陽用書法進一步說明寫做法式的存在性。李夢陽講，「故予嘗曰：作文如作字，歐、虞、顏、柳字不同而同筆，筆不同非字矣。不同者，何也？肥也，瘦也，長也，短也，疏也，密也。故六者勢也，字之體也，非筆之精也。精者，何也？應諸心而本諸法者也。不窺其精，不足以爲字，而矧文之能爲！文猶不能爲，而矧道之能爲！」在這段文字裏，李夢陽沒有說明寫字的法式是什麼，也沒有說明寫作的法式是什麼。但是，李夢陽在這裡提出了比法式更爲重要的寫作密決：「應諸心而本諸法」。李夢陽稱之爲「筆之精」。

「應諸心而本諸法」的重點在「應諸心」，「應諸心」就是說在藝術創作過程中，要應用創作規律描寫心中的情感、心中的藝術形象。「應諸心而本諸法」中的「本諸法」之「法」是指文學創作技巧，其法式應該是後來說的前密者後必疏之類。「應諸心而本諸法」具有相當的眞理性。我們不要粗心大意，要理解李夢陽講的「筆之精」是不同於法式的，它是比法式更重要的創作大法，這兩個「法」是不同地位不同層次上的概念。我們認爲「筆之精」是文學創作的寶貴經驗。

或許，李夢陽本人沒有注意到他的「筆之精」的重要意義，所以，他對此沒有充分發揮之。但是，「筆之精」畢竟是文學創作的一個好方法，我們不能忽視李夢陽的這一極其珍貴的有科學意義的文學思想。

儘管李夢陽在《駁何氏論文書》中，重視文章結構之法，過分地強調了結構之法的重要性。但是，他還是沒有把這結構之法看作為文學創作的根本法則，把它沒有提高到「筆者之精」的層次。事實上，李夢陽常講的文學創作方法，還有言情說。情會說等等。由此看來，李夢陽關於文學創作的法式是多樣的，不僅僅是前密者後必疏之類。李夢陽重視法式是應該的，但是，他忽視對「筆之精」的探討和推崇。

四、李夢陽反對創作模擬

李夢陽堅決反對「刻意古範，鑄形宿模」的創作。此問題是李何之爭的一個方面。其爭論的開端是由李夢陽的一封書信而引起的。李夢陽在《駁何氏論文書》中說：「前屢覽君作，頗疑有乖於先法，於是為書，敢再拜獻足下，冀足下改玉趨也。乃足下不改玉趨也，而摘僕文之乖者以覆我。」

這段話說明，李夢陽曾有一書（此書遺失不存）致何景明，信中也曾指責何景明之詩有乖古法，可能也有規勸何景明「改玉趨也」之類的刺耳之語。於是，何景明便在《與李空同論詩書》中，大肆譏評李夢陽。他說：「追昔為詩，空同子刻意古範，鑄形宿模，而獨守尺寸。」在同一文中，他還說：「凡物有則弗及者，及而退者，與過焉者，均謂之不至。譬之為詩，僕則可謂勿及者，若空同求之則過矣。」

何景明如此批評李夢陽的詩作是帶有感情色彩的，至於李夢陽的詩做到底怎樣，他沒有依據作品具體評論之。然而，他還繼續說：「後世俗儒，專守訓詁，執其一說，終身弗解，相傳之意背矣。今為詩不推類極變，開其未發，泯其擬義之跡，以成神聖之功，徒敘其已陳，修飾成文，稍離舊本。便自杌隍。如小兒倚物能行，獨趨顛僕。」

何景明的這段言論，說李夢陽做詩為文，只會「專守訓詁，執其一說」同樣是沒有結合李夢陽的創作實踐來論述，甚至還說如「小兒倚物能行，獨趨顛僕」，這些話明顯含有貶辱之義。其實，李夢陽的文藝思想到底怎樣，這是一個需要證實的問題。然而，後世之人，以訛傳訛，信其妄說，以為李夢陽的創作實踐和文藝思想就是「刻意古範」的。我們暫且不論李夢陽的創作實踐，就李夢陽他自己當時的思想而論，他本人就是堅決反對「刻意古範」，主張靈活運用創作規律的。因此，他不滿何景明對他的譏評。正是不同意別人指責自己有模擬、剽竊行爲，所以他對何景明的言論展開了針鋒相對的爭辯。李夢陽在《駁何氏論文書》中說：「假令僕竊古之意，盜古形，剪裁古辭以爲文，謂之影子誠可。若以我之情，述今之事，尺寸古法，罔襲其辭，猶班圓倕之圓，倕方班之方。而倕之木非班之木也，此奚不可也？」

在上文裏李夢陽的意思是說：遵守文學之法，學習古文的創作規律，並不等於是「竊古之意，盜古之形」，這和「以我之情，述今之事」是不矛盾的。他用方圓規矩比喻文章之法式。認爲作文和木工使用方圓規矩蓋房子的工作一樣，是依照一定的規律，創作具有新內容的作品，這是對客觀規律的靈活應用，並不是什麼「刻意古範」，因此，「此奚不可也？」李夢陽對何景明的錯誤理解和貶辱之意表示了強烈的不滿和憤慨。文學創作的模仿與創新，有形式和內容兩個方面的實踐。就形式實踐而論，創作新的形式當然是好事。但是，對舊的形式的模仿和繼承、對客觀規律的追求和應用，這都是非常正確的創作方法。即就是有模仿，也不能貶之爲模擬。若論文學創作的內容，文學作品的內容必須創新，不能模仿。文學必須描寫新生活、新情感，創作才有生命力，否則，它就成爲步入後塵，就成爲因襲模擬了。因此，文學創作在內容方面的創新是極其重要的，主張內容創新的文藝思想應該是文藝創新主義。李夢陽是主張文學創作要尊重客觀規律、應用客觀規律創作具有新內容的文學作品的。他在李何之爭中說「以我之情，述今之事」，「此奚不可也？」在其它文章裏他還說「夫詩，吟之章而之自鳴者也」，「夫詩，比興錯雜，假物以神變者也」，「詩者形乎遇」。這些言論都是主張詩歌要言情的，這即是詩歌要在內容方面創新的主張。

模擬、剽竊是任何人都反對的，李夢陽不可能自我表明模擬、剽竊是應該的，不僅如此，李夢陽對模擬、剽竊也是非常不滿的。李夢陽在《刻諸葛孔明文集序》中曾說。「閽子遇李子問曰：是書也，奚不諸葛氏出也？李子曰：竊聞之善道者不剿說以襲名，善言者不附同以著見。是故老不歸孔，儒不蓄墨，名法異旨，王不述霸，是書仁義詐力共條，則誠僞淆矣！湯武桓文並稱，則王霸交矣！引經括史，道流是證，則飣餖昭矣！出入黃老申韓，則授受駁矣！繁簡易制，文體雜亂矣！兵詳政略，立意渙矣！是故是書也，其事雜，其法該，其道混，是剿說而附同者爲也，故曰非諸葛氏出也。」從此文中可以看出，李夢陽對模擬、剽竊的行爲是憤慨的。

所以，把李何之爭的事實和李夢陽的言情思想結合起來，我們可以更清楚地看出：李夢陽的文藝思想是反對「刻意古範」的，是主張靈活運用古之「法式」的，不僅如此，他更積極主張文學創作要描寫新思想、新內容。這是才他眞實的文藝創作思想。

五、推崇風格不同

在推崇何種文學風格的問題上，李何倆人都是褒譽自己、貶毀他人的。何景明在《與李空同論詩書》中說：「空同貶清俊響亮，而明柔淡、沉著、含蓄、典厚之義，此詩家要旨大體也。然究之作者命意敷辭，兼於諸義不設自具。若閒緩寂寞以爲柔談，重濁剜切以爲沉著，艱詰晦塞以爲含蓄，野俚輳積以爲典厚，豈惟繆於諸義，亦並其俊語亮節，悉失之矣！」

何景明說這些話，無疑是反對李夢陽在上次信中貶斥「清俊響亮」的觀點的。李夢陽反對「清俊響亮」，這是不正確的文學風格觀點。但是，何景明對李夢陽的「柔談、沉著、含蓄、典厚之義」又進行刁難，這亦是錯上加錯了。

面對何景明的偏激觀點，李夢陽在《駁何氏論文書》中又進行了爭辯。他說：「且士之爲文也，猶醫之脈，脈之濡溺緊數遲緩，相似而實不同。前予以柔談、沉著、含蓄、典厚諸義，進規於子，而救俊亮之偏。而子則曰：必閒寂以爲柔談，濁切以爲沉著，艱窒以爲含蓄，俚輳以爲典厚，豈惟繆於詩義，並俊語亮節，悉失之矣。吾子於是乎失言矣！子以爲濡可爲溺，緊可爲數，遲可爲緩耶？濡溺緊數遲緩，不可相爲，則閒寂獨可爲柔談，濁切可爲沉著，艱窒可爲含蓄，俚輳可爲典厚邪？吁！吾子於是乎失言矣！」在這段引文裏，李夢陽又說何景明不懂「柔談、沉著、典厚之義」，又對何景明批評譏諷。

其實，文學風格是多樣的，是因人而異的，也是無需褒貶的。李何之爭就其爭論的性質來說，應該是學術的友好爭辯，不應該是人身攻伐。但是，李夢陽、何景明二人對自己的名譽看得太重，都在極力維護自身名譽，這已改變了學術爭論的性質。爭論已由風格偏好之爭演變成了人身名利的爭奪，關於這方面，李何二人均有狹隘偏見。這是不應該在爭論中發生的。

六、駁何氏思辯不暢

在李何之爭中，李夢陽所在思維邏輯方面表現的缺點較多。李夢陽的文章有時流露出一些不肯服人的霸道之氣，例如在李夢陽與何景明的爭議中，李夢陽的文章就寫得不怎麼瀟灑。何景明在《與李空同論文書》中，沒有提出文章有沒有法式的問題，何景明認爲文章應該具有法式，認爲「辭斷而意屬，聯類而比物」是作文法式，還提出對於文章之法式應該靈活運用之，此即「擬議以成其變化也」，這也可以算做是一個比前者更重要的法式。而李夢陽在《駁何氏論文書》中則一再表述自古以來寫文章必有法式，這是所辯非所爭的答辯。另外，李夢陽一再強調作文必有法式，但未提及他所謂的法式是什麼，這是所辯無例證。後來，李夢陽在《再與何氏書》才補充表述了李所謂的的法式是「前疏者後必密，半闊者必半細，一實者必一虛，疊景者意必二。」這樣的文學創做法式其實也不算是什麼寶貴的作文法式。

創作必有法式是大家都認可的，是爭論題外之事，李夢陽對此糾纏不息，在《駁何氏論文書》中他用大量文字來說明文義有法式這個問題，這是多餘的、甚至是無聊爭議，李夢陽在李何之爭中表現出了一些思維不暢的弊端。

七、模擬名聲形成之原因

前面已經肯定，李夢陽的文藝思想不僅反對模擬創作，而且主張文學要抒情、要創新。那麼，他爲什麼會背上模擬的包袱呢？筆者認爲，可能有以下兩個原因。

其一，是由於何景明對李夢陽作了一個「刻意古範，鑄形宿模」的貶評。因之，後人以訛傳訛，越傳越眞。

其二，因爲李夢陽他自己把文學創作和建築工程以及寫字常作比類，這樣的思想具有崇拜古典文學範本的思想。

後者可能是模擬名聲形成的主要原因。我們著重談談這個文與字做比類的問題。

閱讀李夢陽的《駁何氏論文書》和《再與何氏書》可知，在這兩篇文章裏，李夢陽曾有兩次談到文與字的關係問題。

在《駁何氏論文書》中，李夢陽說：「故予嘗曰：作文如作字，歐虞顏柳，字不同而同筆，筆不同，非字矣。不同者何也？肥也，瘦也，長也，短也，疏也，密也，故六者勢也，字之體也。非筆之精也，精者何也？應諸心而本諸法也。」在這裡，李夢陽把文與字做比類，一是爲了說明文與字在結構規律上有些類似，它們都有類似的結構規律。二是爲了說明「應諸心」之法是藝術創作的根本之法。關於「應諸心」的含義，前面已經多次論述過了。集中起來，都是這樣一個道理：文學是藝術，寫字也是藝術，它們都是藝術，它們就應該有共同的藝術本質，它們也應該有共同的藝術特徵。因此，從藝術的角度來觀察，它們當然是可以比類的，這是符合藝術之規律的思想方式的。我們堅決不敢把這個有意義的比類看作是模擬。

在《再與何氏書》中，李夢陽再一次把文與字做比類，他說：「夫文與字一也，今人模臨古帖，即太似不嫌，反曰能書。何獨至於文，而欲自立一門戶邪？自立一門戶，必如陶之不冶，冶之不匠，如孔子不墨，墨之不楊邪，此足矣類推矣。」在這段引文裏，李夢陽說，作文和寫字一樣，寫字，如果能成功的模仿一種風格流派，就是字寫的好，作文也應該如此，只要自己能成功地模仿一種風格流派，也就是文章寫的好。所以，作文和寫字都不應該，也不必要自創風格，自立門戶，這個道理還可以類推呢！

如果脫離具體的歷史環境，單獨地從藝術角度分析李夢陽在這裡把文與字做比類的觀點。那麼，他的判斷是完全錯誤的。其一，臨貼寫字，如能太似，只能說是可以書，會書罷了，不能認爲寫字寫的好。做文也是一樣的，模仿極似，也不能說是做文做的好。所以「太似不嫌，反曰能書」這是不正確的觀點。其二，在古今中外的文藝史上，人爲的風格追求，從來沒有超越原型的。無論是寫字和作文，臨摹只能作爲基礎技能的訓練，不能作爲風格培育之方法。文學創作的風格是自己形成，成熟的風格都是各有差異。藝術成功首先是要有獨特的風格。所以李夢陽反對自立門戶更是錯上加錯的觀點。

然而，李夢陽的上述觀點是有歷史背景的。

李夢陽出於宗派觀念，要維護他們「前七子」文學復古的利益及影響，這是李夢陽上述言論的根本用意。在《駁何氏論文書》中，李夢陽曾說「子亦謂操戈入室矣」，此句話亦是維護七子文學集團復古利益的。正因爲出於這樣的思想基礎和歷史條件，李夢陽爲了反對何景明分化宗派，講了「太似不嫌，反曰能書」以及反對自立一門戶這些有駁於藝術之規律的觀點。

這就是說，李夢陽講解「太似不嫌，反曰能書」等模擬話語是反對何景明同室操戈另立門戶的，不是爲了指導何景明去以臨摹手法做漂亮文章的，也不是主張文學創作要模擬的。然而，他這一個比照含有模擬的要求，給後人造成了誤解。

後人認爲李夢陽把文與字做比類，有主張模擬創作的思想理論，其實是斷章取義的認識。李夢陽有崇拜古典文學範本的思想，但這不是模擬主張，這種認識和實際情理偏差較大。

李夢陽背上文學模擬的包袱確實是有些冤枉。

以上是李何之爭的七個主要問題。

李何之爭是李夢陽文藝思想的重要表現之一。爲此，我們把李夢陽在李何之爭中表現的文藝思想總結如下。

（一）李夢陽認爲作文之法式是「開闔照應、倒插頓挫」。「開闔照應、倒插頓挫」之方法其實是追求文章具有均衡美的方法，此不是文學創作的重要方法。

（二）李夢陽把寫字與作文做比類，這是符合藝術規律的，從理論上來說這也是沒有什麼錯誤的。任何學習都是由模擬開始的，它是創新的起步，任何模擬都不能做到眞正的模擬，都必然帶來或多或少的創新。後代文人以此貶低李夢陽的模擬思想理論，這是不符合藝術規律的。

（三）李夢陽偏好雄渾深厚的文學風格。在爭論中，他不僅反對何景明偏好清俊響亮的風格，指責何景明的主張是「同室操戈」。這些思想不免有些狹隘偏激之乖。

（四）李夢陽認爲藝術創作有「應諸心」之根本法則。李夢陽本人沒有注意到他的「筆之精」的重要意義，所以，他對此沒有充分發揮之。但是，「筆之精」畢竟是文學創作的一個好方法，我們不能忽視李夢陽的這一極其珍貴的有科學意義的文學思想。

（五）在李何之爭中，李夢陽思維邏輯方面表現的缺點較多，這給他造成了主張模擬剽竊的惡劣影響。李夢陽的文章有時流露出一些不肯服人的霸道之氣，例如在李夢陽與何景明的爭議中，李夢陽的文章就寫得不怎麼瀟灑。何景明在《與李空同論文書》中，沒有提出文章有沒有法式的問題，何景明認爲文章應該具有法式，認爲「辭斷而意屬，聯類而比物」是作文法式，還提出對於文章之法式應該靈活運用之，此即「擬議以成其變化也」，這也可以算做是一個比前者更重要的法式。而李夢陽在《駁何氏論文書》中則一再表述自古以來寫文章必有法式，這是所辯非所爭的答辯；後來，根夢陽在《再與何氏書》才補充表述了李所謂的的法式是「前疏者後必密，半闊者必半細，一實者必一虛，疊景者意必二。」這其實也不算是什麼作文法式的。李夢陽在李何之爭中的文章表現出了一些思維混亂的缺點以及不肯服人的狹隘境界，給李夢陽造成了他主張模擬剽竊的惡劣影響。

第三節　李何之爭的歷史意義

李何之爭在中國文學史上是一件很有意義的文藝趣事。其有趣之處在於李何二人一場小小的爭論引起了人們的廣泛關注，並由此產生了許多是是非非的文藝議題；其有意義之處在於李何之爭對中國文學批評史產生了重大影響。李何之爭對中國文學批評影響有三點：（1）提出了文學研究的主題；（2）在李何之爭的影響下明清文學史產生了眾多文學流派；（3）李何之爭改變了中國文學批評的模式，李何之前文學批評多是文學本體論，李何之後文學批評多爲審美論。

一、提出文學研究主題

李何之爭提出了文學研究的主題：文學創作的方法是什麼？

李何之爭中李夢陽提出「開闔照應、倒插頓挫」是文學創作的方法，他的這個觀點歷來被人們所鄙視，人們大都不承認他的這個觀點。那麼，什麼到底是文學創作的方法呢？

李夢陽認爲「開闔照應、倒插頓挫」是文學創作的方法，當時何景明對此就提出了異議，認爲這不是文學創作的法式，後來批評李夢陽的人也都站在了何景明一邊，認爲李夢陽的「開闔照應、倒插頓挫」法式論是模擬思維。那麼，李夢陽的法式論不正確，正確的法式論是什麼，這就給人們提出了一個現實的文學理論問題：文學作品應該怎樣寫作。李何之爭後，這個問題廣泛地被人們關注。歷史已經過去了將近六個世紀，李何之爭所提出的問題至今亦然沒有答案，或者說有答案，但是沒有一個大家公認的、普遍適應的答案。大中小學的寫作教程，雖然是學習寫作的好教材，但憑教材還是培養不出來優秀作家來。人們仍然在不斷地尋求寫作的密法，直至今天，人們亦然對此有極大興趣。

李夢陽認爲，文學創作是有法式的。前已述過，他的法式是「開闔照應、倒插頓挫」，我們不贊同他的這個法式。其實，就創作來說，李夢陽提出的「文必有法式」的觀點也是有爭議的。有一種觀點認爲，文自新而法無窮矣，文學創作沒有一定的法式。所以，很多人認爲，在寫作活動中作者對於客觀事物的反映總是能動的、積極的。一篇文章的思想內容和藝術特色，不僅是作者某種寫作意圖和寫作能力的直接體現，也是他整個人的思想、感情、閱歷、個性特徵、文化水平和個人風格的折光，當然，文章的思想內容和藝術特色，不僅僅是創做法式決定的。

由於創做法式難以把握，更多的人主張在重視學習寫作技巧與前人成功經驗的同時，還須與發揮自己獨立的創造精神。

李何之爭的歷史意義之一就是它激發了人們關注文學理論問題的興趣。

二、蘊生衆多文學流派

那麼，李夢陽的法式論不正確，正確的法式論是什麼，這就給人們提出了一個現實的文學理論問題：文學作品應該怎樣寫作。李何之爭以後，人們各抒已見，並由此產生了從多的文學流派。

明代以前，文人的結合往往是在表現內容方面具有較多共同特點的作家同聲相應、同氣相求而成，他們或主張「詩言志」，或主張「文載道」，且多圍繞著一時的文學大家或權勢人物組成一個圈子。李何之爭以後，明代文人各有一套較爲明確的文學主張，其結合不是停留在創作實踐上的趣味相投，而是趨向理論觀點上的集合，從而使明代文學批評完成了從文學實踐的流派向文學理論的流派的轉變過渡。

明代文學的特色是集團林立，流派紛呈，標新立異，爭訟不息。明代的文學論爭，由李何之爭開頭，他們在分門立戶、交相否定創作方法的過程中，促進了文學的變通和發展。例如，針對前七子師法秦漢古文之弊，「唐宋派」王愼中、唐順之等在心學和文學通俗化的思潮影響之下，提倡學習與明代語言差距較小的唐宋散文，強調「學爲文章，直攄胸臆，信手寫出」，自由地表達作者獨立的主體精神，在作品中能見到「眞精神與千古不可磨滅之見」。（唐順之《荊川先生文集》卷七《答茅鹿門知縣二》）。但由於他們過於追求理正法嚴，不免失之於沉滯，不久就遭到了李攀龍、王世貞等「後七子」的反擊。李攀龍批評唐、王兩人的文章「憚於修辭，理勝相掩」，只是以「易曉」、「便於時訓」而取悅於天下之土（《滄溟集‧答陸汝陳書》）。唐宋派畢竟打破了「文必秦漢」的學古模式，不是歷史的簡單重複，這爲後來公安派的崛起作好了準備，公安派認爲「出自性靈者爲眞詩」，而「性之所安，殆不可強，率性所行，是謂眞人。」（袁宏道《識張幼於箴銘後》），進而強調非從自己胸臆中流出，則不下筆。因此他們主張「眞者精誠之至。不精不誠，不能動人」，應當「言人之所欲言，言人之所不能言，言人之所不敢言。」（雷思霈《瀟碧堂集序》）這些觀簡直和李夢陽的民歌眞詩說如是同一口出。「出自性靈者爲眞詩」是公安派的文學主張，公安派的這個觀點其實都是對文學創作方法的探討。

明代文人集團的林立和各種流派的紛爭是他們追求文學創作方法的反映。沿著這一方向，在以後的文學史上，明清文人們追求文學技巧的意識更加自覺，更加明確。清代的文學批評基本上是沿著明代文學批評的模式發展的，這裡也就不再重複說明了。

在李何之爭的影響下明清文學史產生了眾多文學流派，這是李何之爭的歷史意義之二。

三、引發反對模擬思潮

李何之爭使中國文學藝術史自明代以後產生了一股反對模擬的思潮。

由於在李何之爭中，李夢陽所在思維邏輯方面表現了一些缺點，特別是李夢陽把文學創作與建築工程做比較，對古法有執著的追求和盲目的崇拜，這不僅僅表現了李夢陽在文學理論方面存在缺點，還表現了李夢陽在文學理論方面的確有複製再現古典文學範本的思想，這樣的思想當然是要批判的。

清初文人錢謙益在《列朝詩集小傳．李副使夢陽》中說，「獻吉以復古自命，曰古詩必漢魏，必三謝；今體必初盛唐，必杜，捨此無詩焉。牽率模擬剽賊於聲句字之間，如嬰兒之學語，如桐子之洛誦，字則字，句則句，篇則篇，毫不能吐其心中之所有，古之人固如此乎？天地之運會，人世之景物，新新不停，生生相續，而必曰漢後無文，唐後無詩，此數百年之宇宙日月盡皆缺陷晦蒙，直待獻吉而洪荒再劈乎？獻吉曰：『不讀唐以後書』獻吉之詩文，引據唐以前書，紕繆掛漏，不一而足，又何說也。國家當日中月滿，盛極孽衰，粗材笨伯，乘運而起，雄霸詞盟，流傳訛種，二百年以來，正始淪亡，榛蕪塞路，先輩讀書種子，從此斷絕，啓細故哉！後有能別裁僞體，如少陵者，殆必以斯言爲然，其以是獲罪於後世之君子，則非吾所惜也。」錢謙益所言雖有誇張之處，但是，他評論李夢陽有崇拜古典文學的思想則是眞實的。李夢陽與何景明爭辯的事件和李夢陽的文學思想激發了後來人們反對模擬的社會思潮，錢謙益的觀點代表了明清以來這樣的反對模擬的思想傾向。

四、影響傳統批評模式

李何之爭改變了中國文學批評的傳統模式。縱觀中國的文學批評史，可以看出有一個特殊現象，這就是中國文學批評的歷史以明代爲界限，明以前的文學批評主要有「詩言志」和「文載道」之說，這是對文學本體論的探討；後者的文學批評主要有「神韻說」、「性靈說」、「格調說」等，這是對文學審美論的探討。

「詩言志」是我國古代文論家對詩的本質特徵的認識。《詩經》的作者關於作詩目的的敘述中就有「詩言志」這種觀念的萌芽。作爲一個理論術語提出來，最早大約是在《左傳・襄公二十七年》記趙文子對叔向所說的「詩以言志」。後來「詩言志」的說法就更爲普遍。《尚書・堯典》中記舜的話說，「詩言志，歌永言，聲依永，律和聲。」《莊子・天下篇》說，「詩以道志。」《荀子・儒效》篇云，「《詩》言是其志也。」到了漢代，人們對「詩言志」即「詩是抒發人的思想感情的，是人的心靈世界的呈現」這個詩歌的本質特徵的認識基本上趨於明確。《毛詩序》說，「詩者，志之所之也，在心爲志，發言爲詩，情動於中而形於言。」《毛詩序》將情志並提，比較全面地認識了詩歌的本體特徵。由此「詩言志」的理論從而衍化出重理和重情兩派。重理派強調詩歌的政治教化作用，而往往忽略文學的藝術特點；重情派則與之相反，強調詩歌的抒情特點，重視詩歌藝術規律的探討。應該說，對「詩言志」的這種理解比較符合詩的本質特徵和實際作用，因而爲人們所普遍接受。

三國時期的曹丕在《典論・論文》中提出：「文以載道」。其實「文以載道」的思想，早在戰國時《荀子》中已露端倪。荀子在《解蔽》、《儒效》、《正名》等篇中，就提出要求「文以明道」。後來唐代文學家韓愈又提出的「文以貫道」之說，他的門人李漢在《昌黎先生序》中說：「文者，貫道之器也。」。古人的「文以明道」「文以貫道」，實即就是現在我們說的「文以載道」。古代文人士大夫，向來是講「文以載道」的。如劉勰在《文心雕龍》中說：「道沿聖以垂文，聖因文而明道」（《原道》篇）。再如唐代的韓愈、柳完元以及宋代的歐陽修對「文以載道」的理解，都有明確表述。韓愈說：「愈之志在古道，又甚好其言辭。」（《答陳生書》）。柳宗元說：「始吾幼且少，爲文章以辭爲工。及長，乃知文者以明道。」（《答韋中立論師道書》）

「文載道」說和「詩言志」說一樣，都是對文學本體的認識。

明代的文學批評主要有前七子、後七子、公安派、唐宋派等，他們把文學批評的視線轉移到了美學方面了。前七子李夢陽論詩主張崇尚和諧美，強調文學美悅內容的格、調。後七子在學古過程中對法度格調的講究更趨於強化和具體化。在這一方面，作爲後七子復古理論集大成者的王世貞，他提出著名文學思想：「思即才之用，調即思之境，格即調之界。」（《藝苑卮言・一》）在這裡王世貞進一步結合才思來談格調。這是後七子尚美特點的代表，顯然，這是繼承了李夢陽的尚美思想。

唐宋派還重視在散文中抒發作者的思想感情，他們批評復古派一味崇尚古典，主張文章要直寫胸臆，具有自己的本色面目。唐宋派對復古派的批評是很尖銳的，指出其要害在於缺乏自己的思想靈魂。看來唐宋派與復古派是對立的，然而，在尚美方面唐宋派多多少少地繼承了李夢陽的一些思想。例如，唐宋派在論文時也談格調。唐順之是唐宋派的代表人物，唐順之認爲「文字工拙在心源」，說作者只要「心地超然」，就是「千古隻眼人」，「即使未嘗操紙筆呻吟學爲文章，但直攄胸臆，信手寫來，如寫家書，雖或疏鹵，然絕無煙火酸餡習氣，便是宇宙一樣絕好文字」；否則，「文雖工而不免爲下格」（《答茅鹿門知縣書二》）。「文雖工而不免爲下格」這句話明顯提出文章要講「格」，可見唐順之也學習繼承了古典文學理論的一些思想，在唐順之思想上也有一個「格」的美學概念。這個「格」概念與李夢陽的尚美概念的延伸。

公安派的「性靈說」融合了鮮明的時代內容，它和李贄的「童心說」一脈相通，和「理」尖銳對立。性靈說不僅明確肯定人的生活欲望，還特別強調表現個性，表現了晚明人的個性解放思想。公安派反對前七子和後七子的擬古風氣，主張「獨抒性靈，不拘格套」，發前人之所未發。所謂「性靈」就是作家的個性表現和眞情發露，接近於李贄的「童心說」。他們認爲「出自性靈者爲眞詩」，而「性之所安，殆不可強，率性所行，是謂眞人」（袁宏道《識張幼於箴銘後》），進而強調非從自己胸臆中流出，則不下筆。因此他們主張「眞者精誠之至。不精不誠，不能動人」，應當「言人之所欲言，言人之所不能言，言人之所不敢言」（雷思霈《瀟碧堂集序》），其包含著對儒家傳統溫柔敦厚詩教的反抗。他們把創作過程解釋爲「靈竅於心，寓於境。境有所觸，心能攝之；心欲所吐，腕能運之」，「以心攝境，以腕運心，則性靈無不畢達」（江盈科《敝篋集序》）。只要「天下之慧人才士，始知心靈無涯，搜之愈出，相與各呈其奇，而互窮其變，然後人人有一段眞面目溢露於楮墨之間」（袁中道《中郎先生全集序》），他們認爲如果能如此寫作，就能實現文學創作的革新和發展。這些都是與載道說是對立的，是尚美的文學觀。

明代以後的文學批評主要有「性靈說」、「神韻說」、「格調說」等，這些都是對文學審美論的探討。

一般把「性靈說」作爲清代詩人袁枚的詩論，實際上它是對明代以公安派爲代表的「獨抒性靈，不拘格套」（袁宏道《序小修詩》）詩歌理論的繼承和發展。性靈說的核心是強調詩歌創作要直接抒發詩人的心靈，表現眞情實感，認爲詩歌的本質即是表達感情的，是人的感情的自然流露。袁宏道曾說好詩應當「情眞而語直」（《陶孝若枕中囈引》），「非從自己胸臆流出，不肯下筆」（《序小修詩》）。袁枚所說的「性靈」，在絕大多數地方，乃是「性情」的同義語。袁枚又說「詩難其眞也，有性情而後眞」（《隨園詩話》）。可以看出，求詩歌具有眞實美是性靈說的主題，這是對詩歌審美的探討。

「格調說」由清康乾年間的沈德潛所倡導。「格凋」淵於嚴羽，主張文學思想感情的表達應該具有格調美。「格調說」主張創作有益於溫柔敦厚「詩教」，有補於世道人心的「中正和平」，故而文學創作要表現以唐音爲準的「格調」。沈德潛的創作多爲歌詠昇平、應制唱和之類，但是他在理論上提倡「蘊蓄」、「理趣」等具有審美理論價値的有益觀點。格調是一個美學名詞，主張格調說這也是對詩歌審美的探討。

神韻說爲清初王士禛所倡導。在清代前期統治詩壇幾達百年之久。明清時期，「神韻」一詞在各種意義上被普遍使用。胡應麟的《詩藪》有二十處左右談到「神韻」，如評陳師道詩說，「神韻遂無毫釐。」評盛唐詩說，「盛唐氣象混成。神韻軒舉。」王夫之也多次談到「神韻」，如《明詩評選》評貝瓊《秋懷》說，「一泓萬頃，神韻奔赴。」（《古詩評選》）。神韻說的文學批評的性質，當然是對文學的審美批評了。

李何之爭從文學創作方法追求方面改變了中國文學批評的傳統模式，當然，改變了中國文學批評的傳統模式還有其他方面的因素，例如，李夢陽的民歌眞詩說也引起了人們對文學審美的追求，這對改變了中國文學批評的傳統模式也發生了重要影響。

歷史的事實很清楚，中國文學批評的歷史以明代爲界限，明以前的文學批評主要有「詩言志」和「文載道」之說，這是對文學本體論的探討；後者的文學批評主要有「神韻說」、「性靈說」、「格調說」等，這是對文學審美論的探討。中國文學批評的這個轉折點，表現出了文學批評的內容發生了重大變化，明代以前是注重對文學本體的認識，明代以後則注重對文學審美目的的追求。這個文學審美目的的追求是不是由於李何之爭引起的，表面上看來聯繫不大，其實，在思維邏輯上，方法與目的是一對孿生子，李何之爭激發了人們對文學方法的思考，這必然會導致文學目的的萌生，因此，李何之爭改變了中國文學批評的傳統模式。

結　語

在做《李夢陽研究》論文的過程中，反覆閱讀了李夢陽的《空同集》，因之對李夢陽的人品、哲學思想及文藝思想等有了深刻認識。總結起來有以下幾點：

一、疾惡如仇的優秀品格

李夢陽這個人最大的優秀品格是疾惡如仇。李夢陽的人品常常感動我，使我心思難以平靜。李夢陽一生連續不斷地觸犯權貴勢豪，每次觸犯權貴勢豪都是採取硬碰直頂態度，每次都被陷害入獄，總共一生競五次入獄。李夢陽第一次硬碰直頂是因爲他鉗制地方豪勢被誣陷下獄的，時在弘治十四年，當時李夢陽三十歲。他曾在《下吏》詩中說，「憂來不可揮」，可想其心情是多麼的酸痛。李夢陽第二次硬碰直頂是在弘治十八年。這一次是因在《上孝宗皇帝書稿》告了壽寧侯張鶴齡的狀，幸虧孝宗皇帝還算明白，把李夢陽從監獄中釋放出來了。這一次顯然是李夢陽自找苦吃，是由於他對壽寧侯張鶴齡所作所爲不滿所致，這表現了李夢陽疾惡如仇的品性，也爲李夢陽贏得了剛直正義的好名聲。第三次硬碰直頂是與當時有名的勢要權貴宦官劉瑾的一場惡鬥。劉瑾欲治李夢陽於死地，又幸虧康海等好友鼎力相救，才幸免於難。這一次倒黴也是由於李夢陽的疾惡如仇的品格所致。他代寫《代劾宦官狀稿》是積極主動的，其內容充分地表現了李夢陽疾惡如仇的心理，也表露了他對劉瑾等八虎的刻骨仇恨，劉瑾能饒恕他嗎？也幸虧劉瑾惡命不長，李夢陽次年又從劉瑾案中翻身了，他被提任爲江西提學副使。第四次的硬碰直頂，是在李夢陽任江西提學副使時。按理說李夢陽應該吸取教訓，對自己的鋒芒有所收斂了，然而，李夢陽沒有，他不僅沒有，反而更加「肆無忌憚」地任其疾惡如仇的性格盡情張揚。在江西提學副使任上，李夢陽看不慣世俗庸人，與上司、同僚不相爲謀，以致訟訐四起，引火燒身，最終遭下獄寬遣、罷歸田里。李夢陽徹底失敗了，在仕途上翻了最後一個大跟斗，這是他自作自受，這是他心甘情願的，他就是這麼一個疾惡如仇的人。最後一次入獄是「坐爲濠撰《陽春書院記》，獄辭連染」。(《列朝詩集小傳・李副使夢陽》) 這一次罹難與李夢陽的性格沒有直接的因果關係了。

李夢陽就是這麼不懂人情世故，接二連三地與權貴勢豪對抗不悔。也不是他不懂人情世故，是因爲他疾惡如仇的本性難移。他的這種本性和屈原、賈誼等前人一樣，都是有一顆赤誠之心，這也給他帶來了悲劇命運。

李夢陽的人品是值得我們學習的。

二、復古運動的意義

歷史已過去了五百年，今天我們認爲李夢陽的復古運動是文學復古運動，在現今的文學史著述中基本上都是這樣論述的。然而，我們看看《空同集》，反思一下李夢陽的復古思想，我們發現，明代中葉的復古運動的事實並非如此。在明代那個時代，中國封建文人還沒有文學這樣的概念，李夢陽復古即就是文學方面的，也至多是個詩文復古，不能用今天的文學概念概括之。

就《空同集》的思想內容來看，李夢陽復古是一場一開始就是一場復興儒學的復古運動。儒學在李夢陽的語言中被稱之爲古學，李夢陽在《朝正倡和詩跋》中說，「詩倡和莫盛於弘治，蓋其時古學漸興，士彬彬乎！盛矣，此一運會也！」他稱復古運動是「古學漸興」；在《答周子書》中他說，「僕北人也，嗜古無成，行之寡效，力之罔獨，往之鮮勇。」在這裡李夢陽表述自己的理想是「嗜古」；在《駁何氏論文書》中說，「……精者，何也？應諸心而本諸法者也。不窺其精，不足以爲字，而矧文之能爲！文猶不能爲，而矧道之能爲！」在這裡李夢陽表述自己爲文的目的是爲了弘揚道義。《四庫全書提要》說李夢陽「又倡言復古，使天下毋讀唐以後書」，「夢陽振起痿痹使天下復知有古書，不可謂之無功」這顯然是說李夢陽復古是要讀古書，不要讀當代新的著述，其復古的範圍是不限於詩文內容的。由此可見，李夢陽復古的主要目的是要學習、復興儒家思想，學習儒家經典六經，李夢陽復古的概念要比文學復古的概念大得多，李夢陽倡導詩文復古是在主張復興儒學的基礎之上展開的，復興古之詩文只是李夢陽復古運動內容之一，是復古運動的一項附屬事罷了。所以李夢陽的復古運動可以說是一場儒學復興運動，或者說是文化復古，或學術復古，均可以實質性的概括之。

我們需要對李夢陽的復古運動進行反思。我們反思後認爲，復興古學與復興詩文的關係是主要矛盾與次要矛盾的關係，復興詩文是明代復古運動中的小事罷了，任何誇大評論詩文復古或文學復古的意義都是不符合歷史唯物主義的。

三、科學的文藝觀

做《李夢陽研究》論文的目的是想挖掘李夢陽的文藝思想，爲當今提供借鑒。李夢陽的文藝思想有許多科學成分。

李夢陽的文藝思想有許多科學成分。李夢陽對詩歌、散文等文學體裁有正確認識，他認爲文以言理，他說「夫文者，隨事變化，錯理以成章者也」；李夢陽認識詩以抒情，他說「故詩者，吟之章而情之自鳴者也」；李夢陽認爲史、志以存往訓來，他說「僕嘗思作史之義，昭往訓來，美惡具列，不勸不懲，不之述也；」李夢陽認爲詩文的本質是形象組合，他說「古詩妙在形容之耳」，這是對文學形象性的正確認識。李夢陽對文學體裁的認識與我們今天的文學水平相差無幾。

李夢陽對文學功用的認識也是完全科學的，他認爲詩歌散文的反映功能最爲主要，他說，「嗟，詩可以觀。豈不信哉！」，「詩者，人之鑒也。」這表明他對文學反映功能的認識是非常清楚的；李夢陽對文學的教育功能也很清楚，他說「國非文不興也」，他還說「夫述者，存往者也；作者，訓來者也。存以此事，訓以闡義，事以史著，義以經見，二者殊途則歸一焉」這些表明李夢陽對文學教育功用的認識亦是透亮的。

李夢陽對文學的美悅功能更是清楚得很，他說「詩至唐，古調亡矣！然自有唐調可歌詠，高者猶足被管絃。宋人主理不主調，於是唐調亦亡。」李夢陽談論詩文講格調，這是李夢陽尚美的特點；李夢陽對美有鍾愛，他說「形容之妙，心了了而口不能解，卓如、躍如，有而無，無而有。」愛美也是詩人的特性，李夢陽說美「心了了而口不能解」，這是對美的最深刻的體驗；李夢陽的審美觀念還具有實踐性，他說「夫詩有七難，格古、調逸、氣舒、句渾、音圓、思沖、情以發之，七者備而後詩昌也。」這七難之中前六難是審美意念，其中追求「格古、調逸」的思想影響了明清格調派的產生。李夢陽還熱愛民歌，他說「予觀江海山河之民，顧往往知詩，不作秀才語，如缶音是已。」這也是李夢陽主張文學尚美思想的表現；李夢陽把美的表現作爲詩歌的目的之一，他說「夫詩，宣志而道和者也。」在這句話裏李夢陽把「宣志」和「道和」做爲詩歌的兩個目的，這在中國文學批評史上還是第一次，這是李夢陽對詩歌美的正確認識，也是理論創新，是李夢陽對中國詩歌理論的貢獻。

總之，李夢陽文學本體的認識是科學的。

四、鮮明的美學思想

李夢陽崇尙和諧美的思想是值得我們學習的。李夢陽崇尙和諧美，他認爲「和諧」之情是美好的人世之情，因此，他一再強調詩歌就是要表現這些具有崇高自然美好的「和諧」的內容。

李夢陽在《空同集》中有許多文章表述了他的這一思想。他在《與徐氏論文書》明確闡述了詩歌是以宣志而道和的主張，他說「夫詩，宣志而道和者也，故貴宛不貴險，貴質不貴靡，貴情不貴繁，貴融洽不貴工巧。」他在《潛虬山人記》中提出，詩歌創作有七個難點，即：「夫詩有七難：格古、調逸、氣舒、句渾、音圓、思沖、情以發之，七者備而後詩昌也。」這七個難點即是優秀詩歌的標準，也就是詩歌創作的標的。「格古、調逸、氣舒、句渾、音圓、思沖、情以發之」，都是審美概念，李夢陽在此是以尙美論詩的，同時，我們可以看出，李夢陽的審美觀是以和爲最美的，「格古、調逸、氣舒、句渾、音圓、思沖、情以發之」，都是和諧美的顯現。

李夢陽熱愛民歌也是尙美思想的表現，民歌多有表現歡樂、愛情的內容，沒有文人詩那樣多的怨聲怨氣，民歌是和諧美的精品，李夢陽對民歌的喜愛也是他崇尙和美思想的表現。

李夢陽的復古思想是以復興儒家思想文化的復古運動，儒家文化思想是李夢陽的哲學基礎。從哲學角度講，儒家哲學的美學觀念是和美，李夢陽的美學思想應該與他的哲學思想是一致的，他的崇尙和美的思想來自於古學之美。

尙美思想是文學實踐的重要內容，它主導著文學理論的建立和詩文創作現象，尙美思想應該是一個文學家或一個文學思潮的核心。所以研究一個尙美現象，可以提領一個複雜的文學現象。李夢陽的尙美思想不僅對自己的文學思想的形成是重要的，其對後代的影響也是非常重要的。李夢陽的崇尙和諧美的思想對明清文學理論以及各文學流派的影響是顯明的，眾多的明清詩歌流派是以尚美目的為界分的，李夢陽的尚美思想或多或少地明清詩派對詩歌美的追求。

五、謬誤的文學創作法式論

雖然李夢陽對詩、文本體有科學的認識，然而，他對文學創作方法的思考則是謬誤的。

李何之爭的過程是李夢陽對文學創作方法思考的總結過程。在與何景明的爭辯中，李夢陽認為「前疏者後必密，半闊者必半細」就是文學創作的方法，《在駁何氏論文書》中他說「古人之作，其法雖多端，大抵前疏者後必密，半闊者必半細，一實者必一虛，疊景者意必二。此予之所謂法圓規而方矩者也。」後來他又一次表明「開闔照應、倒插頓挫」就是文學創作的方法，在《答周子書》中，他說「今其流傳之詞，如摶沙弄螭，渙無紀律，古之所云開闔照應、倒插頓挫者一切廢之矣。僕竊憂之，然莫之敢告也。」「前疏者後必密，半闊者必半細，一實者必一虛，疊景者意必二」和「開闔照應、倒插頓挫」是一個意思，都是調整文章結構創造文章具有和諧美的方法，這算不上是什麼文學創作的根本方法，如果以此為創作法則則是謬誤。後來人都認為李夢陽的創作方法論是錯誤的，大家的看法是一致的，也是正確的。

六、優劣不一的文學創作實績

李夢陽的散文比詩歌寫得好，文學成就三七開，其三分優秀，七分平庸。

李夢陽的文學作品大概是散文的好作品比較多，詩歌的好作品比較少；散文的好作品質量高，詩歌的好作品比較高。從數量上來說，《空同集》中的優秀作品點總數的十分之三，較差的作品點十分之七。這就是李夢陽文學創作的成就不佳，正是由於李夢陽在創作方法上是疑惑的。李夢陽的謬誤的古之法式論是他創作敗績的根源。

李夢陽在文學實踐上的敗績，也是我們未來文學實踐敗績的先例，我們絕大多數人現在都繼續在走著李夢陽的路子，將來還要走這樣的更長的路。李夢陽在文學實踐上的敗績是普遍正常的，這不影響李夢陽在中國文學歷史上是一個優秀的文學家地位。

七、李夢陽文學思想對明清文學史產生了巨大影響

李夢陽在李何之爭中提出了文學創作方法論的問題，這對中國明清時期文學批評發展史影響極大。（1）李何之爭引發產生了明清眾多文學流派。明代以前，文人的結合往往是具有較多共同特點的作家同聲相應、同氣相求而成，且多圍繞著一時的文學大家或權勢人物組成一個圈子。李何之爭以後，明代文人各有一套較爲明確的文學主張，其結合不是停留在創作實踐上的趣味相投，而是趨向理論觀點上的集合，從而使明代文學批評完成了從文學實踐的流派向文學理論的流派的過渡。明清時代產生的文學流派有：前七子、後七子、唐宋派、公安派、「性靈說」、「神韻說」、「格調說」、「肌理說」等等。（2）李何之爭使中國文學藝術史自明代以後產生了一股反對模擬的思潮。由於在李何之爭中，李夢陽所在思維邏輯方面表現的瑕玷較多，特別是李夢陽把文學創作與建築設計做比較，對古法有執著的追求和盲目的崇拜，這不僅僅表現了李夢陽在文學理論方面存在缺點，還表現了李夢陽在文學理論方面的確有複製再現古典文學範本的思想，這樣的思想當然是要批判的。何景明、王世貞、袁宏道、唐順之、錢謙益、沈德潛、王士禛等人對此都有過激烈言辭。（3）李何之爭改變了中國文學批評的傳統模式。縱觀中國的文學批評史，可以看出有一個特殊現象，這就是中國文學批評的歷史以明代爲界限，明以前的文學批評主要有「詩言志」和「文載道」之說，這是對文學本體論的探討；後者的文學批評主要有「神韻說」、「性靈說」、「格調說」等，這是對文學審美論的探討。這個文學審美目的的追求是不是由於李何之爭引起的，表面上看來聯繫不大，其實，在思維邏輯上，方法與目的是一對孿生子，李何之爭激發了人們對文學方法的思考，這必然會導致文學目的的蒙生，所以李何之爭改變了中國文學批評的傳統模式。

李何之爭提出了文學創作方法的命題，封建社會的文人沒有解決得了。前七子、後七子、唐宋派、公安派、「性靈說」、「神韻說」、「格調說」、「肌理說」等都爲此做了不懈的努力。近代革命以來，新時代的文藝工作者也未能完滿地回答文學創作方法的命題，大概國外西方那些形形色色的文學理論家也未能完滿地回答文學創作方法的命題。

本文對李夢陽其人其學進行了初步的探討。回憶李夢陽其目的存於借古鑑今，希望學界同仁在回顧歷史的過程中有所收益。

附　錄

附錄（一）李夢陽家族世系表

恩（王氏）
　　→忠（李氏）
　　　　→剛（王氏）
　　　　　　→麟（劉氏）
　　　　→慶（劉氏）
　　　　　　→孟春（王氏）
　　　　→正（高氏）
　　　　　　→孟和（孟氏，陳氏，柳氏）
　　　　　　　　→根
　　　　　　　　→木
　　　　　　　　→竹
　　　　　　　　→樹
　　　　　　　　→女（四女）
　　　　　　→夢陽（左氏，宋氏，王氏）
　　　　　　　　→枝
　　　　　　　　→楚
　　　　　　　　→梁
　　　　　　　　→柱
　　　　　　　　→女（二女）
　　　　　　→孟章（朱氏）
　　　　　　→香（女，適，曹經）
　　　　　　→眞（女，適，王璽）
　　　　　　→三姐
　　　　→海（女，適，任昌）
　　　　→喜（女，適，黃景）
　　→敬（鄢氏，范氏）
　　　　→璡（馮氏）
　　　　　　→釗（馮氏）
　　　　→瑄（范氏）
　　　　→智（女，適，張某）

注①：本簡表依據爲，李夢陽《空同集・族譜》、李夢陽《封宜人亡妻左氏墓誌銘》、朱安涊《李空同先生年表》、崔銑《江西按察司副使空同李君墓誌銘》、徐縉《明江西按察司副使空同李公墓表》等文獻。

注②：括號內爲配偶姓氏。

附錄（二）李空同先生年表

明　朱安涎

空同先生，李姓，名夢陽，字獻吉。其先扶溝人，國初以從戎徙陝西慶陽。曾祖恩以義勇聞，歿於王事。祖忠爲人重厚長者，鄉人稱李處士。父正以貢入太學，授阜平訓導，補封丘溫和王教授，遂家大梁。教授公以公貴，誥贈奉直大夫、戶部貴州司員外郎，母贈太宜人。

成化八年壬辰十二月癸丑七日己巳，公生於慶陽里舍。先是奉直公貢士如京師，遇日者占之曰：君年三十三歲當生男，必顯，至是果驗。母高太宜人，夢日墮懷中而生公，遂以今名命之。

十一年己未，公年四歲。奉直公筮仕阜平訓導，公從如阜平。始就學即穎敏不凡。夏大雷雨，坎塹皆溢，公出墮泮池中，人無知者，有羊廡下哀鳴異常，眾怪視之，見頂髮突出水上，救之得生。

十七年辛丑，公年十歲。奉直公補封丘溫和王教授，公從如大梁，受毛詩。

弘治元年戊申，公年十七歲。遊心六籍，工古文詩賦，閉戶潛修，尚友千古，梁人目爲李才子云。

二年己酉，公年十八歲。以儒士應河南鄉試不第，奉直公命習舉業，公繩勉從之，爲文即迥出流輩，同業生皆斂手推服。

三年庚戌，公年十九歲。娶宜人左氏。宜人父爲朝列公，母廣武郡君。

四年辛亥，公年二十歲。長子枝生，公偕左宜人歸慶陽。時大學士遽庵楊公一清爲督學憲副，見而異其才，延之門下，日從講肆，公爲賦《邃庵辭》。

五年壬子，公年二十一歲。舉陝西鄉試第一，與洵陽張鳳翔同榜。是時奉直公夢公爲車所轢，迸血滿地，以爲憂。有鄉長老曰：爾子中元矣，報之果然。

六年癸丑，公年二十二歲。登毛澄榜進士第，觀政通政司。夏迎母高太宜人，養於京邸。八月高太宜人以疾終，公哀毀擗踊扶柩歸大梁，權厝城西北寺。遂讀禮寺中，朝夕哭奠上食，旬日一至官舍省父。

七年甲寅，公年二十三歲。在大梁授生徒，學者及門甚眾。秋渡黃河，作弔《申徒賦》，作樂府三十二篇。

八年己卯，公年二十四歲。歸葬母高太宜人於慶陽高家坪，尊遺命也。奉直公亦請假偕行，至逾月亦以疾終。七月遂合葬焉，廬於墓側。

九年丙辰，公年二十五歲矣。在慶陽守制。

十年丁巳，公年二十六歲。以盜警寓華池。病血刃幾殆，尋愈。第孟章、內弟左國璣從公受學。

十一年戊午，公年二十七歲。服闋如京師。時執政大臣北人也，弗善公曰：後生不務實，即詩到李杜，亦酒徒耳。於是授公戶部山東司主事。公不以錢穀爲困，專棼斷錯，乃顧亨於官，其學益進。一時朗署才彥有揚州儲靜夫、趙叔鳴，無錫錢世恩、陳嘉言、秦國聲，太原喬希大，宜興杭東鄉，彬李貽教、何子元，慈谿楊名父，餘姚王伯安，濟南邊廷實，後又有丹陽殷文濟，信陽何仲默，蘇州都玄敬、徐昌穀，南都顧華玉，皆能遊思竹素，高步藝林，惟公主張風雅，裁定品流，每得公一篇，天下傳誦以爲矜式焉。

十二年己未，公年二十八歲。奉命監收通州國儲。會敬皇帝上太皇太后徽號，推恩敕贈父承德郎戶部山東司主事，母高氏贈太安人。弟孟章卒。是歲閱《一統志》，作《作志通論》。

十三年庚申，公年二十九歲。奉命犒榆林軍。作《時命篇》、《轅駒歎》、《出塞詩》。

十四年辛酉，公年三十歲。奉命監三關招商。公見邊儲日匱，奸蠹歲滋，戚里宦寺豪横無忌，包攬者賂通當道，上下相蒙，是以利歸權要，士有饑色。前監臨者皆依違其間，或充私囊，公至持法嚴峻，請託不行，變佞不便，媒蘖誣奏，致下招獄。公毅然就理，指陳利病，辭氣不撓，事遂得白。釋復職。

十五年壬戌，公年三十一歲。時戶曹多有缺員，公總攝六司，庶事叢脞，公才既優贍，決斷如流，不廢著作。

十六年癸亥，公年三十二歲。奉命餉寧夏軍。便道歸慶陽，汛掃先壟。西陲有警，督府以公雄才，咨以兵事。公素諳韜略，且以奉命出疆，值國家有急，遂指授戰陣方略，飛挽芻糧立辦，運籌決勝，坐摧強虜，邊境以寧。督府欲以功上聞，公曰：吾奉使犒軍，他非所預月。力辭遂行。

十七年甲子，公年三十三歲。戶部員外郎張鳳翔卒。張有異才，時人以子安、文考擬之，年甫三十歲，母七十餘，子七齡。一妻一妾號於旅邸，過者無不辛酸淚下，公作《哀鳳操》以傷之。復倡諸部僚經理喪事，始得歸葬洵陽。公爲之上疏：查近年李侖、孔琪之例，敕有司月給米一石，養贍終其母妻之身。奏上，敬皇帝諭其請，聞者多公之義焉。是歲公作《初度追念死生骨肉擬杜子美七歌》。

十八年乙丑，公年三十四歲。詔曰：朕方圖新政，樂聞讜言，事關軍民利病切於治體可行的著各衙門大小官員悉心開具，明白來說。於是公感激思奮，密具疏數千言，疏入不報。皇親壽寧侯張延齡怙寵驕縱，勢焰赫赫，天下謂之二張，自公卿以下皆尊而避之，莫敢誰何。見公疏大怒，即奏公有斬罪十，謂疏言張氏，斥母后也。敬皇帝不得已，詔下公錦衣衛獄。楚毒畢至，公不爲屈。舉朝爲公危之，科道交章論救。上一日坐文華殿，召大學士劉公健、李公東陽、謝公遷曰：李夢陽宜何處？劉公對曰：夢陽狂直，不足深罪。上色變，李公不敢言，謝公從容奏曰：夢陽雖狂直，然其心無他，實欲效忠於陛下。上乃首肯曰：謝先生言是。尋詔夢陽復職。居頃龍馭上賓，公作《大行皇帝挽章》，末云：向來激切疏，優渥小臣知。至嘉靖初，張氏卒陷大辟，身戮家亡，識者以公有先見焉。是歲公進貴州司員外郎。

正德元年丙寅，公年三十五歲。毅皇帝上兩宮徽號，推恩誥贈公父爲奉直大夫戶部貴州司員外郎，母贈太宜人。尋進廣東司郎中。時上初即位，逆閹劉瑾輩以青宮舊恩日導上狗馬鷹兔，舞唱角抵，漸棄萬機，時號八虎。給事中劉公臣、陶公諧相繼論劾，不報。於是戶部尚書韓公文每退朝對屬吏輒泣下，以閹故。公聞說之，爲具草書。閹瑾知韓公之奏皆公贊成之，疏又出公手有也，遂矯詔奪官降山西布政司經歷，勒致仕。又黜劉公健、謝公遷、韓公文等四十八人，榜爲黨人，禁錮之，公作《去婦辭》。

二年丁卯，公年三十六歲。出京南邁道經白溝曾大父戰歿處，作《哭白溝文》。歸而潛跡大梁城北黃河之顯故康王城，依伯兄孟和築河上草堂，起翕然臺於後圃，需於堂於草堂之南，閉門卻掃，課弟子，聚生徒，怡然終日不履城市。有《河上秋興》詩，暇日撰。杖脂東遊蘇門山，登嘯臺，作《遊輝縣記》，並雜詩。是歲修李氏家譜。

三年戊辰，公年三十七歲。逆瑾蓄憾未已，必欲殺公以攄其憤，乃羅織他事械繫北行，矯詔下錦衣衛獄。公兄孟和與內弟左國玉間行匍匐謁修撰康公海，爲解之。瑾孌人姜達者昔貧，販草末於邊，公監三關招商，革宿弊，禁權勢包攬，許小民上納，於是達獲利數倍，遂投入瑾宅。見公下獄，毅然申救，得放歸。有《離憤》詩並獄中詠物詩。

四年己巳，公年三十八歲。以舊業讓兄借居土市街。室廬秋隘，是歲秋霖彌月，公作苦雨前後篇，《久雨柬黃子》詩。

五年庚午，公年三十九歲。移居東角樓，始自有家室。閒居寡營，感愴今昔，作《雜詩》三十二首，作《省愆賦》。是歲逆瑾伏誅，得何大復論文書，以書報之。

六年辛未，公年四十歲。臺諫交薦公忠直，詔起爲江西按察司提學副使。公益勵風節，慨然有孟博澄清之志，作《述征賦》以行。至則修白鹿，籲江書院，爲文立石，慕紫陽遺風，聚士其中，豐饌嚴約，闡明經義，至者千人。又於各鄉立社學，以教民間俊秀，所以養蒙斂才，視昔爲備矣。時子枝以《離思賦》來獻，公爲作《寄兒賦》。

七年壬申，公年四十一歲。寧庶人辰濠陰懷逆圖，招致文學之士，凡吏江西有才名者即以厚利，否則威劫之，知公不可撼，佯下之，欲從公學詩字，有門生之稱，公正言拒之。公出而有濠孌伶遭之不避，公撾之於市，濠積憤將中傷之。初公奉敕許舉聞重事，乃於學政外復有建白，同官病之。會巡按江御史萬實不諳憲度，公疏其罪，江亦奏訐。上命大理寺卿燕忠往勘，由是上下承濠風旨，罪且不測，獨何公景明上書冢宰楊公一清乞爲申解，公遂得閒住。作廣信獄前後記、懼問記。時布政使鄭公岳又爲濠所忌，公素與岳不相能，復相訐，岳亦以濠故罷官。後濠敗，辭連公，忌者復欲擠之。獨刑部尚書林公俊毅然曰：夫李獻吉有何罪，不過人妒其文名耳。遂得免焉。

八年癸酉，公年四十二歲。寓廣信候勘結。

九年乙亥，公年四十三歲。邃庵楊公以詩文集寄公，命爲刪定，公自作誌銘葬左宜人。客有自京師來者，言逆瑾所造玄明宮荒廢之狀，公作《玄明宮行》，是歲娶繼室宋氏。

十三年己卯，公年四十八歲。築別墅於梁園吹臺之側，登臺四眺，緬懷五嶽，婚嫁未畢，頗有向平之志，作《五仰詩》。

十五年庚辰，公年四十九歲。第三子梁、第四子杜雙生，作《六箴》、《六戒》自警。

十六年辛巳，公年五十歲。儒生劉德舉來言六烈女事，公聞之泫然出涕，作《六烈女傳》。

嘉靖元年壬午，公年五十一歲。正德間黃河清，至是世宗肅皇帝自興邸入繼大統，公有詩云：大明十帝轉神明，天意分明欲太平。紫蓋復從嘉靖始，黃河先爲聖人清。秋，子枝中河南鄉試，公有《送兒詩》。

二年癸未，公年五十二歲。子枝登姚淶榜進士第。是發置邊村別墅，日親農事，有菟裘之志焉。

三年甲申，公年五十三歲。第二女生，以所作古今詩刊而傳之，命名《弘德集》。公自爲序，述曹縣王叔武之論甚詳。是歲都御史王公廷相薦公學行可大用，不報。

四年乙酉，公年五十四歲。子枝授南京工部屯田司主事，便道歸省。公甥御史曹嘉以諫謫四川茂州判，過謁逢於廟，有詩，公爲屬和。見素林公以詠懷六章寄，公和亦如之。是秋苦雨，水湧，陸地行舟，公作《我出城堙（土換作門）》詩。

五年丙戌，公年五十五歲。謁於肅愍公祠，觀正德間自製碑文，慨然有志於己巳之變，作《弔於廟賦》，作〈楚調歌門開〉。

六年丁亥，公年五十六歲。公閔聖遠言湮，異端橫起，理學無傳，於是著〈空同子〉八篇，其旨遠，其義正，該物理，可以發明性命之源，學者定焉。

七年戊子，公年五十七歲。吏部侍郎霍公韜與諸公議於朝堂曰：宋儒所謂歐陽修，今之韓愈也，若李獻吉者非今之韓愈乎，何使之終老林下，如後世之議吾輩何？諸公然之。霍公疏薦於上，命吏部起用，亦不能行。程生自邑來自吳郡，五嶽山人黃省曾寄公書，求詩全集。是秋，公體微不平，京口錢醫官名手也，過梁，公命診之，曰：此不足慮，病其在明年乎？

八年己丑，公年五十八歲。夏，疾果發。乃就醫京口，且將爲東南勝遊，門人張實，次子楚從行。七月渡淮，寓楊相同南園。錢醫療之少愈。五嶽山人黃省曾迓公京口，公與論文賦詩。八月還登金山寺題詩。九月抵家，疾復作。公夢有迎龍亭旌幢至，執手板請公書肯字，覺曰：吾不起矣。又夢日瞳瞳墮海中沒，蓋符其始生之兆云。司務黃公彬以詩問疾，公答之詩曰：平生逸氣橫雲海，一病侵冬歷夏秋。小兒弄人古有此，君子知命今何憂。親從江園迎醫返，滿擬家園賦雪遊。載酒爲君何日起，東園松竹翠修修。至十二月晦日將易簀，作自贊曰：生無敢私，死無敢欺。質雖凡近，高遐是期。或謂弗然，請試察之。剛而寡謀，自信靡疑。眾雖見惡，君子是之。既不見是，天豈不知。老而覺悟，途窮數奇。賫志長畢，命也何爲。空同八篇，潦草綴詞。書畢而逝。子枝時判海州，奔歸以次年合葬與左宜人與鈞州大陽山。祭酒崔公銑撰誌銘，門人有服心喪者，乃私謚公曰：文毅先生。

參考文獻

一、古籍文獻類

1. 李夢陽，空同集，長春：吉林出版集團有限責任公司出版，2005 年。
2. 李夢陽，空同集（影印文淵閣四庫全書），上海：上海古籍出版社，1987 年。
3. 李夢陽，空同集，上海：上海古籍出版社，1991 年。
4. 李夢陽，空同集，明萬曆鄧雲霄、潘之恒校刻本。
5. 李夢陽，空同集，明嘉靖十一年曹氏刻本。
6. 阮元，十三經注疏，北京：中華書局，1975 年。
7. 錢謙益，列朝詩集小傳，上海：上海古籍出版社，1983 年。
8. 孫詒讓，周禮正義，北京：中華書局，1987 年。
9. 傅維鱗，明書，上海：商務出版社，1938 年。
10. 夏燮，明通鑒，上海：上海古籍出版社，1985 年。
11. 永瑢等，四庫全書總目，北京：中華書局，1965 年。
13. 黃宗羲，明文海，北京：中華書局，1980 年。
14. 郭茂倩，樂府詩集，北京：中華書局，1965 年。
15. 何景明，大復集，長春：吉林出版集團有限責任公司出版，2005 年。
16. 劉勰，文心雕龍，杭州：浙江文藝出版社，1975 年。
17. 康海，對山集（影印文淵閣四庫全書），上海：上海古籍出版社，1987 年。
18. 徐禎卿，迪功集，長春：吉林出版集團有限責任公司出版，2005 年。
19. 邊貢，邊華泉全集，康熙四十七年重刻本。

20. 李贄，初潭集，明萬曆刻本。
21. 高啓，高啓詩選，李聖華選注，北京：中華書局，1985 年。
22. 王守仁，王陽明先生全集，濟南：齊魯書社，1996 年。
23. 王世貞，弇山堂別集，北京：中華書局，1985 年。
24. 呂祖謙，古文關鍵（叢書集成初編本），北京：中華書局，1985 年。
25. 羅欽順，整庵存稿，上海：上海古籍出版社，1991 年。
26. 歸有光，震川先生集，上海：上海古籍出版社，1981 年。
27. 李開先，李開先全集，北京：文化藝術出版社，2000 年。
28. 胡應麟，少室山房筆叢，北京：中華書局，1959 年。
29. 袁中道，珂雪齋近集，上海：上海古籍出版社，1982 年。
30. 沈德符，萬曆野獲集，北京：中華書局，1959 年。
31. 吳應箕，樓山堂集（叢書集成初編本），北京：中華書局，1985 年。
32. 沈一貫，喙鳴文集（續修四庫全書本），上海：上海古籍出版社，2002 年。
33. 林兆恩，林子全集，北京：書目文獻出版社，1998 年。
34. 馮從吾，關學篇，（續修四庫全書本），上海：上海古籍出版社，2002 年。
35. 沈德潛、周準，明詩別裁集，上海：上海古籍出版社，1979 年。
36. 鍾惺、譚元春，明詩歸，濟南：齊魯書社，2000 年。
37. 王世貞，藝苑卮言（歷代詩話續編），北京：中華書局，1985 年。
38. 胡應麟，詩藪，上海：上海古籍出版社，1979 年。
39. 胡震亨，唐音癸籤，上海：上海古籍出版社，1981 年。
40. 陳田輯，明詩記事，上海：上海古籍出版社，1993 年。
41. 許學夷，詩源辨體，北京：人民文學出版社，1987 年。
42. 黃宗羲，明儒學案（文津閣四庫全書本），北京：商務印書館，2005 年。
43. 李漁，李漁全集，杭州：浙江古籍出版社，1991 年。
44. 王士禛，池北偶談，濟南：齊魯書社，2001 年。
45. 王維楨，王氏存笥稿，明嘉靖三十六年刻本。
46. 王愼中，遵岩先生文集，北京：書目文獻出版社，1998 年。
47. 袁中道，白蘇齋類集，上海：上海古籍出版社，1998 年。
48. 袁宏道，袁宏道集，上海：上海古籍出版社，1989 年。
49. 鍾惺，隱秀軒集，上海：上海古籍出版社，1992 年。
50. 王世懋，王奉常集，明萬曆刻本。
51. 王世貞，尺牘清裁，明隆慶五年自刻本。

52. 王九思，渼陂集，明嘉靖刻本。
53. 唐順之，荊川先生文集（影印），上海：上海古籍出版社，1989 年。
54. 劉鳳，劉子威集，明萬曆開本。
55. 王宗沐，敬所先生文集，明萬曆元年劉良弼刻本。
56. 李東陽，李東陽集，長沙：嶽麓書社，1983 年。
57. 俞允文，仲蔚先生文集，明萬曆十六年程善定刻本。
58. 何良俊，四友齋叢話，北京：中華書局，1959 年。
59. 蔡汝南，自知堂集，明嘉靖刻本。
60. 汪道昆，太函集，明萬曆刻本。
61. 周應賓，舊京詞林誌，濟南：齊魯書社，1996 年。
62. 陸世儀，復社記略（影印），上海：上海古籍出版社，2002 年。
63. 吳偉業，梅村家藏稿，臺北：臺灣學生書局，1975 年。
64. 趙翼，廿二史札記，北京：商務印書館，1958 年。
65. 章學誠，校讎通義，北京：中華書局，1985 年。
66. 錢大昕，弇州山人年譜，南京：江蘇古籍出版社，1997 年。
67. 朱彝尊，經義考，上海：上海古籍出版社，1987 年。
68. 李元春，關中兩朝詩抄，道光十六年刻本。
69. 朱彝尊，明詩綜（影印），上海：上海古籍出版社，1987 年。

二、現代著作類

1. 陶東風，文學理論基本問題，北京：北京大學出版社，2005 年。
2. 周憲，文學理論研究導引，南京：南京大學出版社，2006 年。
3. 林傳甲，早期北大文學史講義，北京：北京大學出版社，2005 年。
4. 謝無量，中國大文學史，上海：上海中華書局，1918 年。
5. 胡適，白話文學史，上海：上海新月書店，1928 年。
6. 鄭振鐸，插圖本中國文學史，北京：北平樸社出版部，1932 年。
7. 王國維，宋元戲曲史，上海：上海商務印書館，1915 年。
8. 魯迅，中國小說史略，北京：北京北新書局，1925 年。
9. 劉大杰，中國文學發展史，上海：上海中華書局，1941 年。
10. 游國恩，中國文學史，上海：上海古籍出版社，1998 年。
11. 郭預衡，中國古代文學史，北京：北京大學出版社，2005 年。
12. 袁行霈，中國文學史，北京：高等教育出版社，1999 年。

13. 陳文新，中國文學編年史（明中期卷），長沙：湖南人民出版社，2006年。
14. 童慶炳，文學理論教程，北京：高等教育出版社，2004年。
15. 馬克思，《政治經濟學批判》導言，馬克思、恩格斯，馬克思恩格斯選集第二卷，北京：人民出版社，1975年。
16. 恩格斯，致瑪・哈克奈斯，馬克思、恩格斯，馬克思恩格斯選集：第卷，北京：人民出版社，1975年。
17. 恩格斯，在馬克思墓前的講話，馬克思、恩格斯，馬克思恩格斯選集第三卷，北京：人民出版社，1975年。
18. 馬克思、恩格斯、費爾巴哈，德意志意識形態，馬克思、恩格斯，馬克思恩格斯選集：第一卷，北京：人民出版社，1975年。
19. 馬克思，《政治經濟學批判》序言，馬克思、恩格斯，馬克思恩格斯選集：第二卷，北京：人民出版社，1975年。
20. 陳書錄，明代詩文的演變，徐州：江蘇教育出版社，1996年。
21. 廖可斌，明代文學復古運動研究，上海：上海古籍出版社，1994年。
22. 簡錦松，明代文學批評研究，臺灣：學生書局出版，1988年。
23. 郭紹虞主編，中國歷代文論選，上海：上海古籍出版社，2007年。
24. 黃卓越，明永樂至嘉靖初詩文觀研究，北京：北京師範大學出版社，2003年。
25. 張顯清、林金樹，明代政治史，貴州：廣西師範大學出版社，1992年。
26. 白壽彝，明代詩文的演變，江蘇：江蘇教育出版社，1996年。
27. 蔡景康，明代文論選，北京：人民文學出版社，1993年。
28. 黃卓越，明中後期文學思想研究，北京：北京大學出版社，2006年。
29. 袁行雲，明詩選，北京：春秋出版社，1988年。
30. 鄭利華，王世貞研究，上海：學林出版社，2002年。
31. 王惠玉，王充文學思想研究，長沙：嶽麓書社，2007年。
32. 葛榮晉，王廷相和明代氣學，北京：中華書局，1990年。
33. 李叔毅，何景明研究，鄭州：中州古籍出版社，1992年。
34. 張立文，朱熹思想研究，北京：中國社會科學出版社，2001年。
35. 白壽彝，中國通史，上海：上海人民出版社，1999年。
36. 王力，古代漢語，北京：中華書局，1985年。
37. 朱東潤，中國文學批評史大綱，上海：上海人民出版社，1957年。
38. 黃保眞，中國文學理論史，北京：北京出版社，1987年。
39. 王運熙，中國文學批評史，上海：上海古籍出版社，1981年。

40. 袁震宇、劉明今，明代文學批評通史，上海：上海古籍出版社，1996年。
41. 朱易安，中國詩學史（明代卷），廈門：鷺江出版社，2002年。
42. 周寅賓，明清散文史，長沙：湖南人民出版社，2004年。
43. 陳允鋒，唐詩的美學意味，北京：新華出版社，2000年。
44. 許總，宋明理學與中國文學，南昌：百花洲文藝出版社，1999年。
45. 朱光潛，詩論，上海：上海古籍出版社，2001年。
46. 戴康生、彭耀，宗教社會學，北京：社會科學文獻出版社，2000年。
47. 周明初，晚明士人心態及文學個案，北京：東方出版社，1997年。
48. 夏咸淳，情與理的碰撞，石家莊：河北大學出版社，2001年。
49. 任訪秋，袁中郎研究，上海：上海古籍出版社，1983年。
50. 李慶立，謝榛研究，濟南：齊魯書社，1993年。
51. 鄧喬彬主編，中國古代文學研究新視野，北京：中國社會科學出版社，2004年。
52. 曹順慶、王南，雄渾與沉鬱，南昌：百花州文藝出版社，2001年。
53. 鄒去湖，中國選出本批評，上海：上海三聯書店，2002年。
54. 鄭利華，王世貞年譜，上海：復旦大學出版社，1993年。
55. 公木、趙雨，古詩今讀，長春：長春出版社，2000年。
56. 孫之梅，中國文學精神（明清卷），濟南：山東教育出版社，2003年。
57. 劉紹基、史鐵良，明代文學研究，北京：北京出版社，2001年。
58. 吳承學、李光摩，晚明文學思潮研究，武漢：湖北教育出版社，2002年。
59. 錢鍾書，宋詩選注，北京：人民文學出版社，1984年。
60. 熊禮彙，明清散文流派論，武漢：武漢大學出版社，2003年。
61. 蔣寅，古典詩學的現代詮釋，北京：中華書局，2004年。
62. 張健，清代詩學研究，北京：北京大學出版社，1999年。
63. 黃河，王士禎與清初詩歌思想，天津：天津人民出版社，2002年。
64. 霍有明，文藝的「復古」與創新，北京：中國戲劇出版社，1997年。
65. 杜信孚，明代版刻綜錄，南京：江蘇廣陵古籍刻印社，1993年。
66. 敏澤，中國美學思想史，濟南：齊魯書社，1987年。
67. 余英時，士與中國文化，上海：上海人民出版社，2003年。
68. 何宗美，明末清初文人結社研究，天津：南開大學出版社，2003年。
69. 陳寶良，明代社會生活史，北京：中國社會科學出版社，2004年。
70. 魯迅，魯迅全集，北京：人民文學出版社，2005年。
71. 朱萬曙，明代文學與地域文化研究，合肥：黃山出版社，2005年。

72. 陳寶良，明代儒學生員與地方社會，北京：中國社會科學出版社，2005年。
73. 張秀民，中國印刷史，杭州：浙江古籍出版社，2006年。
74. 戚福康，中國古代書坊研究，北京：商務印書館，2007年。
75. 蕭華榮，中國詩學思想史，上海：華東師範大學出版社，1996年。
76. 吳建民，中國古代詩學原理，北京：人民文學出版社，2001年。
77. 葛兆光，中國思想史，上海：復旦大學出版社，1998年。
78. 霍有明，論唐詩的繁榮與清詩的演變，北京：中國社會科學出版社，1997年。

後　記

本書於我的博士論文基礎上修改而成。

十乃數之極，博士畢業快十年了。雖往事如煙，然想念明晰。

首先，我要特別感謝我的指導老師霍有明教授。在學習期間，霍老師對我的學習情況進行了詳細的分析，並提出了研究計劃，指出了我應該努力的方向，還提供了大量的學習資料，對我的學習給予了無微不至的關懷。在論文選題階段，霍老師對我的論文選題反覆研究、精心指導，使我的論文主題具有了很鮮明的創新意義。在論文的修改階段，霍老師對我的論文逐字逐句的進行審核批評，從而使論文更趨於臻美。霍老師還對我的個人生活和工作特別關懷，多次詢問並多次給予關照。人生難有知己，人生更難有恩師。霍老師是一位道德高尚、學術水平淵博的恩師。我有幸做爲霍老師的一名學生，深感榮幸。

另外，我還要感謝陝西師範大學的其他幾位老師。他們是，魏耕原教授、劉生良教授、趙望秦教授、張新科教授、張學忠教授、吳言生教授、韓星教授、高益榮教授等。以上老師皆是學藝高深的導師，他們的淳淳教誨如雨露春風一樣美好。學習期間，我幸運地得到各位老師的關心和指點，在此也表示深切的感謝！

我還感謝我的親人及我的同學。我感謝我的家人對我學習的支持和鼓勵，是我的家人給我了充足的時間，使我的學習才有了時間保證。我感謝我的同學們對我的關心和友愛，我的同學與我密切聯繫、互相交流。我們結下了深厚的同窗友誼，我們的友誼永遠長存。

最後，我要說的是本書難免有不足之處。例如，李夢陽也是一位書法家，他的書法極具個人魅力。可惜才力有限，不敢涉及。

謹以李夢陽的書法作品空林一幅編排首頁深表敬意。

郭平安

2014 年 10 月 10 日